LE ROMAN DE TYLL ULESPIÈGLE

DU MÊME AUTEUR

MOI ET KAMINSKI, roman, Actes Sud, 2004.
LES ARPENTEURS DU MONDE, roman, Actes Sud, 2006 ; Babel n° 940.
GLOIRE, nouvelles, Actes Sud, 2009 ; Babel n° 1008.
LA NUIT DE L'ILLUSIONNISTE, roman, Actes Sud, 2010.
LES ESPRITS DE PRINCETON, pièce de théâtre, Actes Sud-Papiers, 2012.
LES FRIEDLAND, roman, Actes Sud, 2015 ; Babel n° 1667.

La traductrice a reçu, pour cette traduction, une aide du Centre
national du livre

Cet ouvrage a reçu une aide à la traduction du Goethe-Institut.

"Lettres allemandes"
série dirigée par Martina Wachendorff

Titre original :
Tyll
© Rowohlt Verlag GmbH, Reinbek/Hambourg 2017
Cet ouvrage a été proposé à l'éditeur français par l'agence Editio Dialog, Lille.

© ACTES SUD, 2020
pour la traduction française
ISBN 978-2-330-13087-9

DANIEL KEHLMANN

Le Roman de Tyll Ulespiègle

traduit de l'allemand
par Juliette Aubert

ACTES SUD

CHAUSSURES

La guerre n'était pas encore arrivée jusque chez nous. Nous vivions dans la crainte et l'espoir, en tâchant de ne point attirer la colère de Dieu sur notre ville entourée de remparts, avec ses cent cinq maisons, son église et son cimetière où nos ancêtres attendaient le jour de la Résurrection.

Nous priions beaucoup pour tenir la guerre à distance. Nous priions le Tout-Puissant et la bonne Vierge, nous priions la maîtresse de la forêt et les gnomes de minuit, saint Gervin, saint Pierre le gardien, Jean l'évangéliste et, pour plus de sûreté, nous priions aussi la Vieille Mela qui sillonne les cieux avec son escorte, dans les nuits âpres où les démons déambulent librement. Nous priions les créatures à cornes des temps anciens et l'évêque Martin, qui avait partagé son manteau avec le mendiant gelé, si bien qu'ils eurent froid tous les deux pour faire plaisir à Dieu, car un demi-manteau en hiver, ça sert à quoi, sans oublier bien sûr saint Maurice, qui avait choisi la mort avec toute sa légion pour ne pas renier sa foi en un Dieu unique et juste.

Deux fois par an, nous recevions la visite du collecteur des impôts, qui semblait toujours étonné de nous voir en vie. De temps à autre, des marchands venaient aussi chez nous mais, comme nous n'achetions pas grand-chose, ils passaient vite leur chemin et ça nous allait bien. Nous n'avions besoin de rien en provenance du vaste monde et nous ne pensions pas à lui, jusqu'à ce matin où une charrette bâchée et tirée par un âne s'est avancée dans notre grand-rue. C'était un samedi et le printemps depuis peu, l'eau de la fonte des neiges faisait enfler la rivière et nous avions semé le grain dans les champs qui n'étaient pas en jachère.

Une tente en toile de voile rouge était déployée sur la charrette. Une vieille femme était accroupie devant. Son corps ressemblait à un sac, son visage à du cuir, ses yeux à de minuscules boutons noirs. Derrière elle, une femme plus jeune, brune, avec des taches de rousseur. Sur le siège du cocher, un homme que nous reconnûmes alors qu'il n'était jamais venu ici et, lorsque les premiers se souvinrent et crièrent son nom, d'autres se souvinrent aussi et on entendit bientôt des quantités de voix s'écrier de toutes parts : Tyll est là ! Tyll est venu ! Regardez, c'est Tyll ! Il ne pouvait s'agir que de lui.

Les tracts parvinrent même jusque chez nous. Ils arrivaient par la forêt, emportés par le vent, apportés par les marchands – dans le vaste monde, on en imprima plus qu'on ne pouvait en compter. Il y était question de *La Nef des fous* et de l'immense bêtise des curés et du méchant pape de Rome et du diabolique Martinus Luther de Wittenberg et du sorcier Horridus et du Dr Faust et de Gavin le héros de la Table ronde et justement de lui, Tyll Ulespiègle, venu nous voir en personne. Nous connaissions son pourpoint bigarré, sa capuche déformée et son manteau en peau de veau, nous connaissions son visage émacié, ses petits yeux, ses joues creuses et ses dents de lapin. Son pantalon était en bon tissu, ses chaussures en cuir de qualité, mais il avait des mains de voleur ou de greffier, des mains qui n'avaient jamais travaillé ; la droite tenait la bride, la gauche le fouet. Ses yeux étincelaient, il saluait par ici et par là.

— Et toi, comment t'appelles-tu ? demanda-t-il à une petite fille.

La petite ne dit rien car elle ne comprenait pas que quelqu'un de célèbre puisse lui adresser la parole.

— Vas-y, réponds !

Lorsqu'elle dit en bafouillant qu'elle s'appelait Martha, il se contenta de sourire, comme s'il le savait depuis toujours.

Il lui demanda alors avec une grande attention, comme si c'était important pour lui :

— Et tu as quel âge ?

Elle se racla la gorge et le lui dit. Au cours des douze années de sa vie, elle n'avait jamais vu d'yeux comme les siens. Des yeux comme ceux-là, il y en avait peut-être dans les villes libres de l'Empire et à la cour des grands de ce monde, mais jamais quelqu'un avec des yeux pareils n'était venu chez nous. Martha ignorait jusque-là que le visage d'un homme pouvait exprimer une telle force, une telle ardeur d'âme. Un jour, elle raconterait à son mari et, bien plus tard encore, à ses petits-enfants incrédules qui prendraient Tyll Ulespiègle pour un vieux personnage de légende, qu'elle l'avait vu en personne.

La charrette l'avait dépassée, son regard avait déjà glissé sur autre chose, d'autres gens au bord de la route. Tyll est venu ! entendit-on à nouveau depuis la chaussée et Tyll est là ! aux fenêtres et Tyll est arrivé ! depuis la place de l'église, vers laquelle se dirigeait maintenant sa charrette. Il fit claquer son fouet et se leva.

En un rien de temps, la charrette se transforma en scène. Les deux femmes replièrent la tente, la jeune noua ses cheveux en chignon, posa une petite couronne dessus, jeta un morceau d'étoffe pourpre sur ses épaules, la vieille se plaça devant la charrette, éleva la voix et entonna une rengaine. Son dialecte semblait provenir du Sud, des grandes villes de Bavière, et il n'était pas facile à comprendre, mais nous avons quand même compris qu'il s'agissait d'une femme et d'un homme qui s'aimaient et ne pouvaient pas se rejoindre parce qu'une étendue d'eau les séparait. Tyll Ulespiègle prit un tissu bleu, s'agenouilla, le jeta tout en le retenant d'un côté, de sorte qu'il se déplia en claquant ; il le ramena vers lui et le rejeta, le ramena, le rejeta, et vu comment il était agenouillé d'un côté et la femme de l'autre, avec ce bleu qui ondulait entre eux, on aurait dit qu'il y avait vraiment de l'eau, et les vagues montaient et descendaient tellement qu'aucun bateau ne pouvait naviguer dessus.

Lorsque la femme se redressa et regarda les grosses vagues, le visage figé par la peur, nous nous sommes aperçus d'un coup combien elle était belle. Debout là, les bras tendus vers le ciel, elle semblait ailleurs, et aucun de nous ne pouvait détacher son regard d'elle. Du coin de l'œil seulement, nous avons vu son amant bondir, danser, gesticuler, brandir son épée et combattre dragons, ennemis, sorcières et méchants rois, sur le rude chemin qui le menait à elle.

La pièce dura jusque dans l'après-midi. Et nous avions beau savoir que les vaches avaient mal aux pis, aucun de nous ne s'impatienta. La vieille récitait heure après heure. Il nous paraissait impossible de retenir autant de vers et certains d'entre nous la soupçonnèrent de les inventer en chantant. Pendant ce temps, le corps de Tyll Ulespiègle était toujours en mouvement, on aurait dit que ses semelles ne touchaient jamais le sol ; chaque fois que nous le repérions, il se trouvait à un autre endroit de la petite scène. À la fin, il y eut un malentendu : la jolie femme s'était procuré du poison pour faire semblant d'être morte et ne pas être obligée d'épouser son méchant tuteur, mais le message adressé à son amant et qui expliquait tout s'était perdu en route et lorsque lui, le vrai fiancé, l'ami de son âme, finit par se retrouver devant son corps inerte, l'effroi le frappa comme la foudre. Il resta là un long moment, comme gelé sur place. La vieille se taisait. Nous entendions le vent et les vaches qui meuglaient. Personne ne respirait.

Pour finir, il sortit son couteau et se frappa la poitrine. C'était étonnant, la lame disparut dans sa chair, un foulard rouge jaillit de son col comme un flot de sang et il expira dans un râle à côté d'elle, tressaillit une dernière fois, ne bougea plus. Il était mort. Il tressaillit encore une fois, s'assit, s'effondra de nouveau. Tressaillit encore, ne bougea plus et cette fois, c'était pour de bon. Nous avons attendu. Bel et bien. Pour de bon.

Quelques secondes plus tard, la femme se réveilla et remarqua le corps sans vie à côté d'elle. Au début, elle n'arriva pas à y croire, elle le secoua, puis elle comprit et, de nouveau, elle n'arriva pas à y croire, puis elle pleura comme si plus rien n'irait jamais bien sur cette terre. Après quoi elle lui prit son couteau et se tua à son tour, et nous avons admiré une fois de plus le rusé dispositif et cette lame qui s'enfonçait dans sa poitrine. À présent, il ne restait plus que la vieille qui récita encore quelques vers que nous n'avons pas vraiment compris, à cause du dialecte. Sur quoi la pièce a pris fin et beaucoup d'entre nous pleuraient encore, alors que les morts s'étaient relevés depuis longtemps et s'inclinaient.

Mais ça ne s'arrêtait pas là. Les vaches durent encore attendre car la tragédie fit place à une comédie. La vieille battait du tambour et Tyll Ulespiègle sifflotait dans une flûte et dansait avec la femme qui n'était plus si belle que ça maintenant, il dansait vers la droite et la gauche, en avant et en arrière. Le couple lançait les bras en l'air, leurs mouvements s'accordaient comme si ce n'étaient pas deux personnes différentes, mais un simple reflet. Nous autres ne dansions pas trop mal non plus, nous faisions souvent la fête, mais aucun de nous ne savait danser comme eux ; à les regarder, on avait l'impression que le corps humain ne pesait rien et que la vie n'était pas triste, ni dure. Du coup, ça nous a pris, nous aussi, et nous avons commencé à nous balancer, à faire des bonds, des sauts et des tours.

Mais soudain, la danse s'est arrêtée. À bout de souffle, nous avons levé les yeux vers la charrette sur laquelle Tyll Ulespiègle se trouvait seul, les deux femmes étaient invisibles. Il chantait une ballade moqueuse au sujet de ce pauvre et stupide roi d'hiver, le prince-électeur du Palatinat, lui qui avait cru pouvoir vaincre l'empereur et reprendre la couronne de Prague aux protestants, mais son royaume avait fondu avant la neige. Il était aussi question de l'empereur qui avait toujours froid à force de prier, ce gringalet qui tremblait devant les Suédois dans son palais de la Hofburg à Vienne, puis Tyll enchaîna sur le roi de Suède, le lion de minuit, fort comme un bœuf, mais à quoi bon, puisque la balle de Lützen l'avait emporté comme un vulgaire mercenaire et voilà que ta lumière s'est éteinte, adieu, royale fleur bleue, exit le lion ! Tyll Ulespiègle riait, et nous avec, parce qu'on ne pouvait pas lui résister et que ça faisait du bien de se dire que les grands de ce monde mouraient, tandis que nous étions encore en vie, puis il entonna un chant au sujet du roi d'Espagne à la lèvre inférieure charnue, lui qui croyait dominer le monde alors qu'il était fauché comme les blés.

Nous riions tellement qu'il nous fallut un moment pour remarquer que la musique avait changé et qu'elle n'avait plus rien de moqueur. Il chantait à présent une ballade sur la guerre, les cavalcades, le cliquetis des armes et l'amitié entre hommes, la mise à l'épreuve dans le danger et la jubilation des balles sifflantes. Il évoqua la vie des mercenaires et la beauté de la mort, l'allégresse de chacun chevauchant vers l'ennemi, et nous avons tous senti notre cœur battre plus vite. Les hommes parmi nous souriaient, les femmes dodelinaient de la tête, les pères hissaient leurs enfants sur leurs épaules, les mères regardaient fièrement leurs fils.

Seule la vieille Luise sifflait entre ses dents, secouait la tête et marmonnait à voix si haute que les gens à côté lui dirent qu'elle n'avait qu'à rentrer chez elle. Sur quoi elle fit d'autant plus de bruit ; personne ne voyait-il donc ce qu'il était en train de faire ? Il l'invoquait, il la faisait venir !

Mais lorsque nous avons sifflé à notre tour en lui faisant signe que non et en la menaçant, elle a fini par déguerpir, Dieu soit loué, et Tyll se remit à jouer de la flûte, la femme à ses côtés avait maintenant l'air majestueux d'une personne de haut rang. Elle chantait d'une voix claire au sujet de l'amour, plus fort que la mort. Elle parlait de l'amour des parents, l'amour de Dieu et l'amour entre homme et femme et là, quelque chose changea de nouveau, la cadence s'accéléra, les sons se firent plus aigus et plus stridents, la chanson évoqua soudain l'amour charnel, les corps chauds qui se roulent dans l'herbe, l'odeur de ta nudité et tes grosses fesses. Les hommes parmi nous riaient, puis les femmes se joignirent à eux, mais c'étaient les enfants qui riaient le plus fort. La petite Martha riait aussi. Elle s'était avancée et elle comprenait bien la chanson car elle avait souvent entendu sa mère et son père au lit, et aussi les commis dans la paille et sa sœur avec le fils du menuisier l'année dernière – une nuit, ces deux-là s'étaient esquivés, mais Martha les avait suivis à pas de loup et elle avait tout vu.

Un large sourire lubrique se dessina sur le visage de l'homme célèbre. Une forte attraction s'était déployée entre lui et la femme, qui le forçait à aller vers elle et elle vers lui, tellement leurs corps étaient attirés l'un vers l'autre, et ça devenait insupportable qu'ils ne finissent pas une bonne fois par se toucher. Mais la musique qu'il jouait semblait l'empêcher car elle venait de changer comme par erreur et le moment était passé, les sons ne le permettaient plus. C'était l'Agnus dei. La femme joignit pieusement les mains, *qui tollis peccata mundi*, il recula et ils parurent tous deux effrayés par la sauvagerie qui avait failli s'emparer d'eux, autant que nous l'étions nous-mêmes, et nous avons fait le signe de croix en nous souvenant que Dieu voyait tout et n'approuvait pas grand-chose. Ils tombèrent à genoux et nous avons fait pareil. Il posa la flûte, se leva, étendit les bras et quémanda de l'argent et de la nourriture. C'est que, dit-il, il est temps de faire une pause. Et le meilleur viendrait, si on lui glissait une belle somme, juste après.

Hébétés, nous avons fouillé dans nos poches. Les deux femmes circulaient avec des timbales. Nous avons tellement donné que les pièces cliquetaient et bondissaient. Tout le monde a donné : Karl Schönknecht et Malte Schopf, et sa sœur qui zézaie, et la famille du meunier, si avare d'habitude, elle a aussi donné, et Heinrich Matter l'édenté et Matthias Wohlsegen ont beaucoup donné aussi, alors que c'étaient des artisans qui se croyaient mieux que les autres.

Martha fit lentement le tour de la charrette.

Tyll Ulespiègle était assis là, adossé à la roue de la charrette et buvant dans une grande chope. L'âne était à côté de lui.

— Viens par ici, dit-il.

Elle s'approcha, le cœur battant.

Il lui tendit la chope.

— Bois, dit-il.

Elle la prit. La bière avait un goût amer et lourd.

— Les gens d'ici. Ce sont des gens bien ?

Elle acquiesça.

— Des gens paisibles, qui s'entraident, se comprennent, s'apprécient, ce genre de personnes ?

Elle but encore une gorgée.

— Oui.

— Eh bien dans ce cas, dit-il.

— C'est ce que nous allons voir, dit l'âne.

Effrayée, Martha laissa tomber la chope.

— La bonne bière, dit l'âne. Stupide enfant.

— On appelle ça parler avec le ventre, dit Tyll Ulespiègle. Tu pourras apprendre, si tu veux.

— Tu pourras apprendre, dit l'âne.

Martha récupéra la chope et recula d'un pas. La flaque de bière s'étendit, puis rétrécit, la terre sèche absorbait l'humidité.

— Je suis sérieux, dit-il. Viens avec nous. Tu me connais maintenant. Je suis Tyll. Ma sœur, là-bas, s'appelle Nele. C'est pas ma sœur. Le nom de la vieille, je l'ignore. L'âne, c'est l'âne.

Martha le dévisageait.

— On t'apprendra tout, dit l'âne. Moi, Nele, la vieille et Tyll. Et tu partiras d'ici. Le monde est grand. Tu pourras le voir. Je ne m'appelle pas bêtement âne, j'ai aussi un nom, je m'appelle Origène.

— Pourquoi me demandez-vous ça à moi ?

— Parce que tu n'es pas comme eux, dit Tyll Ulespiègle. Tu es comme nous.

Martha lui tendit la chope mais il ne la prit pas, si bien qu'elle la posa par terre. Son cœur battait la chamade. Elle pensa à ses parents, à sa sœur et à la maison où elle habitait, elle pensa aux collines derrière la forêt et au bruit du vent dans les arbres, qu'elle imaginait forcément différent ailleurs. Et elle pensa à la potée que préparait sa mère.

Les yeux de l'homme célèbre étincelèrent lorsqu'il dit en souriant :

— Pense à ce vieux dicton. Quelque chose de mieux que la mort, ça se trouve partout.

Martha fit non de la tête.

— Bon, dit-il.

Elle attendit, mais il ne dit plus rien et il lui fallut un moment pour comprendre que l'intérêt qu'il lui portait venait de s'éteindre.

Elle refit donc le tour de la charrette et retourna auprès des gens qu'elle connaissait, nous. Sa vie désormais, c'était nous, elle n'en avait plus d'autre. Elle s'assit par terre. Elle se sentait vide. Mais lorsque nous avons levé les yeux, elle a fait pareil, car nous avions remarqué tous en même temps que quelque chose était suspendu dans le ciel.

Une ligne noire découpait le bleu. Nous avons cligné des yeux. C'était une corde.

Elle était fixée d'un côté à la croisée de la fenêtre du clocher et, de l'autre, à la hampe d'un drapeau qui dépassait du mur, près de la fenêtre de la maison communale où travaillait le bailli, ce qui n'arrivait pas souvent, car c'était un fainéant. La jeune femme, debout à la fenêtre, avait dû attacher la corde à l'instant ; mais comment, nous sommes-nous demandé, avait-elle fait pour la tendre ? Il était possible de se trouver ici ou là-bas, à cette fenêtre ou à l'autre, on pouvait facilement nouer une corde et la laisser retomber, mais comment la faire remonter jusqu'à la fenêtre d'en face pour y accrocher l'autre bout ?

Nous sommes restés bouche bée. Pendant un moment, il nous a semblé que la corde, c'était déjà le numéro et qu'il ne fallait rien de plus. Un moineau se posa dessus, fit un petit bond, déploya ses ailes, changea d'avis et resta là.

C'est alors que Tyll Ulespiègle apparut à la fenêtre du clocher. Il salua, sauta sur le rebord de la fenêtre, marcha sur la corde. Il le fit comme si ce n'était rien du tout. Un pas comme un autre. Aucun de nous ne parla, ne cria, ne bougea ; nous avions cessé de respirer.

Il ne chancelait pas et ne cherchait pas son équilibre, il avançait, tout simplement. Les bras ballants, il marchait comme on marche sur le sol, c'était juste un peu maniéré, sa façon de poser un pied exactement devant l'autre. Il fallait y regarder de près pour remarquer ses petits mouvements de hanche qui lui permettaient d'amortir le balancement de la corde. Il fit un bond et fléchit les genoux un bref instant en retombant sur la corde. Puis il alla en flânant, les mains croisées dans le dos, jusqu'au milieu de la corde. Le moineau s'envola et battit un peu des ailes avant de se reposer sur la corde et de tourner la tête ; le silence était tel que nous l'entendions couiner et pépier. Et nous entendions aussi, bien sûr, nos vaches.

Au-dessus de nous, Tyll Ulespiègle se retourna avec lenteur et nonchalance – non pas comme quelqu'un qui est en danger, mais comme quelqu'un qui regarde avec curiosité autour de lui. Il avait le pied droit posé sur la longueur de la corde, le pied gauche en travers, les genoux fléchis et les poings sur les hanches. Et nous tous, qui levions les yeux, nous avons soudain compris ce qu'était la légèreté. Nous avons compris à quoi pouvait ressembler la vie de quelqu'un qui fait vraiment ce qu'il veut, ne croit à rien et n'obéit à personne ; nous avons compris comment ce serait d'être comme ça, et aussi que nous ne le serions jamais.

— Enlevez vos chaussures !

Nous n'étions pas sûrs d'avoir bien entendu.

— Enlevez-les, s'écria-t-il. Chacun enlève la droite. Ne posez pas de questions, faites-le, ça va être drôle. Faites-moi confiance, enlevez-les. Les vieux et les jeunes, les femmes et les hommes ! Tout le monde. Sa chaussure droite.

Nous l'avons regardé fixement.

— Vous n'avez pas trouvé ça drôle jusqu'ici ? Vous en avez assez ? Je vais vous en montrer davantage, enlevez vos chaussures, chacun la droite, allez !

Il nous fallut un moment pour bouger. C'est toujours ainsi avec nous, nous sommes des gens posés. Le boulanger fut le premier à obéir et, juste après, Malte Schopf, puis Karl Lamm et ensuite sa femme, puis les artisans qui se croyaient toujours mieux que les autres, puis nous l'avons tous fait, tout un chacun, sauf Martha. Tine Krugmann, debout à côté d'elle, lui donna un coup de coude et désigna son pied droit, mais Martha fit non de la tête et Tyll Ulespiègle refit un bond sur sa corde tout en claquant les pieds en l'air. Il sauta si haut qu'il dut tendre les bras en redescendant pour maintenir son équilibre – un bref instant, suffisant à nous rappeler qu'il avait un poids lui aussi et qu'il ne pouvait pas voler.

— Et maintenant, jetez-les, s'écria-t-il d'une voix aiguë et distincte. Ne pensez pas, ne posez pas de questions, n'hésitez pas, on va bien s'amuser. Faites ce que je dis. Jetez-les !

Tine Krugmann s'exécuta la première. Sa chaussure s'envola, s'éleva dans le ciel et disparut dans la foule. Puis la chaussure suivante s'envola, c'était celle de Susanne Schopf, puis la suivante, puis il y en eut des dizaines et encore et encore et encore plus. Tous, on riait, on hurlait et on criait : Fais attention ! et Baisse-toi ! et Attention ça arrive ! C'était sacrément drôle et peu importait que certaines chaussures touchent des têtes. Des jurons s'élevèrent, quelques femmes pestèrent, quelques enfants pleurèrent, mais ce n'était pas grave et Martha ne put s'empêcher de rire lorsqu'une lourde botte de cuir la manqua de peu, tandis qu'une pantoufle tissée atterrit à ses pieds. Il avait raison et certains trouvaient cela tellement drôle qu'ils jetèrent aussi leur chaussure gauche. Quelques-uns balançaient des chapeaux, des cuillères et des cruches qui allaient se briser ici ou là et, bien sûr, certains jetaient aussi des pierres. Mais lorsque sa voix s'adressa à nous, le vacarme faiblit et nous avons tendu l'oreille.

— Bande d'idiots.

Nous avons cligné des yeux, le soleil était bas. Ceux qui se trouvaient au bout de la place le distinguaient nettement, pour les autres ce n'était qu'une silhouette.

— Bande de fous. Andouilles. Batraciens. Bande de vauriens, de taupes, de rats stupides. Maintenant, allez les récupérer.

Nous le regardions fixement.

— À moins que vous ne soyez trop bêtes ? Vous ne pouvez plus les récupérer, vous n'y arrivez pas, il n'y a personne sous votre caboche ?

Il partit d'un rire de chèvre. Le moineau s'envola, s'éleva au-dessus des toits, disparut.

Nous nous sommes regardés. Ce qu'il venait de dire était méchant ; mais pas au point de ne pas pouvoir être une plaisanterie, une moquerie grossière à sa manière. Il était célèbre pour ça, il pouvait se le permettre.

— Alors quoi ? demanda-t-il. Vous n'en avez plus besoin ? Vous n'en voulez plus ? Vous ne les aimez plus ? Bande de bêtes à cornes, allez chercher vos chaussures !

Malte Schopf fut le premier. Pendant tout ce temps, il ne s'était pas senti bien et il se précipita donc là où il croyait que sa botte avait atterri. Il écarta les gens, se pressa, se glissa, se pencha et farfouilla entre les jambes. De l'autre côté de la place, Karl Schönknecht faisait de même, puis ce fut au tour d'Elsbeth, la veuve du forgeron, mais le vieux Lembke lui barra la route et lui cria de déguerpir, c'était la chaussure de sa fille. Elsbeth, qui avait encore mal au front parce qu'une botte l'avait atteinte, cria en retour que c'était plutôt à lui de déguerpir, elle était encore capable de reconnaître sa propre chaussure et la fille Lembke n'avait sûrement pas d'aussi belles chaussures brodées, sur quoi le vieux Lembke lui cria de s'enlever du chemin au lieu d'insulter sa fille, sur quoi elle cria à son tour qu'il n'était qu'un sale voleur de chaussures. Alors le fils Lembke intervint : Prends garde à toi !, tandis qu'au même moment, Lise Schoch et la meunière commencèrent à se disputer parce que leurs chaussures se ressemblaient vraiment et qu'elles avaient des pieds de la même taille, et le ton monta également entre Karl Lamm et son beau-frère, et Martha, comprenant soudain ce qui se passait, s'accroupit et s'en alla à quatre pattes.

Au-dessus d'elle, on était déjà en train de se pousser, s'injurier et se taper dessus. Les rares qui avaient vite retrouvé leurs chaussures s'esquivèrent mais, entre nous autres, une rage violente éclata, comme accumulée depuis longtemps. Moritz Blatt le menuisier et Simon Kern le maréchal-ferrant se battaient à coups de poing, à tel point qu'on n'arrivait pas à comprendre qu'il ne s'agisse que de chaussures, à moins de savoir que la femme de Moritz avait été promise à Simon quand elle était encore enfant. Tous deux avaient le nez et la bouche en sang, ils haletaient comme des canassons et personne n'osait s'en mêler ; Lore Pilz et Elsa Kohlschmitt s'acharnaient elles aussi horriblement l'une sur l'autre, mais elles se détestaient depuis si longtemps qu'elles ignoraient au juste pourquoi. On savait très bien, en revanche, pourquoi la famille Semmler et les gens de la maison Grünanger en venaient aux mains ; c'était à cause du champ qu'ils se disputaient et de cette vieille histoire d'héritage qui datait encore de l'époque du bourgmestre Peter, et aussi à cause de la fille Semmler et de son enfant qui n'était pas du mari, mais de Karl Schönknecht. La rage se propageait comme la fièvre – où qu'on regarde, ça criait et ça se tapait dessus, les corps se roulaient par terre et, à ce moment-là, Martha tourna la tête et leva les yeux.

Tyll, toujours debout, riait. Le corps cambré, la bouche grande ouverte, les épaules tressaillantes. Seuls ses pieds étaient immobiles et ses hanches se balançaient au rythme de la corde. Martha avait l'impression qu'il lui suffirait d'y regarder de plus près pour comprendre pourquoi il était si content – mais un homme fonça vers elle sans la voir et sa botte percuta sa poitrine, sa tête heurta violemment le sol et, lorsqu'elle inspira, elle eut la sensation d'être piquée par des aiguilles. Elle roula sur le dos. La corde et le ciel étaient vides. Tyll Ulespiègle avait disparu.

Elle se releva tant bien que mal. Elle passa en boitant devant les corps qui se battaient, se roulaient par terre, se mordaient, pleuraient, se tapaient dessus et parmi lesquels elle reconnut ici et là des visages ; elle longea la rue en boitant, prostrée, tête baissée mais, au moment précis où elle arriva à la porte de sa maison, elle entendit le cahotement de la charrette derrière elle. Elle se retourna. Sur le siège du cocher se trouvait la jeune femme qu'il avait appelée Nele, la vieille était blottie à côté d'elle, immobile. Pourquoi est-ce que personne ne les retenait, pourquoi est-ce que personne ne les suivait ? La charrette passa devant Martha. Elle la suivit du regard. La charrette serait bientôt au niveau de l'orme, puis aux portes de la ville, puis partie.

Tandis que la charrette atteignait les dernières maisons, elle vit un homme courir derrière, à grands pas, sans effort. La fourrure de veau de son manteau se hérissait autour de sa nuque comme un être vivant.

— Je t'aurais emmenée avec nous ! s'écria-t-il en dépassant Martha. Juste avant le tournant de la rue, il rattrapa la charrette et sauta dedans. Le vigile se trouvait sur la place principale avec nous, personne ne les retint.

Martha rentra lentement chez elle, referma la porte et poussa le verrou. Le bouc, allongé près de l'âtre, lui lança un regard interrogateur. Elle entendait les vaches beugler et nos cris retentir depuis la place principale.

Mais nous avons fini par nous calmer. Nous avons trait les vaches avant la tombée de la nuit. La mère de Martha est revenue, elle n'avait rien à part quelques égratignures, son père avait perdu une dent et une de ses oreilles était déchirée, et sa sœur s'était fait marcher si violemment sur le pied qu'elle boita pendant plusieurs semaines. Mais le matin suivant arriva, puis le soir suivant, et la vie continua. Il y avait dans chaque foyer des bosses, des coupures, des égratignures, des bras foulés et des dents manquantes mais, dès le lendemain, la place principale était propre et chacun portait ses chaussures.

Nous ne parlions jamais de ce qui s'était passé. Nous ne parlions pas non plus de Tyll. Nous nous y tenions sans que ce soit convenu ; même Hans Semmler, si durement touché qu'il était cloué au lit sans pouvoir manger autre chose que de la bouillie, faisait comme s'il en avait toujours été ainsi. Et même la veuve de Karl Schönknecht, que nous avons enterrée au cimetière le lendemain, se comportait comme si c'était un coup du sort et qu'elle ne savait pas parfaitement à qui appartenait le couteau planté dans son dos. Seule la corde resta suspendue au-dessus de la place pendant des jours, tremblant dans le vent et servant de refuge aux moineaux et aux hirondelles jusqu'à ce que le prêtre, auquel on avait joué un sale tour durant la bagarre parce qu'on n'appréciait pas sa vantardise ni son arrogance, soit de nouveau en mesure de remonter sur le clocher pour la couper.

Mais nous n'oubliions pas non plus. Ce qui s'était passé restait entre nous. C'était présent quand nous rentrions la récolte, quand nous discutions le prix du grain et quand nous nous retrouvions le dimanche à l'église, où le prêtre avait une nouvelle expression sur le visage, un mélange de crainte et d'ahurissement. Et c'était encore plus présent lorsque nous faisions la fête sur la place et que nous nous regardions en dansant. Il nous semblait alors que l'air pesait plus lourd, que l'eau avait un autre goût et que le ciel n'était plus le même depuis que la corde l'avait traversé.

Une bonne année plus tard, la guerre a fini par arriver chez nous. Une nuit, nous avons entendu des hennissements, puis des voix nombreuses qui riaient dehors et, juste après, le fracas des portes qu'on défonce et, avant même que nous soyons dans la rue, armés de nos fourches et couteaux inutiles, les flammes s'élevaient déjà.

Les mercenaires étaient plus affamés que d'habitude et ils avaient bu encore davantage. Cela faisait longtemps qu'ils n'étaient pas entrés dans une ville qui leur offrait tant de choses. La vieille Luise, qui dormait profondément et qui, cette fois, n'avait eu aucun pressentiment, mourut dans son lit. Le prêtre mourut lorsqu'il se posta devant le portail de l'église en guise de protection. Lise Schoch mourut tandis qu'elle essayait de cacher des pièces d'or ; le boulanger, le maréchal-ferrant, le vieux Lembke, Moritz Blatt et la plupart des autres hommes moururent en essayant de protéger leurs femmes, et les femmes moururent précisément comme elles meurent dans les guerres.

Martha mourut aussi. Elle eut encore le temps de voir le plafond se transformer en brasier rouge au-dessus d'elle, elle sentit l'épaisse fumée avant que celle-ci ne la saisisse si fermement qu'elle ne reconnut plus rien, et elle entendit sa sœur appeler à l'aide, tandis que l'avenir qu'elle avait encore à l'instant se réduisait au néant : le mari qu'elle n'aurait jamais et les enfants qu'elle n'élèverait pas et les petits-enfants auxquels elle ne parlerait jamais d'un farceur célèbre rencontré par une matinée de printemps, et les enfants de ces petits-enfants, tous ces gens qui, en fin de compte, n'existeraient pas. Ça passe tellement vite, pensa-t-elle, comme si elle venait de découvrir un grand secret. Et, lorsqu'elle entendit craquer la charpente, elle songea une dernière fois que Tyll Ulespiègle serait peut-être le seul désormais à se rappeler nos visages et à savoir que nous avions existé.

De fait, seul Hans Semmler l'éclopé survécut, car sa maison n'avait pas pris feu et personne ne l'avait remarqué parce qu'il ne pouvait pas se déplacer, ainsi qu'Elsa Ziegler et Paul Grünanger, qui étaient partis en cachette dans la forêt. Lorsqu'ils revinrent à l'aube avec des vêtements fripés et des cheveux en bataille pour ne retrouver que des ruines sous des volutes de fumée, ils crurent l'espace d'un instant que le Seigneur Dieu leur avait envoyé une chimère pour les punir de leur péché. Ils s'en allèrent ensemble vers l'ouest et ils furent heureux pour un temps.

Quant à nous autres, on nous entend là où nous vivions jadis, et parfois dans les arbres. On nous entend dans l'herbe et dans le chant des grillons, on nous entend quand on pose la tête contre le nœud de la branche du vieil orme et les enfants croient quelquefois apercevoir nos visages dans l'eau de la rivière. Notre église s'est effondrée, mais les galets polis et blanchis par l'eau sont toujours les mêmes, les arbres aussi. Nous nous souvenons, même si personne ne se souvient de nous, car nous n'avons pas encore accepté l'idée de ne plus exister. La mort est récente pour nous et les affaires des vivants ne nous sont pas égales. Car tout cela ne remonte à pas bien loin.

SEIGNEUR DE L'AIR

I

Il a tendu la corde à hauteur des genoux, du tilleul au vieux sapin. À cette fin, il a dû faire des entailles ; pour le sapin c'était facile mais, pour le tilleul, le couteau a glissé sans arrêt, puis cela a fini par marcher. Il vérifie les nœuds, retire avec précaution ses sabots, monte sur la corde, tombe.

Le voilà qui remonte, écarte les bras et fait un pas. Il tend les bras, mais il ne peut pas se tenir et il tombe. Il remonte, retente et retombe.

Il retente et retombe.

On ne peut pas marcher sur une corde. C'est une évidence. Les pieds des hommes ne sont pas faits pour ça. Alors pourquoi essayer ?

Mais il essaie encore. Il commence toujours au niveau du tilleul, il tombe aussitôt chaque fois. Les heures passent. Dans l'après-midi il réussit à faire un pas, un seul, et pas un de plus jusqu'à la tombée de la nuit. Mais, l'espace d'un instant, la corde l'a porté, et il se tenait debout comme sur la terre ferme.

Le lendemain, il pleut à verse. Il traîne à la maison et aide sa mère.

— Garde le torchon tendu, ne rêvasse pas, pour l'amour du Christ !

La pluie tambourine sur le toit comme des centaines de petits doigts.

Le lendemain, il pleut encore. Le temps est glacial et la corde humide, impossible de faire un pas dessus.

Le lendemain, encore de la pluie. Il monte et tombe, remonte et retombe chaque fois. Il reste un moment allongé par terre, bras écartés, ses cheveux trempés ne formant plus qu'une tache sombre.

Le lendemain, c'est dimanche, donc il ne peut remonter sur la corde que dans l'après-midi, la messe dure toute la matinée. Le soir, il réussit à faire trois pas et il aurait même pu en faire quatre si la corde n'était pas humide.

Il découvre peu à peu comment il faut s'y prendre. Ses genoux comprennent, ses épaules se placent autrement. On doit céder au balancement, être souple au niveau des genoux et des hanches, devancer la chute d'un pas. La pesanteur cherche à s'emparer de vous, mais vous êtes déjà passé. Funambulisme : détaler pour ne pas dégringoler.

Le jour suivant, il fait plus chaud. Les choucas crient, les insectes et les abeilles bourdonnent, le soleil dissout les nuages. Son souffle s'élève en volutes. La clarté matinale porte les voix, il entend son père dans la maison, en train de houspiller un commis. Il fredonne le chant de la faucheuse qu'on appelle la mort, le Dieu suprême est son point fort, une mélodie sur laquelle on arrive bien à marcher sur la corde, mais il a visiblement chanté trop fort car Agneta, sa mère, est soudain à côté de lui et elle lui demande pourquoi il n'est pas en train de travailler.

— J'arrive tout de suite.

— Faut chercher de l'eau, dit-elle, et nettoyer l'âtre.

Il écarte les bras, grimpe sur la corde et tente d'ignorer le ventre bombé de sa mère. Y a-t-il vraiment un enfant qui gigote, tressaille et les écoute là-dedans ? Cette pensée le dérange. Si Dieu veut créer un homme, pourquoi le fait-il à l'intérieur d'un autre ? Il y a quelque chose de hideux dans le fait que tous les êtres vivants se développent en cachette : les asticots dans la pâte, les mouches dans la fiente, les vers dans la terre brune. Et très rarement, comme le lui a expliqué son père, les enfants grandissent dans les racines de mandragore et, plus rarement encore, les nourrissons dans les œufs pourris.

— Faut que j'envoie Sepp ? demande-t-elle. Tu veux que j'envoie Sepp ?

Le gamin tombe de la corde, ferme les yeux, écarte les bras, remonte sur la corde. Lorsqu'il regarde dans sa direction, sa mère est partie.

Il espère qu'elle ne va pas exécuter sa menace mais, au bout d'un moment, Sepp vient bel et bien. Il lui lance un bref regard, puis il s'avance jusqu'à la corde et le jette à terre : ce n'est pas une petite tape, mais un vrai coup, si bien que le gamin s'étale de tout son long. De rage, il traite Sepp de sale porc qui couche avec sa propre sœur.

Ce n'était pas malin. Premièrement, il ignore si Sepp qui, comme tous les commis, vient d'on ne sait où et repartira on ne sait où, a une sœur et, deuxièmement, le gaillard n'attendait que ça. Avant que le gamin ait le temps de se relever, Sepp s'est assis sur son crâne.

Il n'arrive pas à respirer. Des pierres lui tailladent le visage. Il se tortille, mais cela ne sert à rien car Sepp est deux fois plus âgé, trois fois plus lourd et cinq fois plus costaud que lui. Donc il se ressaisit pour ne pas utiliser trop d'air. Il a un goût de sang sur la langue. Il aspire de la crasse, s'étrangle, crache. Ses oreilles bourdonnent et sifflent, le sol semble se soulever, s'abaisser, se soulever.

Soudain, le poids a disparu. Le gamin se retrouve sur le dos, terre dans la bouche, yeux collés, douleur lancinante dans la tête. Le commis le traîne jusqu'au moulin, le traîne sur le gravier et la terre, l'herbe, davantage de terre, des cailloux pointus, devant les arbres, la servante hilare, la grange, la chèvrerie. Puis il le hisse, ouvre la porte et le jette à l'intérieur.

— Eh bien, pas trop tôt, dit Agneta. L'âtre va pas se nettoyer tout seul.

Quand on part du moulin pour aller au village, on doit passer par un bout de forêt. Lorsque les arbres se font rares et qu'on traverse les parcelles du village – prés, pâturages et champs, un tiers en jachère, deux tiers cultivés et protégés par des clôtures –, on aperçoit déjà la pointe du clocher. Ici, il y a toujours un gaillard dans la boue qui rafistole les clôtures, elles se cassent sans arrêt, mais il faut qu'elles résistent, sinon le bétail s'échappe ou les animaux de la forêt détruisent le grain. La plupart des champs appartiennent à Peter Steger. La plupart des bêtes aussi, ça se reconnaît facilement, elles portent sa marque au fer rouge sur le cou.

On passe d'abord devant la maison de Hanna Krell. Elle est assise, que faire d'autre, sur son seuil et rapièce des vêtements, c'est ainsi qu'elle gagne son pain. On prend ensuite l'étroit passage entre la ferme Steger et la forge de Ludwig Stelling, on monte sur la passerelle en bois qui évite de s'enfoncer dans la fange, on dépasse l'étable de Jakob Kröhn à droite et on se trouve sur la grand-rue, la seule rue du village : c'est là qu'habite Anselm Melker avec femme et enfants et, à côté, son beau-frère Ludwig Koller et, à côté, Maria Loserin, dont le mari est mort l'année dernière parce que quelqu'un l'a maudit ; leur fille a dix-sept ans, elle est très belle et elle va épouser le fils aîné de Peter Steger. De l'autre côté de la rue habite Martin Holtz, celui qui cuit le pain, avec sa femme et leurs filles, et à côté on trouve les maisons plus modestes des Tamm, des Henrich et de la famille Heinerling dont, depuis la rue, on entend souvent les disputes ; les Heinerling ne sont pas des gens bien, ils n'ont pas d'honneur. Tous, sauf le forgeron et le boulanger, ont quelques lopins de terre en dehors du village, chacun a deux ou trois chèvres, mais seul Peter Steger, qui est riche, possède des vaches.

Puis on arrive sur la place du village avec son église, son vieux tilleul et son puits. À côté de l'église se trouve la maison du pasteur et, à côté de celle-ci, la maison du bailli, Paul Steger, le cousin de Peter Steger, qui inspecte les champs deux fois par an et porte les impôts au seigneur tous les trois mois.

Au bout de la place, il y a une clôture. Si on ouvre la barrière et qu'on traverse le grand champ qui appartient aussi au père Steger, on se retrouve de nouveau dans la forêt et, si on n'a pas trop peur de la Froide et qu'on marche encore et encore sans s'écarter du sentier dans le sous-bois, on arrive six heures plus tard à la ferme de Martin Reutter. Si, une fois sur place, on ne se fait pas mordre par le chien et qu'on poursuit sa route, on arrive trois heures plus tard au village suivant, qui n'est pas beaucoup plus grand.

Mais le gamin n'est jamais allé jusque-là. Il n'a jamais été ailleurs. Et, même si plusieurs personnes qui sont déjà allées ailleurs lui ont dit que là-bas, c'était exactement comme ici, il n'arrête pas de se demander où on arriverait si on marchait sans jamais s'arrêter, pas simplement jusqu'au prochain village, mais toujours plus loin.

En tête de table, le meunier parle des étoiles. Sa femme, son fils, les commis et la servante font semblant d'écouter. Au menu, il y a du gruau. Il y en avait déjà hier et il y en aura encore demain, préparé avec plus ou moins d'eau ; il y en a tous les jours, sauf dans les mauvais jours où, à la place du gruau, il n'y a rien. À la fenêtre, une vitre épaisse empêche le vent d'entrer ; sous l'âtre, qui ne dégage pas assez de chaleur, deux chats se bagarrent et à l'angle de la pièce se trouve une chèvre dont la place est en principe à la chèvrerie, mais personne n'a envie de la jeter dehors car tous sont fatigués et ses cornes, pointues. À côté de la porte et autour de la fenêtre, on a gravé des pentagrammes, à cause des mauvais esprits.

Le meunier raconte qu'il y a exactement dix mille sept cent trois ans, cinq mois et neuf jours, le maelstrom s'est enflammé au cœur du monde. Et maintenant, cette chose qui est le monde tournoie comme un fuseau et donne naissance à des étoiles pour l'éternité parce que le temps n'ayant pas de commencement, il n'a pas non plus de fin.

— Pas de fin, répète-t-il, et il s'interrompt. Il se rend compte que ce qu'il vient de dire n'est pas clair. Pas de fin, murmure-t-il, pas de fin.

Claus Ulespiègle est originaire de là-haut, de Mölln dans le Nord luthérien. Il n'était déjà plus très jeune quand il est arrivé dans la région il y a une décennie et, comme il n'était pas d'ici, il n'a pu devenir que commis de meunier. La condition de meunier n'est pas infâme, contrairement à celle d'équarrisseur, qui élimine les bêtes décomposées, ou celle de veilleur de nuit ou même de bourreau, mais pas meilleure non plus que celle des journaliers et bien pire que celle des artisans dans leurs corporations ou celles des paysans, qui n'auraient même pas serré la main à quelqu'un dans son genre. Mais la fille du meunier l'a épousé, le meunier est mort peu après et maintenant il est meunier à son tour. À l'occasion, il guérit les paysans, qui refusent toujours de lui serrer la main parce que ce qui ne se fait pas ne se fait pas ; mais quand ils ont mal quelque part, ils viennent le voir.

Pas de fin. Claus n'arrive pas à poursuivre, il est trop préoccupé. Comment le temps peut-il s'arrêter ! D'un autre côté… Il se frotte la tête. Le temps a forcément commencé un jour. Car si le temps n'avait jamais commencé, comment serait-on arrivé jusqu'au moment présent ? Il regarde autour de lui. Un temps infini ne peut pas se terminer. Donc il a bien dû commencer. Mais avant ça ? Un avant avant le temps ? C'est à vous donner le vertige. Comme dans la montagne, quand on regarde un gouffre.

Un jour, raconte-t-il, il avait vu un gouffre comme ça, en Suisse, un fromager l'avait emmené pour la transhumance. Les vaches portaient de grosses cloches et le fromager s'appelait Ruedi. Claus s'arrête, puis il se rappelle où il voulait en venir. Donc, il avait regardé ce gouffre, si profond qu'on ne voyait pas le fond. Alors il avait demandé au fromager, Ruedi, qu'il s'appelait – drôle de nom –, il avait donc demandé à Ruedi : Il est profond, c'te gouffre ? Et Ruedi, il lui avait répondu d'une voix traînante, comme si la fatigue lui était tombée dessus : Il a pas de fond !

Claus soupire. Les cuillères raclent dans le silence. Au début, il s'était dit que ce n'était pas possible et que le fromager mentait. Puis il s'était demandé si le ravin ne serait pas l'entrée des Enfers. Puis, d'un coup, il avait compris que ce n'était pas là l'important : même si le ravin avait un fond, il suffisait de regarder vers le haut pour en voir un sans fond. Il se gratte la tête d'une main lourde. Un ravin, murmure-t-il, qui se prolonge encore et encore, et encore, et encore, et qui peut donc contenir toutes les choses du monde sans pour autant remplir la plus petite partie de sa profondeur, une profondeur qui réduit tout à néant… Il avale une cuillère de gruau. Ça donnait franchement la nausée, de même qu'on devenait patraque dès qu'on se rendait compte que les nombres ne s'arrêtaient jamais ! Et qu'on pouvait ajouter un nombre à n'importe quel nombre, comme s'il n'y avait pas de Dieu pour mettre fin à ces agissements. Et encore un ! Des nombres sans fin, une profondeur sans fond, un temps avant le temps. Claus secoue la tête. Et si…

Voilà que Sepp pousse un cri. Il plaque ses mains contre sa bouche. Tous le regardent, ébahis, mais surtout contents de l'interruption.

Sepp recrache quelques gravillons marron qui ressemblent en tout point aux grumeaux du gruau. Ça n'a pas été facile de les glisser en cachette dans son écuelle. Pour ce faire, il faut attendre le bon moment et, si nécessaire, il faut faire diversion soi-même : c'est pourquoi le gamin vient de donner un coup de pied dans le tibia de Rosa, la servante et, lorsqu'elle a poussé un cri en le traitant de sale ordure et qu'en retour il l'a traitée de laideron, et qu'elle lui a dit à son tour qu'il était plus crasseux que la crasse, et que sa mère leur a dit à tous deux de se calmer sur-le-champ, au nom du ciel, sinon ils n'auraient rien à manger aujourd'hui, il s'est vite penché en avant et, au moment précis où tout le monde regardait Agneta, il a laissé tomber les cailloux dans l'écuelle de Sepp. Le bon moment, ça se rate vite mais, si on est attentif, on le sent. Une licorne pourrait alors traverser la pièce sans que les autres s'en aperçoivent.

Sepp tâtonne dans sa bouche, recrache une dent sur la table, lève la tête et fixe le gamin.

Ce n'est pas bon. Il était presque certain que Sepp n'y verrait que du feu mais, visiblement, il n'est pas si bête que ça.

Le gamin bondit de sa chaise et se précipite vers la porte. Malheureusement, Sepp n'est pas seulement grand, il est aussi rapide et il parvient à l'attraper. Le gamin se débat, ça ne sert à rien, Sepp lève la main et lui balance son poing dans la figure. Le coup absorbe tous les autres bruits.

Il cligne des yeux. Agneta a bondi de sa chaise, la servante rigole, elle aime les dérouillées. Claus est resté assis, sourcils froncés, pris dans ses pensées. Les deux autres commis ouvrent de grands yeux curieux. Le gamin n'entend rien, la pièce tourne, le plafond est sous lui, Sepp l'a jeté sur son épaule comme un sac de farine. Puis il l'emporte dehors et le gamin voit de l'herbe au-dessus de lui et, en dessous, la voûte du ciel sillonnée par les filaments nuageux du soir. À présent, il entend de nouveau quelque chose : un son aigu qui vibre dans l'air.

Sepp le tient par les bras et le regarde droit dans les yeux. Le gamin aperçoit du rouge dans la barbe du commis. Ça saigne à l'endroit où la dent manque. Il pourrait lui envoyer son poing dans la figure de toutes ses forces. Sepp le laisserait sans doute tomber et, si le gamin se remettait vite debout, il pourrait le distancer et atteindre la forêt.

Mais à quoi bon ? Ils vivent dans le même moulin. Si Sepp ne le coince pas aujourd'hui, il le coincera demain et, si ce n'est pas demain, ce sera après-demain. Mieux vaut en finir tout de suite, pendant que tout le monde regarde. Devant les autres, Sepp ne va probablement pas le tuer.

Ils sont tous sortis de la maison : Rosa est sur la pointe des pieds pour mieux voir, elle rit encore, les deux commis à côté d'elle aussi. Agneta crie quelque chose ; le gamin la voit ouvrir la bouche en grand et agiter les mains, mais il ne l'entend pas. Claus, à côté d'elle, regarde toujours dans le vide, comme s'il pensait à autre chose.

Le commis l'a hissé au-dessus de sa tête. Le gamin craint que Sepp ne le projette sur le sol dur ; il place ses mains devant le front pour se protéger. Mais Sepp avance d'un pas, et encore d'un, et encore d'un, et le cœur du gamin bat soudain la chamade. Le sang pulse dans ses oreilles, il se met à crier. Il n'entend pas sa voix, il crie plus fort, il ne l'entend toujours pas. Il a compris ce que Sepp a en tête. Les autres le comprennent-ils aussi ? Ils pourraient encore intervenir, mais – plus maintenant. Sepp l'a fait. Le gamin tombe.

Il continue de tomber. Le temps semble ralentir, le gamin peut encore regarder autour de lui, il sent la chute, le glissement dans l'air, et il a même le temps de penser que ce qui arrive, c'est précisément ce qu'on lui a déconseillé de faire sa vie durant : n'entre pas dans l'eau au niveau de la roue, jamais près de la roue, n'entre pas, en aucun cas, n'entre jamais, jamais, n'entre jamais dans l'eau au niveau de la roue du moulin ! Une fois cette pensée formulée, sa chute n'est toujours pas finie et il tombe encore, encore et encore, mais alors qu'une nouvelle pensée se forme, à savoir qu'il ne va peut-être rien se passer et que la chute ne s'arrêtera jamais, il heurte la surface dans un claquement et coule, un moment s'écoule avant qu'il sente la morsure du froid glacial. Sa poitrine se comprime, tout devient noir.

Il sent un poisson frôler sa joue. Il sent le courant de plus en plus rapide, les remous entre ses doigts. Il sait qu'il devrait s'accrocher, mais à quoi, tout bouge, rien de fixe nulle part, puis il sent un mouvement au-dessus de lui et il ne peut s'empêcher de penser qu'il s'est imaginé la scène toute sa vie, avec effroi et curiosité, se demandant ce qu'il faudrait faire si, un jour, il tombait pour de bon dans la rivière au niveau de la roue. Mais maintenant tout est différent et il ne peut strictement rien faire, il sait qu'il va mourir dans un instant, écrasé, broyé, moulu, mais il se souvient quand même qu'il ne doit pas remonter à la surface, il n'y a aucune issue là-haut, seulement la roue. Il doit aller vers le fond.

Mais c'est où, le fond ?

De toutes ses forces, il fait des mouvements de natation. Mourir n'est rien, il s'en rend compte. Ça va si vite, ce n'est pas une grande affaire, un faux pas, un saut, un mouvement et tu n'es plus en vie. Un brin d'herbe se déchire, un insecte se fait écraser, une flamme s'éteint, un homme meurt, ce n'est rien ! Ses mains plongent dans la boue, il a réussi à atteindre le fond.

Il comprend soudain qu'il ne va pas mourir aujourd'hui. Les tiges des longues herbes le caressent, la crasse entre dans son nez, il sent le froid le saisir à la nuque, il entend un crissement, sent quelque chose dans son dos, puis sur ses talons ; il est passé sous la roue.

Il donne une impulsion avec ses pieds. Tandis qu'il remonte, il aperçoit un visage blême, les yeux grands et vides, la bouche ouverte, il luit faiblement dans l'obscurité de l'eau, sans doute l'esprit d'un enfant qui a eu moins de chance que lui. Il nage. Le voilà déjà à l'air libre. Il inspire, recrache de la boue, tousse, s'agrippe à l'herbe et rampe sur la rive en haletant.

Une tache se déplace sur des pattes maigres devant son œil droit. Il cligne des yeux. La tache se rapproche. Ça le chatouille au sourcil, il plaque la main sur son visage, la tache disparaît. Là-haut flotte un nuage rond et scintillant. Quelqu'un se penche au-dessus de lui. C'est Claus. Il s'agenouille, tend la main et lui touche la poitrine, murmure des mots que le gamin ne comprend pas parce que ce son aigu est toujours dans l'air et couvre tout le reste ; mais il s'affaiblit au fur et à mesure que son père parle. Claus se lève, le son a disparu.

Agneta est là aussi maintenant. Rosa est à côté d'elle. Chaque fois qu'une nouvelle personne apparaît, le gamin a besoin d'un moment pour reconnaître son visage, quelque chose a ralenti dans sa tête et ne s'est pas encore remis à fonctionner. Son père trace des cercles avec la main. Il sent ses forces revenir. Il veut parler, mais sa gorge ne produit qu'un bruit rauque.

Agneta lui caresse la joue.

— Voilà deux fois, dit-elle, que tu es baptisé.

Il ne comprend pas ce qu'elle veut dire. C'est sans doute dû à la douleur dans sa tête, si intense qu'elle le remplit entièrement, lui et le reste du monde – toutes les choses visibles, la Terre, les gens autour de lui et le nuage là-haut, aussi blanc que de la neige fraîche.

— Eh bien, rentre à la maison, dit Claus.

Sa voix a un ton réprobateur, comme s'il l'avait surpris en plein délit.

Le gamin s'assoit, se penche et vomit. Agneta s'agenouille à ses côtés et lui tient la tête.

Il voit ensuite son père lever la main et asséner une claque à Sepp. Son torse bascule vers l'avant ; le commis se tient la joue, se redresse et reçoit le coup suivant. Puis un troisième, porté avec le même élan, la violence du coup le projette presque par terre. Claus frotte ses mains douloureuses, Sepp chancelle. Le gamin sait bien que le commis joue la comédie : ça ne lui a pas fait très mal, il est nettement plus costaud que le meunier. Mais il sait à son tour qu'on mérite une correction quand on manque de tuer le fils de son employeur, de même que le meunier et tous les autres savent qu'on ne peut pas simplement le chasser, Claus a besoin de trois commis, sans quoi ça ne marche pas et, si l'un d'eux est absent, il faut parfois des semaines pour qu'un nouveau commis itinérant se présente – les garçons de ferme ne veulent pas travailler au moulin, il est trop loin du village et c'est un métier infâme, seuls les désespérés sont prêts à le faire.

— Rentre à la maison, dit à son tour Agneta.

Il fait presque nuit. Tous sont pressés car personne ne veut rester dehors. Chacun sait ce qui erre dans les forêts la nuit.

— Baptisé deux fois, répète Agneta.

Il s'apprête à lui demander ce qu'elle veut dire, mais il se rend compte qu'elle n'est plus là. Derrière lui, la rivière murmure, un filet de lumière perce à travers l'épais rideau de la fenêtre du moulin. Claus a déjà dû allumer la chandelle de suif. Visiblement, personne n'a voulu se donner la peine de le traîner à l'intérieur.

Le gamin se relève, gelé. Survécu. Il a survécu. Il a survécu à la roue. La roue du moulin. Il a survécu. Il se sent infiniment léger. Il fait un bond mais, quand il atterrit, sa jambe cède et il tombe à genoux en gémissant.

Il entend un chuchotement depuis la forêt. Il retient son souffle et tend l'oreille, tantôt c'est un grondement, tantôt un sifflement, puis ça s'arrête, puis ça reprend. Il a l'impression qu'il lui suffirait d'être un peu plus attentif pour comprendre des mots. Mais il n'y tient vraiment pas. Il clopine en hâte jusqu'au moulin.

Des semaines s'écoulent avant que sa jambe lui permette de remonter sur la corde. Dès le premier jour, une des filles du boulanger vient s'asseoir dans l'herbe. Il la connaît de vue, son père passe souvent au moulin car il souffre de rhumatismes depuis que Hanna Krell l'a maudit après une dispute. La douleur l'empêche de dormir, c'est pourquoi il lui faut la magie de Claus pour éloigner le mal.

Le gamin se demande s'il doit la chasser. Mais premièrement, ce ne serait pas gentil et deuxièmement, il n'a pas oublié qu'elle a gagné le lancer de pierres à la dernière fête du village. Elle est sûrement très costaude et lui, il a encore mal partout. Donc il supporte sa présence. Bien qu'il ne la voie que du coin de l'œil, il remarque les taches de rousseur sur ses bras et son visage, ses yeux bleus comme l'eau au soleil.

— Ton père, dit-elle, a dit au mien que l'enfer n'existait pas.

— Il a pas dit ça.

Le gamin réussit à faire quatre pas avant de tomber.

— Si.

— Jamais, dit-il d'un ton déterminé. Je le jure.

Il est presque certain qu'elle a raison. Mais son père a très bien pu affirmer le contraire : Nous sommes en enfer, pour toujours, et nous n'en sortirons jamais. Il a aussi très bien pu dire que nous sommes au ciel. Il a déjà entendu son père dire tout ce qui peut se dire.

— T'es déjà au courant ? demande-t-elle. Peter Steger a tué un veau près du vieil arbre. C'est l'forgeron qui l'a raconté. Ils étaient trois. Peter Steger, le forgeron et le père Heinerling. Ils sont allés jusqu'au saule la nuit et ils ont laissé le veau là-bas, pour la Froide.

— Moi aussi, j'y suis déjà allé, dit-il.

Elle rit. Elle ne le croit pas, bien sûr, et bien sûr qu'elle a raison, il n'y est jamais allé ; personne ne s'approche du saule s'il n'est pas obligé.

— J'te jure ! dit-il. Crois-moi, Nele !

Il remonte sur la corde et reste debout sans se tenir. Il y arrive maintenant. Pour renforcer son serment, il pose deux doigts de la main droite sur son cœur. Mais il la retire vite car il se souvient que la petite Käthe Loser a fait un faux serment à ses parents l'année dernière et qu'elle est morte deux nuits plus tard. Pour se tirer d'embarras, il fait semblant de perdre l'équilibre et il s'affale dans l'herbe.

— Continue, dit-elle avec calme.

— Quoi donc ?

Il se relève en grimaçant de douleur.

— La corde. Faire un truc que personne n'arrive à faire. C'est bien.

Il hausse les épaules. Il ne sait pas si elle se moque de lui.

— Faut que j'y aille, dit-elle.

Elle se lève d'un bond et part en courant.

Tout en la suivant du regard, il frotte son épaule douloureuse. Après quoi il remonte sur la corde.

La semaine suivante, ils doivent transporter une charrette de farine jusqu'à la ferme Reutter. Martin Reutter a apporté le grain il y a trois jours mais il ne peut pas venir chercher la farine, son timon s'est cassé. Heiner, son garçon de ferme, est venu hier annoncer la nouvelle.

La situation est compliquée. On ne peut pas simplement renvoyer le commis avec la farine car il pourrait s'enfuir avec et ne plus jamais revenir, il ne faut jamais faire confiance à un garçon de ferme. Or Claus ne peut pas quitter le moulin parce qu'il y a trop de travail, alors c'est Agneta qui doit y aller mais, comme il ne faut pas qu'elle se retrouve seule dans la forêt avec Heiner, vu que les commis sont capables de tout, le gamin l'accompagne.

Ils se mettent en route avant le lever du jour. Il a beaucoup plu dans la nuit. La brume flotte entre les troncs, les cimes semblent se fondre dans le ciel encore sombre, les prairies sont lourdes d'humidité. L'âne avance d'un pas traînant, il se fiche de tout. Le gamin le connaît depuis toujours. Il a passé des heures près de lui dans l'écurie à écouter son léger ronflement et à le caresser, heureux quand l'animal appuyait son museau toujours humide contre sa joue. Agneta tient la bride, le gamin est à côté sur le siège du cocher, les yeux mi-clos, blotti contre elle. Derrière eux, Heiner est avachi sur les sacs de farine ; tantôt il émet un grognement, tantôt il rit tout seul, sans qu'on sache s'il dort ou pas.

S'ils avaient choisi le chemin large, ils seraient déjà arrivés cet après-midi, mais il passe trop près de la clairière avec le vieux saule. Un enfant à naître ne doit pas être en contact avec la Froide. Ils doivent donc faire un détour par l'étroit sentier herbeux qui s'enfonce dans la forêt en longeant la colline aux érables et la grande mare aux souris.

Agneta parle du temps où elle n'était pas encore la femme d'Ulespiègle. Un des deux fils du boulanger Holtz voulait l'épouser. Il avait menacé de rejoindre les mercenaires si elle ne voulait pas de lui. Il avait la ferme intention de partir à l'Est, dans les plaines hongroises, pour combattre les Turcs. Et elle était sur le point de l'accepter – pourquoi pas, s'était-elle dit, ils se valaient tous en fin de compte. Mais c'est là que Claus était arrivé dans le village, un catholique venu du Nord, ce qui était déjà bizarre en soi et, lorsqu'elle l'avait épousé parce qu'elle ne pouvait pas lui résister, le jeune Holtz n'était pas parti à l'Est pour autant. Il était resté, il avait cuit du pain et, quand la peste avait sillonné le village deux ans après, c'était lui qu'était mort en premier et, une fois son père mort aussi, c'était son frère qu'avait repris la boulangerie.

Agneta soupire et caresse la tête de l'enfant.

— Tu peux pas savoir comment il était à l'époque. Jeune et élancé et très différent des autres.

Il faut un moment au gamin pour comprendre de qui elle parle.

— Il savait tout. Il savait lire. Et il était beau avec ça. Costaud, avec des yeux clairs, et il savait chanter et danser mieux que tout le monde. Elle réfléchit. Il était… éveillé !

Le gamin acquiesce. Il aimerait mieux entendre un conte.

— C'est une bonne personne, dit Agneta. Ne l'oublie jamais.

Le gamin ne peut s'empêcher de bâiller.

— Sauf qu'il est toujours ailleurs en pensée. J'ai pas compris, à l'époque. Faut dire que je ne savais pas que ça existait, un gars dans son genre. Comment j'aurais pu le savoir ? J'ai toujours vécu ici. Comment savoir qu'un gars dans son genre n'est jamais vraiment avec nous. Au début, il était perdu dans ses pensées que de temps à autre, en général il était avec moi, il me portait, on riait, il avait des yeux si clairs. De temps à autre, il était dans ses bouquins ou ses expériences, il mettait le feu à un truc ou mélangeait des poudres. Avec le temps, il était plus souvent dans ses bouquins et moins souvent avec moi, puis encore moins, et maintenant ? Tu vois bien. Le mois dernier, quand la roue du moulin

s'est arrêtée. Il lui a fallu trois jours pour la répa-
rer parce qu'il a d'abord voulu faire une expérience
dans le pré. Pas eu le temps pour le moulin, m'sieu
le meunier. Après quoi il a mal réparé la roue, le
pivot s'est coincé et on a dû appeler Anselm Melker à l'aide. Mais lui, il s'en fichait pas mal !

— Tu me racontes une histoire ?

Agneta acquiesce.

— Il y a fort longtemps, commence-t-elle. À
l'époque où les pierres étaient jeunes et où les ducs
n'existaient pas et où nul ne payait la dîme. Il y a
fort longtemps, à l'époque où il n'y avait pas de
neige, même en hiver…

Elle hésite, touche son ventre et raccourcit la bride.
Le chemin est étroit et il passe sur de grosses racines.
Un faux pas de l'âne et la charrette pourrait basculer.

— Il y a fort longtemps, reprend-elle, une jeune
fille a trouvé une pomme dorée et elle a voulu la
partager avec sa mère, mais elle s'est coupée au doigt
et sa goutte de sang a donné naissance à un arbre
qui avait aussi des pommes, mais pas des dorées,
des pommes affreuses et toutes ridées ; quiconque
en mangeait mourait d'une mort atroce. Car sa
mère était une sorcière, elle veillait sur la pomme
d'or comme sur la prunelle de ses yeux et chaque
chevalier venu la combattre pour pouvoir faire la
cour à sa fille se faisait déchiqueter et dévorer, et
elle demandait en riant : N'y a-t-il donc point de
héros parmi vous ? Mais quand l'hiver est enfin
arrivé et qu'il a tout recouvert de neige froide, la
pauvre fille a dû faire le ménage et cuisiner pour sa
mère, jour après jour, sans fin.

— De la neige ?

Agneta s'interrompt.

— Tu as dit qu'il n'y avait pas de neige en hiver.

Agneta se tait.

— Pardon, dit le gamin.

— La pauvre fille a dû faire le ménage et cuisiner pour sa mère, jour après jour, sans fin, alors qu'elle était si belle que nul ne pouvait la regarder sans en tomber amoureux.

Agneta se tait à nouveau, puis elle pousse un léger gémissement.

— Qu'est-ce qu'il y a ?

— Alors sa fille s'est enfuie en plein hiver car elle a entendu dire que loin, très très loin de là, au bord de la vaste mer, se trouve un garçon digne de la pomme d'or. Mais d'abord, il a fallu qu'elle s'échappe et c'était difficile car sa mère, la sorcière, était sur ses gardes.

Agneta s'interrompt de nouveau. La forêt est très dense à présent, seul un coin de ciel bleu clair étincelle entre les cimes. Agneta tire sur la bride, l'âne s'arrête. Un écureuil bondit sur le chemin, lui lance un regard froid ; puis il s'éclipse aussi vite qu'une illusion des sens. Derrière eux, le commis cesse de ronfler et s'assoit.

— Qu'est-ce qu'il y a ? répète le gamin.

Agneta ne répond pas. Soudain, elle est pâle comme la mort. Le gamin s'aperçoit que sa jupe est pleine de sang.

Il s'étonne de ne pas avoir remarqué une tache aussi grosse, puis il comprend que le sang n'était pas là un instant plus tôt.

— L'enfant arrive, dit Agneta. Je dois rentrer.

Le gamin la dévisage.

— De l'eau chaude, dit-elle d'une voix rauque. Et Claus. Il me faut de l'eau chaude et Claus avec ses formules et ses herbes. Et la sage-femme du village, Lise Köllerin.

Le gamin la regarde. Heiner la regarde. L'âne regarde droit devant lui.

— Sinon je vais mourir, dit-elle. Voilà ce qu'il me faut. Il n'y a pas d'autre solution. Je peux pas faire demi-tour avec la charrette, donc Heiner va me soutenir, on rentre à pied et toi, tu restes ici.

— Pourquoi est-ce qu'on ne continue pas ?

— On n'arriverait pas à la ferme Reutter avant ce soir, c'est plus rapide de rentrer à pied au moulin.

Elle descend en haletant. Le gamin veut lui prendre le bras mais elle le repousse.

— T'as compris ?

— Quoi ?

Agneta suffoque.

— Quelqu'un doit rester près de la farine. Ça vaut autant que la moitié du moulin.

— Seul dans la forêt ?

Agneta gémit.

Heiner les regarde à tour de rôle d'un air hébété.

— Faut que je me coltine ces deux idiots.

Agneta pose ses mains sur les joues du gamin et le regarde droit dans les yeux, si bien qu'il voit son propre reflet. Elle a une respiration sifflante et râlante.

— Tu comprends ? demande-t-elle à voix basse. Mon cœur, mon petit garçon, tu comprends ? Tu attends ici.

Dans sa poitrine, ça bat si fort que sa mère doit forcément l'entendre. Il veut lui dire qu'elle se trompe dans ses calculs, que la douleur trouble sa lucidité. Elle n'y arrivera pas à pied, ça dure des heures, elle saigne trop. Mais le gamin a la gorge sèche, les mots ne sortent pas. Impuissant, il la regarde s'en aller en

51

clopinant, appuyée sur Heiner. Le commis la soutient à moitié, la traîne à moitié, elle gémit à chaque
pas. L'espace d'un instant, il l'aperçoit encore, puis
il entend les gémissements faiblir, puis il est seul.

Pendant un moment, il se change les idées en
tirant sur les oreilles de l'âne. Du côté droit, puis
gauche, puis droit et, chaque fois, la bête produit un
son triste. Pourquoi est-elle si patiente, si gentille,
pourquoi ne mord-elle pas ? Il fixe son œil droit.
L'œil repose dans son orbite comme une bille de
verre, sombre, humide et vide. L'œil ne cligne pas,
il tressaille juste un peu quand le gamin le touche
du doigt. Il se demande comment ce serait d'être
cet âne. Être enfermé dans l'âme d'un âne, avec
une tête d'âne sur les épaules et des pensées d'âne
à l'intérieur, quel effet ça fait ?

Il retient son souffle et tend l'oreille. Le vent : des
bruits dans des bruits derrière d'autres bruits, fre-
donnements et bruissements, couinements, gémissements et grincements. Le murmure des feuilles
se superpose au murmure des voix et, de nouveau,
il lui semble qu'il suffirait d'écouter un moment
pour comprendre. Il se met à fredonner, mais il ne
reconnaît pas le son de sa voix.

Il s'aperçoit alors que les sacs de farine sont atta-
chés par une corde ; une longue corde qui va d'un
sac à l'autre. Soulagé, il sort son couteau et se met
à faire des entailles dans des troncs.

Dès qu'il a solidement fixé la corde entre deux
arbres à hauteur de poitrine, il se sent mieux. Il
vérifie qu'elle est bien tendue, puis il enlève ses
chaussures, grimpe dessus et marche bras écartés
jusqu'au milieu. Le voilà qui domine le chemin en
terre glaise, la charrette et l'âne à ses pieds. Il perd

l'équilibre, saute, remonte aussitôt. Une abeille s'envole des buissons, retombe et disparaît dans la verdure. Le gamin avance lentement sur la corde. Il réussit presque à aller jusqu'au bout, mais il finit quand même par tomber.

Il reste par terre un moment. À quoi bon se relever ? Il roule sur le dos. Il a l'impression que le temps s'arrête. Quelque chose a changé : le vent continue de murmurer, les feuilles de bouger et l'âne a le ventre qui gargouille, mais ce n'est pas lié au temps. Autrefois, c'était le présent et maintenant, c'est le présent et dans le futur, quand tout aura changé, qu'il y aura d'autres hommes et que personne sauf Dieu ne se souviendra de lui, ni d'Agneta et de Claus, ni du moulin, même là, ce sera toujours le présent.

Au-dessus de sa tête, la bande de ciel a viré au bleu foncé et revêt une teinte gris velouté. Les ombres glissent le long des troncs et le soir tombe d'un seul coup. Là-haut, la lumière se fige en un frêle scintillement. Puis c'est la nuit.

Il pleure. Mais comme il n'y a personne pour l'aider et que pleurer, ça va bien un petit moment, après quoi on n'a plus de force ni de larmes, il finit par s'arrêter.

Il a soif. Agneta et Heiner ont emporté l'outre à bière, Heiner se l'est passée autour de la taille, personne n'a pensé à laisser de quoi boire au gamin. Il a les lèvres sèches. Il y a sûrement un ruisseau dans les parages, mais comment le trouverait-il ?

Les bruits ne sont plus les mêmes que dans la journée : les cris d'animaux sont différents, le vent est différent, et même le craquement des branches. Il écoute. Là-haut, il serait plus en sécurité. Il tente de grimper à un arbre. Mais c'est difficile quand on n'y voit presque rien. Les petites branches se cassent et l'écorce craquelée lui entaille les doigts. Une chaussure glisse de son pied ; il l'entend cogner contre une branche, puis une autre. Il s'agrippe au tronc, se hisse et parvient un peu plus haut. Après quoi il n'en peut plus.

Il reste suspendu là un moment. Il s'était imaginé pouvoir dormir sur une grosse branche, adossé au tronc, mais il s'aperçoit maintenant que ce n'est pas possible. Il n'y a rien de moelleux sur un arbre et il faut sans cesse se cramponner pour ne pas tomber. Une branche appuie contre son genou. Au début, il se dit que ce n'est pas si gênant et puis, d'un seul coup, ça devient insupportable. Et la grosse branche sur laquelle il est assis lui fait mal. Il repense au conte de la méchante sorcière, de sa jolie fille, du chevalier et de la pomme d'or : va-t-il un jour en connaître la fin ?

Il redescend. C'est difficile dans l'obscurité, mais il est habile, ne dérape pas et atterrit sur le sol. Sauf qu'il ne retrouve pas sa chaussure. Quelle chance que l'âne, au moins, soit là. Le gamin se blottit contre l'animal tout doux et légèrement puant.

Il songe que sa mère pourrait revenir. Si elle est morte sur le chemin du retour, elle pourrait brusquement réapparaître. Le frôler, lui chuchoter quelque chose à l'oreille, lui montrer son visage métamorphosé. Cette pensée lui glace le cœur. Est-il possible qu'on ait aimé une personne juste avant et que, juste après, on soit mort de peur parce qu'elle réapparaît ? Il repense à la petite Gritt qui a croisé son père mort en faisant la cueillette aux champignons l'année dernière : il n'avait pas d'yeux et il flottait à un empan au-dessus du sol. Il repense aussi à cette tête que grand-mère a vue il y a de nombreuses années dans la borne derrière la ferme Steger, retrousse ta jupe, jeune fille, alors qu'y avait personne caché derrière la borne, non, c'était la pierre qu'avait soudain eu des yeux et des lèvres, retrousse-la donc et fais voir ce qu'il y a d'ssous ! Grand-mère le lui a raconté quand il était petit ; elle est morte maintenant et son corps doit être décomposé depuis belle lurette, ses yeux sont devenus des pierres et ses cheveux, de l'herbe. Il s'ordonne de ne pas penser à des choses pareilles, mais ça ne marche pas, et il y a surtout une pensée qu'il n'arrive pas à chasser : mieux vaut qu'Agneta soit morte, qu'elle soit prisonnière au fin fond de l'enfer éternel, plutôt que de surgir des buissons sous forme de revenante.

L'âne tressaille, le bois craque à proximité, quelque chose se rapproche, le pantalon du gamin se remplit de chaleur. Un corps massif le frôle et s'éloigne, son pantalon devient froid et lourd. L'âne grogne, il l'a senti lui aussi. C'était quoi ? Il y a maintenant une lueur verdâtre entre les branches, plus grande qu'un ver luisant, mais moins lumineuse et, pris de peur, il a soudain des images fiévreuses dans la tête. Il a une sensation de chaleur. Puis de froid. Puis de chaleur. Malgré tout, il se dit : il ne faut pas qu'Agneta, vivante ou morte, sache qu'il a fait dans son pantalon, sinon ça va barder. Et, lorsqu'il l'aperçoit gémissant sous un buisson, qui est en même temps le fil par lequel le disque de la Terre est suspendu à la Lune, un reste de sa raison en dissolution lui dit qu'il est sûrement en train de s'endormir, épuisé par l'angoisse et toutes ces palpitations, généreusement confié à ses forces qui faiblissent, sur le sol froid et dans le vacarme nocturne de la forêt, à côté de l'âne ronflant doucement. C'est pourquoi il ignore que sa mère n'est pas loin en effet, gémissant et geignant sous un buisson semblable à celui de son rêve, un genévrier avec des baies à la rondeur majestueuse. C'est là-bas qu'elle se trouve, là-bas, dans l'obscurité.

Agneta et le commis ont pris le chemin le plus court, elle était trop faible pour faire le détour et c'est ainsi qu'ils se sont trop rapprochés de la clairière de la Froide. Maintenant Agneta gît par terre, elle n'a plus de force et presque plus de voix pour crier, et Heiner est assis à côté d'elle, le nouveau-né sur ses genoux.

Le commis se demande s'il doit s'enfuir. Qu'est-ce qui le retient ? Cette femme va mourir et, s'il reste dans le coin, on dira que c'est sa faute. C'est toujours comme ça. Quand il se passe quelque chose et qu'un commis est dans le coin, c'est la faute du commis.

Il pourrait disparaître pour toujours, rien ne le retient à la ferme Reutter, la nourriture est chiche et le paysan n'est pas bon envers lui, il le bat aussi souvent que ses propres fils. Alors pourquoi ne pas abandonner la mère et l'enfant ? Le monde est grand, disent les commis, on trouve facilement un nouveau maître, il y a assez de fermes, et quelque chose de mieux que la mort, ça se trouve partout où tu cherches.

Il sait qu'on ne doit pas rester dans la forêt la nuit, et il a faim, et une soif démente aussi, parce qu'il a perdu l'outre à bière quelque part en chemin. Il ferme les yeux. Ça aide. Quand on ferme les yeux, on est en soi, il n'y a personne qui vous fait mal, on est à l'intérieur, il n'y a que soi-même. Il se rappelle les prairies dans lesquelles il courait enfant, il se rappelle le pain frais, voilà longtemps qu'il n'en a plus mangé d'aussi bon, et il se rappelle aussi un homme qui l'a frappé avec un bâton, c'était peut-être son père, il n'en sait rien. C'est comme ça qu'il s'est échappé et qu'il s'est retrouvé ailleurs, puis il s'est enfui de nouveau. Prendre la fuite, c'est fantastique. Il n'y a pas de danger auquel on ne peut échapper quand on court à toutes jambes.

Mais, cette fois, il ne s'enfuit pas. Il tient l'enfant, et aussi la tête d'Agneta et, lorsqu'elle veut se lever, il la soutient et la hisse.

Pourtant, Agneta ne se serait pas rétablie si elle ne s'était pas souvenue du plus puissant des carrés. Retiens-le, lui a dit Claus, ne l'utilise qu'en cas d'urgence. Tu peux l'écrire, mais tu ne dois jamais le prononcer ! Elle a donc utilisé les dernières bribes de lucidité dans sa tête pour tracer les lettres sur le sol. Ça commence par SALOM AREPO, mais après, elle ne s'en souvient plus ; c'est trois fois plus difficile d'écrire quand on n'a jamais appris, qu'il fait nuit et qu'on perd son sang. Alors elle a ignoré la consigne de Claus et elle s'est écriée d'une voix rauque :

— Salom Arepo Salom Arepo !

Et déjà, étant donné que même des fragments libèrent de la puissance, sa mémoire revient et elle se souvient de la suite.

SALOM
AREPO
LEMEL
OPERA
MOLAS

Grâce à cela – elle l'a senti –, les forces malfai-
santes ont reculé, les saignements ont diminué et
l'enfant a jailli de son corps dans la douleur, comme
sous l'effet de fers rouges.

Elle aurait tant aimé rester par terre. Mais elle sait
que quand on a perdu beaucoup de sang et qu'on
reste allongé, c'est pour toujours.

— Donne-moi l'enfant.

Il le lui donne.

Elle ne peut pas le voir, la nuit est si noire qu'on
se croirait aveugle mais, en tenant ce petit être, elle
sent qu'il est encore en vie.

Personne ne connaîtra ton existence, pense-t-elle.
Personne ne se rappellera, sauf moi, ta mère, et je
n'oublierai pas parce que je n'ai pas le droit d'oublier. Et parce que tous les autres le feront.

C'est aussi ce qu'elle a dit aux trois autres qui
sont morts à la naissance. Et vraiment, elle se souvient encore de tout ce dont elle doit se souvenir
pour chacun d'eux : l'odeur, le poids, la forme toujours un peu différente entre ses mains. Ils n'avaient
même pas de nom.

Ses genoux cèdent, Heiner la retient. Pendant un
instant, la tentation est grande de s'allonger à nouveau. Mais elle a perdu trop de sang, la Froide n'est
pas loin et le petit peuple pourrait lui aussi la trouver. Elle tend l'enfant à Heiner et s'apprête à partir,
mais elle tombe aussitôt, elle se retrouve allongée
sur des racines et des brindilles, et elle ressent l'im-
mensité de la nuit. Pourquoi résister, au juste ? Ce
serait si facile. Lâcher prise. Si facile.

Au lieu de ça, elle ouvre les yeux. Elle sent les
racines sous son corps. Elle grelotte de froid et comprend qu'elle est encore en vie.

Elle se relève. Les saignements ont dû diminuer. Heiner lui tend l'enfant ; elle le prend et remarque aussitôt qu'il n'y a plus de vie en lui, alors elle le lui redonne car elle a besoin de ses deux mains pour se tenir à un tronc d'arbre. Heiner le pose par terre, mais elle le houspille et il le reprend. On ne peut pas, bien sûr, le laisser ici : la mousse pousserait par-dessus, les plantes l'enlaceraient, les insectes habiteraient ses membres, son esprit ne trouverait jamais le repos.

C'est à ce moment précis que Claus, dans la mansarde de son moulin, soupçonne vaguement que quelque chose ne va pas. Il murmure vite une prière, jette une pincée de mandragore râpée sur la flamme de son lumignon fumant. Le mauvais présage se confirme : au lieu de jaillir, la flamme s'éteint tout de suite. Une puanteur âcre remplit la pièce.

Dans l'obscurité, Claus trace sur le mur un carré de force moyenne :

M I L O N
I R A G O
L A M A L
O G A R I
N O L I M

Puis, pour plus de sûreté, il répète sept fois à haute voix :

— *Nipson anomimata mi monan ospin.*

Il sait que c'est du grec. Il ne sait pas ce que ça veut dire, mais ça peut se lire à l'endroit comme à l'envers, et les phrases de ce style ont une force particulière. Après quoi il se recouche sur le plancher dur et poursuit son travail.

En ce moment, il observe chaque nuit la trajectoire de la lune. Ses progrès sont si lents que c'en est désespérant. La lune se lève chaque fois à un autre endroit que la veille, son parcours n'est jamais le même. Et, comme personne n'est visiblement capable de l'expliquer, Claus a décidé d'élucider lui-même cette affaire.

S'il y a un truc que personne ne sait, lui a dit un jour Wolf Hüttner, alors c'est à nous de le découvrir !

Hüttner, son ancien maître, un chiromancien et invocateur d'esprits originaire de Constance, veilleur de nuit de son métier. Claus Ulespiègle a travaillé à son service le temps d'un hiver et il ne se passe pas un jour sans qu'il repense à lui avec gratitude. Hüttner lui a montré les carrés, les formules et les herbes qui font de l'effet, et Claus n'en a pas perdu un mot lorsque Hüttner a évoqué le petit peuple et le grand peuple et les Anciens de la nuit des temps et le peuple de la terre profonde et les esprits des airs, tout en disant qu'il ne fallait pas faire confiance aux savants ; ils ne savaient rien, mais ils refusaient de l'admettre pour ne pas perdre la faveur de leurs princes, et lorsque Claus s'est remis en route après la fonte des neiges, il avait trois livres de la collection de Hüttner dans son baluchon. Il ne savait pas encore lire à l'époque, mais un pasteur qu'il avait guéri de ses rhumatismes le lui a appris à Augsbourg et, lorsqu'il a repris son chemin, il a également emporté trois livres de la bibliothèque du pasteur. Ça pesait lourd, tous ces bouquins, une douzaine remplissait son baluchon comme du plomb. Il a bientôt compris qu'il devait abandonner les livres ou bien s'établir quelque part, de préférence dans un endroit caché, loin des grandes routes, car les livres coûtent cher et leurs propriétaires ne s'en séparent pas toujours de plein gré et, en cas de malchance, Hüttner pourrait se retrouver sur son seuil, lui jeter un sort et réclamer son dû.

Lorsqu'il a eu bel et bien trop de livres pour pouvoir continuer sa route, le destin a suivi son cours. Une fille de meunier lui a plu, elle était belle à regarder, et drôle avec ça, et costaude, et elle l'aimait bien, même un aveugle l'aurait vu. Il n'a pas été difficile de la conquérir, il était bon danseur, il connaissait les formules et les herbes pour attacher un cœur, d'ailleurs il en savait plus que n'importe qui au village, ça lui a plu. Son père avait des doutes au début mais, aucun des commis ne donnant l'impression de pouvoir reprendre le moulin, il a cédé. Et, pendant un temps, tout s'est bien passé.

Après cela, il a senti de la déception chez elle. Simplement de temps à autre, puis assez souvent. Puis tout le temps. Elle n'aimait pas ses livres, elle n'aimait pas qu'il se croie obligé de résoudre les énigmes du monde et c'est vrai, la tâche est immense, elle ne laisse pas beaucoup d'énergie pour autre chose, et encore moins pour la routine du moulin. Soudain, Claus a eu le sentiment d'avoir fait une erreur : qu'est-ce que je fabrique ici, qu'est-ce que j'en ai à faire, de ces nuages de farine, de ces paysans butés qui veulent toujours me berner quand il s'agit de payer, de ce personnel bouché qui ne fait jamais ce qu'on lui dit ? D'un autre côté, c'est ce qu'il se dit souvent, la vie nous conduit n'importe où – si tu n'étais pas ici, tu serais ailleurs et ce serait tout aussi bizarre. Pourtant, la seule question qui l'inquiète vraiment, c'est de savoir si on va en enfer quand on a volé autant de livres.

Mais il faut bien prendre le savoir là où on le trouve, on n'est quand même pas destiné à végéter bêtement. Et ce n'est pas facile quand on n'a personne à qui parler. Il y a tant de choses qui te préoccupent, mais personne ne veut les entendre, tes réflexions sur la nature du monde, sur l'origine des pierres et des mouches, de cette vie qui pullule partout, sur la langue que les anges parlent entre eux et sur la façon dont le Seigneur Dieu s'est créé lui-même et doit encore le faire jour après jour car, s'il ne le faisait pas, tout s'arrêterait d'un instant à l'autre – et qui, si ce n'est Dieu, empêcherait le monde de ne pas exister ?

Pour certains livres, il a fallu à Claus des mois, pour d'autres, des années. Il y en a certains qu'il connaît par cœur et qu'il ne comprend pas pour autant. Et, au moins une fois par mois, il reprend avec perplexité le gros ouvrage en latin qu'il a volé dans une paroisse en feu à Trêves. Ce n'est pas lui qui a mis le feu, mais il était dans les parages, il a senti la fumée et saisi sa chance. Sans lui, ce livre aurait brûlé. Donc il lui revient. Mais le lire, ça, il en est incapable.

L'ouvrage compte sept cent soixante-cinq pages imprimées en petits caractères, et sur certaines il y a des images qui semblent tout droit sorties de mauvais rêves : des hommes à tête d'oiseau, une ville avec des merlons et de hautes tours sur un nuage d'où tombe la pluie en traits fins, un cheval à deux têtes dans une clairière, un insecte à longues ailes, une tortue qui monte vers le ciel sur un rayon de soleil. Il manque la première feuille, sur laquelle se trouvait sûrement le titre autrefois ; de même, quelqu'un a arraché la feuille avec les pages vingt-trois et vingt-quatre, ainsi que celle avec les pages cinq cent dix-neuf et cinq cent vingt. Par trois fois déjà, Claus a emporté le livre chez le prêtre pour lui demander de l'aide mais, chaque fois, celui-ci l'a renvoyé sèchement en lui expliquant que seuls les hommes de culture avaient le droit d'aborder les écrits latins. Au début, Claus a envisagé de lui flanquer une malédiction anodine – des rhumatismes ou une invasion de souris au presbytère ou encore du lait tourné –, puis il s'est rendu compte que ce pauvre prêtre, qui boit trop et radote durant ses sermons, ne comprend pas le latin non plus. Il s'est donc presque fait à l'idée que ce fameux livre, qui détient sans doute la clé de tout, il ne pourra jamais le déchiffrer. Qui, en effet, pourrait bien lui enseigner le latin ici, dans ce moulin abandonné de Dieu ?

Malgré tout, il a appris des quantités de choses ces dernières années. En gros, il sait maintenant d'où viennent les choses, comment le monde a été créé et pourquoi tout est ainsi fait : les esprits, les matières, les âmes, le bois, l'eau, le ciel, le cuir, le grain, les grillons. Hüttner serait fier de lui. D'ici peu, il aura comblé ses dernières lacunes. Après quoi il va lui-même écrire un livre où on trouvera toutes les réponses et les savants dans leurs universités vont être bouche bée et honteux et s'arracher les cheveux.

Mais ça ne va pas être facile. Il a de grosses mains et le fin tuyau de plume se brise sans arrêt entre ses doigts. Il va falloir qu'il s'entraîne beaucoup pour pouvoir remplir un livre entier avec ces pattes d'araignée à l'encre. Mais il faut qu'il le fasse parce qu'il ne peut pas retenir indéfiniment tout ce qu'il a découvert. C'est déjà trop, ça lui fait mal, tout ce savoir dans sa tête lui donne souvent le vertige.

Peut-être qu'un jour, il pourra en enseigner une partie à son fils. Il a remarqué que le gamin l'écoute parfois à table, presque à contrecœur et sans rien laisser paraître. Il est maigre et sans force, mais il paraît intelligent. Récemment, Claus l'a surpris en train de jongler avec trois cailloux, facilement, sans effort – une belle ânerie, mais ça prouve que cet enfant n'est peut-être pas aussi abruti que les autres. L'autre jour, le gamin lui a demandé combien il y avait d'étoiles en tout et, vu que Claus les avait comptées peu avant, il a pu non sans fierté lui fournir une réponse. Il espère que l'enfant porté par Agneta sera de nouveau un garçon ; avec un peu de chance, un plus costaud qui pourra mieux l'aider dans son travail et auquel il pourra enseigner deux ou trois choses.

Le plancher est trop dur. Mais, s'il dormait sur une surface plus molle, il s'endormirait et ne pourrait pas observer la lune. Claus s'est échiné à installer dans la lucarne oblique une grille faite de fils très fins – ses doigts sont gros et maladroits, la laine filée par Agneta est rebelle. Mais il a fini par y arriver et la fenêtre est maintenant divisée en carrés de taille presque identique.

Allongé là, il observe. Le temps passe. Il bâille. Il a les larmes aux yeux. Il ne faut pas que tu t'endormes, se dit-il, tu ne dois surtout pas t'endormir !

Voilà enfin la lune, argentée, presque ronde et comme tachée par du cuivre sale. Elle est apparue dans la ligne du bas, non pas dans le premier carré, comme Claus s'y attendait, mais dans le deuxième. Pourquoi ? Il plisse les yeux. Ils lui font mal. Il lutte contre le sommeil, s'assoupit, se réveille et s'assoupit de nouveau, mais maintenant il est réveillé pour de bon, il plisse les yeux et la lune ne se trouve plus dans la deuxième ligne, mais dans la troisième à partir du bas, dans le deuxième carré depuis la gauche. Comment est-ce possible ? Malheureusement, les carrés ne sont pas de la même taille car la laine s'effiloche, si bien que les nœuds sont trop gros – pourquoi la lune se comporte-t-elle ainsi ? Quel astre méchant, fourbe et menteur ; ce n'est pas un hasard si son image symbolise la décadence et la trahison dans les cartes. En outre, pour pouvoir noter quand la lune se trouve à tel ou tel endroit, il faut savoir l'heure, mais comment, de par tous les diables, peut-on lire l'heure, si ce n'est d'après la position de la lune ? C'est à vous rendre fou ! Pour couronner le tout, un des fils vient de se dénouer ; Claus se redresse et tente de refaire le nœud avec ses doigts récalcitrants. À peine a-t-il réussi qu'un nuage surgit. La lumière éclaire faiblement ses contours, mais il est impossible de dire où se trouve exactement la lune. Il ferme ses yeux douloureux.

Lorsqu'il se réveille gelé à l'aube, il a rêvé de farine. Ce n'est pas croyable – ça lui arrive sans arrêt. Autrefois, ses rêves étaient remplis de lumière et de bruit. Il y avait de la musique et parfois des esprits qui lui parlaient. Mais ça remonte loin. Aujourd'hui, il rêve de farine.

Tandis qu'il se relève avec mauvaise humeur, il se rend compte que ce n'est pas son rêve de farine qui l'a réveillé, mais des voix venant de dehors. À cette heure-ci ? Il se souvient avec inquiétude du mauvais présage de la nuit dernière. Il se penche à la fenêtre et, au même moment, la clarté grisâtre de la forêt s'entrouvre, Agneta et Heiner émergent clopin-clopant.

Contre toute vraisemblance, ils s'en sont réellement sortis. Au début, le commis les a portés tous les deux, la femme vivante et l'enfant mort, puis il n'en pouvait plus et Agneta a marché seule, soutenue par lui ; puis l'enfant est devenu trop lourd et trop dangereux car un mort non baptisé, ça attire les esprits, aussi bien ceux d'en haut que ceux des ténèbres, et Agneta a dû le porter elle-même. C'est ainsi qu'ils ont retrouvé le chemin à tâtons.

Claus descend l'échelle, trébuche sur les commis en train de ronfler, écarte une chèvre d'un coup de pied, ouvre la porte en grand et arrive juste à temps pour rattraper Agneta qui s'effondre. Il l'allonge prudemment et palpe son visage. Il sent sa respiration. Il trace un pentagramme sur son front, avec la pointe vers le haut, bien sûr, pour qu'elle guérisse, puis il prend une grande inspiration et dit sans reprendre son souffle :

— *Ne le feites point, tuit li fruits des arbres récoltez et totes eaux traversez et totes montaignes gravyssez et tuit li anges de Dieu evytez, alors totes cloches vunt tinter et totes messes serunt chantees et totes evangeiles recitees et elle retrovera la sante.*

Il ne sait pas précisément ce que cela signifie, mais la formule est très ancienne et il n'en connaît pas de plus puissante pour chasser les gnomes de la nuit.

Du mercure, voilà ce qu'il lui faudrait, mais il n'en a plus, donc il trace à la place le signe du mercure au-dessus de son bas-ventre – la croix avec le huit qui symbolise Hermès, le grand Mercure ; le signe à lui tout seul n'a pas autant d'effet que du vrai mercure, mais c'est mieux que rien. Puis il crie à Heiner :

— File au grenier, va me chercher le sabot de Vénus !

Heiner acquiesce, rentre en chancelant au moulin et grimpe à l'échelle en haletant. Une fois dans la mansarde qui sent le bois et les vieux papiers, il fixe, perplexe, l'enchevêtrement de laine sur la lucarne et il se rend compte qu'il ne sait pas ce que c'est, le sabot de Vénus. Du coup, il s'allonge par terre, pose sa tête sur le coussin fourré de foin sur lequel le meunier a laissé son empreinte, et il s'endort.

Le jour se lève. Après que Claus a porté sa femme dans le moulin, la rosée s'évapore de la prairie, le soleil se lève, la brume matinale fait place à la lumière de midi. Le soleil atteint son zénith et entame sa descente. À côté du moulin se trouve un amas de terre fraîchement retournée : c'est là que repose l'enfant anonyme qui, n'ayant pas été baptisé, n'a pas droit au cimetière.

Quant à Agneta, elle ne meurt pas. Cela surprend tout le monde. C'est peut-être dû à sa force, ou aux formules de Claus, ou au sabot de Vénus, même si ce n'est pas très puissant, la bryone ou l'aconit auraient mieux fait l'affaire, mais Claus a malheureusement utilisé ses dernières réserves pour Maria, dont l'enfant est mort-né ; on chuchote qu'elle a facilité les choses parce qu'elle était enceinte d'Anselm Melker et pas de son mari, mais ça n'intéresse pas Claus. Agneta, donc, n'est pas morte et, lorsqu'elle s'assoit, lance un regard las à la ronde et dit un nom, d'abord à voix basse, puis plus fort et finalement en criant, tous comprennent que, dans l'agitation générale, ils ont oublié le gamin et la charrette avec l'âne. Et la précieuse farine.

Or le soleil va bientôt se coucher. Il est trop tard pour se mettre en route maintenant. Ainsi passe une nuit de plus.

Dès l'aube, Claus s'en va avec ses commis Sepp et Heiner. Ils marchent en silence. Claus est perdu dans ses pensées, Heiner ne dit jamais rien de toute façon et Sepp sifflote dans son coin. Étant des hommes et à trois, ils ne sont pas obligés de faire le détour, ils peuvent traverser la clairière avec le vieux saule. L'arbre maléfique se tient là, noir et immense, ses branches exécutent des mouvements que les branches ne font pas d'habitude. Les hommes s'efforcent de regarder ailleurs. Lorsqu'ils pénètrent de nouveau dans la forêt, ils sont soulagés.

Claus repense sans arrêt à l'enfant mort. Bien que ce soit une fille, cette perte le chagrine. C'est quand même une bonne coutume, se dit-il, de ne pas aimer ses enfants trop tôt. Agneta a déjà donné la vie si souvent, mais un seul a survécu, et il est maigre et fragile, on ne sait pas s'il a survécu aux deux nuits dans la forêt.

L'amour qu'on porte à ses enfants – mieux vaut lutter contre. Un chien non plus, on ne s'en approche pas trop ; même s'il a l'air gentil, il peut mordre. Il faut toujours laisser une distance entre soi et son enfant car ils meurent tout simplement trop vite. Mais, avec chaque année qui passe, on s'habitue davantage à cette petite créature. On fait confiance, on s'autorise à l'aimer. Et, tout d'un coup, il disparaît.

Peu avant midi, ils découvrent des empreintes du petit peuple. Ils s'arrêtent par prudence mais, après un examen approfondi, Claus découvre que les pas mènent vers le sud, loin d'ici. D'ailleurs, les gnomes ne sont pas encore très dangereux au printemps, c'est seulement en automne qu'ils deviennent agités et méchants.

Ils trouvent l'endroit en fin d'après-midi. Ils ont failli passer devant sans le voir parce qu'ils se sont un peu éloignés du sentier, le sous-bois est dense, on voit à peine où on marche. Mais Sepp a senti l'odeur âcre et douceâtre. Ils écartent des brindilles, cassent des branches, plaquent la main sur leur nez. La puanteur grandit à chaque pas. Et voilà la charrette, entourée d'une nuée de mouches. Les sacs sont éventrés, le sol est blanc de farine. Quelque chose gît derrière la charrette. On dirait un tas de vieilles peaux. Il leur faut un moment pour comprendre qu'il s'agit des restes de l'âne. Il ne manque que la tête.

— C'était sans doute un loup, dit Sepp en moulinant des bras pour chasser les mouches.

— Ça n'y ressemble pas, dit Claus.

— La Froide ?

— Elle ne s'intéresse pas aux ânes.

Claus se penche et palpe. Une coupe nette, aucune trace de morsure. Pas de doute, il s'agit d'un couteau.

Ils appellent le gamin. Ils tendent l'oreille, ils appellent de nouveau. Sepp lève les yeux et se tait. Claus et Heiner continuent d'appeler. Sepp est comme figé sur place.

Claus lève les yeux, lui aussi. L'effroi s'approche de lui, le saisit et resserre tellement son emprise qu'il croit étouffer. Quelque chose flotte au-dessus d'eux, c'est blanc de la tête aux pieds, ça les fixe d'en haut et, bien qu'il fasse presque nuit, on voit ses grands yeux, ses babines retroussées, son visage décomposé. Et maintenant qu'ils lèvent les yeux, ils entendent un bruit aigu. On dirait un sanglot, mais ce n'est pas ça. Quoi que ce soit qui se trouve au-dessus d'eux, ça rit.

— Descends de là, s'écrie Claus.

Le gamin, car c'est bien lui, ricane et ne bouge pas. Il est tout nu et tout blanc. Il a dû se vautrer dans la farine.

— Seigneur ! dit Sepp. Grand Dieu !

Tout en levant les yeux, Claus aperçoit autre chose qu'il n'avait pas vu jusque-là parce que c'est trop étrange. Ce que le gamin porte sur la tête, tandis qu'il se tient nu et ricanant sur une corde sans tomber, ce n'est pas un chapeau.

— Sainte Vierge, dit Sepp. Aide-nous et ne nous abandonne pas.

Heiner fait le signe de croix, lui aussi.

Claus sort son couteau et grave d'une main tremblante un pentagramme dans un tronc : la pointe vers la droite, la forme bien fermée. Il grave un alpha à droite, un oméga à gauche, puis il retient son souffle, compte lentement jusqu'à sept et murmure une formule d'exorcisme – esprits du monde d'en haut, esprits du monde d'en bas, tous les saints, bonne Vierge, venez-nous en aide au nom de la Sainte-Trinité. Fais-le descendre, dit-il ensuite à Sepp. Coupe la corde !

— Pourquoi moi ?

— Parce que je le dis.

Sepp, le regard fixe, ne bouge pas. Des mouches se posent sur son visage, mais il ne les chasse pas.

— Alors toi, dit Claus à Heiner.

Heiner ouvre la bouche, la referme. S'il n'avait pas autant de mal à s'exprimer, il dirait qu'il vient tout juste de traîner une femme dans la forêt et qu'il l'a sauvée ; qu'il a retrouvé le chemin, entièrement livré à lui-même. Il dirait qu'il y a une limite à tout, y compris à l'indulgence du plus tendre. Mais comme la parole, ce n'est pas son fort, il croise les bras et regarde le sol d'un air buté.

— Alors toi, dit Claus à Sepp. Il faut que quelqu'un s'en charge. Moi, j'ai des rhumatismes. Tu grimpes tout de suite ou tu vas le regretter toute ta vie.

Il tente de se rappeler la formule qui force les rebelles à obéir, mais les mots ne lui reviennent pas.

Sepp lance des jurons terribles et commence à grimper. Il gémit, les branches n'offrent pas un bon appui et il s'efforce de ne pas lever les yeux vers la blanche apparition.

— Qu'est-ce que ça veut dire ? s'écrie Claus. Qu'est-ce qui t'a pris ?

— Le grand, très grand diable, dit joyeusement le gamin.

Sepp redescend. Entendre cette réponse, c'est au-dessus de ses forces. En outre, il vient de se rappeler qu'il a jeté le gamin dans la rivière et, pour le cas où celui-ci s'en souvient et lui en veut, ce n'est plus le moment de l'approcher. Sepp atteint le sol et fait non de la tête.

— Alors toi ! dit Claus à Heiner.

Mais Heiner se retourne sans rien dire, il s'en va et disparaît dans les fourrés. On l'entend encore un moment. Puis plus du tout.

— Remonte, dit Claus à Sepp.

— Non !

— *Mutus dedit*, murmure Claus, qui se rappelle maintenant les mots de la formule, *mutus dedit nomen…*

— Inutile, dit Sepp. Je ne le ferai pas.

Un craquement dans le sous-bois, des branches se cassent, Heiner est de retour. Il s'est rendu compte qu'il va bientôt faire nuit. Il ne peut pas se retrouver seul dans la forêt obscure, il ne va pas le supporter une deuxième fois. Furieux, il chasse les mouches, s'adosse à un tronc et grogne dans son coin.

Lorsque Claus et Sepp détournent leurs regards de lui, ils remarquent que le gamin est à côté d'eux. Effrayés, ils reculent d'un bond. Comment a-t-il fait pour descendre aussi vite ? Le gamin enlève ce qu'il portait sur la tête : un morceau de cuir chevelu recouvert de pelage avec deux longues oreilles d'âne. Ses cheveux sont encroûtés de sang.

— Pour l'amour de Dieu, dit Claus. Pour l'amour de Marie, du Père et du Fils.

— Le temps était long, dit le gamin. Personne n'est venu. C'était juste une farce. Et ces voix ! Une grosse farce.

— Quelles voix ?

Claus regarde autour de lui. Où est le reste de la tête de l'âne ? Les yeux, la mâchoire avec les dents, l'énorme os du crâne, c'est passé où ?

Le gamin s'agenouille lentement. Puis il s'affaisse sur le côté en riant et il ne bouge plus.

Ils le soulèvent, l'enroulent dans une couverture et s'en vont – loin de la charrette, de la farine, du sang. Ils clopinent un moment dans l'obscurité jusqu'à ce qu'ils se sentent assez en sécurité pour poser l'enfant. Ils ne font pas de feu et ne disent rien pour ne pas attirer quoi que ce soit. Le gamin ricane dans son sommeil, sa peau est brûlante. Des branches craquent, le vent chuchote, Claus murmure les yeux fermés des prières et des adjurations, cela les aide puisque, peu à peu, ils se sentent mieux. Tout en priant, il tente de calculer combien ça va lui coûter : la charrette est détruite, l'âne mort et, surtout, il va falloir qu'il rembourse la farine. Comment va-t-il payer tout ça ?

Aux premières heures du matin, la fièvre du gamin diminue. À son réveil, il demande d'un air déconcerté pourquoi ses cheveux sont aussi poisseux et son corps tout blanc. Après quoi il hausse les épaules, n'y pense plus et, lorsqu'ils lui disent qu'Agneta est en vie, il est content et il rit. Ils trouvent un ruisseau, le gamin se lave ; l'eau est si froide qu'il tremble de tout son corps. Claus l'enroule à nouveau dans la couverture et ils se remettent en route. En chemin, le gamin évoque le conte qu'Agneta lui a raconté. Ça parle d'une sorcière et d'un chevalier et d'une pomme d'or et tout finit bien à la fin, la princesse épouse le héros, la méchante vieille est raide morte.

De retour au moulin, allongé sur sa paillasse à côté de l'âtre, le gamin dort d'un profond sommeil, comme si rien ne pouvait l'en sortir. Il est le seul à dormir car l'enfant mort revient : un simple vacillement dans l'obscurité, un léger gémissement, davantage un courant d'air qu'une voix. Il reste un moment dans le réduit où reposent Claus et Agneta mais, comme il ne peut pas s'approcher du lit parental à cause des pentagrammes gravés sur ses montants, il surgit dans la pièce commune où le gamin et les commis se sont installés autour de l'âtre chaud. Aveugle, sourd, il ne comprend rien et renverse la cruche de lait, fait tourbillonner les torchons fraîchement lavés sur le plan de travail et s'empêtre dans le rideau de la fenêtre avant de disparaître – dans les limbes, où les enfants non baptisés gèlent dans le froid glacial pendant dix fois cent mille ans avant que le Seigneur ne leur pardonne.

Quelques jours plus tard, Claus envoie le gamin au village chez Ludwig Stelling, le forgeron. Claus a besoin d'un nouveau marteau, mais pas trop cher parce qu'il s'est sacrément endetté auprès de Martin Reutter depuis qu'il a perdu le chargement de farine.

En chemin, le gamin ramasse trois cailloux. Il lance le premier en l'air, puis le deuxième, puis il rattrape le premier et le relance, puis il lance le troisième, rattrape le deuxième et le relance, puis il rattrape le troisième et le relance, puis le premier – les voilà tous les trois en l'air. Ses mains décrivent des cercles, ça marche tout seul. L'astuce, c'est de ne pas réfléchir et de ne pas fixer les cailloux. Il faut être très attentif et, en même temps, faire comme s'ils n'étaient pas là.

Il avance ainsi, au milieu d'un tourbillon de cailloux, dépasse la maison de Hanna Krell et traverse le champ de Steger. Une fois devant la forge, il laisse tomber les cailloux dans la fange et il entre.

Il pose deux pièces de monnaie sur l'enclume. Il en a encore deux dans sa poche, mais le forgeron n'est pas censé le savoir.

— Beaucoup trop peu, dit le forgeron.

Le gamin hausse les épaules, reprend les deux pièces et se retourne vers la porte.

— Attends, dit le forgeron.

Le gamin s'arrête.

— Faut que tu m'en donnes plus.

Le gamin secoue la tête.

— Ça ne marche pas comme ça, dit le forgeron. Si tu veux acheter quelque chose, il faut que
tu marchandes.

Le gamin se dirige vers la porte.

— Attends !

Le forgeron est gigantesque, il a le ventre nu et
tout poilu, un foulard noué autour de la tête, un
visage rouge et plein de pores. Au village, tout le
monde sait qu'il va dans les fourrés la nuit avec
Ilse Melker, tout le monde, sauf le mari d'Ilse, ou
alors il le sait et fait semblant de ne pas le savoir
parce qu'on ne peut pas faire grand-chose contre
un forgeron. Le dimanche, quand le prêtre prêche
sur l'immoralité, il regarde toujours le forgeron et
parfois Ilse. Mais ça ne les retient pas pour autant.

— C'est pas assez, dit le forgeron.

Mais le gamin sait qu'il a gagné, il s'essuie le front.
Le feu répand une chaleur crue, des ombres dansent
sur le mur. Il pose une main sur son cœur et jure :

— On m'a pas donné plus, sur le salut de mon
âme !

La mine furieuse, le forgeron lui donne le marteau. Le gamin remercie poliment et se dirige lentement, pour que les pièces ne tintent pas dans sa
poche, vers la porte.

Il passe devant l'étable de Jakob Brantner, la maison des Melker, la maison des Tamm, et il arrive
sur la place du village. Nele serait-elle là ? Mais oui,
elle est assise dans la bruine, sur le muret du puits.

— Encore toi, dit-il.

— T'as qu'à t'en aller, dit-elle.

— Va-t'en toi-même.

— J'étais là avant toi.

Il s'assoit à côté d'elle. Ils ricanent tous les deux.

— Le marchand est venu, dit-elle. Il a dit que l'empereur va faire décapiter tous les grands seigneurs de Bohême.

— Le roi aussi ?

— Le roi d'hiver. Lui aussi. Ils l'appellent comme ça parce qu'il n'a été roi que le temps d'un hiver, après que les gens de Bohême lui ont donné leur couronne. Il a réussi à s'enfuir et il va revenir à la tête d'une grande armée, parce que le roi d'Angleterre est le père de sa femme. Il va reconquérir Prague, destituer l'empereur et deviendra lui-même empereur.

Hanna Krell arrive avec un seau et s'active au bord du puits. L'eau est sale, on ne peut pas la boire, mais on en a besoin pour se laver et pour le bétail. Quand ils étaient petits, ils buvaient du lait mais, depuis quelques années, ils ont l'âge de boire de la bière légère. Au village, tout le monde mange du gruau et boit de la bière légère. Même les riches Steger. Pour les rois d'hiver et les empereurs, il y a de l'eau de rose et du vin, mais les gens simples boivent du lait et de la bière légère, de leur premier jour jusqu'au dernier.

— Prague, dit le gamin.

— Oui, dit Nele. Prague !

Ils pensent tous les deux à Prague. Et justement parce que c'est un simple mot qui ne leur dit rien, ils le trouvent prometteur comme s'il sortait tout droit d'un conte.

— C'est loin, Prague ? demande le gamin.

— Très loin.

Il acquiesce, comme si c'était une réponse.

— Et l'Angleterre ?

— Très loin aussi.

— Faut sans doute un an pour y arriver.

— Encore plus.

— On y va ?

Nele rit.

— Pourquoi pas ? demande-t-il.

Elle ne répond pas et il sait qu'ils doivent faire attention maintenant. Un mot de travers peut avoir des conséquences. Le fils cadet de Peter Steger a ainsi offert une pipe en bois à Else Brantner l'année dernière et, comme elle l'a acceptée, ils se retrouvent fiancés, alors qu'ils ne s'aiment pas du tout. L'affaire est allée jusqu'au bailli du canton qui l'a fait suivre à l'officialité, où il a été décidé qu'on ne peut rien faire : un cadeau est une promesse et une promesse est valable devant Dieu. Inviter quelqu'un à faire un voyage, ce n'est pas un cadeau, mais c'est presque une promesse. Le gamin le sait et il sait que Nele le sait aussi et ils savent tous les deux qu'ils doivent changer de sujet.

— Comment va ton père ? demande le gamin. Ça s'améliore, ses rhumatismes ?

Elle acquiesce.

— Je ne sais pas ce qu'a fait ton père. Mais ça a marché.

— Des formules et des herbes.

— Tu vas apprendre, toi aussi ? Tu pourras guérir les gens un jour ?

— Je préfère aller en Angleterre.

Nele rit.

Il se lève. Il espère vaguement qu'elle va le retenir, mais elle ne bouge pas.

— À la prochaine fête du solstice, dit-il. Je vais sauter par-dessus le feu comme les autres.

— Moi aussi.

— T'es une fille !

— Et la fille va t'en coller une.

Il s'en va sans se retourner. Il sait que c'est important parce que, s'il se retourne, elle a gagné.

Le marteau est lourd. La passerelle en bois s'arrête
devant la maison des Heinerling, le gamin quitte
le chemin et se fraie un passage à travers les hautes
herbes. Ce n'est pas sans risque, à cause des gnomes.
Il pense à Sepp. Depuis la nuit dans la forêt, le commis a peur de lui et se tient à bonne distance, c'est
pratique. Si seulement il se rappelait ce qu'il s'est
passé dans la forêt. Il sait qu'il n'a pas envie d'y repenser. Quelle chose étrange que le souvenir : il ne vient
pas et ne s'en va pas comme il veut, non, on peut
l'éclairer puis l'éteindre comme une torche de pin.
Le gamin pense à sa mère qui vient à peine d'avoir
l'autorisation de se lever et il repense un instant à
la petite morte, sa sœur, dont l'âme se trouve dans
le froid parce qu'on ne l'a pas baptisée.

Il s'arrête et lève les yeux. C'est au-dessus des
cimes qu'il faudrait tendre la corde, d'un clocher
à l'autre, d'un village à l'autre. Il écarte les bras et
imagine la chose. Puis il s'assoit sur une pierre et
observe les nuages qui se divisent. Il fait chaud
maintenant, l'air se remplit de vapeur. Il transpire,
pose le marteau à côté de lui. Tout d'un coup, il a
sommeil et faim aussi, mais le gruau, ce ne sera pas
avant plusieurs heures. Et si on pouvait voler ? Battre
des bras, quitter la corde, monter plus haut, encore
plus haut ? Il arrache un brin d'herbe, le glisse entre
ses lèvres. L'herbe a un goût douceâtre, mouillé et
un peu épicé. Il s'allonge dans l'herbe et ferme les
yeux, si bien que la chaleur du soleil repose sur ses

paupières. L'humidité de l'herbe pénètre à travers ses vêtements.

Une ombre tombe sur lui. Il ouvre les yeux.

— Je t'ai fait peur ?

Le gamin s'assoit, secoue la tête. Les étrangers sont rares par ici. Le bailli vient parfois du chef-lieu de canton et des marchands passent de temps à autre. Mais cet étranger-là, il ne le connaît pas. Il est jeune, à peine un homme. Il porte une barbichette et un pourpoint, un pantalon en bon tissu gris et de hautes bottes. Il a un regard lumineux et curieux.

— Tu imaginais comment ce serait de pouvoir voler ?

Le gamin dévisage l'étranger.

— Non, dit l'étranger, ce n'est pas de la magie. On ne peut pas lire dans les pensées. Personne ne le peut. Mais quand un enfant écarte les bras, se met sur la pointe des pieds et lève les yeux, il imagine qu'il vole. C'est parce qu'il n'arrive pas encore à croire que c'est impossible. Et que Dieu ne nous y autorise pas. Les oiseaux, oui, mais pas nous.

— Un jour, nous pourrons tous voler, dit le gamin. Quand nous serons morts.

— Quand on est mort, on est mort. Puis on repose dans la tombe jusqu'à ce que le Seigneur revienne pour nous juger.

— Il reviendra quand ?

— Le prêtre ne te l'a pas appris ?

Le gamin hausse les épaules. Bien sûr, le prêtre de l'église parle souvent de ces choses-là, le tombeau, le Jugement, les morts, mais il a une voix mono-tone et il n'est pas rare qu'il soit ivre.

— À la fin des temps, dit l'étranger. Seulement voilà, les morts n'ont pas la notion du temps puisqu'ils sont morts, donc on peut tout aussi bien dire : sur-le-champ. Le jour du Jugement commence dès l'instant de ta mort.

— C'est aussi ce qu'a dit mon père.

— Ton père est un savant ?

— Mon père est meunier.

— Il a des opinions ? Il lit ?

— Il sait beaucoup de choses, dit le gamin. Il aide les gens.

— Il les aide ?

— Quand ils sont malades.

— Il peut peut-être m'aider, moi aussi.

— Vous êtes malade ?

L'étranger s'assoit par terre à côté de lui.

— Qu'est-ce que tu en penses, le soleil va rester ou la pluie va revenir ?

— Qu'est-ce que j'en sais.

— Mais tu es d'ici !

— La pluie va revenir, dit le gamin parce qu'il pleut la plupart du temps, il fait presque toujours mauvais. Voilà pourquoi la récolte du grain est si médiocre, pourquoi le moulin ne reçoit pas assez de céréales et pourquoi tout le monde a faim. Il paraît que c'était mieux avant. Les vieilles personnes se souviennent de longs étés, mais c'est peut-être le fruit de leur imagination, comment le savoir, elles sont vieilles. Mon père, reprend le gamin, pense que les anges chevauchent sur les nuages de pluie et qu'ils nous regardent de là-haut.

— Les nuages sont composés d'eau, dit l'étranger. Personne n'est assis dessus. Les anges ont un corps de lumière et ils n'ont pas besoin de véhicule. Pas plus que les démons. Eux, ils sont composés d'air. C'est pourquoi on nomme le diable le seigneur des airs.

Il s'interrompt comme pour écouter l'écho de ses propres phrases, et il examine presque avec curiosité le bout de ses doigts.

— Pourtant, dit-il ensuite, ce ne sont que des particules de la volonté divine.

— Les diables aussi ?

— Bien sûr.

— Les diables font partie de la volonté divine ?

— La volonté divine est plus grande que tout ce qu'on peut imaginer. Si grande qu'elle peut se nier elle-même. Voici une vieille énigme : Dieu peut-il rendre une pierre si lourde qu'Il ne peut plus la soulever ? On dirait un paradoxe. Tu sais ce que c'est, un paradoxe ?

— Oui.

— Vraiment ?

Le gamin acquiesce.

— C'est quoi ?

— C'est vous, le paradoxe, et votre vaurien de Père entremetteur en est un aussi.

L'étranger se tait un moment, puis ses commissures se relèvent pour former un fin sourire.

— En fait, dit-il, ce n'est pas un paradoxe, car voici la bonne réponse : bien sûr qu'Il en est capable. Après quoi Il peut soulever sans peine la pierre qu'Il ne peut plus soulever. Dieu est trop vaste pour ne faire qu'un avec lui-même. C'est pourquoi le seigneur de l'air et ses consorts existent. Et pourquoi tout ce qui n'est pas Dieu existe aussi. Voilà pourquoi le monde existe.

Le gamin met la main devant son visage. Le soleil n'est plus caché par les nuages, un merle passe en voletant. Mais si, songe-t-il, c'est comme ça qu'il faudrait voler, ce serait encore mieux que de marcher sur une corde. Mais si on ne peut vraiment pas voler, marcher sur une corde est encore ce qui se fait de mieux.

— J'aimerais bien faire la connaissance de ton père.

Le gamin acquiesce avec indifférence.

— Tu ferais mieux de te dépêcher, dit l'étranger. Il va pleuvoir dans une heure.

Le gamin désigne le soleil d'un air interrogateur.

— Tu vois ces petits nuages là-bas ? demande l'étranger. Et ceux-là, tout en longueur, au-dessus de nous ? Ceux de là-bas, c'est le vent qui les amasse, un vent d'est qui amène de l'air froid, et ceux qui sont au-dessus de nous les retiennent, puis tout se refroidit encore plus, l'eau devient lourde et tombe sur la terre. Il n'y a pas d'anges à califourchon sur les nuages, mais ça vaut quand même la peine de les regarder car ils apportent l'eau et la beauté. Comment t'appelles-tu ?

Le gamin le lui dit.

— N'oublie pas ton marteau, Tyll.

L'étranger se détourne et s'en va.

Claus est sombre ce soir-là. Il n'arrive pas à résoudre le problème des grains et cela lui pèse à table.

C'est compliqué. Admettons qu'on a un tas de grains devant soi et qu'on en enlève un, on a toujours un tas devant soi. Enlèves-en un deuxième. Est-ce encore un tas ? Bien sûr. Enlèves-en encore un. Est-ce encore un tas ? Oui, bien sûr. Enlèves-en encore un. Est-ce encore un tas ? Bien sûr. Et ainsi de suite. C'est très simple : jamais un tas de grains ne deviendra autre chose qu'un tas de grains par le simple fait qu'on enlève un seul grain. De même, quelque chose qui n'est pas un tas de grains n'en deviendra jamais un par le simple fait qu'on ajoute un grain.

Et pourtant : si on enlève les grains un par un, le tas finit par ne plus être un tas. À un moment donné, il n'y a plus que quelques petits grains qui gisent par terre et que, même avec la meilleure volonté du monde, on ne peut pas appeler un tas. Si on continue, il arrive un moment où on enlève le dernier grain et où il ne reste plus rien sur le sol. Un grain est-il un tas ? Sûrement pas. Et une absence de grains ? Non, une absence de grains n'est pas un tas. Car rien, c'est rien.

Mais quel est le grain dont l'absence fait que le tas cesse d'être un tas ? Ça arrive quand, au juste ? Claus a imaginé la scène des centaines de fois, il a amassé en pensée des centaines de tas pour en retirer ensuite les grains un par un. Mais il n'a pas repéré le moment décisif. Ça a même chassé la lune de ses préoccupations et il n'a plus beaucoup pensé à l'enfant mort.

Cet après-midi, il a tenté l'expérience en vrai. Le plus difficile, ça a été de faire monter autant de grains non moulus dans la mansarde sans en perdre, car Peter Steger vient récupérer sa farine après-demain : Claus a dû inciter ses commis à la prudence à grand renfort de cris et de menaces, il ne peut pas se permettre d'avoir encore plus de dettes. Agneta l'a traité d'andouille poilue, sur quoi il lui a dit de ne pas se mêler de choses trop compliquées pour les femmes, sur quoi elle lui en a collé une, sur quoi il lui a dit de faire gaffe, sur quoi elle lui a asséné une telle claque qu'il a dû s'asseoir un moment. C'est souvent comme ça entre eux. Au début, il lui arrivait de frapper Agneta en retour, mais ça ne lui a jamais réussi, il est certes le plus fort, mais c'est elle la plus hargneuse et, dans une dispute, c'est toujours le plus hargneux qui gagne, donc il y a belle lurette qu'il a perdu l'habitude de la frapper, d'autant que la colère de sa femme, par chance, disparaît aussi vite qu'elle est venue.

Puis il s'est mis au travail dans sa mansarde. Avec prudence et minutie au début, examinant le tas à chaque grain enlevé, puis en transpirant et en râlant de plus en plus, pour finir par sombrer dans le désespoir en fin d'après-midi. À un moment donné, il y avait un nouveau tas à droite de la pièce et, à gauche, quelque chose qu'on aurait peut-être encore pu appeler un tas, mais pas forcément. Et un moment après, il n'y avait plus qu'une poignée de grains à gauche.

Où se trouvait donc la limite ? C'est à en pleurer. Il avale une cuillerée de gruau, soupire et écoute la pluie qui tombe dru. Le gruau est infect comme d'habitude, mais le bruit de la pluie le calme pour un temps. Après quoi il se rend compte que c'est pareil pour la pluie : combien faut-il de gouttes en moins pour que ce ne soit plus de la pluie ? Il gémit. Il a parfois l'impression que Dieu, en créant le monde, n'avait pas d'autre but que de berner l'esprit d'un pauvre meunier.

Agneta pose sa main sur son bras et lui demande s'il veut encore du gruau.

Il n'en veut pas, mais il comprend qu'elle a pitié de lui et que c'est une offre de paix après les claques.

— Oui, dit-il à voix basse. Merci.

C'est là qu'on frappe à la porte.

Claus croise les doigts pour repousser les mauvais esprits. Il murmure une formule, fait des signes en l'air et s'écrie ensuite :

— Qui est là, au nom de Dieu ?

Tout le monde sait qu'on ne doit jamais dire "entrez" tant que celui qui est dehors n'a pas dit son nom. Les mauvais esprits sont puissants, mais la plupart ne peuvent franchir le seuil que si on les invite.

— Deux pèlerins, s'écrie une voix. Au nom du Christ, ouvrez.

Claus se lève, se dirige vers la porte et fait glisser le verrou.

Un homme entre. Il n'est plus tout jeune, mais il est costaud. Ses cheveux et sa barbe sont trempés, l'eau de pluie dégouline sur le lin gris et épais de son manteau. Il est suivi d'un autre homme, beaucoup plus jeune. Celui-ci regarde autour de lui et, lorsqu'il aperçoit le gamin, un sourire passe sur son visage. C'est l'étranger de ce midi.

— Je suis le docteur Oswald Tesimond de la Compagnie de Jésus, dit le plus âgé. Et voici le Dr Kircher. On nous a invités.

— Invités ? demande Agneta.

— La Compagnie de Jésus ? demande Claus.

— Nous sommes des jésuites.

— Des jésuites, répète Claus. De vrais jésuites de bonne foi ?

Agneta apporte deux tabourets, les autres se serrent.

Claus fait une courbette maladroite. Claus Ulespiègle, dit-il, et voilà sa femme, son fils, ses commis et sa servante. Ils recevaient rarement la visite de messieurs haut placés. Quel honneur ! On n'avait pas grand-chose, mais ce qu'on avait était à leur disposition. Il y avait là du gruau, de la bière légère et un fond de lait dans la cruche. Il se racle la gorge.

— Puis-je vous demander si vous êtes des savants ?

— J'ose l'affirmer, répond le Dr Tesimond en prenant sa cuillère du bout des doigts. Je suis docteur en médecine et en théologie, également chimiste spécialisé en dracontologie. Le Dr Kircher se consacre aux signes occultes, à la cristallographie et à l'essence de la musique.

Il mange un peu de gruau, fait la grimace et repose sa cuillère.

Le silence règne un moment. Puis Claus se penche et demande s'il peut poser une question.

— Certainement, dit le Dr Tesimond.

Il y a quelque chose d'inhabituel dans sa façon de parler : certains mots ne se trouvent pas là où on les attend et il les prononce différemment ; c'est comme s'il avait des petits cailloux dans la bouche.

— C'est quoi, la dracontologie ? demande Claus.

Même à la lueur de la chandelle de suif, on voit que ses joues sont empourprées.

— La doctrine portant sur la nature des dragons.

Les commis relèvent la tête. La servante est bouche bée.

Le gamin a soudain très chaud.

— Vous en avez vu ? demande-t-il.

Le Dr Tesimond fronce les sourcils comme si un bruit désagréable l'avait dérangé.

Le Dr Kircher regarde le gamin et secoue la tête.

Claus les prie de l'excuser. C'était un foyer modeste, son fils ne savait pas se tenir et il oubliait parfois qu'un enfant devait se taire quand les adultes parlaient. Mais la même question lui était venue à l'esprit. Vous en avez vu ?

— Ce n'est pas la première fois, dit le Dr Tesimond, que j'entends cette drôle de question. De fait, chaque dracontologue en fait régulièrement l'expérience auprès des gens simples. Mais les dragons sont rares. Ils sont très... comment dit-on, déjà ?

— Farouches, dit le Dr Kircher.

L'allemand, dit le Dr Tesimond, n'était pas sa langue maternelle ; qu'on veuille bien l'excuser, il retombait parfois dans l'idiome de sa patrie bien-aimée et qu'il ne reverrait plus de toute sa vie : l'Angleterre, l'île des pommes et du brouillard matinal. Oui, les dragons étaient incroyablement farouches et capables de tours stupéfiants pour se camoufler. On pouvait les chercher pendant cent ans sans jamais en approcher un. De même qu'on pouvait passer cent ans à proximité immédiate d'un dragon sans jamais le remarquer. D'où l'utilité de la dracontologie. Car la science médicale ne pouvait renoncer aux vertus curatives de leur sang.

Claus se frotte le front.

— Mais où trouvez-vous leur sang ?

— On n'en a pas, bien sûr. La médecine, c'est l'art de... comment dit-on ?

— De la substitution, dit le Dr Kircher.

Précisément ; le sang de dragon était une substance si puissante qu'on n'en avait même pas besoin. Il suffisait qu'elle existe dans le monde. Dans sa patrie bien-aimée, il restait encore deux dragons, mais personne n'avait retrouvé leur trace depuis des siècles.

— Le ver de terre et le ver blanc, dit le Dr Kircher, ressemblent au dragon. Broyé en fine poussière, leur corps donne des résultats étonnants. Le sang de dragon rend l'homme invulnérable mais, à titre de remplacement et compte tenu de sa ressemblance, le cinabre en poudre peut soigner les maladies de peau. Le cinabre est lui aussi difficile à obtenir, mais il peut à son tour être remplacé par n'importe quelle herbe ayant une surface à écailles dragonesques. L'art de la guérison, c'est la substitution selon le principe de la ressemblance – le crocus soigne les maladies des yeux parce qu'il ressemble à un œil.

— Plus un dracontologue connaît son métier, dit le Dr Tesimond, plus il peut compenser l'absence du dragon par la substitution. La compétence suprême consiste à utiliser non pas le corps du dragon, mais son… quel est le mot ?

— Savoir, dit le Dr Kircher.

— D'utiliser son savoir. Pline rapporte déjà que les dragons connaissent une herbe leur permettant de ranimer leurs congénères décédés. Trouver cette herbe représenterait le Saint-Graal de notre science.

— Mais comment sait-on que les dragons existent ? demande le gamin.

Le Dr Tesimond fronce les sourcils. Claus se penche et donne une gifle à son fils.

— Grâce à l'efficacité des substituts, dit le Dr Kircher. Comment une bestiole aussi minable que le ver blanc aurait-elle des vertus curatives, si ce n'est de par sa ressemblance avec le dragon ! Pourquoi le cinabre peut-il soigner, si ce n'est parce qu'il est rouge foncé comme du sang de dragon !

— Encore une question, dit Claus. Tant qu'à parler avec des gens instruits… tant qu'à avoir cette possibilité…

— Je vous en prie, dit le Dr Tesimond.

— Un tas de grains. Quand on en enlève un seul chaque fois. Ça me rend fou.

Les commis rigolent.

— Un problème bien connu, dit le Dr Tesimond.

Il fait un geste d'encouragement en direction du Dr Kircher.

— Là où se trouve une chose, il ne peut s'en trouver aucune autre, dit le Dr Kircher, mais deux mots ne s'excluent pas l'un l'autre. Entre une chose qui est un tas de grains et une chose qui ne l'est pas, il n'y a pas de limite nette. Sa nature de tas se perd peu à peu, tel un nuage qui se dissipe.

— Oui, dit Claus comme s'il se parlait à lui-même. Oui. Non, non. Car… non ! On ne peut pas fabriquer de table à partir d'un ongle de bois. Pas une table utilisable. C'est trop peu. Ça ne va pas. Ça ne marche pas non plus avec deux ongles de bois. Si on a trop peu de bois pour faire une table, on n'en aura jamais assez simplement parce qu'on en ajoute une infime quantité !

Les hôtes se taisent. Tous écoutent la pluie et le raclement des cuillères et le vent qui malmène le volet.

— Une bonne question, dit le Dr Tesimond en lançant un regard encourageant au Dr Kircher.

— Les choses sont ce qu'elles sont, dit le Dr Kircher, mais l'imprécision est profondément ancrée au cœur de nos concepts. Le fait est qu'on ne sait jamais très bien si une chose est une montagne ou pas, une fleur ou pas, une chaussure ou pas ou, dans ce cas précis, une table ou pas. C'est pourquoi Dieu s'exprime en chiffres lorsqu'il veut être clair.

— Il n'est pas courant qu'un meunier s'intéresse à ces questions, dit le Dr Tesimond. Ou à ce genre de choses.

Il désigne les pentagrammes gravés au-dessus du chambranle de la porte.

— Ça éloigne les démons, dit Claus.

— Et on les grave simplement ? Ça suffit ?

— Il faut aussi les bonnes paroles.

— Boucle-la, dit Agneta.

— Mais c'est délicat, les paroles, dit le Dr Tesi-mond. Les…

Il lance un regard interrogateur au Dr Kircher.

— Formules, dit le Dr Kircher.

— Exact, dit le Dr Tesimond, n'est-ce pas dan-gereux ? On dit que les paroles qui chassent les démons sont aussi celles qui les attirent dans cer-taines circonstances.

— Ce sont des formules différentes. Je les connais aussi. Pas d'inquiétude. Je sais les différencier.

— Tais-toi, dit Agneta.

— Et à quoi s'intéresse un meunier à part ça ? Qu'est-ce qui le préoccupe, que veut-il savoir ? En quoi peut-on encore… t'aider ?

— Eh bien, pour les feuilles, dit Claus.

— Ferme-la ! dit Agneta.

— Il y a quelques mois, j'ai trouvé deux feuilles près du vieux chêne sur le champ de Jakob Brantner. En fait, ce n'est pas le champ de Brantner, il a tou-jours appartenu aux Loser, mais dans le conflit por-tant sur l'héritage, le bourgmestre a décidé que c'est un champ Brantner. Quoi qu'il en soit, ces deux feuilles étaient parfaitement identiques.

— Pour sûr que c'est le champ de Brantner, dit Sepp qui a été commis à la ferme Brantner pen-dant un an. Les Loser sont des menteurs et le diable les emportera.

— S'il y a un menteur ici, dit la servante, c'est bien Jakob Brantner. Y a qu'à voir comment il regarde les femmes à l'église.

— Mais le champ lui appartient, dit Sepp.

Claus frappe du poing sur la table, tout le monde se tait.

— Les feuilles. Elles étaient identiques, chaque nervure, chaque fissure. Je les ai séchées, je peux vous les montrer. J'ai même acheté une loupe au marchand qui est venu au village, pour pouvoir mieux les regarder. Il vient pas souvent, le marchand, il s'appelle Hugo et il n'a que deux doigts à la main gauche et, quand on lui demande comment il a perdu les autres, il répond : M'sieu le meunier, ce ne sont que des doigts !

Claus réfléchit un instant, ébahi de voir jusqu'où l'a mené le flux de son discours.

— Donc, reprend-il, elles étaient là devant moi, ces deux feuilles, et d'un coup je me suis demandé si ça voudrait pas dire qu'elles n'en font qu'une. Si la seule différence, c'est qu'une feuille se trouve à gauche et l'autre à droite, c'est réglé en un seul geste.

Il s'exécute d'un geste si maladroit qu'une cuillère vole d'un côté et une auge de l'autre.

— Imaginons que quelqu'un dise que ces deux feuilles n'en font qu'une, qu'est-ce qu'on pourrait bien lui répondre ? Il aurait raison !

Claus tape sur la table mais tous, sauf Agneta qui le regarde encore d'un air suppliant, suivent des yeux l'auge qui roule et décrit un cercle, puis un deuxième, avant de s'immobiliser.

— Ces deux feuilles, donc, dit Claus dans le silence. Si elles sont deux feuilles en apparence et n'en forment qu'une en réalité, cela ne veut-il pas dire que… que tout ici et là et là-bas n'est qu'un filet que Dieu a fabriqué pour que nous ne percions pas à jour ses secrets ?

— Il faut que tu te taises maintenant, dit Agneta.

— Et puisqu'on parle de secrets, dit Claus. Je possède un livre que je ne peux pas lire.

— Il n'y a pas deux feuilles identiques dans la Création, dit le Dr Kircher. Il n'y a même pas deux grains de sable identiques. Pas deux choses entre lesquelles Dieu ne fasse pas de différence.

— Les feuilles sont en haut, je peux les montrer ! Et le livre aussi, je peux le montrer ! Et cette histoire de ver blanc est fausse, mon révérend, le ver blanc broyé ne guérit pas, il donne des douleurs au dos et refroidit les membres.

Claus fait un signe à son fils.

— Va chercher le gros livre, celui qui n'a pas de reliure, celui avec les images !

Le gamin se lève et se précipite vers l'échelle qui mène à l'étage. Il grimpe à la vitesse de l'éclair, il a déjà disparu par la trappe.

— Tu as un bon fils, dit le Dr Kircher.

Claus acquiesce d'un air distrait.

— Quoi qu'il en soit, dit le Dr Tesimond. Il est tard et nous devons être au village avant la tombée de la nuit. Tu viens, meunier ?

Claus le regarde sans comprendre. Les deux hôtes se lèvent.

— Espèce d'imbécile, dit Agneta.

— Où ça ? demande Claus. Pourquoi ?

— Pas de quoi s'inquiéter, dit le Dr Tesimond. Nous voulons simplement parler, de tout, tranquillement. C'est bien ce que tu voulais, meunier. Tranquillement. De tout ce qui te préoccupe. Est-ce qu'on a l'air de gens méchants ?

— Mais je ne peux pas, dit Claus. Le père Steger vient après-demain chercher son grain. Il n'est pas encore moulu, je l'ai là-haut dans la mansarde, le temps presse.

— Tu as de bons commis, dit le Dr Tesimond. On peut se fier à eux, le travail sera fait.

— Celui qui refuse de suivre ses amis, dit le Dr Kircher, doit s'attendre à rencontrer un jour des gens qui ne sont pas ses amis. On a dîné ensemble, on a passé du temps ensemble dans ton moulin. On peut se faire mutuellement confiance.

— Ce livre en latin, dit le Dr Tesimond. Je veux le voir. S'il y a des questions, nous pourrons y répondre.

Tout le monde attend le gamin qui avance à tâtons dans la mansarde sombre. Il lui faut un moment pour trouver le bon livre, à côté du tas de grains. Lorsqu'il redescend, son père et les hôtes sont déjà à la porte.

Il tend le livre à Claus qui lui caresse la tête, se penche et l'embrasse sur le front. Dans la dernière lueur du jour, le gamin aperçoit les petites rides bien marquées de son père. Il voit le tremblement dans son regard agité qui ne se pose jamais plus d'un instant sur une chose, il voit les poils blancs dans sa barbe noire.

Et, tandis que Claus baisse les yeux vers son fils, il s'étonne que cet enfant-là ait survécu, alors que tant d'autres sont morts à la naissance. Il ne s'est pas assez intéressé au gamin, trop habitué au fait qu'ils disparaissent tous très vite. Mais ça va changer, se dit Claus, je vais lui enseigner ce que je sais, les formules, les carrés, les herbes et la trajectoire de la lune. Il saisit gaiement le livre et sort dans le soir. La pluie s'est arrêtée.

Agneta le serre dans ses bras. Ils s'enlacent longuement. Claus veut se dégager, mais Agneta le retient. Les commis ricanent.

— Tu seras bientôt de retour, dit le Dr Tesimond.

— Tu vois bien, dit Claus.

— Espèce d'imbécile, dit Agneta, et elle pleure.

Soudain, Claus a honte de tout ça – le moulin, sa femme qui sanglote, son gringalet de fils, cette existence misérable. Il écarte Agneta d'un geste décidé. L'idée lui plaît de pouvoir faire œuvre commune avec ces savants messieurs, dont il se sent plus proche que de ces bougres du moulin qui ne savent rien.

— Pas d'inquiétude, dit-il au Dr Tesimond. Je connais le chemin, même dans le noir.

Claus s'en va à grands pas, suivi par les deux hommes. Agneta les suit du regard jusqu'à ce que le crépuscule les engloutisse.

— Rentre, dit-elle au gamin.

— Il reviendra quand ?

Elle ferme la porte et pousse le verrou.

II

Le Dr Kircher ouvre les yeux. Quelqu'un est dans la pièce. Il écoute. Non, il n'y a personne ici, excepté le Dr Tesimond, dont il entend les ronflements là-bas depuis son lit. Il repousse sa couverture, fait le signe de croix et se lève. L'heure est venue. Le jour du jugement.

Pour couronner le tout, il a encore rêvé de caractères égyptiens. Un mur jaune argile et, dessus, des bonshommes à tête de chien, des lions ailés, des haches, des épées, des lances, toutes sortes de lignes ondulées. Personne ne les comprend, leur connaissance s'est perdue, jusqu'au jour où un esprit particulièrement doué viendra les déchiffrer.

Ce sera lui. Un jour.

Comme chaque matin, il a mal au dos. La paillasse sur laquelle il est forcé de dormir est mince, le sol glacial. Il n'y a qu'un seul lit au presbytère et c'est son mentor qui l'occupe, même le prêtre doit dormir par terre dans la pièce voisine. Son mentor ne s'est pas réveillé cette nuit, c'est déjà ça. Il crie souvent dans son sommeil et il brandit parfois le couteau caché sous son oreiller en croyant qu'on en veut à sa vie. Cela lui arrive quand il rêve à nouveau de la grande conspiration, à l'époque en

Angleterre, lorsque lui et quelques personnes courageuses ont presque réussi à faire sauter le roi. La tentative a échoué, mais ils n'ont pas abandonné pour autant : ils ont passé des jours à rechercher la princesse Élisabeth pour l'enlever et la placer de force sur le trône. Cela aurait pu marcher et, si tel avait été le cas, l'île aurait de nouveau la bonne religion aujourd'hui. À l'époque, le Dr Tesimond a vécu des semaines dans les bois, se nourrissant de racines et d'eau de source, il est le seul qui a pu s'échapper et traverser l'océan. Un jour, il sera canonisé mais, en attendant, il ne faut pas dormir à côté de lui la nuit, car son couteau est toujours sous son oreiller et des tortionnaires protestants se déploient dans ses rêves.

Le Dr Kircher enfile son manteau et quitte le presbytère. Il attend hébété dans la pâleur du petit matin. À sa droite se trouve l'église, devant lui la place principale avec son puits, son tilleul et l'estrade installée hier, à côté des maisons des Tamm, des Henrich et des Heinerling, il connaît tous les habitants du village à présent, il les a entendus, il a percé leurs secrets. Quelque chose bouge sur le toit de la maison des Henrich, il recule d'instinct, mais c'est sans doute un simple chat. Il murmure une prière et se signe trois fois : Va-t'en, mauvais esprit, renonce, je suis sous la protection du Seigneur et de la Vierge et de tous les saints. Après quoi il s'assoit, s'appuie contre la façade du presbytère et attend le lever du soleil en claquant des dents.

Il remarque que quelqu'un est assis à côté de lui. Il a dû s'approcher et s'asseoir sans faire aucun bruit. C'est maître Tilman.

— Bonjour, murmure le Dr Kircher, et il prend peur. C'était une erreur, maître Tilman pourrait le saluer en retour.

À son grand effroi, c'est ce qui se passe.

— Bonjour !

Le Dr Kircher regarde autour de lui. Par chance, il n'y a personne en vue, le village dort encore, nul ne les observe.

— Quel froid, dit maître Tilman.

— Oui, dit le Dr Kircher, car il faut bien dire quelque chose. Terrible.

— Et c'est pire d'année en année, dit maître Tilman.

Ils se taisent.

Le Dr Kircher sait que le mieux serait de ne pas répondre, mais le silence lui pèse, alors il se racle la gorge et dit :

— Le monde touche à sa fin.

Maître Tilman crache par terre.

— Dans combien de temps ?

— D'ici une centaine d'années, dit le Dr Kircher, qui jette à nouveau un regard gêné autour de lui. Certains pensent que ça fera un peu moins, d'autres que ce sera d'ici cent vingt ans.

Il se tait, sent un nœud dans sa gorge. Cela lui arrive chaque fois qu'il parle de l'Apocalypse. Il se signe, maître Tilman l'imite.

Pauvre homme, songe le Dr Kircher. À vrai dire, aucun bourreau n'a à craindre le Jugement dernier, puisque les condamnés doivent pardonner à leur bourreau avant de mourir, mais il y a parfois des gens butés qui refusent et il arrive même qu'un condamné envoie son bourreau dans la vallée de Josaphat. Chacun connaît cette malédiction : Je t'envoie dans la vallée de Josaphat. Celui qui dit ça à son bourreau l'accuse de meurtre et refuse de lui pardonner. Maître Tilman a-t-il déjà vécu cela ?

— Vous vous demandez si j'ai peur du Jugement.

— Non !

— Si quelqu'un m'a déjà envoyé dans la vallée de Josaphat.

— Non !

— Tout le monde se pose la question. Vous savez, je n'ai pas choisi. Je suis ce que je suis parce que mon père était ce qu'il était. Et il l'était lui-même à cause de son père. Et mon fils devra être ce que je suis parce qu'un fils de bourreau devient bourreau. Maître Tilman crache à nouveau. Mon fils, c'est un tendre. Je le regarde, il n'a que huit ans, il est affectueux et tuer les gens ne lui correspond pas. Mais il n'a pas le choix. Moi non plus, ça ne me correspondait pas. Mais j'ai appris, et je m'en sors pas mal du tout.

Le Dr Kircher commence vraiment à s'inquiéter. En aucun cas, on ne doit le voir bavarder en bonne entente avec le bourreau.

Dans le ciel s'étend une clarté blanchâtre, on distingue déjà les couleurs sur les façades des maisons. On aperçoit aussi nettement l'estrade, là-bas, devant le tilleul. Et derrière elle, sous forme de tache imprécise dans la lumière de l'aube, la voiture à cheval du chanteur arrivé il y a deux jours. C'est toujours pareil : quand il y a quelque chose à voir, le peuple itinérant se rassemble.

— Dieu merci, il n'y a pas de taverne dans ce trou à rats, dit maître Tilman. Parce que, quand il y en a une, j'y vais le soir, mais je me retrouve seul et tout le monde me lorgne en chuchotant. J'ai beau le savoir à l'avance, j'y vais quand même, car où aller sinon ? J'ai vraiment hâte de retourner à Eichstätt.

— On vous traite mieux là-bas ?

— Non, mais c'est chez moi. Être maltraité chez soi, c'est mieux que d'être maltraité ailleurs.

Maître Tilman lève les bras et s'étire en bâillant.

Le Dr Kircher tressaille et s'écarte. La main du bourreau n'est qu'à quelques pouces de son épaule, il ne doit pas y avoir de contact entre eux. Celui qui est effleuré par un bourreau, ne serait-ce qu'en passant, perd son honneur. Mais il ne faut pas non plus l'indisposer, bien sûr. Si on l'énerve, il pourrait s'emparer de vous et accepter la peine qu'on lui infligerait par la suite. Le Dr Kircher se maudit pour sa bonhomie – il n'aurait jamais dû engager la conversation.

À son grand soulagement, il entend la toux sèche de son mentor à l'intérieur. Le Dr Tesimond est réveillé. Le Dr Kircher se lève avec un geste d'excuse.

Maître Tilman a un sourire mauvais.

— Que Dieu soit avec nous en ce grand jour, dit le Dr Kircher.

Maître Tilman ne répond pas. Le Dr Kircher se hâte de rentrer au presbytère pour aider son mentor à s'habiller.

C'est d'un pas mesuré et revêtu de la robe rouge du juge que le Dr Tesimond s'avance vers l'estrade. Là-haut se trouve une table couverte de liasses de papiers, alourdies par des pierres du chenal pour que le vent n'emporte pas les feuilles. Le soleil touche à son zénith. La lumière scintille dans la cime du tilleul. Ils sont tous là : tout devant, la famille Steger au grand complet, le forgeron Stelling avec sa femme et le paysan Brantner avec les siens, derrière eux le boulanger Holtz avec sa femme et leurs deux filles, Anselm Melker avec ses enfants et sa femme et sa belle-sœur et sa vieille mère et sa vieille belle-mère et son vieux beau-père et sa tante, à côté Maria Loser avec sa jolie fille, derrière les Henrich et les Heinerling avec leurs commis et, tout derrière, les Tamm avec leurs visages ronds de souris. Maître Tilman se tient à l'écart, appuyé contre le tronc. Il porte une tunique marron, il a le visage blême et bouffi. Derrière lui, le chanteur est debout sur sa voiture et griffonne dans un carnet.

Le Dr Tesimond grimpe avec agilité sur l'estrade et se place derrière une chaise. Le Dr Kircher a plus de mal, malgré son jeune âge : l'estrade est haute et sa robe le gêne pour monter. Une fois en haut, le Dr Tesimond lui adresse un regard encourageant et le Dr Kircher sait qu'il doit maintenant élever la voix mais, tandis qu'il regarde à la ronde, il a soudain le vertige. Son impression d'irréalité est si grande qu'il doit se tenir au bord de la table. Ce n'est pas la première fois que cela lui arrive, c'est une des choses qu'il doit à tout prix garder pour lui. Il vient à peine de recevoir les ordres mineurs, il n'est de loin pas un jésuite accompli, et seuls les hommes en excellente condition physique et mentale ont le droit d'être membres de la Compagnie de Jésus.

Mais surtout, personne ne doit savoir combien le temps se mélange dans sa tête. Il se retrouve parfois dans un lieu inconnu sans savoir ce qui s'est passé dans l'intervalle. Récemment, il a oublié pendant une bonne heure qu'il était déjà adulte, il s'est pris pour un enfant qui joue dans l'herbe près de la maison de ses parents, comme si les quinze ans écoulés depuis et ses laborieuses études à Paderborn n'étaient que le fruit de l'imagination d'un gamin qui rêve d'être enfin adulte. Comme le monde est précaire. Il voit des caractères égyptiens presque chaque nuit et il craint de plus en plus de ne pas se réveiller d'un rêve et d'être enfermé pour toujours dans l'enfer bigarré d'un empire pharaonique impie.

Il se passe vite la main sur les yeux. Peter Steger et Ludwig Stelling, en robe noire, sont montés les rejoindre en tant qu'assesseurs, suivis de Ludwig von Esch, mandataire judiciaire et président de la circonscription, qui doit lire la sentence à haute voix pour qu'elle soit valable. Des taches de soleil dansent dans l'herbe et sur le puits. Malgré la clarté, il fait si froid que la respiration se transforme en petits nuages de vapeur. La cime du tilleul, songe le Dr Kircher. Tilleul, voilà un mot capable de s'enraciner dans l'esprit, mais il ne faut pas que cela se produise, il ne faut pas qu'il se laisse distraire, il doit concentrer toute son attention sur la cérémonie. Tilleul, filleul, aïeul. Non ! Pas maintenant, pas de confusion maintenant, tout le monde attend ! En tant que greffier, il doit ouvrir l'audience, personne ne peut le remplacer, c'est son devoir, il doit y faire honneur. Pour se calmer, il regarde les visages des spectateurs devant lui et au centre, mais à peine s'est-il calmé que son regard croise celui du fils du meunier. Il se tient tout au fond, à côté de sa mère. Les yeux plissés, les joues creuses, les lèvres légèrement saillantes, comme s'il sifflait dans son coin.

Tâche de l'effacer de ton esprit. Tu n'as pas participé à tous ces exercices spirituels pour rien. Il en va pour l'esprit comme pour les yeux, ils voient ce qui se trouve devant eux, mais c'est toi qui décides sur quoi ils se fixent. Il cligne des yeux. Une simple tache, se dit-il, des couleurs, un jeu de lumière. Je ne vois pas de gamin, je vois de la lumière. Je ne vois pas de visage, je vois des couleurs. Uniquement des couleurs, de la lumière et des ombres.

Et en effet, le gamin ne compte plus. Il suffit de ne pas le regarder. Leurs regards ne doivent pas se croiser. Tant que cela n'arrive pas, tout va bien.

— Le juge est-il présent ? demande-t-il d'une voix rauque.

— Le juge est présent, répond le Dr Tesimond.

— Le mandataire est-il présent ?

— Je suis là, dit Ludwig von Esch avec agacement.

En des circonstances normales, ce serait à lui de mener l'audience, mais ce ne sont pas des circonstances normales.

— Le premier assesseur est-il présent ?

— Présent, dit Peter Steger.

— Le deuxième ?

Silence. Peter Steger donne à Ludwig Stelling un coup dans les côtes. Celui-ci lance un regard étonné à la ronde. Peter Steger lui redonne un coup.

— Oui, présent, dit Ludwig Stelling.

— Le tribunal est rassemblé, dit le Dr Kircher.

Il regarde par mégarde maître Tilman. Le bourreau est adossé presque avec nonchalance au tronc du tilleul, il frotte sa barbe et sourit, mais à quel sujet ? Le cœur battant, le Dr Kircher détourne le regard, on ne doit en aucun cas avoir l'impression qu'il est en bonne entente avec le bourreau. C'est pourquoi il regarde le chanteur. Il l'a entendu chanter avant-hier. Sa harpe était désaccordée, ses rimes branlantes et les événements extraordinaires qu'il avait contés ne l'étaient pas tant que ça : un infanticide commis par les protestants à Magdebourg, une lamentable satire contre le prince-électeur du Palatinat, où pain rimait avec crétin et Palatinat avec passe d'armes. Il pense avec embarras qu'il a lui-même de fortes chances de se retrouver dans la ballade que le chanteur composera sur ce procès.

— Le tribunal est rassemblé, s'entend-il répéter. Réuni pour rendre la justice devant l'assemblée qui devra observer le silence et le calme du début à la fin de l'audience, au nom de Dieu. Il se racle la gorge, puis il s'écrie : Amenez les condamnés à mort !

Pendant un temps, le silence est si grand qu'on entend le vent, les abeilles, tous les bê, les meuh, les jappements et les bourdonnements des animaux. Puis la porte de l'étable de Brantner s'ouvre. Elle grince parce qu'on vient de la renforcer avec du fer, on a aussi cloué des planches sur les volets. Les vaches, pour lesquelles il n'y a plus de place à l'intérieur, sont logées dans l'étable de Steger ; du coup, il y a eu un différend parce que Peter Steger a voulu être payé et Jakob Brantner lui a dit que ce n'était pas sa faute. Rien n'est jamais simple dans un village.

Un fantassin sort de l'étable en bâillant, suivi par les deux accusés qui plissent les yeux, suivis par deux autres fantassins. Ce sont d'anciens guerriers sur le point d'être réformés, l'un boite, l'autre n'a plus de main gauche. On n'a rien déniché de mieux à Eichstätt.

À bien regarder les accusés, on a d'ailleurs l'impression qu'il n'en faut pas plus. Avec leur tête rasée, sur laquelle on aperçoit toutes sortes de bosses et de creux, ce qui est toujours le cas quand on coupe les cheveux à la racine, ils ont l'air parfaitement inoffensif et fragile. Leurs mains sont enveloppées dans d'épais pansements qui cachent leurs doigts écrasés et leurs fronts sont entourés de marques sanglantes là où maître Tilman a posé la sangle en cuir. Comme il serait facile, pense le Dr Kircher, de se laisser gagner par la pitié, mais il ne faut surtout pas se fier aux apparences, car ils ont conclu un pacte avec la plus grande puissance du monde déchu et leur maître est avec eux à chaque instant. Voilà pourquoi c'est si dangereux : le diable peut toujours intervenir durant l'audience, il peut afficher son pouvoir et les libérer n'importe quand, seuls le courage et la pureté des juges peuvent l'en empêcher. Ses supérieurs n'ont eu de cesse de le lui répéter au séminaire : Ne sous-estime pas les alliés de Satan ! N'oublie jamais que ta compassion est leur arme et qu'ils disposent de moyens dont ton esprit ignore tout.

Le public fait de la place, une allée se forme, les deux accusés sont conduits jusqu'à l'estrade : la vieille Hanna Krell en tête, le meunier derrière elle. Ils avancent tous deux penchés en avant, l'air absent, impossible de dire s'ils savent où ils sont et ce qu'il se passe.

Ne les sous-estime pas, se dit le Dr Kircher, voilà l'essentiel. Ne pas les sous-estimer.

Le tribunal s'installe : le Dr Tesimond au milieu, Peter Steger à sa droite, Ludwig Stelling à sa gauche. Et à gauche de Stelling, un peu à l'écart parce que le greffier est certes responsable du bon déroulement du procès, mais ne fait pas partie du tribunal, l'attend sa chaise.

— Hanna, dit le Dr Tesimond en soulevant une feuille de papier. Voici tes aveux.

Elle ne dit rien. Ses lèvres ne bougent pas, ses yeux paraissent éteints. Elle ressemble à une enveloppe vide, son visage est comme un masque que personne ne porte, ses bras paraissent mal fixés aux articulations. Mieux vaut ne pas songer, songe le Dr Kircher qui ne peut évidemment pas s'empêcher d'y songer au même instant, à ce que maître Tilman a fait subir à ces bras pour qu'ils pendent de travers. Mieux vaut ne pas se représenter la chose. Il se frotte les yeux et se représente la chose.

— Tu ne dis rien, dit le Dr Tesimond, nous allons donc lire à haute voix tes paroles obtenues à l'interrogatoire. Elles figurent sur cette feuille. Tu les as prononcées, Hanna. À présent, tout le monde va les entendre. Tout va être révélé au grand jour.

Ses paroles semblent résonner comme si elles étaient dites dans une salle en pierre et non en plein air sous un tilleul, dont la cime – non ! Ce n'est pas la première fois que le Dr Kircher songe combien il peut s'estimer heureux et combien Dieu l'a favorisé en cela que le Dr Tesimond l'a choisi comme famulus. Lui-même n'a rien fait pour, il ne s'est pas proposé ni imposé lorsque cet homme légendaire a fait le voyage de Vienne à Paderborn, un hôte des instances supérieures, un pèlerin admiré, un témoin de la vraie foi qui s'est brusquement levé et dirigé vers lui lors des exercices spirituels à l'église de la congrégation. Je vais t'interroger, mon garçon, réponds vite. Ne te demande pas ce que je veux entendre, tu ne peux pas le deviner, dis seulement ce qui est juste. Qui Dieu aime-t-il davantage : les anges qui sont sans péchés ou l'homme qui a péché et se repent ? Réponds plus vite. Les anges ont-ils une substance divine et donc immortelle, ou bien sont-ils comme nous ? Encore plus vite. Le péché est-il l'œuvre de Dieu et si oui, peut-il l'aimer comme toutes ses créatures et si non, comment est-il possible que le châtiment du pécheur soit sans fin, ainsi que sa douleur et sa souffrance dans le feu, parle vite !

Et ainsi de suite pendant une heure. Il s'est entendu répondre à des questions toujours plus nombreuses et, quand il était à court de réponses, il les inventait en rajoutant parfois des citations avec leurs sources, Thomas d'Aquin a écrit plus d'une centaine d'ouvrages, personne ne les connaît tous, et son imagination ne lui a jamais fait défaut. C'est ainsi qu'il a parlé encore et encore comme si un autre parlait à travers lui, il a rassemblé ses forces et empêché sa mémoire de dissimuler des réponses, des phrases ou des noms, il a réussi à additionner, soustraire et diviser les nombres sans tenir compte de son cœur battant ou du vertige dans sa tête et, pendant tout ce temps, son confrère l'a fixé avec une telle intensité qu'il a parfois l'impression que l'interrogatoire dure encore et durera toujours, comme si la suite n'était qu'un songe. Mais le Dr Tesimond a fini par reculer d'un pas et il a dit en fermant les yeux, comme s'il se parlait à lui-même :

— J'ai besoin de toi. Mon allemand n'est pas bon, tu dois m'aider. Je retourne à Vienne, des devoirs sacrés m'appellent, tu m'accompagnes.

C'est ainsi qu'ils sont en voyage depuis un an. Le chemin est long jusqu'à Vienne quand il y a autant d'affaires urgentes à régler en cours de route ; un homme tel que le Dr Tesimond ne peut se contenter de passer son chemin quand il tombe sur des intrigues. À Lippstadt, il leur a fallu exorciser un démon, puis chasser de Passau un prêtre déshonoré. Ils ont contourné Plzen parce que les protestants particulièrement acharnés là-bas auraient pu arrêter des jésuites en voyage et c'est à cause de ce détour qu'ils se sont retrouvés dans un petit village où l'arrestation, la torture et la condamnation d'une méchante sorcière leur a pris six mois. Après quoi ils ont eu connaissance d'un colloque de dracontologie à Bayreuth. Il a bien évidemment fallu y aller pour empêcher Erhard von Felz, le plus grand rival du docteur, de débiter des âneries sans être contredit ; leur débat a duré sept semaines, quatre jours et trois heures. Après quoi il a vivement espéré qu'ils allaient enfin pouvoir rejoindre la ville impériale mais, alors qu'ils passaient la nuit au Collegium Willibaldinum d'Eichstätt, le prince-archevêque les a convoqués à une audience : Mon personnel est endormi, docteur Tesimond, les mandataires ne font pas assez de dénonciations dans les villages, les sorciers sont de plus en plus nombreux, personne ne fait rien et je peux à peine financer mon propre séminaire de jésuites parce que le chanoine est contre. Voulez-vous m'aider ? Je vous nommerai commissaire en sorcellerie ad hoc et je vous autoriserai à procéder sur place au supplice capital des scélérats si vous voulez bien m'aider. Vous obtiendrez les pleins pouvoirs.

C'est pourquoi le Dr Kircher a hésité tout un après-midi lorsqu'une conversation avec un gamin étrange a éveillé en lui le soupçon que leur chemin avait croisé une fois de plus celui d'un sorcier. Je ne suis pas obligé de le rapporter, s'est-il dit, je peux me taire, je peux l'oublier, après tout je n'étais pas obligé de parler avec ce gamin, c'était un hasard. Mais la voix de sa conscience s'est aussitôt manifestée : Parle à ton mentor. Les coïncidences n'existent pas, seule existe la volonté divine. Et, comme prévu, le Dr Tesimond a aussitôt décidé cet après-midi-là qu'il fallait rendre visite à ce meunier et, comme prévu, tout a suivi son cours habituel. Voilà maintenant des semaines qu'ils sont coincés dans ce village abandonné de Dieu et Vienne est plus loin que jamais.

Il s'aperçoit que tout le monde le regarde, sauf les accusés qui regardent par terre. Ça s'est passé de nouveau : il a eu une absence. Il espère seulement qu'elle n'a pas duré trop longtemps. Il regarde vite autour de lui et retrouve ses repères : il a devant lui les aveux de Hanna Krell, il connaît l'écriture, c'est la sienne, il les a rédigés lui-même, il doit maintenant les lire à haute voix. Il prend la feuille de ses doigts hésitants mais, au moment précis où ils la touchent, le vent se lève, le Dr Kircher saisit la feuille, par chance il a fait vite, il la tient fermement dans sa main. Il n'ose pas imaginer ce qui serait arrivé si la feuille lui avait échappé, Satan est puissant, l'air est son domaine, il ne manquerait plus que le tribunal se ridiculise de la sorte.

Tout en lisant à haute voix les aveux de Hanna, il repense malgré lui à l'interrogatoire. À la pièce sombre au fond du presbytère, jadis le placard à balais, désormais la salle d'interrogatoire dans laquelle maître Tilman et le Dr Tesimond ont œuvré jour après jour pour extirper la vérité de cette vieille femme. Le Dr Tesimond a une âme aimable et il aurait préféré ne pas assister au sévère interrogatoire, mais le code criminel de l'empereur Charles oblige un juge à être présent à chaque torture qu'il prescrit. Et il stipule aussi des aveux. Aucun procès ne peut se terminer sans aveux, on ne peut pas rendre de jugement si les accusés n'ont rien avoué. Le procès a certes lieu à huis clos, mais tout le monde est présent le jour de l'audience, lorsque les aveux sont confirmés publiquement et la sentence prononcée.

Tandis que le Dr Kircher lit, des cris d'effroi s'élèvent de la foule. Certains retiennent leur souffle, d'autres chuchotent, certains secouent la tête, d'autres montrent les dents de colère et de dégoût. Sa voix tremble pendant qu'il s'entend parler de vols nocturnes et de corps dénudés, de chevauchées sur le vent, du grand sabbat de la nuit, de sang dans les chaudrons et de corps nus, vois comme ils se vautrent, l'énorme bouc au désir insatiable, il te prend par-devant et il te prend par-derrière, sur des chants dans la langue d'Orcus. Le Dr Kircher tourne la feuille et en arrive aux malédictions : froid et grêle sur les champs pour gâter la récolte des gens pieux, famine sur la tête des dévots, mort et maladie aux faibles, peste aux enfants. Sa voix faillit lui manquer plusieurs fois, mais il songe à sa mission sacrée, se rappelle à l'ordre et, Dieu merci, il est préparé. Aucune de ces choses horribles n'est nouvelle pour lui, il en connaît chaque mot, il ne les a pas seulement rédigés une fois, mais encore et encore, dehors devant la salle, tandis que l'interrogatoire avait lieu à l'intérieur et que maître Tilman faisait sortir tout ce qu'il faut avouer dans un procès pour sorcellerie : Tu n'aurais pas volé, toi aussi, Hanna ? Toutes les sorcières volent et tu prétends que toi seule, tu n'as pas volé, tu veux le nier ? Et le sabbat ? N'as-tu pas embrassé Satan, Hanna ? Si tu parles, tu seras pardonnée, mais si tu choisis de te taire, regarde ce que maître Tilman a entre les mains, il va l'utiliser.

— Voilà ce qui s'est passé, dit le Dr Kircher qui lit les dernières lignes, voilà comment moi, Hanna Krell, fille de Leopoldina et Franz Krell, j'ai renoncé au Seigneur, j'ai trahi la communauté des chrétiens, j'ai causé du tort à mes concitoyens, à la sainte Église et aux autorités. Je l'avoue avec une honte profonde, j'accepte ma juste peine et que Dieu me vienne en aide.

Il se tait. Une mouche passe devant son oreille en bourdonnant, décrit un cercle, se pose sur son front. Doit-il la chasser ou faire comme s'il ne la voyait pas ? Quel est le plus adapté à la dignité du tribunal, quel est le moins ridicule ? Il louche vers son mentor, mais il ne lui donne aucune indication.

À la place, le Dr Tesimond se penche en avant, regarde Hanna Krell et lui demande :

— Ce sont tes aveux ?

Elle acquiesce. Ses chaînes cliquettent.

— Tu dois le dire, Hanna !

— Ce sont mes aveux.

— Tu as fait tout cela ?

— J'ai fait tout cela.

— Et qui était ton maître ?

Elle se tait.

— Hanna ! Qui était ton maître ? Avec qui êtes-vous allés au sabbat, qui vous a appris à voler ?

Elle se tait.

— Hanna ?

Elle lève la main et désigne le meunier.

— Tu dois le dire, Hanna.

— Lui.

— Plus fort !

— C'était lui.

Le Dr Tesimond fait un geste, le garde pousse le meunier vers l'avant. Commence maintenant la partie centrale du procès. C'est par hasard qu'ils sont tombés sur la vieille Hanna, un sorcier ayant presque toujours une escorte ; il a pourtant fallu un bon moment pour que la femme de Ludwig Stelling avoue sous la menace d'un châtiment qu'elle souffre de rhumatismes depuis qu'elle s'est disputée avec Hanna Krell et c'est après une semaine d'interrogatoire que Magda Steger et Maria Loser ont remarqué qu'il y avait toujours de l'orage quand Hanna était soi-disant trop malade pour aller à l'église. Quant à Hanna, elle n'a pas nié longtemps. Dès que maître Tilman lui a montré les instruments, elle a commencé à avouer ses crimes et, lorsqu'il s'est mis sérieusement à l'ouvrage, leur ampleur s'est très vite révélée.

— Claus Ulespiègle ! Le Dr Tesimond tend trois feuilles. Tes aveux !

Le Dr Kircher voit les feuilles entre les mains de son mentor et il a aussitôt mal à la tête. Il connaît chaque phrase par cœur, il les a réécrites encore et encore devant la porte fermée de la salle d'interrogatoire, à travers laquelle on entendait tout.

— Je peux dire quelque chose ? demande le meunier.

Le Dr Tesimond lui lance un regard désapprobateur.

— S'il vous plaît, dit le meunier.

Il frotte l'empreinte rouge de la sangle en cuir sur son front. Ses chaînes cliquettent.

— Quoi donc ? demande le Dr Tesimond.

Voilà comment les choses se sont passées durant tout le procès. Le Dr Tesimond n'a pas cessé de répéter qu'un cas aussi difficile que ce meunier, il n'en avait encore jamais vu ! Et même maintenant, malgré tous les efforts de maître Tilman – malgré la lame et l'aiguille, malgré le sel et le feu, malgré la sangle en cuir, les chaussures mouillées, l'écraseur à vis et la comtesse de fer – tout est encore embrouillé. Un bourreau sait délier les langues, mais que faire de quelqu'un qui n'arrête pas de parler et se fiche éperdument de se contredire, comme si Aristote n'avait jamais rien écrit au sujet de la logique ? Au début, le Dr Tesimond n'y a vu qu'une ruse perfide, avant de s'apercevoir que les confusions du meunier révélaient toujours des bribes de vérité, voire une surprenante compréhension des choses.

— J'ai réfléchi, dit Claus. Je suis au courant maintenant. De mes erreurs. Je demande pardon. Je demande grâce.

— As-tu fait ce qu'a dit cette femme ? Le sabbat de sorcières, c'est toi qui l'as mené ?

— Je me croyais intelligent, dit le meunier en fixant le sol. Je me suis surestimé. J'ai trop exigé de ma caboche, de mon esprit stupide, je suis désolé. Je demande grâce.

— Et les maléfices ? Les champs ravagés ? Le froid, la pluie, c'était toi ?

— J'ai aidé les malades à la manière d'autrefois. Il y en a certains que je n'ai pas pu aider, les vieilles méthodes ne sont pas très fiables, j'ai toujours fait de mon mieux, d'ailleurs on ne me payait que quand ça marchait. J'ai lu l'avenir de ceux qui voulaient le connaître dans l'eau et le vol des oiseaux. Le cousin de Peter Steger, pas Paul Steger, l'autre, Karl, je lui ai dit de ne pas monter sur son hêtre, même pas pour chercher un trésor. Fais pas ça, que je lui ai dit, et le cousin Steger, il a demandé : Y a un trésor dans mon hêtre ? Et moi : Fais pas ça, Steger, et Karl a dit : S'il y a un trésor là-haut, je vais y monter, après quoi il est tombé et il s'est brisé le crâne. Et moi, j'arrive pas à savoir, alors que j'y pense sans arrêt, si une prophétie qui ne se serait pas réalisée si je ne l'avais pas faite en est vraiment une ou pas.

— As-tu entendu les aveux de la sorcière ? Elle t'a désigné comme meneur du sabbat, tu as entendu ?

— S'il y a vraiment un trésor dans le hêtre, il y est encore.

— Tu as entendu la sorcière ?

— Et puis il y a ces deux feuilles de bouleau que j'ai trouvées.

— Pas encore ça !

— On en aurait dit une seule.

— Pas encore cette histoire de feuilles !

Claus transpire, il respire avec difficulté.

— Ça m'a tellement perturbé, cette affaire.

Il réfléchit, secoue la tête, gratte son crâne rasé si bien que ses chaînes cliquettent.

— Je peux montrer les feuilles ? Elles doivent encore être au moulin, dans la mansarde, où j'ai fait mes stupides expériences.

Il se retourne et tend son bras aux chaînes grinçantes au-dessus des têtes du public.

— Mon fils peut aller les chercher !

— Il n'y a plus de trucs de sorcellerie au moulin, dit le Dr Tesimond. Il y a désormais un nouveau meunier et il n'aura certainement pas conservé tout ce bric-à-brac.

— Et les livres ? demande Claus à voix basse.

Le Dr Kircher voit d'un œil inquiet une mouche se poser sur la feuille entre ses mains. Ses petites pattes noires suivent le tracé des lettres. Voudrait-elle lui dire quelque chose ? Mais elle bouge si vite qu'on ne peut pas lire ce qu'elle dessine et il ne faut pas qu'il se laisse distraire une fois de plus.

— Où sont mes livres ? demande Claus.

Le Dr Tesimond fait un signe à son subalterne et le Dr Kircher se lève pour lire à haute voix les aveux du meunier.

Il repense à l'enquête. Le commis Sepp a évoqué de bonne grâce le nombre de fois où il a trouvé le meunier profondément endormi en pleine journée. S'il n'y a personne pour attester ces états de somnolence, on ne peut accuser quiconque de sorcellerie, les règles sont strictes en la matière. Les suppôts de Satan abandonnent leur corps et s'envolent avec leur esprit dans des contrées lointaines. On a beau secouer la personne, lui crier dessus et lui donner des coups de pied, ça ne change rien, comme l'a déclaré Sepp, et le prêtre a lui aussi lourdement chargé le meunier ; ce dernier aurait crié : Je te maudis, dès que quelqu'un du village l'énervait, je vais te brûler, je vais te faire souffrir ! Il aurait en outre exigé l'obéissance de tout le village, chacun craignait sa colère. Quant à la femme du boulanger, elle a vu un jour les démons qu'il a fait venir sur le champ de Steger à la tombée de la nuit : elle a parlé de gosiers, de dents, de griffes et de grands sexes masculins, de créatures visqueuses de minuit, le Dr Kircher a dû se faire violence pour pouvoir consigner ces choses. Ce fut alors au tour de quatre, cinq, six villageois, puis encore trois, puis encore deux, et de plus en plus, de décrire en détail le nombre de fois où il avait fait venir le mauvais temps sur leurs champs. La malédiction est encore plus importante que la somnolence : si elle n'est pas attestée, on peut condamner un accusé pour hérésie, mais pas pour sorcellerie. Pour être sûr qu'il n'y a pas d'erreur, le Dr Kircher a passé des jours à expliquer aux témoins les gestes et les paroles qu'il fallait avoir remarqués, leurs têtes travaillent lentement, il doit tout répéter, les imprécations, les vieilles formules, les invocations de Satan, pour qu'ils se souviennent. Et, en effet, il s'est avéré par la suite qu'ils avaient tous entendu les bonnes paroles et vu les bons gestes invocateurs, sauf le boulanger qui, interrogé lui aussi, n'en était soudain plus très sûr, mais le Dr Tesimond l'a emmené à l'écart en lui demandant s'il voulait vraiment protéger un sorcier et si sa vie était suffisamment pure pour ne pas craindre un examen approfondi. Après quoi le boulanger s'est souvenu qu'il avait vu tout ce que les autres avaient vu aussi et il n'a plus rien manqué pour pousser le meunier aux aveux lors d'un sévère interrogatoire.

— J'ai fait venir la grêle sur les champs, lit le Dr Kircher. J'ai gravé mes cercles dans la terre, j'ai invoqué les puissances d'en bas et les démons d'en haut et le seigneur de l'air, j'ai apporté la désolation sur les cultures, la glace sur la terre, la mort au grain. En outre, j'ai pris possession d'un ouvrage interdit en langue latine...

Il remarque alors un inconnu et s'interrompt. D'où vient-il ? Le Dr Kircher ne l'a pas vu s'approcher mais, si l'homme se trouvait déjà dans le public, le Dr Kircher l'aurait sûrement remarqué, avec son chapeau à large bord, son col en velours et sa canne en argent ! Toujours est-il qu'il se tient là, à côté de la charrette du chanteur. Et s'il était le seul à le voir ? Son cœur se met à battre la chamade. Si l'homme n'était là que pour lui et invisible pour les autres, que faire ?

Mais, tandis que l'inconnu s'avance à pas lents, les gens s'écartent pour le laisser passer. Le Dr Kircher pousse un soupir de soulagement. La barbe de l'homme est coupée court, sa cape est en velours, une plume oscille sur son feutre. Il enlève son chapeau d'un geste solennel et il s'incline.

— Mes salutations, Vaclav Van Haag.

Le Dr Tesimond se lève et s'incline également.

— Quel honneur, dit-il. Une grande joie !

Le Dr Kircher se lève aussi, s'incline et se rassoit. Ce n'est donc pas le diable, mais l'auteur d'un ouvrage célèbre sur la cristallisation dans les grottes – le Dr Kircher l'a lu un jour et n'en a pas retenu grand-chose. Il pose un regard interrogateur sur le tilleul : la lumière vacille, comme si tout n'était qu'un leurre. Que vient donc faire ici ce spécialiste de la cristallisation ?

— J'écris un traité sur la sorcellerie, dit le Dr Van Haag en se redressant. Le bruit court que vous avez capturé un sorcier dans ce village. Je demande l'autorisation d'assurer sa défense.

Un murmure parcourt le public. Le Dr Tesimond hésite.

— Je suis certain, finit-il par dire, qu'un homme de votre érudition sait mieux occuper son temps.

— C'est possible mais, maintenant que je suis là, je vous demande cette faveur.

— Le code criminel ne prévoit pas de défense pour le condamné à mort.

— Mais il ne l'interdit pas non plus. Monsieur le mandataire, permettez-moi de…

— Adressez-vous au juge, cher collègue, pas au mandataire. C'est lui qui prononcera le jugement, mais c'est moi qui juge.

Le Dr Van Haag regarde le mandataire. Celui-ci est vert de rage mais c'est exact, ce n'est pas lui qui décide ici. Van Haag fait un petit signe de tête et s'adresse au Dr Tesimond :

— Les exemples ne manquent pas. Les procès prévoyant une défense sont de plus en plus fréquents. Certains condamnés à mort ne savent pas se défendre, ce qu'ils feraient certainement s'ils savaient s'exprimer. Prenons cet ouvrage interdit dont il vient d'être question. N'a-t-on pas dit qu'il était écrit en latin ?

— C'est exact.

— Le meunier l'a-t-il lu ?

— Grand Dieu, comment aurait-il pu le lire !

Le Dr Van Haag sourit. Il regarde le Dr Tesimond, puis le Dr Kircher, puis le meunier, puis de nouveau le Dr Tesimond.

— Et alors ? demande le Dr Tesimond.

— Si ce livre est écrit en latin !

— Oui ?

— Or le meunier ne connaît pas le latin.

— Oui ?

Le Dr Van Haag écarte les bras et sourit de nouveau.

— Je peux poser une question ? demande le meunier.

— Un livre qu'on n'a pas le droit de posséder, cher collègue, est un livre qu'on n'a pas le droit de posséder, et pas simplement un livre qu'on n'a pas le droit de lire. Le Saint-Office parle expressément de possession et non de connaissance. Docteur Kircher ?

Le Dr Kircher avale sa salive, se racle la gorge, cligne des yeux.

— Un livre est une possibilité, dit-il. Il est toujours prêt à parler. Même celui qui ne comprend pas sa langue peut le transmettre à d'autres qui pourront parfaitement le lire, si bien que le livre accomplira son œuvre destructrice sur eux. Ou bien cet homme pourrait apprendre la langue et, s'il n'a personne pour la lui apprendre, il trouvera sans doute un moyen de l'apprendre tout seul. Le cas s'est déjà vu. C'est possible en se contentant d'observer les lettres, de compter leur fréquence, de contempler leur disposition, car l'esprit humain est puissant. Voilà comment saint Zagraphius a appris l'hébreu dans le désert, mû par le désir ardent de connaître la parole de Dieu dans sa sonorité d'origine. Et on rapporte au sujet de Taras de Byzance qu'il a compris les hiéroglyphes égyptiens en se contentant de les observer pendant des années. Malheureusement, il ne nous a pas laissé de code, si bien qu'il va nous falloir les déchiffrer à nouveau, mais nous allons accomplir cette mission, et peut-être même bientôt. Il ne faut pas oublier non plus que Satan, dont les vassaux comprennent toutes les langues, peut d'un jour à l'autre offrir à l'un de ses serviteurs la capacité de lire ce livre. Pour toutes ces raisons, l'évaluation de la compréhension revient à Dieu et non à ses serviteurs. Ce même Dieu qui, le jour du Jugement, examinera les âmes. La tâche des juges d'ici-bas consiste à éclaircir les faits simples. Le plus évident étant celui-ci : si un livre est interdit, on n'a pas le droit de le posséder.

— D'ailleurs, c'est trop tard pour la défense, dit le Dr Tesimond. Le procès est terminé. Il ne manque plus que le jugement. L'accusé a avoué.

— Mais visiblement sous la torture ?

— Oui, bien sûr, s'écrie le Dr Tesimond. Pourquoi aurait-il avoué sinon ! Sans la torture, personne n'avouerait jamais rien !

— Alors que sous la torture, tout le monde avoue.

— Oui, Dieu merci !

— Même un innocent.

— Mais il n'est pas innocent. Nous avons les dépositions des autres. Nous avons le livre !

— Les dépositions des autres, qui auraient été soumis à la torture s'ils n'avaient pas fait de déposition ?

Le Dr Tesimond se tait un moment.

— Cher collègue, dit-il à voix basse. Quand quelqu'un refuse de témoigner contre un sorcier, il faut bien évidemment l'examiner et l'accuser lui-même. Où irait-on dans le cas contraire ?

— Bon, une autre question : qu'en est-il au juste de la somnolence des sorciers ? On disait jadis que les personnes endormies frayaient en rêve avec le diable. Mais le diable n'a pas de pouvoir dans le monde de Dieu, c'est même écrit chez Institoris, c'est pourquoi il doit se servir du sommeil pour insinuer dans l'esprit de ses alliés l'illusion d'un désir effréné. Or on condamne les sorciers pour ces mêmes actes qu'on considérait autrefois comme des illusions suggérées par le diable, en continuant de leur imputer le sommeil et les leurres. Le méfait est-il réel ou le fruit de l'imagination ? Il ne peut être les deux à la fois. Ce n'est pas logique, cher collègue !

— C'est parfaitement logique, cher collègue !

— Alors expliquez-moi.

— Cher collègue, je ne tolérerai pas que l'audience soit dévalorisée par le verbiage et les doutes.

— Je peux poser une question ? s'écrie le meunier.

— Moi aussi, dit Peter Steger en lissant sa robe. Ça dure depuis un moment, on peut faire une pause ? Les vaches ont les pis gonflés, vous les entendez.

— Arrêtez-le, dit le Dr Tesimond.

Le Dr Van Haag recule d'un pas. Les gardes le dévisagent.

— Qu'on l'emmène et le ligote, dit le Dr Tesimond. C'est vrai que le code criminel autorise le condamné à mort à prendre un avocat, mais il ne stipule nulle part qu'il est convenable de s'ériger en avocat d'un serviteur du diable et de perturber l'audience par des questions stupides. Malgré tout le respect que je dois à un collègue érudit, je ne peux le tolérer et nous éluciderons au cours d'un interrogatoire sévère ce qui incite un homme respectable à se conduire ainsi.

Personne ne bouge. Le Dr Van Haag fixe les gardes, qui fixent le Dr Tesimond.

— C'est peut-être le désir de gloire, dit le Dr Tesimond. Ou pire encore. Nous verrons.

Un rire parcourt la foule. Le Dr Van Haag recule encore d'un pas et pose la main sur la poignée de son épée. Il aurait effectivement pu s'échapper car les gardes ne sont ni vifs ni courageux, mais maître Tilman est déjà à côté de lui et il secoue la tête.

Il n'en faut pas davantage. Maître Tilman est très grand et très large, et son visage n'a plus le même air que juste avant. Le Dr Van Haag lâche son épée. Un des gardes le saisit au poignet, récupère l'épée et le conduit à l'étable à la porte renforcée.

— Je proteste ! dit le Dr Van Haag qui s'en va sans résistance. Un homme de rang ne peut être traité de la sorte.

— Permettez-moi, cher collègue, de vous promettre qu'on n'oubliera pas votre rang.

Le Dr Van Haag se retourne une dernière fois en partant. Il ouvre la bouche, mais il semble ne plus avoir aucune force, il est pris au dépourvu. La porte s'ouvre déjà en grinçant et il disparaît dans l'étable avec le garde. Un moment s'écoule, puis le garde sort, ferme la porte et pousse les deux verrous.

Le Dr Kircher a le cœur qui bat. La fierté lui donne le vertige. Ce n'est pas la première fois qu'il voit quelqu'un sous-estimer la détermination de son mentor. On n'est pas pour rien le seul survivant de la conspiration des poudres, on ne devient pas par hasard un des plus célèbres témoins de foi de la Compagnie de Jésus. Il y a sans cesse des gens qui ne savent pas à qui ils ont affaire. Mais ils finissent immanquablement par le découvrir.

— C'est le grand jour du jugement, dit le Dr Tesimond à Peter Steger. Ce n'est pas le moment de traire les vaches. Si ton bétail a mal aux pis, c'est pour la cause de Dieu.

— Je comprends, dit Peter Steger.

— Tu comprends vraiment ?

— Vraiment. Oui, oui, je comprends.

— Et toi, meunier. Nous avons lu tes aveux, nous voulons maintenant les entendre, à voix haute et distincte : est-ce vrai ? Tu as fait cela ? Tu te repens ?

Le silence tombe. On n'entend plus que le vent et le meuglement des vaches. Un nuage se glisse devant le soleil et, au grand soulagement du Dr Kircher, les jeux de lumière cessent dans la cime de l'arbre.

En revanche, les branches bruissent, murmurent et susurrent dans le vent. Il fait froid, il va sans doute pleuvoir à nouveau. Même l'exécution de ce sorcier ne pourra rien contre le mauvais temps, il y a trop de gens méchants qui, tous ensemble, sont responsables du froid, des mauvaises récoltes et de la pénurie générale de ces dernières années qui précèdent la fin du monde. Mais on fait ce qu'on peut. Même si la lutte est perdue d'avance. On tient bon, on défend les derniers bastions en attendant le jour où Dieu reviendra dans la gloire.

— Meunier, reprend le Dr Tesimond. Tu dois le dire devant tout le monde. Est-ce vrai ? As-tu fait cela ?

— Je peux poser une question ?

— Non. Tu dois simplement répondre. Est-ce vrai ? As-tu fait cela ?

Le meunier regarde autour de lui comme s'il ne savait pas où il se trouvait. Mais cela aussi, c'est sûrement une ruse, le Dr Kircher sait très bien qu'il ne faut pas tomber dans le piège car derrière ces gens perdus en apparence se cache leur vieil adversaire, prêt à tuer et à détruire dès qu'il en a l'occasion. Si seulement les branches arrêtaient de faire du bruit. Le bruissement du vent lui semble encore pire que le vacillement de la lumière. Et si les vaches pouvaient se tenir tranquilles !

Maître Tilman se poste à côté du meunier et lui pose la main sur l'épaule, comme à un vieil ami. Le meunier le regarde, il est plus petit que le bourreau, il lève les yeux vers lui comme un enfant. Maître Tilman se penche et lui dit quelque chose à l'oreille. Le meunier acquiesce comme s'il comprenait. Il règne entre eux une complicité qui perturbe le Dr Kircher. C'est sans doute parce qu'il ne fait pas attention et regarde dans la mauvaise direction, droit dans les yeux du gamin.

Ce dernier a grimpé sur la charrette du chanteur. Il est debout au-dessus de tout le monde, au bord de la charrette, et c'est étrange qu'il ne tombe pas. Comment fait-il pour tenir en équilibre ? Le Dr Kircher ne peut pas s'en empêcher, il affiche un sourire crispé. Le gamin ne sourit pas en retour. Le Dr Kircher se demande malgré lui si l'enfant ne serait pas lui aussi possédé par Satan, mais l'interrogatoire n'a donné aucun indice, la femme a beaucoup pleuré, le gamin était renfermé, mais tous deux ont dit ce qu'il fallait. Soudain, le Dr Kircher se met à douter. A-t-on fait preuve de négligence ? Les ruses du seigneur de l'air sont multiples. Et si le meunier n'était pas le pire des sorciers ? Le Dr Kircher sent germer en lui un soupçon.

— As-tu fait cela ? répète le Dr Tesimond.

Le bourreau recule. Tous tendent l'oreille, se hissent sur la pointe des pieds, lèvent la tête. Même le vent faiblit un instant, tandis que Claus Ulespiègle prend une inspiration pour donner enfin sa réponse.

III

Il ignorait que la nourriture était si bonne ici. De toute sa vie, il n'a rien vu de tel : d'abord un bouillon de poule nourrissant avec du pain au froment fraîchement cuit, puis un gigot de mouton salé et même poivré, puis un filet de porc bien gras avec de la sauce et, pour finir, une tarte aux cerises bien sucrée et encore tiède, le tout accompagné d'un vin rouge puissant qui monte à la tête comme le brouillard. Ils ont dû faire venir un cuisinier de quelque part. Tandis que Claus mange à sa petite table dans l'étable et sent son estomac se remplir de mets chauds et délicats, il se dit que pour un repas pareil, ça vaut même le coup de mourir.

Il croyait que le dernier repas du condamné, ce n'était qu'une façon de parler, il ne se doutait pas qu'on faisait bel et bien venir un cuisinier qui mitonnait un repas comme vous n'en aviez jamais eu de toute votre vie. C'est difficile de manger de la viande quand on a les bras enchaînés, les fers blessent, les poignets sont meurtris, mais c'est tellement bon que ça ne fait rien. D'ailleurs, ses mains ne sont plus aussi douloureuses qu'il y a une semaine. Maître Tilman est aussi un maître en matière de guérison, Claus a dû reconnaître humblement que le bourreau connaît des herbes dont lui-même n'a jamais entendu parler. Mais il ne ressent toujours aucune sensation dans ses doigts écrasés, c'est pourquoi la viande n'arrête pas de tomber par terre. Il ferme les yeux. Il entend les poules qui grattent le sol dans l'enclos à côté, il entend les ronflements de l'homme richement vêtu qui a voulu le défendre et gît maintenant enchaîné dans le foin. Tandis qu'il mâche la délicieuse viande de porc, il tente de s'imaginer qu'il ne connaîtra jamais l'issue du procès de cet homme.

Puisqu'il sera mort d'ici là. Il ne saura pas non plus quel temps il fera après-demain. D'ici là, il sera mort. Ou s'il va repleuvoir demain soir. Mais peu importe, tout le monde s'en fiche, de la pluie.

C'est quand même étrange : maintenant tu es encore là et tu peux réciter tous les chiffres entre un et mille, alors qu'après-demain tu seras un être éthéré ou une âme qui reviendra sur terre dans un corps humain ou animal et se souviendra à peine du meunier que tu es encore – mais si on est une belette ou une poule ou un moineau sur sa branche et qu'on ne sait même pas qu'on a été jadis un meunier qui étudiait la trajectoire de l'astre lunaire, si on sautille de branche en branche en ne pensant qu'aux grains et, bien sûr, aux buses auxquelles il faut échapper, alors quel intérêt d'avoir été jadis un meunier dont on ignore tout désormais ?

Il se rappelle soudain que maître Tilman lui a dit qu'il pouvait avoir du rab à tout moment. Appelle-moi, dis-le-moi, tu peux en avoir autant que tu veux, parce qu'après, c'est fini pour toujours.

Alors Claus tente sa chance. Il appelle. Il appelle en mâchant car il a encore de la viande sur son assiette et du gâteau aussi mais, si on peut en avoir plus, pourquoi attendre que tout soit fini et que les gens là-dehors changent d'avis ? Il appelle à nouveau et, bel et bien, la porte s'ouvre.

— Je peux en ravoir ?

— De tout ?

— De tout, s'il vous plaît.

Maître Tilman sort en silence et Claus se jette sur le gâteau. Et, tandis qu'il mâchonne la masse chaude, moelleuse et sucrée, il se rend compte qu'il a toujours eu faim : jour et nuit, matin et soir. Seulement, il a fini par ne plus savoir que c'était la faim : cette sensation d'insatisfaction, de vacuité en toutes choses, cette faiblesse permanente du corps qui ramollit les genoux et les mains et perturbe la tête. Ce n'était pas nécessaire, ça aurait pu être autrement, c'était simplement la faim !

La porte s'ouvre en grinçant et maître Tilman entre avec un plateau couvert d'écuelles. Claus soupire de joie. Maître Tilman, qui interprète mal son soupir, pose le plateau et lui met la main sur l'épaule.

— Ça va aller, dit-il.

— Je sais, dit Claus.

— C'est très bref. Je sais y faire. Je te le promets.

— Merci, dit Claus.

— Parfois, ils m'énervent, les condamnés. Alors ça ne va pas vite. Tu peux me croire. Mais toi, tu ne m'as pas énervé.

Claus acquiesce avec gratitude.

— Les temps sont meilleurs aujourd'hui. Autrefois, on vous brûlait tous. Ça dure, c'est pas chouette. Mais la pendaison, c'est rien. C'est rapide. Tu montes sur l'échafaud et, en un clin d'œil, t'es déjà devant le Créateur. T'es brûlé qu'après, mais là, tu seras déjà mort, ça te fera plus rien, tu verras.

— Bien, dit Claus.

Les deux hommes se regardent. Maître Tilman ne semble pas vouloir partir. C'est à croire qu'il se plaît dans l'étable.

— T'es pas un mauvais bougre, dit maître Tilman.

— Merci.

— Pour un suppôt du diable.

Claus hausse les épaules.

Maître Tilman sort et referme longuement la porte.

Claus se remet à manger. Il tente à nouveau de s'imaginer la chose : les maisons là-dehors, les oiseaux dans le ciel, les nuages, la terre vert-brun avec son herbe et ses champs et toutes ses taupinières au printemps, car on ne se débarrasse pas des taupes, aucune herbe ni aucune formule n'y fait, et la pluie bien sûr – tout cela continuant, mais sans lui.

Or il n'arrive pas à s'imaginer la chose.

Car chaque fois qu'il imagine un monde sans Claus Ulespiègle, son imagination y introduit en douce ce même Claus Ulespiègle qu'elle est censée éliminer – sous forme d'être invisible, d'œil sans corps, de fantôme. Mais s'il fait abstraction totale de sa personne, le monde qu'il aimerait se représenter sans Claus Ulespiègle disparaît avec lui. Il a beau essayer encore et encore, c'est toujours la même chose. Faut-il en déduire qu'il est en sécurité ? Qu'il ne peut pas disparaître parce que le monde lui-même ne peut pas disparaître et qu'il y serait contraint sans lui ?

La viande de porc est toujours aussi délicieuse mais, il le remarque à présent, maître Tilman n'a pas rapporté de gâteau et, comme c'était le meilleur de tout, Claus retente sa chance et rappelle.

Le bourreau entre.

— Je peux ravoir du gâteau ?

Maître Tilman ressort sans un mot. Claus mâche la viande de porc. Maintenant que sa faim est rassasiée, il s'aperçoit vraiment à quel point c'est bon, délicat et riche, chaud, salé et un rien sucré. Il contemple le mur de l'étable. Si, juste avant minuit, on dessine un carré et qu'on trace avec un peu de sang deux cercles doubles sur le sol en invoquant trois fois le troisième nom secret du Tout-Puissant, une porte apparaît et on peut s'éclipser. Le seul problème, ce sont les chaînes car, pour s'en débarrasser, il lui faudrait une décoction de prêle des champs ; il devrait donc s'enfuir avec ses chaînes et trouver en route de la prêle des champs, mais Claus est fatigué, son corps lui fait mal et ce n'est pas la saison de la prêle des champs.

Et puis c'est dur de recommencer ailleurs. Autrefois, ça aurait été possible, mais il a vieilli et il n'a plus la force de redevenir un infâme commis itinérant, un journalier méprisé à la sortie d'un village quelconque, un étranger que tout le monde évite. Il ne pourrait même pas travailler comme guérisseur, ce serait suspect.

Non, c'est plus facile de se faire pendre. Et, s'il est vrai qu'après la mort, on se rappelle ce qu'il y avait avant, ça pourrait le mener plus loin dans la connaissance du monde que dix ans de recherches et d'études. Peut-être comprendra-t-il alors cette histoire d'orbite lunaire, voire quel grain fait que le tas cesse d'être un tas, voire en quoi se distinguent deux feuilles entre lesquelles il n'y a aucune différence, si ce n'est le fait qu'elles sont justement deux et non pas une. C'est peut-être dû au vin et à la chaleur agréable qui envahit Claus pour la première fois de sa vie, toujours est-il qu'il ne veut plus sortir. Le mur n'a qu'à rester là où il est.

On repousse le verrou, maître Tilman apporte du gâteau.

— Mais c'est fini maintenant, je ne reviens plus.

Il tapote l'épaule de Claus, il aime bien ça, sans doute parce qu'il n'a jamais le droit de toucher les gens dehors. Puis il bâille et sort en claquant la porte si fort que l'homme endormi se réveille.

Il se redresse, s'étire et regarde autour de lui.

— Où est la vieille femme ?

— Dans l'autre étable, dit Claus. Une chance. Elle se lamente sans arrêt, c'est insupportable.

— Donne-moi du vin !

Claus le regarde, horrifié. Il veut répondre que c'est son vin à lui et à lui seul, qu'il l'a gagné honnêtement parce qu'il doit mourir pour cela. Mais l'homme lui fait pitié, ce n'est pas facile pour lui non plus, et il lui tend le pichet. L'homme le saisit et boit à grandes gorgées. Arrête, aimerait lui crier Claus, j'en aurais pas plus ! Mais il n'ose pas parce que c'est une personne de rang et qu'on ne donne pas d'ordre à quelqu'un comme ça. Le vin coule le long de son menton et fait des taches sur son col en velours mais ça n'a pas l'air de l'embêter, tellement il a soif.

Il finit par reposer le pichet et il dit :

— Mon Dieu, en voilà du bon vin !

— Oui oui, dit Claus, très bon.

Il espère vivement que l'homme ne va pas réclamer du gâteau.

— Maintenant que personne ne nous écoute. Dismoi la vérité. As-tu conclu un pacte avec le diable ?

— Je ne sais pas, monsieur.

— Comment peut-on ne pas le savoir ?

Claus réfléchit. Il est évident qu'il a fait une bêtise dans sa tête stupide, sinon il ne serait pas ici. Mais il ne sait pas vraiment laquelle. On l'a interrogé si longtemps, encore et encore, en lui infligeant de telles souffrances, il a dû raconter son histoire si souvent et, chaque fois, il manquait quelque chose, il fallait toujours ajouter quelque chose, encore un démon à décrire, encore une invocation, encore un livre occulte, encore un sabbat pour que maître Tilman le laisse tranquille, après quoi il a dû raconter encore et encore ces nouveaux détails, si bien qu'il ne sait plus ce qu'il a été contraint d'inventer et ce qui s'est réellement passé dans sa courte vie qui n'a jamais été bien ordonnée de toute façon : il est allé tantôt ici, tantôt là, puis ailleurs, puis il s'est retrouvé dans la poussière de farine avec une femme insatisfaite et des commis qui lui manquaient de respect, puis le voilà enchaîné, et ça s'arrête là. De même qu'il aura fini le gâteau dans un instant, encore trois ou quatre bouchées, peut-être cinq s'il en prend très peu à la fois.

— Je ne sais pas, répète-t-il.

— Sacrée déveine, dit l'homme en fixant le gâteau.

Saisi d'effroi, Claus prend tout ce qui reste et l'avale sans mâcher. Le gâteau remplit sa gorge, il déglutit autant qu'il peut ; le gâteau est passé. C'en est fini de la nourriture. Pour toujours.

— Monsieur, dit Claus pour montrer qu'il connaît les usages. Que va-t-il vous arriver ?

— Difficile à dire. Une fois enfermé, on sort difficilement. Ils vont m'amener en ville, puis ils vont m'interroger. Il faudra bien que j'avoue quelque chose.

Il regarde ses mains en soupirant. Visiblement, il pense au bourreau ; chacun sait qu'il commence toujours par les doigts.

— Monsieur, répète Claus. Imaginez un tas de grains.

— Comment ?

— On enlève un grain chaque fois et on le pose à côté du tas.

— Comment ?

— Un seul grain chaque fois. À partir de quand n'est-ce plus un tas ?

— À partir de douze mille grains.

Claus se frotte le front. Ses chaînes cliquettent. Il sent l'empreinte de la sangle en cuir sur son front. Ça lui a fait horriblement mal, il se souvient de chaque seconde où il a hurlé et supplié, mais maître Tilman n'a relâché la sangle que lorsqu'il a inventé et décrit un nouveau sabbat de sorcières.

— Douze mille précisément ?

— Bien sûr, dit l'homme. Tu crois que je peux aussi avoir un repas comme ça ? Il doit sûrement en rester. Tout ceci est d'une grande injustice, je ne devrais pas être ici, je voulais simplement te défendre pour évoquer le sujet dans mon livre. J'en ai fini avec la cristallisation et je voulais me spécialiser dans le droit. Mais ma situation n'est pas liée à la tienne. Peut-être as-tu conclu un pacte avec le diable, qu'est-ce que j'en sais, peut-être l'as-tu vraiment fait ! Ou peut-être pas.

Il se tait un instant, puis il appelle maître Tilman d'une voix impérieuse.

Ça va mal se terminer, pense Claus qui connaît bien le bourreau désormais. Il soupire. Il aurait bien bu encore un peu de vin pour que sa tristesse ne revienne pas, mais on lui a dit clairement qu'il n'aurait plus rien.

On repousse le verrou, maître Tilman jette un œil à l'intérieur.

— Apporte-moi de cette viande, dit l'homme sans le regarder. Et du vin. Le pichet est vide.

— Tu vas mourir demain, toi aussi ? demande maître Tilman.

— C'est un malentendu, dit l'homme d'une voix rauque en faisant mine de s'adresser à Claus, car mieux vaut encore parler à un sorcier jugé coupable qu'à un bourreau. Et un acte abject pour lequel certains vont devoir payer.

— Celui qui est encore en vie demain n'a pas droit au dernier repas du condamné, dit maître Tilman. Il pose la main sur l'épaule de Claus. Écoute, dit-il à voix basse. Quand tu seras sous le gibet demain – n'oublie pas que tu dois pardonner à tout le monde.

Claus acquiesce.

— Aux juges, dit maître Tilman. Et à moi aussi.

Claus ferme les yeux. Il ressent encore l'effet du vin – une douce et tiède sensation de vertige.

— À voix haute et distincte, dit maître Tilman.

Claus soupire.

— Ce sont les usages, dit maître Tilman, c'est ce qui se fait, le condamné à mort pardonne à son bourreau à voix haute et distincte pour que tout le monde l'entende. Tu es au courant ?

Claus repense à sa femme. Agneta est venue tout à l'heure, elle lui a parlé à travers les fentes entre les planches. Elle a chuchoté qu'elle était désolée, elle n'avait pas eu d'autre choix que de dire ce qu'ils attendaient d'elle, pouvait-il lui pardonner ?

Bien sûr, a-t-il répondu, il pardonnait tout. Il n'a pas vraiment compris de quoi elle parlait, mais ça, il l'a gardé pour lui. Rien à faire, son esprit n'est plus aussi fiable depuis les interrogatoires.

Après quoi elle s'est remise à pleurer, elle a parlé de sa vie difficile, du gamin qui lui faisait souci, elle ne savait pas quoi faire de lui.

Claus s'est réjoui d'entendre parler du gamin car ça fait longtemps qu'il n'a plus pensé à lui et, au fond, il l'aime beaucoup. Mais il a quelque chose d'étrange, c'est difficile à expliquer, le gamin ne semble pas fait de la même matière que les autres gens.

— Pour toi, c'est facile, a-t-elle dit. T'es plus obligé de te casser la tête pour quoi que ce soit. Mais moi, je ne peux pas rester au village. Ce n'est pas autorisé. Et j'ai jamais été autre part, alors qu'est-ce que je dois faire ?

— C'est sûr, a-t-il répondu tout en pensant au gamin. C'est ben vrai.

— Je pourrais peut-être aller chez ma belle-sœur, à Pfünz. C'est ce qu'a dit mon oncle avant de mourir, il a dit qu'il a entendu dire que ma belle-sœur est à Pfünz maintenant. C'est peut-être ben vrai.

— Tu as une belle-sœur ?

— La femme du neveu de mon oncle. La cousine de Franz Melker. Tu l'as pas connu, mon oncle, il est mort quand j'étais petite. J'irais où, sinon ?

— J'en sais rien.

— Et qu'est-ce que je vais faire du gamin ? Moi, elle va peut-être m'aider si elle se souvient de moi, qui sait. Si elle est encore en vie. Mais deux personnes qui ont le ventre vide ? Ça fait trop.

— Oui, ça fait trop.

— Je peux peut-être caser le gamin comme journalier, il est petit et il ne travaille pas bien, mais ça pourrait marcher. Que faire d'autre ? J'ai pas le droit de rester ici.

— Non, t'as pas le droit.

— Bougre d'idiot, c'est facile pour toi maintenant. Mais dis-moi plutôt, est-ce que je dois rechercher ma belle-sœur ? Peut-être ben que c'est pas à Pfünz qu'elle habite. Toi qui sais toujours tout, dis-moi, je fais quoi ?

À ce moment-là, par chance, le repas du condamné est arrivé et Agneta s'est retirée pour que le bourreau ne la voie pas car nul n'a le droit de parler à un condamné à mort. Après quoi le vin et la nourriture étaient si bons que l'envie de pleurer lui a complètement passé.

— Meunier ! s'écrie maître Tilman. Tu m'écoutes ?

— Oui, oui.

La main de maître Tilman repose lourdement sur son épaule.

— Il faut que tu le dises à haute voix demain ! Que tu me pardonnes ! Tu entends ? Devant tout le monde, t'as entendu ? C'est ce qui se fait !

Claus s'apprête à répondre, mais il n'arrive pas à se concentrer sur le sujet, d'autant qu'il repense une fois de plus au gamin. Il l'a vu jongler l'autre jour. C'était entre deux interrogatoires, dans ce temps vide où le monde n'est plus que douleur lancinante – il a regardé à travers les fentes et il a vu son fils passer devant lui en faisant tourbillonner des cailloux au-dessus de sa tête comme s'ils n'avaient aucun poids, comme si ça marchait tout seul. Claus a crié son nom pour le prévenir. Celui qui est capable d'une chose pareille doit faire attention, on peut être accusé de sorcellerie là aussi, mais le gamin ne l'a pas entendu – peut-être parce que la voix de Claus est trop faible. Elle le restera, il ne peut rien y faire, c'est lié à l'interrogatoire.

— Écoute-moi, dit maître Tilman. Tu ne vas pas m'envoyer dans la vallée de Josaphat !

— La malédiction d'un mourant est la plus puissante de toutes, dit l'homme dans la paille. Elle colle à l'âme, impossible de s'en débarrasser.

— Tu ne vas pas faire ça, meunier, maudire ton bourreau, tu ne vas pas me faire ça, si ?

— Non, dit Claus. Je ne vais pas le faire.

— Tu te dis peut-être que ça n'a aucune importance. Tu te dis que tu seras pendu de toute façon, mais c'est moi qui serai sur l'échelle avec toi et c'est moi qui fais le nœud et il faut que je te tire par les jambes pour que ta nuque se brise, sinon ça dure !

— C'est exact, dit l'homme dans la paille.

— Tu ne vas pas m'envoyer dans la vallée de Josaphat ? Tu ne vas pas me maudire, tu vas pardonner à ton bourreau, comme ça se fait ?

— Oui, c'est entendu, dit Claus.

Maître Tilman retire la main de son épaule et lui donne une tape amicale.

— Peu m'importe que tu pardonnes aux juges ou pas. Ce n'est pas mon problème. Tu peux faire comme tu veux.

Soudain, Claus ne peut s'empêcher de sourire. C'est sûrement dû au vin, mais aussi au fait qu'il vient de comprendre qu'il va enfin pouvoir essayer la grande clef de Salomon. Il n'en a jamais eu l'occasion, il a appris toutes ces longues phrases auprès du vieux Hüttner, ça lui a paru facile à l'époque, il pourrait sans doute les retrouver dans sa mémoire.

Ils vont ouvrir de grands yeux demain, quand il sera sur l'échelle et que ses chaînes se déchireront d'un coup, comme du papier. Ils vont faire les yeux ronds quand il va étendre les bras, s'élever et flotter dans les airs au-dessus de leurs stupides visages – au-dessus de cet imbécile de Peter Steger et de sa femme encore plus bête que lui, de sa famille et ses enfants et ses grands-parents, tous plus bêtes les uns que les autres, au-dessus des Melker et des Homrich et des Holtz et des Tamm et tous les autres. La tête qu'ils vont faire quand, au lieu de tomber, il va monter toujours plus haut, ils vont en rester la gueule ouverte. Pendant un instant, il les voit rapetisser, puis ce sont des points, puis le village lui-même est une tache au milieu de la forêt vert sombre et, quand il lèvera la tête, il verra le velours blanc des nuages et leurs habitants, certains ailés, d'autres composés de feu blanc, d'autres encore dotés de deux ou trois têtes et, là-bas, le prince de l'air, le roi des esprits et des flammes. Prends pitié, mon grand diable, accepte-moi dans ton royaume, libère-moi, et Claus l'entend déjà répondre : Vois, c'est mon pays. Vois comme il est grand et comme c'est vaste en dessous, vole avec moi.

Claus éclate de rire. L'espace d'un instant, il voit des souris grouiller autour de ses pieds, certaines ont des queues de serpent, d'autres des antennes de chenille et il a l'impression de sentir leurs morsures, mais la douleur est un picotement presque agréable, puis il se revoit voler, je suis si léger quand mon maître m'y autorise. Tu dois simplement te souvenir des paroles, il ne faut pas qu'elles soient fausses ou incomplètes, sinon la clef de Salomon ne fonctionne pas, sinon tout est vain. Mais, si tu retrouves les paroles, tu seras libéré de tout, les lourdes chaînes, la misère, ta vie de meunier faite de froid et de faim.

— C'est lié au vin, dit maître Tilman.

— Je ne vais pas rester enfermé longtemps, dit l'homme sans le regarder. Tesimond va le regretter.

— Il a dit qu'il allait me pardonner, dit maître Tilman. Il a dit qu'il n'allait pas me maudire.

— Ne me parle pas !

— Dis-moi si tu l'as entendu, dit maître Tilman. Sinon je te fais mal. Est-ce qu'il l'a dit ?

Tous deux regardent le meunier. Il a les yeux fermés, la tête appuyée contre le mur et il n'arrête pas de pouffer.

— Oui, dit l'homme. Il l'a dit.

IV

Nele a tout de suite remarqué qu'il n'est pas bon. Mais lorsqu'elle entend Gottfried réciter la ballade du meunier démoniaque devant la foule du bourg, elle comprend qu'ils sont tombés sur le pire des chanteurs.

Il chante beaucoup trop haut et il lui arrive de se racler la gorge au milieu d'un vers. Quand il parle, sa voix est passable mais, quand il chante, elle devient rauque et éraillée. La voix en soi ne poserait pas problème, si seulement il chantait juste. Et le fait qu'il chante faux ne serait pas grave non plus s'il savait au moins jouer du luth – Gottfried se trompe sans arrêt et il oublie parfois la suite de la chanson. Même ça, ce serait supportable, si seulement ses vers étaient meilleurs. Ils évoquent le méchant meunier et le village qu'il tenait sous son emprise, la sorcellerie et les ruses mais, si la chanson fourmille d'anecdotes atroces et de détails sanglants comme les gens l'attendent, elle n'en est pas moins embrouillée et presque incompréhensible, et les rimes sont si maladroites que ça gênerait même un enfant.

Pourtant les gens écoutent. Les chanteurs ambulants ne viennent pas souvent et les ballades au sujet des procès de sorcières, on veut les entendre, même quand elles sont minables. Mais, au bout de quatre strophes, Nele voit la tête que font les gens et, lorsqu'il arrive à la douzième et dernière strophe, beaucoup sont déjà partis. Maintenant, il faut vite quelque chose qui plaise davantage. Pourvu qu'il le sache, pense Nele, pourvu qu'il le sente !

Gottfried reprend la chanson au début.

Il remarque l'agitation sur les visages et, dans son désespoir, il chante plus fort, ce qui fait monter sa voix dans les aigus. Nele lance un regard à Tyll. Il roule des yeux, puis il écarte les bras dans un geste de dévotion. Il s'élance d'un pas leste vers le chanteur et commence à danser sur la charrette.

Tout de suite, l'ambiance est meilleure. Gottfried chante aussi mal qu'avant mais, soudain, ça n'a plus d'importance. Tyll danse comme si quelqu'un le lui avait appris, il danse comme si son corps n'avait aucun poids et que rien ne lui plaisait davantage. Il bondit et virevolte et bondit de nouveau comme s'il ne venait pas de tout perdre, et c'est si entraînant que quelques spectateurs, puis quelques autres, puis de plus en plus se mettent à danser. Les pièces de monnaie s'envolent déjà. Nele les ramasse.

Gottfried s'en aperçoit aussi et, soulagé, il arrive mieux à garder le rythme ; Tyll danse avec une telle ferveur et une détermination si aérienne que Nele en oublierait presque qu'il est question de son père dans la chanson, où *meunier* rime avec *écolier*, *diable* avec *glabre*, *feu* avec *fête* et *nuit* avec *nuit*, car ce mot revient sans arrêt : sombre nuit, noir comme la nuit, sorcellerie de nuit. À partir de la cinquième strophe, il est question de l'audience : les juges sévères et vertueux, la grâce de Dieu, le châtiment qui frappe toujours les méchants, tandis que hurle Satan, tant et si bien que sa chair se putréfie, et le gibet où le méchant meunier doit expier sa mauvaise vie et le diable éructer son dernier hurlement. Pendant tout ce temps, Tyll n'arrête pas de danser car ils ont besoin de ces pièces, il faut bien qu'ils mangent.

Encore maintenant, elle a l'impression que c'est un rêve. Ce village qui n'est pas le sien, ces habitants dont elle ne connaît pas le visage, et ces maisons dans lesquelles elle n'est jamais entrée. Elle n'aurait jamais imaginé devoir un jour quitter sa maison, ce n'était pas prévu, et elle s'attend presque à se réveiller chez elle, près du grand âtre d'où sort par effluves la bonne chaleur du pain. Une fille, ça ne s'en va pas autre part. Elle reste là où elle est née, c'est ainsi depuis toujours : tu es petite, tu aides à la maison ; tu grandis, tu aides les servantes ; tu es adulte, tu épouses un fils Steger si tu es jolie, ou alors un parent du forgeron ou bien, si ça tourne mal, un Heinerling. Après quoi tu as un enfant, puis un autre, puis encore d'autres, la plupart meurent et tu continues à aider les servantes et, à l'église, tu es assise un peu plus à l'avant, à côté de ton mari et derrière ta belle-mère et puis, quand tu as quarante ans, que tu as mal aux os et que tu as perdu toutes tes dents, tu te retrouves à la place de la belle-mère.

Comme elle ne voulait pas de ça, elle est partie avec Tyll.

Cela fait combien de jours maintenant ? Impossible à dire, le temps est en pagaille dans la forêt. Mais elle revoit nettement Tyll devant elle, le soir de l'audience, maigre et un rien voûté, dans le blé ondulant de la prairie de Steger.

— Qu'est-ce qui va vous arriver maintenant ? lui a-t-elle demandé.

— Ma mère dit que je dois devenir journalier. Elle dit que ça va être dur parce que je suis trop petit et pas assez costaud pour bien travailler.

— Et c'est ce que tu vas faire ?

— Non, je vais partir.

— Où ?

— Loin d'ici.

— Quand ?

— Maintenant. Un des jésuites, le plus jeune, il m'a lancé un de ces regards.

— Mais tu ne peux pas t'en aller comme ça !

— Si.

— Et s'ils t'attrapent ? Tu es seul et ils sont nombreux.

— Mais j'ai deux pieds, et un juge en robe ou un garde avec sa hallebarde, ils n'en ont que deux, eux aussi. Chacun a autant de pieds que moi. Personne n'en a plus. Même ensemble, ils ne peuvent pas courir plus vite que nous.

Elle a soudain ressenti une étrange excitation, sa gorge s'est serrée et son cœur s'est mis à cogner.

— Pourquoi dis-tu *nous* ?

— Parce que tu viens aussi.

— Avec toi ?

— C'est bien pour ça que je t'attendais.

Elle sait qu'il ne faut pas réfléchir, sinon elle n'aura plus le courage et elle restera ici, comme prévu ; mais il a raison, on peut effectivement s'en aller. En vérité, rien ne te retient là où tout le monde pense que tu dois rester.

— Maintenant rentre chez toi, dit-il, et ramène autant de pain que tu peux en porter.

— Non !

— Tu ne viens pas avec moi ?

— Si, je viens, mais je ne retournerai pas chez moi avant.

— Mais le pain !

— Si je vois mon père et ma mère et l'âtre et ma sœur, je ne partirai plus, je resterai !

— Il nous faut du pain.

Elle fait non de la tête. Et en effet, songe-t-elle à présent, tandis qu'elle ramasse les pièces sur la place du marché d'un village inconnu – si elle était retournée à la boulangerie, elle serait restée et elle aurait bientôt épousé le fils Steger, le plus âgé, auquel il manque deux dents de devant. Ils sont rares, les moments où il existe deux possibilités, un chemin ou un autre. Rares, les moments où on peut choisir.

— On ne peut pas partir sans pain, dit-il. Et on ferait mieux d'attendre jusqu'à demain matin. La forêt la nuit, tu ne connais pas. Tu n'as jamais vécu ça.

— Tu as peur de la Froide ?

Elle sait qu'elle a gagné.

— J'ai pas peur, dit-il.

— Alors allons-y !

Sa vie durant, elle n'oubliera pas cette nuit, sa vie durant, les feux follets qui ricanent, les voix sortant de l'obscurité, les bruits d'animaux ou encore ce visage scintillant qui a surgi devant elle pour disparaître aussitôt, avant même qu'elle soit sûre de l'avoir vu. Sa vie durant, elle repensera à sa peur, à son cœur battant la chamade, au bruissement du sang dans ses oreilles et aux murmures gémissants de ce garçon qui parlait soit tout seul, soit avec les créatures de la forêt. Au matin, ils se retrouvent au bord d'une clairière boueuse, grelottant de froid. La rosée dégouline des arbres, ils ont faim.

— Tu aurais mieux fait de chercher du pain.

— Je peux aussi te frapper au visage.

Tandis qu'ils reprennent leur chemin dans l'air froid et humide du matin, Tyll verse quelques larmes et Nele a elle aussi envie de pleurer. Ses jambes sont engourdies, la faim est presque intenable et Tyll avait raison, sans pain on meurt forcément. Il y a certes des baies, des racines et on peut sans doute aussi manger l'herbe, mais ça ne suffit pas pour combler la faim. Cela suffirait peut-être en été, mais pas dans ce froid.

C'est là qu'ils entendent derrière eux le cahotement et le grincement d'une charrette. Ils se cachent dans les buissons et s'aperçoivent que ce n'est que la carriole du chanteur. Tyll sort d'un bond et se campe au milieu du chemin.

— Ah, dit le chanteur. Le fils du meunier !

— Tu nous emmènes ?

— Pourquoi ?

— Déjà parce que sinon, on va crever. Et aussi parce qu'on va t'aider. Tu ne veux pas de compagnie ?

— Ils sont probablement déjà à ta recherche, dit le chanteur.

— Une raison de plus. À moins que tu veuilles qu'ils m'attrapent ?

— Grimpez.

Gottfried leur explique l'essentiel : celui qui accompagne un chanteur fait partie du peuple itinérant, aucune guilde ne le défend et aucune autorité ne le protège. Si tu es dans une ville et qu'il y a le feu, tu dois déguerpir car on pensera que c'est toi qui as mis le feu. Si tu es dans un village et qu'on vole quelque chose, déguerpis aussi. Si des voleurs t'attaquent, donne-leur tout. Mais en général, ils ne prennent rien, ils réclament simplement une chanson, dans ce cas chante pour eux aussi bien que tu peux, car les voleurs dansent souvent mieux que les villageois engourdis. Tends toujours l'oreille pour savoir où c'est jour de marché parce que, si ce n'est pas un jour de marché, on ne te laisse pas entrer dans les villages. Au marché, les gens se retrouvent et ils veulent danser, ils veulent entendre des chansons, ils ne sont pas près de leurs sous.

— Est-ce que mon père est mort ?

— Oui, il est mort.

— Tu as vu l'exécution ?

— Bien sûr que oui, c'est ben pour ça que j'y suis allé. Il a d'abord pardonné aux juges, comme il se doit, puis au bourreau, puis il est monté sur l'échelle, puis on lui a mis le nœud autour du cou, puis il s'est mis à marmonner mais j'étais trop loin derrière, j'ai pas compris.

— Et ensuite ?

— Ça s'est passé comme ça se passe toujours.

— Donc il est mort ?

— Gamin, quand quelqu'un est pendu au gibet, qu'est-ce qui pourrait lui arriver d'autre ? Bien sûr qu'il est mort ! Qu'est-ce que tu t'imagines ?

— C'est allé vite ?

Gottfried se tait un instant avant de répondre :

— Oui, très vite.

Ils roulent un moment sans parler. Les arbres ne sont plus aussi serrés, des rais de lumière percent le toit de feuilles. Une brume légère s'élève de l'herbe des clairières, l'air se remplit d'insectes et d'oiseaux.

— Comment devient-on chanteur ? finit par demander Nele.

— Ça s'apprend. J'avais un maître. Il m'a tout enseigné. Vous avez déjà entendu parler de lui, c'est Gerhard Vogtland.

— Non.

— Le gars de Trèves !

Le gamin hausse les épaules.

— La grande litanie sur la campagne du duc Ernest contre le perfide sultan.

— Quoi ?

— C'est sa chanson la plus célèbre. La grande litanie sur la campagne du duc Ernest contre le perfide sultan. Vous ne la connaissez vraiment pas ? Je vous la chante ?

Nele acquiesce et voilà comment ils ont un premier aperçu du talent pitoyable de Gottfried. La grande litanie sur la campagne du duc Ernest contre le perfide sultan comporte trente-trois strophes et, si Gottfried ne sait pas faire grand-chose du reste, il a une excellente mémoire et il n'en oublie aucune.

Ils roulent ainsi un long moment. Le chanteur chante, l'âne grogne de temps à autre, les roues grincent et crissent comme si elles faisaient la conversation. Nele voit du coin de l'œil les larmes couler sur les joues du gamin. Il a détourné la tête pour que personne ne le remarque.

Une fois que Gottfried a terminé sa chanson, il la reprend depuis le début. Puis il entonne une ballade sur le beau prince-électeur Frédéric et les États de Bohême, puis sur le méchant dragon Kufer et le chevalier Robert, puis sur l'ignoble roi de France et le grand roi d'Espagne, son ennemi. Après quoi il leur raconte sa vie. Son père était bourreau, si bien qu'il aurait dû le devenir aussi. Mais il s'est enfui.

— Comme nous, dit Nele.

— Beaucoup de gens le font, plus que vous ne pensez ! Pour mener une vie honnête, il faut rester sur place, mais ce pays est plein de gens que rien n'a retenus sur place. Ils n'ont aucune protection, mais ils sont libres. Sont pas obligés de pendre les gens. Ni de trucider qui que ce soit.

— Sont pas obligés d'épouser le fils Steger, dit Nele.

— Ni de devenir journalier, dit le gamin.

Ils apprennent ce que Gottfried a subi jadis chez son maître. Le père Vogtland l'avait beaucoup battu, il lui avait souvent donné des coups de pied et même mordu l'oreille un jour parce que Gottfried chantait faux et peinait à jouer du luth avec ses gros doigts. Pauvre imbécile, s'était écrié Vogtland, tu ne voulais pas devenir bourreau et maintenant tu tortures dix fois plus les gens avec ta musique ! Mais Vogtland ne l'avait pas chassé pour autant et il avait fait de plus en plus de progrès, comme il le dit fièrement, jusqu'à devenir lui-même maître. Il avait cependant découvert que les gens voulaient entendre parler d'exécutions, partout, tout le temps. Personne n'était indifférent aux exécutions.

— Et je m'y connais, en matière d'exécution. Je sais tout sur la façon de tenir l'épée, de faire le nœud, d'empiler les bûches pour le bûcher, et je sais aussi où placer les tenailles ardentes. Les autres chanteurs ont peut-être des rimes plus harmonieuses mais moi, je vois tout de suite quel bourreau connaît son métier et lequel ne le connaît pas, et mes ballades sont les plus précises qui soient.

Quand le soir tombe, ils allument un feu. Gott-fried partage ses provisions avec eux : galettes de pain sec, faites – Nele le reconnaît aussitôt – par son père. Pendant un instant, elle a aussi les larmes aux yeux car, en voyant ces pains avec la croix au milieu et les bords qui s'émiettent, elle a compris qu'elle est dans la même situation que le gamin. Il ne reverra jamais son père parce qu'il est mort, mais elle ne reverra jamais le sien non plus parce qu'elle ne peut pas rentrer chez elle, ils sont désormais orphelins tous les deux. Mais ce moment passe, elle regarde le feu et soudain, elle se sent libre comme si elle pouvait voler.

La deuxième nuit dans la forêt n'est plus aussi dure que la première. Ils se sont habitués aux bruits, les braises produisent de la chaleur et le chanteur leur a donné une épaisse couverture. En s'endor-mant, elle remarque que Tyll est encore éveillé à côté d'elle. Il est si vif, si attentif, il réfléchit avec une telle ferveur qu'elle le sent. Elle n'ose pas tour-ner la tête vers lui.

— Quelqu'un qui porte le feu, dit-il à voix basse.

Elle ne sait pas s'il s'adresse à elle.

— Tu es malade ?

Il semble avoir de la fièvre. Elle se blottit contre lui, la chaleur se dégage de lui par bouffées, c'est agréable et elle a moins froid. Elle s'endort peu après et rêve d'un champ de bataille et de milliers de gens qui avancent dans un paysage vallonné, et soudain les canons se mettent à pilonner. Elle se réveille, c'est le matin, il peut de nouveau.

Le chanteur est assis sous sa couverture, le dos voûté, un petit carnet dans une main et la mine de plomb dans l'autre. Il écrit en caractères minuscules, presque illisibles, car il ne possède que ce carnet et le papier coûte cher.

— La poésie, c'est ce qu'il y a de plus difficile, dit-il. Vous connaissez un mot qui rime avec *fripouille* ?

En fin de compte, il a quand même réussi à terminer sa ballade sur le méchant meunier et ils sont maintenant au marché du bourg, pendant que Gottfried chante, accompagné par Tyll qui danse avec tant de légèreté et d'élégance que cela surprend même Nele.

Il y a aussi d'autres charrettes. De l'autre côté de la place se trouvent la voiture d'un marchand de tissus et à côté, deux rémouleurs et, à côté, un marchand de fruits, un rétameur, un autre rémouleur, un guérisseur qui possède de la thériaque qui guérit n'importe quelle maladie, un marchand de fruits, un marchand d'épices, un deuxième guérisseur qui, n'ayant malheureusement pas de thériaque, en est pour ses frais, un quatrième rémouleur et un barbier. Tous ces gens font partie de l'artisanat ambulant. Celui qui les dépouille ou les tue n'est pas poursuivi. C'est le prix de la liberté.

Au bord de la place, on aperçoit encore quelques personnages douteux. Ce sont les gens malhonnêtes, les musiciens, par exemple, avec leur fifre, leur cornemuse et leur violon. Ils se tiennent à l'écart, mais Nele a comme l'impression qu'ils ricanent et se paient la tête de Gottfried. Un conteur est assis à côté d'eux. On le reconnaît à son chapeau jaune et son pourpoint bleu et au fait qu'il porte un écriteau autour du cou, sur lequel il est écrit en grosses lettres quelque chose qui signifie sans doute *conteur*, car seuls les conteurs ont des écriteaux – c'est absurde, à vrai dire, vu que son public se compose de gens qui ne savent pas lire. Les musiciens, on les reconnaît à leurs instruments et les marchands, à leurs marchandises mais, pour reconnaître un conteur, il faut un écriteau. Et il y a là encore un homme de petite taille, dans le costume largement reconnaissable du saltimbanque : pourpoint bigarré, pantalon bouffant, col en fourrure. Il regarde lui aussi dans leur direction avec un fin sourire qui recèle bien pire que de la moquerie et, lorsqu'il s'aperçoit que Nele le regarde, il hausse un sourcil, sort sa langue au coin des lèvres et lui fait un clin d'œil.

Gottfried est arrivé à la douzième strophe pour la deuxième fois et, pour la deuxième fois, il termine sa ballade, réfléchit un moment et recommence depuis le début. Tyll fait un signe à Nele. Elle se lève. Bien sûr qu'elle a déjà dansé – aux fêtes de village, quand les musiciens ambulants venaient et que les jeunes gens sautaient au-dessus du feu, et elle a souvent dansé avec les servantes, juste comme ça, sans musique, durant les pauses. Mais elle ne l'a encore jamais fait devant un public.

Tandis qu'elle tourne d'un côté, puis de l'autre, elle constate cependant que cela ne fait aucune différence. Il lui suffit de suivre Tyll. Chaque fois que le gamin tape dans ses mains, elle tape dans les siennes, quand il lève le pied droit, elle lève le droit, et le gauche quand il lève le gauche, avec un léger décalage au début, puis en même temps, comme si elle savait à l'avance ce qu'il allait faire, comme s'ils n'étaient plus deux personnes, mais une seule grâce à la danse – et le voilà qui bascule en avant et danse sur ses mains, elle tourne autour de lui, encore et encore et encore, si bien que la place du village devient un méli-mélo de couleurs. Elle a le vertige, mais elle lutte contre et s'oblige à regarder dans le vide, ça va déjà mieux et elle arrive à garder l'équilibre sans chanceler tandis qu'elle continue de tourner.

Elle est troublée un instant lorsque la musique s'enfle et que les sons s'enrichissent, puis elle comprend que les musiciens viennent de se joindre à eux. Ils s'approchent tout en jouant de leurs instruments et Gottfried, qui ne peut pas suivre leur rythme, abaisse son luth d'un air désemparé, si bien qu'enfin, tout sonne juste. Les gens applaudissent, les pièces bondissent sur le bois de la charrette. Tyll est retombé sur ses pieds, Nele arrête de tourner, terrasse son vertige et voit Tyll qui attache une corde – où l'a-t-il dégotée aussi vite ? – à la charrette et la lance pour qu'elle se déroule. Quelqu'un l'attrape, Nele ne voit pas qui parce que tout vacille encore, quelqu'un l'a nouée, Tyll est déjà debout sur la corde, il fait des bonds en avant et en arrière, il s'incline, davantage de pièces s'envolent et Gottfried a tout juste le temps de les ramasser. À la fin, le gamin saute par terre et lui prend la main, les musiciens jouent une fanfare, ils s'inclinent tous deux, la foule braille et applaudit, le marchand de fruits leur lance des pommes – Nele en attrape une et mord dedans, ça fait une éternité qu'elle n'en a pas mangé. Tyll, à côté d'elle, en attrape une aussi, et encore une, et encore une, et une dernière, et il se met à jongler. Des cris de joie parcourent la foule.

Lorsque le soir tombe, ils s'assoient par terre et écoutent le conteur. Il parle du pauvre roi Frédéric de Prague, dont la régence n'a duré qu'un seul hiver, jusqu'à ce que la puissante armée de l'empereur le chasse et la voilà ruinée, la fière cité, jamais elle ne s'en remettra. Ses phrases sont longues, avec une belle mélodie qui berce, et il ne bouge pas les mains ; sa simple voix fait qu'on n'a pas envie de regarder ailleurs. Tout cela est vrai, dit-il, même les choses inventées. Et Nele, sans comprendre ce que ça peut bien vouloir dire, applaudit.

Gottfried griffonne dans son carnet. Il marmonne qu'il ignorait qu'on avait déjà détrôné Frédéric, il allait devoir réécrire sa ballade.

À droite de Nele, le violoniste accorde son instrument les yeux fermés, pour se concentrer. Maintenant, nous faisons partie du lot, pense-t-elle. Maintenant, nous sommes des itinérants.

Quelqu'un lui tapote l'épaule, elle se retourne brusquement.

Le saltimbanque est tapi derrière elle. Il n'est plus tout jeune et il a le visage très rouge. Comme celui de Heinrich Tamm juste avant de mourir. Même ses yeux sont sillonnés de rouge. Mais il a aussi un regard perçant, vif, rusé et antipathique.

— Vous deux, dit-il à voix basse.

Le gamin se retourne à son tour.

— Vous voulez venir avec moi ?

— Oui, dit le gamin sans hésiter.

Nele le dévisage sans comprendre. N'avaient-ils pas prévu de partir avec Gottfried qui les traite bien, leur donne à manger et les a fait sortir de la forêt ? Gottfried qui aurait bien besoin d'eux ?

— J'aurais bien besoin de deux personnes comme vous, dit le saltimbanque. Et vous avez bien besoin de quelqu'un comme moi. Je vous apprendrai tout.

— Mais nous voyageons avec lui.

Nele désigne Gottfried dont les lèvres remuent, tandis qu'il écrit dans son carnet. La mine se brise dans sa main, il jure à voix basse, continue de griffonner.

— Avec lui, vous n'irez pas loin, dit le saltimbanque.

— On ne te connaît pas, dit Nele.

— Je m'appelle Pirmin, dit le saltimbanque. Maintenant vous me connaissez.

— Je m'appelle Tyll. Et elle, c'est Nele.

— Je ne vais pas vous reposer la question. Si vous n'êtes pas sûrs, on n'en parle plus. Et je m'en vais. Et vous pouvez reprendre la route avec lui, là-bas.

— On vient avec toi, dit le gamin.

Pirmin tend la main, Tyll la prend. Pirmin ricane doucement, ses lèvres se tordent, sa langue épaisse et humide apparaît de nouveau au coin de sa bouche. Nele n'a aucune envie de voyager avec lui.

C'est là qu'il lui tend la main.

Elle ne bouge pas. Derrière elle, le conteur parle du roi d'hiver fuyant la ville en feu – à présent, il importune les princes protestants d'Europe, sillonne le pays avec sa cour stupide, encore vêtu de pourpre comme s'il faisait partie des grands de ce monde, mais les enfants se moquent de lui et les hommes sages versent des larmes parce qu'ils voient en lui le caractère éphémère de la grandeur.

Gottfried s'aperçoit de quelque chose. Il regarde la main tendue du saltimbanque en fronçant les sourcils.

— Vas-y, dit le gamin. Tope là.

Mais pourquoi devrait-elle faire ce que lui dit Tyll ? S'est-elle enfuie pour lui obéir, après avoir obéi à son père ? Qu'est-ce qu'elle lui doit, pourquoi serait-ce lui qui décide ?

— Qu'est-ce qu'il y a ? demande Gottfried. Qu'est-ce qui se passe, qu'est-ce que ça signifie ?

La main de Pirmin est toujours tendue. Et il a toujours le même rictus, comme si l'hésitation de Nele n'avait aucune importance, comme s'il savait depuis longtemps quelle décision elle allait prendre.

— Hé, qu'est-ce que ça signifie ? répète Gottfried.

Cette main est charnue et molle, Nele n'a aucune envie de la toucher. C'est vrai, bien sûr, que Gottfried ne sait pas faire grand-chose. Mais il les a bien traités. Et elle n'aime pas ce gars, quelque chose cloche chez lui. D'un autre côté, c'est vrai, bien sûr : Gottfried ne leur apprendra rien.

D'un côté, de l'autre. Pirmin lui fait un clin d'œil, comme s'il lisait dans ses pensées.

Tyll secoue la tête avec impatience. Vas-y, Nele !

Il lui suffirait de tendre le bras.

ZUSMARSHAUSEN

Il ne pouvait pas savoir, écrivit le gros comte dans ses Mémoires rédigés à l'aube du XVIIIᵉ siècle, alors que c'était déjà un très vieil homme, tourmenté par la goutte, la syphilis et l'intoxication au mercure consécutive au traitement de la syphilis, il ne pouvait pas savoir ce qui l'attendait lorsque Sa Majesté l'avait envoyé en mission durant la dernière année de guerre pour retrouver le célèbre farceur.

À l'époque, Martin von Wolkenstein n'était même pas âgé de vingt-cinq ans et pourtant déjà corpulent. Descendant du ménestrel Oswald, il avait grandi à la cour de Vienne, son père avait été grand chambrier sous l'empereur Matthias, son grand-père deuxième gardien des clés de Rodolphe devenu fou. Tous ceux qui connaissaient Martin von Wolkenstein l'appréciaient ; il y avait en lui quelque chose de lumineux, un optimisme et une gentillesse qui ne faisaient jamais défaut, même face à l'injustice. L'empereur en personne lui avait témoigné sa faveur à maintes reprises, comme cette fois où le comte Trauttmansdorff, président du Conseil secret, l'avait convoqué pour lui annoncer que, d'après ce que l'empereur avait ouï dire, le farceur le plus célèbre du royaume avait trouvé refuge dans le monastère à moitié détruit d'Andechs. On avait vu tant de choses tomber en ruine, on avait dû accepter tant de destructions, des biens inestimables avaient disparu, mais l'idée que quelqu'un comme Tyll Ulespiègle puisse tout simplement périr, qu'il soit protestant ou catholique – car nul ne semblait savoir ce qu'il était au juste –, c'était hors de question.

— Je vous félicite, jeune homme, avait ajouté Trauttmansdorff. Saisissez cette chance, qui sait ce qu'il en ressortira.

Après quoi, comme le décrivit le gros comte plus de cinquante ans plus tard, il lui avait tendu sa main gantée pour le baisemain encore prescrit par le cérémonial de la cour à l'époque – et les choses s'étaient vraiment passées ainsi, il n'avait rien inventé, même s'il le faisait volontiers lorsque sa mémoire avait des lacunes, et elle en avait beaucoup car tout cela remontait presque à deux générations lorsqu'il le coucha sur le papier.

Nous partîmes à cheval dès le lendemain, écrivit-il. J'étais en bonne disposition, empli d'espérance, non sans être dénué d'une certaine mélancolie, tant ce voyage m'apparaissait, je ne saurais dire pourquoi, comme une rencontre avec mon destin. Je n'en étais pas moins plein de curiosité à l'idée de pouvoir enfin contempler à visage découvert Mars, le dieu rouge sang.

Cette précipitation, il l'avait inventée, en réalité plus d'une semaine s'était écoulée. Après tout, il devait encore écrire des lettres dans lesquelles il annonçait son projet, il devait encore prendre congé, rendre visite à ses parents, obtenir la bénédiction de l'évêque ; il devait boire un dernier verre avec les amis, rendre une dernière fois visite à sa courtisane favorite, la gracile Aglaia, dont il se souvint encore des décennies plus tard avec des remords dont lui-même n'entrevoyait pas le tréfonds, et il devait bien entendu choisir les bons compagnons de route. Il sélectionna trois hommes aguerris du régiment de dragons des Lobkowicz et un secrétaire du conseiller à la cour impériale nommé Karl von Doder, qui avait vu le célèbre farceur vingt ans plus tôt sur un marché près de Neulengbach où, comme à son habitude, il avait joué un très sale tour à une femme du public, entraînant une sérieuse bataille au couteau, évidemment à la grande joie de ceux qui n'étaient pas concernés, car il en allait toujours ainsi quand il faisait un spectacle : ça finissait mal pour certains, mais ceux qui en réchappaient s'amusaient bien. Au début, le secrétaire refusa de l'accompagner, il argumenta, pria, supplia et invoqua son dégoût insurmontable de la violence et du mauvais temps, mais rien n'y fit, un ordre était un ordre, il dut obtempérer. Un peu plus d'une semaine après l'annonce de la mission, le gros comte quitta donc la capitale et résidence impériale de Vienne avec ses dragons et son secrétaire en direction du couchant.

Dans ses Mémoires, dont le style se conformait encore au ton en vogue durant sa jeunesse, c'est-à-dire l'arabesque savante et l'enjolivement fleuri, le gros comte décrivit en des phrases qui, précisément en raison du caractère exemplaire de leurs circonvolutions, figurent désormais dans maints manuels scolaires, leur chevauchée tranquille à travers la verdure du Wienerwald : Aux environs de Melk, nous arrivâmes à la vaste étendue bleue du Danube et fîmes halte dans la sublime abbaye où nous posâmes nos têtes lasses sur l'oreiller le temps d'une nuit.

Là encore, ce n'était pas tout à fait vrai, en réalité ils restèrent un mois. Le prieur étant son oncle, ils mangeaient excellemment et dormaient bien. Karl von Doder, qui s'intéressait à l'alchimie depuis toujours, passait de nombreuses journées à la bibliothèque, plongé dans un livre de l'érudit universel Athanasius Kircher, les dragons jouaient aux cartes avec les frères lais et le gros comte fit avec son oncle quelques parties d'échecs d'une perfection sublime qu'il n'atteindrait plus jamais ultérieurement ; a posteriori, il eut presque l'impression que la suite des événements avait étouffé son talent pour les échecs. C'est seulement durant la quatrième semaine de leur séjour qu'il reçut une missive du comte Trauttmansdorff qui, le croyant déjà arrivé à destination, lui demandait s'ils avaient bel et bien retrouvé Ulespiègle à Andechs et quand il fallait s'attendre à leur retour.

Son oncle le bénit au moment du départ et l'abbé lui offrit une fiole d'huile d'onction. Ils suivirent le cours du Danube jusqu'à Pöchlarn pour se diriger ensuite vers le sud-ouest.

Au début de leur voyage, ils avaient encore croisé un flot continu de marchands, d'itinérants, de moines et de voyageurs de toutes sortes. Mais maintenant, le pays paraissait vide. Et le temps n'était plus clément. Il soufflait de plus en plus souvent un vent froid, les arbres brandissaient leurs branches nues, presque tous les champs étaient en jachère. Les rares personnes qu'ils rencontraient étaient vieilles : des femmes penchées sur des puits, des vieillards décharnés accroupis devant des cabanes, des visages émaciés au bord du chemin. Rien ne permettait de savoir si ces gens se reposaient ou s'ils n'attendaient pas plutôt leur fin au bord de la route.

Lorsque le gros comte en parla à Karl von Doder, celui-ci ne voulut parler que du livre qu'il avait étudié dans la bibliothèque du monastère, *Ars magna lucis et umbrae* ; c'était à vous donner le vertige, c'était comme plonger son regard dans un abîme d'érudition ; et non, il ne savait pas non plus où étaient les jeunes gens mais, s'il pouvait se permettre une supposition, tous ceux qui étaient encore capables de s'enfuir l'avaient fait depuis belle lurette. Toujours est-il que dans ce livre, il était sans arrêt question de lentilles, de la possibilité d'agrandir les choses, après quoi il était question des anges, leur forme, leur couleur, puis de musique et des harmonies des sphères et aussi de l'Égypte, un ouvrage vraiment très singulier, pardieu !

Le gros comte reprit cette phrase mot pour mot dans son récit. Mais, comme les choses s'emmêlaient dans sa tête, il prétendit que c'était lui qui avait lu l'*Ars magna* durant leur voyage. Il écrivit qu'il avait emporté l'ouvrage dans sa besace, ce qui, comme le firent remarquer par la suite les auteurs des notes de bas de page avec une objectivité moqueuse, prouvait clairement qu'il n'avait jamais eu ce livre gigantesque entre les mains. Le gros comte n'en décrivit pas moins avec candeur les soirées qu'il avait passées devant des feux de camp de fortune à étudier les mémorables descriptions d'Athanasius Kircher au sujet de la lumière, des lentilles et des anges, les réflexions subtiles de ce grand érudit lui paraissant offrir un contraste des plus étranges avec leur avancée dans cette contrée de plus en plus marquée par la désolation.

Aux abords d'Altheim, le vent était si violent qu'ils durent enfiler leurs manteaux doublés et rabaisser les capuches sur leur front. Près de Ranshofen, le temps s'éclaircit à nouveau. Ils regardèrent le coucher du soleil dans une ferme abandonnée. Il n'y avait pas âme qui vive à la ronde, sauf une oie ébouriffée qui avait dû échapper à quelqu'un et se tenait près d'un puits.

Le gros comte s'étira et bâilla. Le paysage était vallonné mais les arbres avaient disparu, on les avait tous abattus. On entendit un grondement lointain.

— Oh là là, dit le gros comte, il ne manquait plus que ça, un orage.

Les dragons rigolèrent.

Le gros comte comprit. Il dit avec gêne qu'il savait bien ce que c'était, ce qui fut d'autant plus embarrassant. Et il ajouta :

— Une simple plaisanterie !

L'oie les contemplait de son regard borné d'oie. Elle ouvrit et referma son bec. Le dragon Franz Kärrnbauer la visa avec sa carabine et tira. Et même si le gros comte allait bientôt assister à quantité d'autres choses, il n'oublierait plus de toute sa vie l'effroi qui avait parcouru son être lorsque la tête du volatile éclata. Il y avait là quelque chose d'incompréhensible – la rapidité avec laquelle une petite tête bien solide se transformait d'un instant à l'autre en jaillissement, puis en néant, et ces quelques pas dandinants que faisait l'animal avant de s'affaisser en une masse blanche dans une flaque grandissante de sang. Tout en se frottant les yeux et en s'efforçant de respirer calmement pour ne pas s'évanouir, il décida qu'il devait absolument oublier la scène. Bien entendu, il ne l'oublia pas et, lorsqu'il se remémora ce voyage en rédigeant ses Mémoires un demi-siècle plus tard, ce fut l'image de la tête éclatée de l'oie qui éclipsa tout le reste. Dans un récit parfaitement honnête, il aurait dû l'évoquer, mais il n'en eut pas le courage et l'emporta dans sa tombe, si bien que personne ne sut jamais le dégoût inexprimable qu'il avait ressenti en voyant les dragons préparer le volatile pour le repas du soir : ils déplumèrent gaiement l'animal, coupèrent et arrachèrent, enlevèrent les entrailles et firent griller la chair au-dessus du feu.

Cette nuit-là, le gros comte eut du mal à dormir. Le vent hurlait à travers les trous des fenêtres. Il grelottait de froid, le dragon Kärrnbauer ronflait fort. Un autre dragon nommé Stefan Purncr, à moins que ce fût Konrad Purner – ces deux-là étaient frères et le gros comte les confondait si souvent qu'ils s'étaient fondus en un seul personnage dans son livre – lui donna un coup, mais il ronfla d'autant plus fort.

Ils reprirent leur chevauchée le lendemain matin. Le village de Markl était entièrement détruit : murs criblés de trous, poutres fendues, gravats et pierres sur la route et, près du puits encrassé, quelques vieux qui mendiaient de la nourriture. Ils dirent que l'ennemi était venu ici et qu'il avait tout pris, et le peu qu'ils avaient pu cacher, c'était l'ami qui l'avait pris juste après, à savoir les soldats du prince-électeur, et à peine étaient-ils repartis que les ennemis avaient repris le reste de ce qu'ils avaient eu le temps de cacher.

— Quels ennemis ? demanda le gros comte avec inquiétude. Les Suédois ou les Français ?

— Peu importe, dirent-ils. Ils avaient une de ces faims !

Le gros comte hésita un moment avant de donner l'ordre de reprendre la route.

Karl von Doder dit que c'était une bonne décision de ne rien leur donner. On n'avait pas assez de provisions et la mission à accomplir venait de très haut, on ne pouvait pas aider tout un chacun, seul Dieu le pouvait et, dans son infinie miséricorde, il s'occuperait certainement de ces chrétiens.

Tous les champs étaient en jachère, certains d'un gris cendré après de grands incendies. Les collines se tapissaient sous un ciel de plomb. À l'horizon s'élevaient des colonnes de fumée.

Le mieux, dit Karl von Doder, ce serait de passer au sud par Altötting, Polling et Tüssling, loin de la grand-route, en rase campagne. Ceux qui n'avaient pas encore fui les villages étaient armés et méfiants. Un groupe de cavaliers s'avançant vers un village pouvait très bien se faire canarder.

— Bon, dit le gros comte qui ne comprenait pas comment un secrétaire du conseiller à la cour impériale pouvait soudain avoir une conception aussi précise du comportement à adopter en zone de guerre. C'est d'accord !

— Si, avec un peu de chance, nous ne croisons pas de soldats, dit Karl von Doder, nous serons à Andechs dans deux jours.

Le gros comte acquiesça et tenta d'imaginer quelqu'un en train de lui tirer réellement dessus, un tir bien ciblé à l'aide du cran de mire et du guidon. Lui, Martin von Wolkenstein, qui n'avait jamais fait de mal à personne, recevant une vraie balle en métal. Il inspecta son corps. Il avait mal au dos, son postérieur était écorché par les journées en selle. Il passa la main sur son ventre et imagina une balle, il repensa à la tête éclatée de l'oie et à la magie métallique décrite par Athanasius Kircher dans son livre sur les aimants : si on portait dans sa poche une pierre aimantée suffisamment puissante, elle pouvait dévier les balles et rendre un homme invulnérable. L'érudit légendaire en avait fait lui-même l'expérience. Hélas, les aimants de cette puissance étaient très rares et chers.

En essayant de reconstituer leur voyage un demi-siècle plus tard, il se trompa dans la chronologie à cause de son grand âge. Pour dissimuler ses doutes, on trouve à cet endroit du récit une digression fleurie, longue de dix-sept pages et demie, sur la camaraderie des hommes qui affrontent le danger avec la certitude que le danger en question les tuera ou les liera d'amitié pour la vie. Ce passage est désormais célèbre, malgré le fait qu'il soit inventé car, en vérité, aucun de ces hommes n'était devenu son ami. En écrivant, il avait encore en mémoire des bribes de ses conversations avec le secrétaire du conseiller à la cour impériale mais, en ce qui concernait les dragons, il se souvenait à peine de leurs noms et encore moins de leurs visages. Si ce n'est que l'un d'eux portait un chapeau à large bord avec un panache rouge-gris, ça, il s'en souvenait. Il revoyait surtout des sentiers boueux et il sentait, comme si c'était hier, le tambourinement de la pluie sur sa capuche. Son manteau était alourdi par l'eau. Il avait compris à l'époque que rien n'était mouillé au point de ne pas pouvoir l'être davantage.

Quelque temps auparavant, la région était couverte de forêts. Mais, tandis qu'il y réfléchissait à cheval, le dos douloureux et le postérieur endolori, il s'aperçut qu'il lui importait peu de le savoir. La guerre ne lui apparaissait pas comme une entité fabriquée par les hommes, mais comme le vent et la pluie, la mer, les hautes falaises de Sicile qu'il avait vues enfant. Cette guerre était plus vieille que lui. Elle avait tantôt grandi, tantôt rétréci, elle avait rampé par ici et par là, ravagé le Nord avant de se tourner vers l'ouest, tendu un bras à l'est et l'autre au sud, puis elle s'était vautrée de tout son poids sur le Sud, tout cela pour se réinstaller un temps au Nord. Le gros comte connaissait bien sûr des gens qui se souvenaient du temps d'avant la guerre, en premier lieu son père qui attendait la mort avec une gaieté toussotante dans le manoir familial de Rodenegg au Tyrol, comme le gros comte l'attendrait presque soixante ans plus tard en toussotant et en écrivant, au même endroit et à la même table en pierre. Un jour, son père s'était entretenu avec Albrecht von Wallenstein ; le grand homme sombre s'était plaint du temps humide de Vienne, son père avait répondu qu'on s'y habituait, sur quoi Wallenstein avait répondu qu'il ne voulait et ne comptait pas s'habituer à cette saleté de climat, sur quoi son père avait voulu le contredire avec une remarque particulièrement spirituelle, mais Wallenstein s'était soudain détourné. Il ne se passait pas un mois sans que son père ne trouvât une occasion d'en parler, de même qu'il n'omettait jamais de mentionner qu'il avait aussi rencontré quelques années plus tôt le malheureux prince-électeur Frédéric, qui avait accepté peu après la couronne de Bohême et déclenché la grande guerre, tout cela pour être chassé honteusement au bout d'un seul hiver et crever quelque part au bord de la route – il n'avait même pas de sépulture.

Cette nuit-là, impossible de trouver un abri. Ils se recroquevillèrent dans un champ nu et s'enveloppèrent dans leurs manteaux détrempés. La pluie était trop forte pour pouvoir faire un feu. Jamais le gros comte ne s'était senti aussi misérable. Le manteau détrempé qui ne cessait de l'être davantage, le manteau si imbibé que c'en était indescriptible et la glaise molle dans laquelle son corps s'enfonçait de plus en plus : la bourbe pouvait-elle tout bonnement avaler un homme ? Il tenta de se relever, en vain, c'était comme si la glaise le retenait.

Et puis la pluie s'arrêta. Franz Kärrnbauer empila quelques branches en toussant et frappa les pierres à feu l'une contre l'autre, encore et encore, jusqu'à ce que des étincelles finissent par jaillir, après quoi il s'affaira encore pendant une éternité, souffla sur le bois et murmura des formules magiques jusqu'à ce que des petites flammes vacillent dans l'obscurité. Ils tendirent leurs mains tremblantes vers la chaleur.

Les chevaux effarouchés se mirent à hennir. Un des dragons se leva, le gros comte n'arrivait pas à distinguer lequel, mais il vit qu'il avait mis sa carabine en joue. Le feu faisait danser les ombres.

— Des loups, chuchota Karl von Doder.

Ils fixaient la nuit. Soudain, le gros comte eut le sentiment que tout cela devait être un rêve, et c'était si intense qu'avec le recul, il avait l'impression que c'en était un et qu'il s'était réveillé juste après dans la lumière du matin, au sec et bien reposé. La scène n'avait certes pas pu se dérouler ainsi mais, plutôt que de s'échiner à se souvenir, il intercala dans son récit douze pages de phrases élégamment complexes sur sa mère. La plupart n'étaient que pure invention car il fit se confondre sa mère lointaine et sans cœur avec le personnage de sa gouvernante préférée, plus douce envers lui que n'importe qui d'autre, sauf peut-être la belle et frêle courtisane Aglaia. Lorsque son récit retrouva le cours du voyage après cette longue réminiscence inventée, ils avaient déjà dépassé Haar et Baierbronn et, dans son dos, les dragons parlaient de formules magiques protégeant contre les balles perdues.

— Tu peux rien faire contre une balle bien ciblée, dit Franz Kärrnbauer.

— À moins d'avoir une formule vraiment puissante, dit Konrad Purner. Une des plus secrètes. Celles-là, elles peuvent même agir contre les boulets de canon, je l'ai vu de mes yeux, près d'Augsbourg. Un gars à côté de moi a utilisé une de ce genre, je le croyais mort, et puis il s'est relevé comme si de rien n'était. Mais j'ai pas bien entendu la formule, quel dommage.

— Oui, ça peut marcher avec une formule de ce genre, dit Franz Kärrnbauer. Une vraiment chère. Mais les toutes simples, celles qu'on achète au marché, elles servent à rien.

— J'ai connu un gars, dit Stefan Purner, qui combattait avec les Suédois et il avait une amulette qui lui a permis de survivre à Magdebourg et à Lützen. Après quoi il s'est soûlé à mort.

— Mais l'amulette, demanda Franz Kärrnbauer. Qui l'a récupérée, elle est où ?

— Si seulement on le savait. Stefan Purner soupira. Si on avait un truc comme ça. Tout serait différent.

— Oui, dit Franz Kärrnbauer d'un air songeur. Si on avait un truc comme ça !

Aux abords de Haar, ils trouvèrent le premier mort. Il devait être là depuis un bon moment car ses vêtements étaient recouverts d'une couche de terre et ses cheveux comme entremêlés aux brins d'herbe. Il gisait face contre terre, jambes écartées, pieds nus.

— C'est normal, dit Konrad Purner, on laisse jamais ses bottes à un cadavre. Si t'as pas de veine, tu te fais tuer simplement pour tes godasses.

Le vent apportait des gouttelettes de pluie glacée. Ils étaient entourés de souches par centaines, on avait abattu ici une forêt entière. Ils traversèrent un village réduit en cendres dont il ne restait que les fondations, et ils aperçurent un tas de cadavres. Le gros comte détourna le regard, puis finit par regarder quand même. Il vit des visages calcinés, un tronc avec un seul bras, une main contractée comme une griffe, deux orbites vides au-dessus d'une bouche ouverte et, là-bas, quelque chose ressemblant à un sac et qui était en fait une dépouille humaine. Une odeur âcre flottait dans l'air.

En fin d'après-midi, ils arrivèrent dans un village encore habité. Oui, Ulespiègle se trouve au monastère, dit une vieille femme, et il est encore en vie. Lorsqu'ils croisèrent peu avant le coucher du soleil un homme déguenillé et un jeune garçon qui tiraient ensemble une carriole, ils reçurent la même information. Il se trouve au monastère, dit l'homme en regardant d'un œil hagard le cheval du gros comte. Il fallait continuer vers l'ouest, dépasser le lac, ils ne pouvaient pas le rater. Ces messieurs avaient-ils de quoi manger pour lui et son fils ?

Le gros comte fourra dans sa besace et lui donna une saucisse. C'était sa dernière et il savait que

c'était une erreur, mais il ne pouvait pas s'en empêcher, l'enfant lui faisait tellement pitié. Hébété, il
demanda pourquoi ils tiraient cette carriole.

— C'est tout ce que nous avons.

— Mais elle est vide, dit le gros comte.

— Mais c'est tout ce que nous avons.

Ils dormirent à nouveau en rase campagne et ne
firent pas de feu, par mesure de sécurité. Le gros
comte était gelé mais, au moins, il ne pleuvait pas et
le sol était ferme. Peu après minuit, ils entendirent
deux coups de feu à proximité. Ils prêtèrent l'oreille.
Aux premières lueurs du jour, Karl von Doder jura
qu'il avait vu un loup les observer à courte distance.
Ils remontèrent vite à cheval et s'en allèrent.

Ils rencontrèrent une femme. Il était impossible de dire si elle était vieille ou si la vie lui avait
simplement joué un mauvais tour, tant son visage
était sillonné de rides et son corps voûté. Oui, au
monastère, l'homme s'y trouvait encore. À peine
évoqua-t-elle le célèbre farceur qu'elle ne put s'empêcher de sourire. Il en allait toujours ainsi, écrivit le
gros comte cinquante ans plus tard, tout le monde
semblait être au courant ; tous ceux auxquels nous
disions son nom nous indiquaient la direction et
le chemin, on eût dit que la connaissance de son
lieu de séjour s'était insinuée dans chaque âme restante de cette contrée dépeuplée.

Vers midi, des soldats croisèrent leur route.
D'abord un groupe de piquiers : des gens négli-
gés à la barbe hirsute. Certains avaient des plaies
ouvertes, d'autres traînaient des sacs remplis de
butin. Une odeur de transpiration, de maladie et
de sang flottait au-dessus d'eux et ils lançaient des
regards hostiles de leurs yeux plissés. Ils étaient suivis

par des charrettes bâchées dans lesquelles se blottissaient leurs femmes et leurs enfants. Quelques femmes avaient des nourrissons dans les bras. Nous ne vîmes que les ravages des corps, écrivit plus tard le gros comte, sans être en mesure de distinguer s'il s'agissait d'amis ou d'ennemis car ils ne portaient pas d'insignes.

Aux piquiers succéda une bonne dizaine de cavaliers.

— Mes salutations, dit l'un d'eux qui était visiblement leur chef, vous allez où ?

— Au monastère, dit le gros comte.

— Nous en revenons justement. Il n'y a rien à manger là-bas.

— Nous ne cherchons pas de nourriture, nous cherchons Tyll Ulespiègle.

— Oui, il est là-bas. Nous l'avons vu, mais nous avons dû prendre le large quand les impériaux sont arrivés.

Le gros comte devint blême.

— Pas d'inquiétude, je ne vais pas vous faire de mal. Je suis Hans Kloppmess, originaire de Hambourg. Moi aussi, j'étais dans l'armée impériale. Et je vais peut-être y retourner un jour, qui sait ? Mercenaire, c'est un métier, comme menuisier ou boulanger. L'armée, c'est ma corporation, j'ai femme et enfants dans ma charrette, faut bien que je les nourrisse. Pour le moment, les Français ne paient rien mais, le jour où ils paieront, ça fera plus que ce que nous donne l'empereur. En Westphalie, les messieurs haut placés négocient la paix. Quand la guerre sera finie, tout le monde recevra sa solde restante, on peut avoir confiance car, sans la solde, on refuserait de rentrer à la maison et ça fait peur à ces messieurs. Vous en avez, de belles montures !

— Merci, dit le gros comte.

— J'en aurais bien besoin, dit Hans Kloppmess.

Le gros comte se retourna avec inquiétude vers ses dragons.

— D'où venez-vous ? demanda Hans Kloppmess.

— De Vienne, dit le gros comte d'une voix rauque.

— Un jour, j'ai failli me retrouver à Vienne, dit le cavalier à côté de Hans Kloppmess.

— Quoi, vraiment ? demanda Hans Kloppmess. Toi à Vienne ?

— Failli. J'suis pas arrivé jusque-là.

— Qu'est-ce qui s'est passé ?

— Il s'est rien passé, j'suis pas allé jusqu'à Vienne.

— Évitez Starnberg, dit Hans Kloppmess. Le mieux, c'est de marcher au sud près de Gauting, puis d'aller en direction de Herrsching et de là jusqu'au monastère, la voie est libre pour les marcheurs. Mais dépêchez-vous, Turenne et Wrangel ont déjà franchi le Danube. Ça va bientôt chauffer.

— Nous ne sommes pas des marcheurs, dit Karl von Doder.

— Attendez voir.

Il n'y eut aucun besoin de commandement, ni de concertation. Tous donnèrent des éperons. Le gros comte se pencha sur l'encolure de l'animal, s'agrippant à la fois aux rênes et à la crinière. Il vit la terre jaillir sous les sabots, il entendit des cris derrière lui, il entendit une détonation, il résista à la tentation de se retourner.

Ils chevauchèrent encore et encore, ils chevauchaient encore et toujours, le comte avait atrocement mal au dos, il n'avait plus de force dans les jambes et il n'osait pas tourner la tête. Franz Kärrnbauer chevauchait à côté de lui, Konrad Purner et Karl von Doder devant lui, Stefan Purner derrière lui.

Ils s'arrêtèrent enfin. Les chevaux étaient fumants. Le gros comte eut un malaise, il glissa de sa selle, Franz Kärrnbauer le soutint et l'aida à descendre. Les soldats ne les avaient pas suivis. Il avait commencé à neiger. Des flocons gris-blanc tourbillonnaient dans l'air. Lorsqu'il en récupéra un sur son doigt, il vit que c'était de la cendre.

Karl von Doder tapota l'encolure de son cheval.

— Au sud près de Gauting, c'est ce qu'il a dit, puis direction Herrsching. Les chevaux ont soif, il leur faut de l'eau.

Ils remontèrent en selle. Ils chevauchaient en silence à travers les chutes de cendre. Ils ne croisèrent plus personne et, en fin d'après-midi, ils virent au-dessus d'eux le clocher du monastère.

Ici, les Mémoires de Martin von Wolkenstein comportent une ellipse : le comte n'évoque pas la montée abrupte derrière Herrsching qui a dû donner bien du mal aux chevaux, il ne dit rien du bâtiment à moitié détruit du monastère et il ne décrit pas non plus les moines. C'était certes lié à sa mémoire, mais sans doute encore davantage au fait qu'il était en proie à la nervosité et à l'impatience en écrivant. C'est ainsi que deux lignes confuses plus loin, les lecteurs le retrouvent en face de l'abbé, aux premières heures du jour suivant.

Ils étaient assis sur deux tabourets dans une salle vide. Les meubles avaient été volés, détruits ou brûlés en guise de chauffage. Autrefois, il y avait aussi des tentures, dit l'abbé, des chandeliers en argent et une grosse croix en or là-bas, au-dessus de la porte cintrée. Désormais, la lumière provenait d'une unique torche de pin. Le récit du père Friesenegger était concret et concis, pourtant le gros comte eut à plusieurs reprises les yeux qui se fermaient tout seuls. Il se réveillait chaque fois en sursaut pour constater que l'homme décharné avait continué son récit. Le gros comte aurait aimé se reposer, mais l'abbé voulait évoquer les années passées, il tenait à ce que le messager de l'empereur sache précisément ce que le monastère avait enduré. Lorsque le gros comte, qui confondait désormais les choses, les gens et les années, écrivit ses Mémoires sous le règne de Léopold Ier, il se souvint avec envie de la mémoire infaillible du père Friesenegger.

Ces années difficiles, écrivit-il, n'avaient nullement entaché l'esprit de l'abbé. Il avait un regard perçant et attentif, ses mots étaient bien choisis, ses phrases longues et bien formées, mais la véracité n'était pas tout : il n'avait pas réussi à transformer en histoire cette pléthore d'événements, si bien qu'il était dur à suivre. Durant toutes ces années, les soldats n'avaient pas cessé d'envahir le monastère : les troupes impériales avaient pris ce dont elles avaient besoin, puis les troupes protestantes étaient venues prendre ce dont elles avaient besoin. Après quoi les protestants s'étaient retirés et les impériaux étaient revenus pour prendre ce dont ils avaient besoin : des bêtes, du bois et des bottes. Après quoi les impériaux s'étaient retirés, non sans avoir laissé une sentinelle, puis des soldats pillards et n'appartenant à aucune armée étaient venus et la sentinelle les avait chassés, ou alors c'étaient eux qui avaient chassé la sentinelle, soit l'un, soit l'autre, ou bien l'un, puis l'autre, le gros comte n'en était plus très sûr, et peu importait d'ailleurs, car la sentinelle était repartie à son tour et les impériaux ou bien les Suédois étaient venus prendre ce dont ils avaient besoin : des bêtes, du bois, des vêtements et surtout des bottes, bien sûr, si tant est qu'il y en eût encore, et le bois avait déjà disparu lui aussi. L'hiver suivant, les paysans des villages voisins s'étaient réfugiés dans le monastère, des gens reposaient dans toutes les salles, les cellules, dans le moindre couloir. La faim, les puits souillés, le froid, les loups !

— Les loups ?

Ils avaient pénétré dans les maisons, racontait l'abbé, seulement la nuit au début, puis bientôt dans la journée. Les gens s'étaient enfuis dans la forêt et là, ils avaient tué et mangé les petits animaux, et ils avaient abattu les arbres pour ne pas mourir de froid – à la suite de quoi les loups avaient perdu toute crainte, tellement ils avaient faim. Ils s'étaient rués sur les villages tels des cauchemars vivants, tels ces horribles personnages des contes d'autrefois. Les yeux affamés, ils avaient surgi dans les pièces communes et les étables, sans la moindre peur des couteaux ou des fourches. Durant les pires journées d'hiver, ils avaient même trouvé le chemin du monastère, une des bêtes avait attaqué une femme tenant un nourrisson et elle lui avait arraché l'enfant des bras.

Non, ce n'est pas tout à fait ce qui était arrivé, l'abbé avait seulement évoqué leur inquiétude concernant les petits enfants. Mais, pour une raison quelconque, l'image d'un nouveau-né dévoré par un loup sous les yeux de sa mère avait tellement fasciné le gros comte, qui avait déjà cinq petits-enfants et trois arrière-petits-enfants à cette époque, qu'il crut que l'abbé le lui avait raconté, c'est pourquoi il ajouta, non sans avoir expliqué avec maintes excuses éloquentes qu'il était en droit de ne pas épargner au lecteur ce qui allait suivre, une description particulièrement cruelle des cris de douleur, de l'horreur, des grondements du loup, de ses dents acérées et du sang.

Voilà, dit l'abbé de sa voix posée, comment les choses s'étaient passées, jour après jour, année après année. Une telle famine. Tant de maladies. L'alternance des armées et des maraudeurs. Le pays s'était dépeuplé. Les forêts avaient disparu, les villages avaient brûlé, les gens avaient fui Dieu sait où. L'année dernière, même les loups avaient fichu le camp. Il se pencha en avant, posa la main sur l'épaule du gros comte et lui demanda s'il allait pouvoir se rappeler tout cela.

— Tout, dit le gros comte.

L'abbé dit qu'il était très important que la cour l'apprenne. Le prince-électeur bavarois, en sa qualité de commandant en chef des troupes impériales, ne s'intéressait dans sa sagesse qu'au plan d'ensemble et non aux détails. On l'avait souvent appelé à l'aide, mais en vérité, ses troupes avaient fait plus de ravages que les Suédois. Toutes ces souffrances n'avaient un sens que si on s'en souvenait.

Le gros comte acquiesça.

L'abbé le scruta avec attention.

La contenance, dit-il comme s'il avait lu dans les pensées de son interlocuteur. La discipline et la volonté intérieure. Le bien du monastère reposait sur ses épaules, et la survie des confrères.

Il se signa, le gros comte l'imita.

Voici quelque chose qui l'aidait beaucoup. L'abbé fouilla dans le revers de son froc et le gros comte vit, avec cet effroi qu'il ne connaissait que dans ses visions fébriles, un tissu de jute orné de pointes en métal et de débris de verre avec du sang séché.

Une question d'habitude, dit l'abbé. Les premières années avaient été les plus dures, il avait parfois enlevé son cilice et refroidi son torse suppurant avec de l'eau. Après quoi il avait eu honte de sa faiblesse, et Dieu lui avait donné chaque fois la force de le remettre. À certains moments, la douleur était si intense, si diaboliquement aiguë et ardente qu'il avait cru perdre la raison. Mais les prières l'avaient l'aidé. L'habitude aussi. Et sa peau avait épaissi. Dès la quatrième année, la douleur constante s'était transformée en amie.

À cet instant, écrivit par la suite le gros comte, il avait dû succomber au sommeil car lorsqu'il bâilla, se frotta les yeux et mit quelques instants à se rappeler où il était, quelqu'un d'autre se trouvait en face de lui.

C'était un homme maigre aux joues creuses et avec une cicatrice sur le front, de la racine des cheveux jusqu'au nez. Il portait un froc, alors qu'il était évident – même si on n'aurait pas pu dire en quoi – que ce n'était pas un moine. Le gros comte n'avait jamais vu des yeux pareils. Lorsqu'il retranscrivit plus tard leur entretien, il ne sut plus très bien si cela s'était vraiment passé de la manière dont il l'avait rapporté pendant des années aux amis, aux connaissances et aux inconnus. Mais il décida de s'en tenir à la version entendue par tellement de gens qu'il ne pouvait plus en changer maintenant.

— Te voilà enfin, avait dit l'homme. Ça fait long-temps que j'attends.

— Es-tu Tyll Ulespiègle ?

— C'est un de nous deux. T'es venu me chercher ?

— Sur ordre de l'empereur.

— Quel empereur ? Y en a plein.

— Non, il n'y en a qu'un ! Qu'est-ce qui te fait rire ?

— Ce n'est pas l'empereur qui me fait rire, c'est toi. Comment fais-tu pour être aussi gros ? Il n'y a rien à bouffer, comment tu te débrouilles ?

— Ferme-la, dit le gros comte en s'énervant aus-sitôt parce qu'il n'avait rien trouvé de plus spiri-tuel.

Même s'il songea, sa vie durant, à une meilleure réponse et qu'il en trouva d'ailleurs toute une série, il ne modifia cette phrase honteuse dans aucun de ses récits. Car c'est justement elle qui semblait sceller la véracité de ses souvenirs. Inventerait-on quelque chose qui donnait une si mauvaise image de sa personne ?

— Sinon tu vas me frapper ? Mais tu ne le feras pas. Tu es mou. Doux, mou et gentil. Tout ça, c'est pas ton truc.

— La guerre, ce n'est pas mon truc ?

— Non, pas ton truc.

— Mais c'est le tien ?

— Oui, c'est le mien.

— Tu viens de plein gré ou il faut te forcer ?

— Bien sûr que je viens. Ici, il n'y a plus rien à manger, tout s'écroule, l'abbé ne tiendra plus très longtemps, voilà pourquoi je t'ai fait venir.

— Tu ne m'as pas fait venir.

— Je t'ai fait venir, grosse quenelle.

— Sa Majesté a ouï dire…

— Eh bien, pourquoi la Majesté l'a-t-elle ouï dire, espèce de gros boudin ? Si Sa minuscule Majesté, Sa Majesté stupide à la couronne dorée sur son trône doré a entendu parler de moi, c'est parce que je vous ai fait venir. Et ne me frappe pas, j'ai le droit de le dire, tu connais la liberté des fous. Si je ne traite pas Sa Majesté d'imbécile, qui le fera ? Quelqu'un doit s'en charger. Et toi, tu n'as pas le droit.

Ulespiègle afficha un rictus. C'était un rictus effroyable, méchant et moqueur et, le gros comte ne sachant plus comment leur entretien s'était poursuivi, il décrivit ce rictus en une demi-douzaine de phrases, avant de consacrer une page entière à l'éloge du sommeil profond, intense et revigorant qu'il avait trouvé sur le sol d'une cellule du monastère jusqu'à l'heure médiane du jour suivant : Morphée, dieu bienveillant du repos, toi qui offres la paix et procures la joie, bienheureux gardien de l'oubli nocturne, en cette nuit où jamais je n'eus autant besoin de toi, tu fus là pour moi jusqu'à ce que je me réveillasse – rajeuni, heureux, voire béni.

Cette dernière formulation reflète moins les sentiments du jeune homme que les doutes de l'homme âgé, sur lesquels il s'étendit ailleurs en termes touchants. En revanche, la honte lui fit omettre un détail qui, à cinquante ans d'écart, lui ferait encore monter le rouge aux joues. Lorsqu'ils se rassemblèrent en effet vers midi dans la cour pour prendre congé de l'abbé et de trois moines décharnés qui ressemblaient davantage à des fantômes qu'à des êtres humains, ils s'aperçurent qu'ils avaient oublié d'emmener un cheval pour Ulespiègle.

De fait, aucun d'eux ne s'était demandé sur quoi allait bien pouvoir chevaucher l'homme qu'ils étaient censés ramener à Vienne. Car ici, bien évidemment, il n'y avait pas de chevaux à acheter, ni à emprunter, il n'y avait même pas d'âne. Toutes les montures avaient été mangées ou avaient détalé.

— Bon, eh bien, il monte derrière moi, dit Franz Kärrnbauer.

— Ça ne me convient pas, dit Ulespiègle.

À la lumière du jour, il paraissait encore plus maigre dans son froc de moine. Il se tenait penché en avant, les joues creuses, les yeux enfoncés dans leurs orbites.

— L'empereur est mon ami. Je veux un cheval pour moi seul.

— Je vais te casser les dents, dit calmement Franz Kärrnbauer, et aussi le nez. Je vais le faire. Regarde-moi. Tu sais que je vais le faire.

Ulespiègle leva vers lui un regard songeur, puis il monta en selle derrière Franz Kärrnbauer.

Karl von Doder posa la main sur l'épaule du gros comte et chuchota :

— Ce n'est pas lui.

— Pardon ?

— Ce n'est pas lui !

— Qui n'est pas quoi ?

— Je crois que ce n'est pas lui que j'ai vu.

— Quoi ?

— À l'époque, au marché. Je ne peux rien y faire. Je crois que ce n'est pas lui.

Le gros comte regarda le secrétaire un long moment.

— Vous en êtes sûr ?

— Pas tout à fait. Cela remonte à des années et il était sur une corde au-dessus de moi. Comment en être sûr dans ces conditions !

— Alors n'en parlons plus, dit le gros comte.

L'abbé les bénit de ses mains tremblantes et leur conseilla d'éviter les villes. La résidence impériale de Munich, dit-il, avait fermé ses portes devant l'affluence des démunis, plus personne n'avait le droit d'entrer, les rues débordaient d'affamés, les puits étaient souillés. Il en allait de même à Nuremberg, où campaient les protestants. On affirmait que Wrangel et Turenne arrivaient du nord-ouest avec leurs formations, le mieux était donc de faire un grand détour par le nord-est, entre Augsbourg et Ingolstadt, pour les éviter. Au niveau de Rottenburg, on pouvait se diriger vers l'est et, de là, la voie était libre vers la Basse-Autriche. L'abbé se tut et se gratta la poitrine – un geste anodin en apparence mais, maintenant que le gros comte était au courant pour le cilice, il osait à peine le regarder. Le bruit courait que les deux camps avaient pour objectif une bataille de terrain avant la proclamation de l'armistice en Westphalie. Chaque camp voulait en profiter pour améliorer sa situation.

— Merci beaucoup, dit le gros comte qui n'avait presque rien saisi.

Il n'avait jamais été très fort en géographie. La bibliothèque de son père comportait plusieurs volumes de la *Topographia Germaniae* de Matthäus Merian, il les avait feuilletés quelquefois avec horreur. Pourquoi retenir tout cela ? À quoi bon visiter tous ces endroits quand on pouvait rester au milieu, au centre du monde, à Vienne ?

— Que Dieu t'accompagne, dit l'abbé à Ulespiègle.

— Et toi, reste avec Dieu, répondit le bouffon du haut de son cheval.

Il avait mis ses bras autour de Franz Kärrnbauer et il paraissait si frêle et faible qu'on n'imaginait guère comment il allait pouvoir rester en selle.

— Un jour, tu t'es retrouvé devant nos portes, dit l'abbé. Nous t'avons accueilli sans te demander quelle était ta confession. Tu es resté ici plus d'un an et aujourd'hui tu repars.

— Beau discours, dit Ulespiègle.

L'abbé fit le signe de croix. Le farceur voulut l'imiter, mais il se trompa à l'évidence – ses bras s'emmêlèrent, ses mains n'étaient pas là où elles devaient être. L'abbé se détourna, le gros comte réprima un rire. Deux moines ouvrirent le portail.

Ils n'allèrent pas très loin. Au bout de quelques heures déjà, ils furent pris dans une averse telle que le gros comte n'en avait jamais vu. Ils mirent vite pied à terre et se blottirent sous les chevaux. La pluie tombait à flots, tambourinait et grondait autour d'eux comme si le ciel était en train de se dissoudre.

— Et si ce n'est pas Ulespiègle ? chuchota Karl von Doder.

Deux choses qu'on ne pouvait pas différencier n'en faisaient qu'une, dit le gros comte. Ou bien cet homme était Ulespiègle, qui avait cherché refuge dans le monastère d'Andechs, ou bien il s'agissait d'un homme qui avait cherché refuge dans le monastère et qui se faisait appeler Ulespiègle. Seul Dieu le savait mais, tant qu'il ne s'en mêlait pas, cela ne faisait aucune différence.

Ils entendirent des tirs à proximité. Ils remontèrent vite à cheval, donnèrent des éperons et galopèrent à travers champs. Le gros comte avait une respiration lourde et sifflante, son dos lui faisait mal. Des gouttes de pluie lui fouettaient le visage. Il lui sembla qu'une éternité s'était écoulée avant que les dragons ne tirent sur les rênes de leurs chevaux.

Les jambes flageolantes, il descendit et tapota l'encolure de son cheval. La bête tendit son museau et s'ébroua. À leur gauche se trouvait une petite rivière et, sur l'autre rive, le versant montait vers une forêt comme le gros comte n'en avait plus vu depuis Melk.

— C'est sûrement la forêt domaniale de Streitheim, dit Karl von Doder.

— Dans ce cas, nous sommes trop au nord, dit Franz Kärrnbauer.

— Ce n'est en aucun cas la forêt domaniale de Streitheim, dit Stefan Purner.

— Bien sûr que si, dit Karl von Doder.

— Jamais, dit Stefan Purner.

Ils entendirent de la musique. Ils retinrent leur souffle et tendirent l'oreille : trompettes et tambours, une joyeuse marche qui donnait envie de danser. Le gros comte remarqua que ses épaules tressaillaient en cadence.

— On s'en va, dit Konrad Purner.

— Pas à cheval, souffla Karl von Doder. Dans la forêt !

— Attention, dit le gros comte pour faire croire que c'était lui qui commandait. Il faut protéger Ulespiègle.

— Pauvres abrutis, dit l'homme maigre avec douceur. Bande de bovins. C'est moi qui dois vous protéger.

Les cimes se refermaient déjà au-dessus d'eux. Le gros comte vit la réticence de son cheval, mais il tint les rênes fermement, tapota ses naseaux humides et l'animal obéit. Le sous-bois fut bientôt si dense que les dragons sortirent leurs sabres pour se frayer un chemin.

Ils tendirent de nouveau l'oreille. On entendait un grondement sourd, d'où venait-il, qu'est-ce que c'était ? Le gros comte comprit peu à peu qu'il s'agissait de voix innombrables, un mélange de chants, de cris et de paroles sortant de nombreuses gorges. Il sentit la peur de son cheval, il caressa sa crinière, l'animal haletait.

Par la suite, il fut incapable de dire combien de temps ils avaient avancé ainsi, c'est pourquoi il prétendit que cela avait duré deux heures. Les voix derrière nous expirèrent, écrivit-il, le silence assourdissant de la forêt nous enveloppait, les oiseaux criaient, les branches se brisaient et le vent nous chuchotait des choses depuis les cimes.

— Faut qu'on aille vers l'est, dit Karl von Doder, vers Augsbourg.

— L'abbé a dit que les villes ne laissaient plus entrer personne, dit le gros comte.

— Mais nous sommes les messagers de l'empereur, dit Karl von Doder.

Le gros comte s'aperçut qu'il n'avait aucun papier sur lui pour le prouver ; ni carte d'identité, ni laissez-passer, ni la moindre attestation. Il n'en avait pas demandé et, visiblement, personne à l'administration de la Hofburg ne s'était cru capable de fournir un tel document.

— C'est où, l'est ? demanda Franz Kärrnbauer.

Stefan Purner désigna une direction quelconque.

— Ça, c'est le sud, dit son frère.

— Bande d'imbéciles, dit gaiement Ulespiègle. Bande de gnomes minables et incapables ! L'ouest, c'est là où nous sommes, donc l'est, c'est partout ailleurs.

Franz Kärrnbauer prépara son coup, mais Ulespiègle rentra la tête avec une rapidité qu'on n'aurait pas supposée chez lui et il bondit derrière un tronc d'arbre. Le dragon le suivit, mais Ulespiègle glissa comme une ombre autour du tronc, disparut derrière un autre tronc et resta invisible.

— Tu ne m'attraperas pas, l'entendirent-ils dire en ricanant, je connais la forêt. Je suis devenu un esprit de la forêt quand j'étais petit.

— Un esprit de la forêt ? demanda le gros comte avec inquiétude.

— Un esprit tout blanc. Ulespiègle sortit des buissons en riant. Pour le grand diable, dit-il.

Ils firent halte. Leurs provisions étaient presque épuisées. Les chevaux mordillaient les troncs d'arbres. Ils firent circuler la bouteille de bière légère, chacun but une gorgée. Lorsqu'elle parvint au gros comte, elle était vide.

Fatigués, ils se remirent en route. La forêt s'éclaircissait, les arbres étaient moins serrés, le sous-bois moins dense, les chevaux pouvaient avancer sans qu'on ait besoin de leur frayer un chemin à coups de sabre. Le gros comte remarqua qu'on n'entendait plus aucun oiseau : ni moineau, ni merle, ni corneille. Ils remontèrent à cheval et quittèrent la forêt.

— Mon Dieu, dit Karl von Doder.

— Seigneur de miséricorde, dit Stefan Purner.

— Sainte Vierge, dit Franz Kärrnbauer.

Lorsqu'il tenta par la suite de décrire ce qu'ils avaient vu, le gros comte fut bien forcé de reconnaître qu'il en était incapable. Cela dépassait ses compétences d'écrivain. Cela dépassait aussi les capacités de sa raison : même avec le recul d'un demi-siècle, il ne se voyait pas en mesure de former des phrases significatives. Bien sûr, il décrivit quand même la scène. Ce fut un des moments les plus importants de sa vie et le fait d'avoir assisté à la dernière bataille de la guerre de Trente Ans détermina dès lors qui il était et ce que les autres pensaient de lui – M. le surintendant de la cour a vécu la bataille de Zusmarshausen, disait-on lorsqu'il était présenté à quelqu'un, ce à quoi il répondait avec une modestie coutumière : Laissons cela, c'est difficile à raconter.

Ce qui ressemblait à un lieu commun était la vérité. C'était difficile à raconter. Pour lui, en tout cas. Dès l'instant où il sortit de la forêt sur la colline et aperçut, sur l'autre rive en bas de la vallée, l'armée de l'empereur qui s'étendait jusqu'à l'horizon avec ses batteries de canons déployées, ses mousquetaires dans les tranchées et ses piquiers regroupés par unités de cent, dont les piques lui faisaient penser à une deuxième forêt, il eut l'impression de vivre quelque chose qui ne faisait pas partie de la réalité. Tant de gens rassemblés et s'assemblant, cela représentait un tel poids que tout se déséquilibra. Le gros comte dut empoigner la crinière de son cheval pour ne pas dégringoler.

Il comprit alors qu'il n'avait pas seulement l'armée impériale sous les yeux. À sa droite, la pente était abrupte et on apercevait en contrebas une large voie sur laquelle s'avançait en silence et sans musique, si bien qu'on entendait uniquement le bruit des sabots sur le pavé, la cavalerie des Couronnes unies de France et de Suède : une rangée derrière l'autre, en direction d'un unique petit pont.

Et là, il arriva que ce même pont, si solide à l'instant encore, se dissipa en un petit nuage. Le gros comte faillit sourire à la vue de ce tour de magie. Une fumée claire s'éleva, le pont avait disparu et, maintenant que la fumée était emportée par le vent, ils entendirent la détonation. Magnifique, pensa le gros comte qui eut aussitôt honte et repensa, comme par défi : Quand même, c'était beau.

— On s'en va, cria Karl von Doder.

Trop tard. Le temps les emporta comme un rapide. Là-bas, sur l'autre rive, s'élevaient de petits nuages, quelques douzaines, blancs et scintillants. Nos canons, pensa le gros comte, la voilà, l'artillerie de notre empereur mais, avant même d'avoir pensé cette pensée jusqu'au bout, d'autres nuages minuscules et innombrables, d'abord bien distincts, puis bientôt fondus en un seul, s'élevèrent de l'endroit où se tenaient les mousquetaires, après quoi le vacarme se rapprocha et le gros comte entendit le claquement des tirs dont il venait d'apercevoir la fumée, et il vit ensuite les cavaliers ennemis, qui se dirigeaient toujours vers la rivière, exécuter un numéro des plus étranges. Il y eut soudain des trouées dans leurs rangées, une ici, une autre juste à côté, une un peu plus loin. Tandis qu'il s'efforçait de regarder pour comprendre, il entendit un bruit qu'il n'avait jamais entendu de sa vie, un cri venu des airs. Franz Kärrnbauer se jeta à terre et le gros comte, surpris, le regarda rouler dans l'herbe en se demandant s'il ne devait pas faire la même chose, mais le cheval était haut et le sol jonché de pierres dures. Karl von Doder le devança. Sauf qu'il ne s'élança pas dans une direction, mais deux, comme s'il n'avait pas réussi à se décider et qu'il avait choisi les deux options.

Le gros comte se dit d'abord qu'il était sûrement en train de rêver, mais il vit ensuite que Karl von Doder gisait bel et bien à deux endroits : une partie à droite, l'autre à gauche du cheval, et la partie droite bougeait encore. Le gros comte fut saisi d'un effroi incommensurable et, pour couronner le tout, il repensa à l'oie que Franz Kärrnbauer avait tuée quelques jours plus tôt ; il repensa au moment où il avait vu exploser sa tête et il comprit que ce qui l'avait autant effrayé, c'était que cet événement-là avait annoncé celui-ci, en remontant le cours du temps. Quant à la question de savoir s'il devait ou non descendre de cheval, elle venait de se résoudre ; son cheval s'était couché, tout simplement et, lorsque le comte alla s'écraser sur le côté, il remarqua qu'il s'était remis à pleuvoir, mais ce n'était pas la pluie habituelle, ce n'était pas de l'eau qui faisait gicler la terre, mais des fléaux invisibles qui travaillaient le sol. Il vit Franz Kärrnbauer en train de ramper, il vit dans l'herbe un sabot qui n'était pas attaché à un cheval, il vit Konrad Purner descendre la pente sur sa monture, il vit la fumée envelopper les rangées de soldats impériaux sur l'autre rive, les soldats qu'il avait distingués nettement un instant plus tôt et qui étaient maintenant invisibles, il n'y avait plus qu'un endroit où, le vent chassant l'épaisse fumée, on apercevait les hommes accroupis entre leurs piques et maintenant en train de se lever, tous en même temps, et de reculer en redressant leurs armes comme un seul homme, comment faisaient-ils pour coordonner si bien leurs gestes ? À l'évidence, ils reculaient devant la cavalerie, qui avait bel et bien décidé de franchir le cours d'eau. La rivière semblait bouillir, les chevaux se cabraient, les cavaliers tombaient, mais d'autres atteignaient la rive, l'eau s'était teinte en rouge et les lanciers disparaissaient à reculons dans la fumée.

Il regarda autour de lui. L'herbe était paisible. Le gros comte reprit ses esprits. Ses jambes lui obéissaient, mais il n'avait plus de sensation dans sa main droite. En la tenant devant ses yeux, il remarqua qu'il manquait un doigt. Il recompta. En effet, quatre doigts, quelque chose clochait, il en manquait un, il en fallait cinq, il y en avait quatre. Il cracha du sang. Il fallait qu'il retourne dans la forêt. On n'était à l'abri que dans la forêt, que dans…

Des formes s'assemblèrent, des surfaces colorées émergèrent et, tandis que le gros comte se rendait compte qu'il avait perdu connaissance et revenait tout juste à lui, il fut envahi par un souvenir douloureux, comme surgi du néant. Il repensa à une jeune fille qu'il avait aimée à dix-neuf ans ; elle s'était moquée de lui à l'époque et voilà qu'elle réapparaissait, et le fait de savoir qu'ils ne formeraient jamais un couple remplit de tristesse chaque fibre de son être. Il vit le ciel au-dessus de sa tête. Lointain et constellé de petits nuages effilochés. Un homme se pencha au-dessus de lui. Il ne le connaissait pas, il le connaissait, il le reconnaissait maintenant.

— Lève-toi !

Le gros comte cligna des yeux.

Ulespiègle prit son élan et le frappa au visage.

Le gros comte se leva. Sa joue lui faisait mal. Sa main lui faisait encore plus mal. Mais le plus douloureux, c'était son doigt manquant. Là-bas gisaient les restes de Karl von Doder et, à côté, deux chevaux et, là, le cadavre de Konrad Purner. Le brouillard flottait au loin, traversé par des éclairs. Des cavaliers arrivaient encore au trot, une trouée se forma, puis se ferma, c'était sûrement l'œuvre du canon de douze livres. Au bord de la rivière, les cavaliers se dispersaient, se gênaient mutuellement et brandissaient leurs cravaches, les chevaux pataugeaient dans l'eau, les hommes hurlaient – mais il le voyait uniquement aux mouvements de leurs bouches, il ne les entendait pas. La rivière était remplie de chevaux et de gens, dont un nombre croissant atteignait la rive et disparaissait dans la fumée.

Ulespiègle partit, suivi par le gros comte. La forêt ne se trouvait qu'à quelques pas, Ulespiègle se mit à courir. Le gros comte courut derrière lui.

L'herbe jaillit près de lui. Il entendit de nouveau le cri de tout à l'heure, un cri strident dans les airs, un cri strident à côté de lui, quelque chose s'écrasa et roula en grondant vers la rivière. Comment vivre, pensa-t-il, comment tenir le coup quand l'air est rempli de métal ? À ce moment-là, Ulespiègle écarta les bras et se jeta dans la prairie la poitrine en avant.

Le gros comte se pencha au-dessus de lui. Ulespiègle gisait immobile. Son froc était déchiré dans le dos, du sang s'écoulait, il baignait déjà dans une mare. Le gros comte recula et s'enfuit, mais il trébucha et tomba comme une masse. Il se releva, se remit à courir, quelqu'un courait à ses côtés, les balles faisaient de nouveau jaillir l'herbe, pourquoi tiraient-ils dans cette direction et non sur l'ennemi, pourquoi visaient-ils si mal et qui courait donc à ses côtés ? Le gros comte tourna la tête, c'était Ulespiègle.

— Ne t'arrête pas, lança-t-il.

Ils coururent dans la forêt, les arbres étouffèrent le tonnerre. Le gros comte voulut s'arrêter, il avait un point de côté, mais Ulespiègle l'empoigna et l'entraîna dans le sous-bois. Là, ils s'accroupirent. Ils écoutèrent les canons pendant un moment. Ulespiègle enleva avec précaution son froc déchiré. Le gros comte observa son dos, sa chemise était souillée de sang, mais on ne voyait aucune blessure.

— Je ne comprends pas, dit le gros comte.

— Tu dois bander ta main.

Ulespiègle arracha un morceau de son froc et l'enroula autour du bras du gros comte.

Déjà à l'époque, il se doutait qu'il allait devoir raconter tout cela autrement dans son livre. Il n'arriverait pas à décrire quoi que ce soit car tout se déroberait et les phrases qu'il formerait ne correspondraient pas aux images de sa mémoire.

Et en effet : ce qui s'était passé ne resurgissait même pas en rêve. En de rares occasions, il reconnaissait dans des événements sans lien apparent un lointain écho de ces instants où il s'était retrouvé dans la ligne de mire à la lisière de la forêt domaniale de Streitheim, aux abords de Zusmarshausen.

Des années plus tard, il interrogea le malheureux comte Gronsfeld, que le prince-électeur de Bavière avait fait emprisonner aussitôt après la défaite. Édenté, fatigué et toussant, l'ancien commandant en chef des troupes bavaroises lui indiqua les noms et les emplacements, lui communiqua l'effectif des différentes unités et lui dessina les plans d'avancée, si bien que le gros comte réussit à se faire une idée plus ou moins précise de l'endroit où il se trouvait et de ce qui leur était arrivé, à lui et à ses compagnons. Mais les phrases lui résistaient. C'est pourquoi il vola celles des autres.

Dans un roman qu'il affectionnait, il trouva une description qui lui plut et, quand les gens le pressaient de décrire la dernière bataille de la grande guerre allemande, il leur rapportait ce qu'il avait lu dans le *Simplicissimus* de Grimmelshausen. Cela ne correspondait pas vraiment parce qu'il s'agissait de la bataille de Wittstock, mais ça ne dérangeait personne et nul ne posait jamais de questions. Ce que le gros comte ne pouvait pas savoir, c'est que Grimmelshausen avait certes vécu la bataille de Wittstock, mais qu'il n'avait pas été capable non plus de la décrire, et qu'il avait volé à la place les phrases d'un roman anglais traduit par Martin Opitz et dont l'auteur n'avait jamais assisté à la moindre bataille de sa vie.

Dans son livre, le gros comte évoqua en outre la nuit dans la forêt, durant laquelle le bouffon, soudain bavard, lui avait parlé du temps passé à la cour du roi d'hiver à La Haye et de ce moment où il s'était fait ensevelir lors du siège de Brno trois ans plus tôt. Il avait commencé par se faire mal voir du commandant de la ville à cause d'une remarque sur son visage, si bien que ce dernier l'avait flanqué chez les mineurs, après quoi la galerie s'était effondrée sur son unité, là, la cicatrice sur son front, voilà ce qu'il avait gardé en souvenir. Il s'était retrouvé coincé dans l'obscurité, tout au fond, sans issue, sans air, avant ce sauvetage miraculeux. Une histoire absolument rocambolesque, écrivit le gros comte, et le fait qu'il changeât de sujet sans expliquer comment s'était déroulé ce sauvetage miraculeux sous Brno allait susciter par la suite le désarroi et la colère de certains lecteurs.

Toujours est-il qu'Ulespiègle était un bon conteur, meilleur que l'abbé et même meilleur que le gros comte, auquel les histoires faisaient oublier les douleurs lancinantes dans sa main. Pas d'inquiétude, dit le bouffon, cette nuit les loups avaient assez à bouffer.

Ils se remirent en route aux premières lueurs du jour. Ils contournèrent le champ de bataille, d'où émanaient des effluves que le gros comte n'aurait jamais imaginés, puis ils traversèrent Schlipsheim, Hainhofen et Ottmarshausen. Ulespiègle connaissait la région, il était calme et posé, et il n'insulta pas une seule fois le gros comte.

Le paysage désert s'était rempli de gens. Des paysans tiraient leurs biens dans des chariots à ridelles, des soldats isolés recherchaient leur unité et leur famille, des blessés étaient accroupis au bord du chemin, pansés à la va-vite, inertes, le regard fixe. Les deux hommes dépassèrent Oberhausen en feu à l'ouest et arrivèrent à Augsbourg, où s'était rassemblée l'armée restante de l'empereur. Cela ne représentait plus grand-chose après la défaite.

Le camp militaire aux abords de la ville puait encore plus atrocement que le champ de bataille. Telles des visions infernales, les corps déformés, les visages suppurants, les plaies ouvertes et les tas d'excréments se gravèrent dans la mémoire du gros comte. Je ne serai plus jamais le même, songea-t-il, tandis qu'ils se frayaient un chemin jusqu'aux portes de la ville, et aussi : Ce ne sont que des images, elles ne peuvent rien me faire, elles ne me touchent pas, que des images. Et il s'imagina être un autre, marchant à côté d'eux, invisible, sans être obligé de voir ce qu'il voyait.

Ils arrivèrent aux portes de la ville dans l'après-midi. Le gros comte, inquiet, se fit connaître auprès des gardes et il fut le premier surpris lorsqu'ils crurent tout ce qu'il racontait et les laissèrent passer sans hésiter.

ROIS EN HIVER

I

C'était en novembre. Les réserves de vin étaient épuisées et, le puits du jardin étant souillé, ils ne buvaient plus que du lait. Et comme ils n'avaient plus les moyens de s'acheter des bougies, toute la cour allait se coucher avec le soleil. La situation n'était pas favorable, mais il y avait encore des princes prêts à mourir pour Liz. L'un d'eux, Christian de Brunswick, était récemment venu ici, à La Haye, et il lui avait promis de faire broder *pour Dieu et pour elle*[*1] sur ses étendards, après quoi, lui avait-il juré avec ferveur, il voulait vaincre ou mourir pour elle. C'était un héros fébrile, si ému par sa propre personne qu'il en avait les larmes aux yeux. Frédéric lui avait tapoté l'épaule pour le calmer et elle lui avait donné son mouchoir, sur quoi il avait de nouveau fondu en larmes, terrassé par l'idée de posséder un tissu lui appartenant. Elle l'avait gratifié de la bénédiction royale et il s'en était allé, bouleversé.

Bien entendu, il ne réussirait pas, ni pour Dieu, ni pour elle. Ce prince avait peu de soldats et pas

1. Les mots et phrases en italiques suivis d'un astérisque sont en français dans le texte. *(N.d.T.)*

d'argent, et il n'était pas particulièrement intelligent. Il fallait des gens d'une autre envergure pour vaincre Wallenstein, quelqu'un comme le roi de Suède, par exemple, qui venait de s'abattre sur l'Empire comme un orage, remportant toutes les batailles jusqu'ici. C'était lui qu'elle aurait dû épouser, selon les plans de papa, mais il n'avait pas voulu d'elle.

Cela faisait presque vingt ans qu'elle avait épousé à la place son pauvre Frédéric. Vingt années allemandes, un maelstrom d'événements et de visages, de vacarme et de mauvais temps, de nourriture encore plus mauvaise et de théâtre exécrable.

Les bonnes pièces, voilà ce qui lui avait le plus manqué, dès le début, plus encore qu'une nourriture mangeable. Dans les contrées allemandes, on ne connaissait pas le vrai théâtre, des comédiens pitoyables se déplaçaient sous la pluie en criant, sautillant, pétant et se tapant dessus. Sans doute était-ce dû à la grossièreté de la langue ; elle n'était pas faite pour le théâtre, c'était une mixture de gémissements et de grognements gutturaux, une langue donnant l'impression qu'on était en train de lutter contre la nausée ou qu'un bœuf avait une quinte de toux ou qu'on recrachait sa bière par le nez. Comment imaginer un poète faire quoi que ce soit de cette langue ? Elle avait bien tenté de se plonger dans la littérature allemande, d'abord avec ce Opitz, puis un autre dont elle avait oublié le nom ; elle n'arrivait pas à se rappeler ces gens qui s'appelaient toujours Krautbacher ou Engelkrämer ou Kargholzsteingrömpl et, quand on avait grandi avec Chaucer et que John Donne vous avait dédié des vers – *fair phoenix bride*, voilà comment il l'avait appelée… *and from thine eye all lesser birds will take their jollity* –, on ne pouvait pas se forcer, même par politesse, à faire comme si les bêlements allemands avaient une valeur quelconque.

Elle repensait souvent au théâtre de la cour à Whitehall. Aux gestes mesurés des acteurs, aux longues phrases dont le rythme changeait sans cesse, comme de la musique, tantôt rapides et hachées, tantôt étendues, tantôt interrogatrices, tantôt autoritaires. Chaque fois qu'elle était venue voir ses parents à la cour, on y donnait des représentations théâtrales. Des gens étaient sur scène et jouaient la comédie, mais elle avait tout de suite compris que ce n'était pas vrai et que la simulation elle-même n'était qu'un masque, car ce n'était pas le théâtre qui était factice, non, tout le reste n'était que simagrées, déguisements et fioritures, tout ce qui n'était *pas* du théâtre était factice. Sur scène, les gens étaient eux-mêmes, parfaitement vrais, entièrement transparents.

Dans la vie réelle, personne ne récitait de monologue. Chacun gardait ses pensées pour lui, on ne pouvait pas lire un visage, chacun traînait le poids mort de ses secrets. Personne ne se tenait seul dans sa chambre en évoquant à voix haute ses désirs et ses craintes mais, quand Burbage le faisait sur scène, avec sa voix grinçante, ses doigts très fins à hauteur des yeux, il ne semblait pas naturel que tout le monde dissimule sans cesse ce qu'il ressentait. Et ces mots qu'il employait ! Des mots riches, rares, chatoyants comme des étoffes précieuses – des phrases si parfaitement assemblées qu'on n'aurait jamais pu les formuler ainsi. Voilà le but, tel était le message du théâtre, voilà comment tu devrais parler, te tenir, ressentir les choses, voilà comment ce serait d'être vrai.

Une fois la représentation terminée et les applaudissements dissipés, les acteurs retrouvaient leur condition misérable. Tandis qu'ils s'inclinaient, ils ressemblaient à des bougies éteintes. Puis ils s'approchaient en courbant l'échine, Alleyn, Kemp et le grand Burbage en personne, pour faire le baisemain à papa et, si papa leur posait une question, ils répondaient comme si la langue leur résistait et qu'ils étaient incapables de former des phrases claires. Burbage avait un visage cireux et fatigué, et ses mains devenues hideuses n'avaient plus rien d'extraordinaire. Incroyable, la vitesse à laquelle l'esprit de légèreté l'avait quitté.

L'esprit en question provenait d'une des pièces qu'ils avaient jouée à la Toussaint. Il était question d'un vieux duc sur une île magique qui capturait ses ennemis avant de les épargner brusquement. À l'époque, elle n'avait pas compris pourquoi il se montrait clément et, quand elle y songeait aujourd'hui, elle ne le comprenait toujours pas. Si Wallenstein ou l'empereur tombait entre ses mains, il en irait autrement ! À la fin de la pièce, le duc avait tout bonnement congédié son esprit dévoué pour qu'il aille se fondre dans les nuages, l'air, la lumière du soleil et le bleu de la mer, et il était resté seul comme un vieux sac de farine, un acteur ridé qui s'excusa brièvement de ne plus avoir de texte. Le directeur des *King's Men* avait tenu le rôle lui-même à l'époque. Il ne comptait pas parmi les grands acteurs, ce n'était pas un Kemp et encore moins un Burbage, on voyait même qu'il avait du mal à retenir le texte dont il était pourtant l'auteur. Après la représentation, il lui avait baisé la main de ses lèvres molles et, comme on avait sans cesse répété à Liz que, dans ces moments-là, elle devait poser une question quelconque, elle s'était enquise s'il avait des enfants.

— Deux filles. Et un fils. Mais il est mort.

Elle attendit car c'était maintenant à papa de dire quelque chose. Or papa se taisait. Le directeur la regardait, elle le regardait, son cœur se mit à battre la chamade. Toutes les personnes présentes attendaient, tous ces messieurs avec leurs cols de soie, toutes ces dames avec leurs diadèmes et leurs éventails, tout le monde la fixait du regard. Elle comprit qu'elle devait continuer à parler. Papa était comme ça. Quand on comptait sur lui, il vous laissait en plan. Elle se racla la gorge pour gagner du temps. Mais on n'en gagne pas beaucoup en se raclant la gorge. Cela ne dure pas très longtemps et ne sert pas à grand-chose.

Elle enchaîna donc en disant qu'elle était navrée d'apprendre la mort de son fils. Dieu reprenait aussi inopinément qu'il donnait, ses épreuves étaient énigmatiques et néanmoins avisées et, si nous les surmontions avec dignité, elles nous rendaient plus forts.

Le temps d'un battement de cils, elle fut fière d'elle. Sortir une phrase pareille devant l'ensemble de la cour, il fallait le faire, cela nécessitait une bonne éducation et un esprit vif.

Le directeur avait souri en inclinant la tête et elle eut soudain le sentiment que, d'une façon presque indescriptible, elle s'était ridiculisée. Elle sentit qu'elle rougissait et, comme elle en avait honte, elle rougit davantage. Elle se racla de nouveau la gorge et lui demanda le prénom de son fils. Non que cela l'eût intéressée. Mais rien d'autre ne lui venait à l'esprit.

Il répondit à voix basse.

— Vraiment ? demanda-t-elle avec étonnement. Hamlet ?

— Hamnet.

Il prit une grande inspiration et dit d'un air songeur, comme à lui-même, qu'il ignorait certes s'il avait surmonté cette épreuve de Dieu avec la dignité dont elle le croyait capable mais que, en cet instant où il se délectait à contempler l'avenir par le truchement de ce visage juvénile, il était certain qu'une existence dont le cours l'avait conduit jusqu'à l'embouchure d'une telle mer ne saurait être la pire des existences, raison pour laquelle, conforté par ce moment de grâce, il était disposé à accepter avec gratitude toutes les souffrances et peines passées et assurément futures.

Sur le moment, elle n'avait pas su quoi répondre.

— Tout cela est bien joli, finit par dire papa ; mais des ombres pesaient sur l'avenir. Il n'y avait jamais eu autant de sorcières. Les Français étaient fourbes. La jeune alliance entre l'Angleterre et l'Écosse n'avait pas encore fait ses preuves, la fatalité était à l'affût partout. Mais le pire, c'étaient les sorcières.

— La fatalité est toujours à l'affût, répondit le directeur ; c'était dans sa nature, mais la main d'un grand souverain la retenait, de même que l'air retenait le poids des nuages avant qu'ils ne se muent en pluie douce.

Cette fois, c'était papa qui n'avait pas su quoi répondre. C'était drôle parce que cela n'arrivait pas souvent. Papa regardait le directeur, tout le monde regardait papa, personne ne disait rien et le silence durait déjà bien trop longtemps.

Papa finit par se détourner – comme ça, sans un mot. Il le faisait souvent, c'était une de ses ruses pour déconcerter les gens. En général, ils passaient les semaines suivantes à se demander ce qu'ils avaient fait de travers et s'ils étaient tombés en disgrâce. Mais le directeur semblait voir clair dans son jeu. Il s'éloigna en reculant, le dos courbé, un fin sourire sur son visage.

— Tu crois que tu vaux mieux que ça, Liz ? lui avait récemment demandé son bouffon, quand elle lui avait raconté cette histoire. Que tu as vu plus de choses, que tu en sais plus, que tu viens d'un meilleur pays que le nôtre ?

— Oui, avait-elle répondu, je le crois.

— Et tu crois que ton père va venir te sauver ? À la tête d'une armée, tu crois ça ?

— Non, je n'y crois plus.

— Si, tu y crois. Tu crois encore qu'il va apparaître un beau jour et refaire de toi une reine.

— Je *suis* une reine.

Il partit d'un rire sarcastique et elle dut ravaler sa salive, refouler ses larmes et se rappeler que son bouffon avait précisément pour tâche de lui dire ce que personne d'autre n'osait lui dire. Voilà pourquoi on avait des bouffons et, même si on n'en voulait pas, on devait les accepter car, sans bouffon, une cour n'en était pas une et, elle et Frédéric n'ayant plus de pays, ils se devaient au moins d'avoir une cour au complet.

Ce bouffon avait quelque chose d'étrange. Elle l'avait senti tout de suite, dès son arrivée, l'hiver précédent, alors que les jours étaient particulièrement froids et la vie encore plus misérable que d'habitude. Ces deux-là s'étaient soudain retrouvés devant sa porte, le jeune homme maigre en pourpoint bigarré et la femme élancée.

Ils lui avaient paru épuisés et éreintés, malades à force de voyager et d'affronter les aléas de contrées sauvages. Mais, lorsqu'ils avaient dansé pour elle, il régnait entre eux une entente, une harmonie des voix et des corps comme elle n'en avait plus vu depuis qu'elle avait quitté l'Angleterre. Puis il avait jonglé et elle avait sorti sa flûte, puis ils avaient joué une pièce au sujet d'un tuteur et de sa pupille, elle avait fait semblant d'être morte, il l'avait découverte sans vie et, de désespoir, il s'était tué, sur quoi elle s'était réveillée et, le visage défiguré par l'horreur, elle avait saisi son couteau pour se tuer à son tour. Liz connaissait cette histoire, elle provenait d'une pièce des *King's Men*. Émue par le souvenir de quelque chose qui avait jadis beaucoup compté dans sa vie, elle leur avait demandé s'ils ne voulaient pas rester à la cour : Nous n'avons pas encore de bouffon.

Pour fêter son entrée en fonction, il lui avait offert un tableau. Non, pas un tableau, mais une toile blanche qui ne représentait rien.

— Fais-la encadrer, petite Liz, accroche-la. Montre-la aux autres !

Il n'avait aucun droit de l'appeler ainsi, mais au moins, il prononçait son prénom correctement, avec le *z* anglais, comme s'il avait séjourné là-bas.

— Montre-le aussi à ton mari, ce beau tableau, fais-le voir à ce pauvre roi ! Et à tous les autres !

C'est ce qu'elle avait fait. Elle avait fait décadrer un paysage verdoyant qu'elle n'aimait pas de toute façon pour le remplacer par la toile blanche, puis le bouffon avait accroché le tableau dans la grande pièce qu'elle et Frédéric appelaient la salle du trône.

— C'est magique, petite Liz. Le bâtard ne peut pas le voir. L'imbécile ne le voit pas. Celui qui a volé de l'argent, non plus. Celui qui médite un sale coup, un gars auquel on ne peut pas faire confiance, un gibier de potence, une saleté de voleur ou une andouille ne peuvent pas le voir, pour eux, il n'y a pas d'image !

Elle n'avait pas pu s'empêcher de rire.

— Non, vraiment, petite Liz, dis-le aux gens ! Les bâtards et les imbéciles et les voleurs et les gibiers de potence malintentionnés, tous ceux-là ne voient rien, ni le ciel bleu, ni le château, ni la femme merveilleuse à son balcon qui laisse pendre ses cheveux d'or, ni l'ange derrière elle. Dis-le-leur et vois ce qui se passe !

Ce qui s'était passé la surprenait encore aujourd'hui, chaque jour, et ne cesserait jamais de la surprendre. Les visiteurs déconcertés se tenaient devant le tableau blanc sans savoir quoi dire. De fait, c'était compliqué. Ils comprenaient bien sûr qu'il n'y avait rien sur la toile, mais ils ne savaient pas si Liz le comprenait et il était donc bien possible qu'elle considérât comme un bâtard, un imbécile ou un voleur celui qui ne voyait rien sur la toile. Ils étaient tous si perplexes, ils se trituraient la cervelle. Le tableau était-il ensorcelé ou bien Liz s'était-elle fait berner ou bien se payait-elle la tête des gens ? Le fait que la plupart de ceux qui se présentaient à la cour des rois d'hiver fussent des bâtards, des imbéciles, des voleurs ou des gens malintentionnés ne facilitait pas les choses.

De toute façon, ils n'avaient plus beaucoup de visiteurs. Autrefois, les gens venaient pour voir Liz et Frédéric de leurs propres yeux et certains venaient pour faire des promesses car, même si plus personne ne croyait que Frédéric régnerait à nouveau sur la

Bohême, ce n'était pas entièrement exclu non plus. Faire une promesse ne coûtait pas grand-chose : tant que quelqu'un n'était plus au pouvoir, on n'était pas obligé de tenir sa promesse mais, s'il remontait sur le trône, il se souviendrait de ceux qui s'étaient montrés fidèles dans les périodes sombres. Des promesses, c'était tout ce qu'ils recevaient désormais, plus personne n'apportait de cadeau assez précieux pour être converti en argent.

Elle avait également montré la toile blanche à Christian de Brunswick d'un air impassible. Les imbéciles, les fourbes et les bâtards, lui avait-elle expliqué, ne pouvaient pas voir ce sublime tableau, après quoi elle avait observé avec un plaisir presque indescriptible son soupirant en larmes qui lançait des regards dubitatifs vers le mur, où la toile vide et moqueuse résistait à ses effusions emphatiques.

— C'est le plus beau cadeau qu'on m'ait jamais fait, dit-elle à son bouffon.

— Ça ne voudrait pas dire grand-chose, petite Liz.

— John Donne m'a offert une ode. Il m'a appelée *fair phoenix bride*…

— Petite Liz, on l'a payé, il aurait aussi bien pu te traiter de poisson puant si on lui avait donné de l'argent. Imagine un peu comment je t'appellerais si tu me payais davantage !

— J'ai aussi reçu un collier de rubis de l'empereur et un diadème du roi de France.

— Je peux voir le diadème ?

Elle ne dit rien.

— Tu as été forcée de le vendre ?

Elle ne dit rien.

— C'est qui, au juste, ce Chonne Tonne ? C'est quel genre de gars et ça veut dire quoi, faire phénix ?

Elle ne dit rien.

— Tu as été forcée de le donner au prêteur sur gages, ton diadème ? Et le collier de l'empereur, petite Liz, c'est qui qui le porte maintenant ?

Son pauvre roi, lui non plus, n'avait pas osé dire quoi que ce soit au sujet du tableau. Et, lorsqu'elle lui avait expliqué en pouffant que ce n'était qu'une plaisanterie et que la toile n'était pas ensorcelée, il avait simplement hoché la tête en la regardant avec hésitation.

Elle avait toujours su qu'il n'était pas des plus brillants. C'était évident dès le début, mais cela n'avait aucune importance pour un homme de son rang. Un prince ne faisait strictement rien et, s'il était d'une intelligence exceptionnelle, ce serait presque une injure. L'intelligence n'était de mise que chez les subalternes. Il était lui-même, cela suffisait, on ne lui en demandait pas plus.

Le monde était ainsi fait. Il y avait quelques personnes réelles et il y avait le reste : une armée de fantômes, une horde de gens à l'arrière-plan, un peuple de fourmis grouillant sur terre et ayant comme point commun le fait qu'il leur manquait quelque chose. Ils naissaient et mouraient, telles les taches d'une vie mouvante que formait une nuée d'oiseaux – si l'un d'eux venait à disparaître, on s'en apercevait à peine. Les personnes qui comptaient vraiment n'étaient pas nombreuses.

Le fait que son pauvre Frédéric ne fût pas des plus brillants et, en outre, un rien souffreteux, avec une tendance aux maux d'estomac et d'oreilles, s'était révélé dès son arrivée à Londres à seize ans, en hermine blanche, avec une cour de quatre cents personnes. Il était venu parce que les autres prétendants s'étaient esquivés ou n'avaient pas fait de proposition au moment décisif ; c'était d'abord le jeune roi de Suède qui avait décliné, puis Maurice de Nassau, puis Othon de Hesse. On avait nourri un temps le projet audacieux de la marier au prince de Piémont qui était certes sans le sou, mais neveu du roi d'Espagne – le vieux rêve de papa, celui d'une réconciliation avec l'Espagne, or les Espagnols étaient demeurés sceptiques et il n'était soudain plus resté que le prince-électeur allemand Frédéric et son brillant avenir. Le chancelier palatin avait passé des mois à Londres pour les négociations jusqu'à ce qu'ils trouvent un accord : une dot de quarante mille livres offerte par papa à l'Allemagne, en échange de dix mille livres versées chaque année à Londres par le Palatinat.

Après la signature du traité, Frédéric avait fait le voyage en personne, pétrifié par son manque d'assurance. Il s'était embrouillé dès son allocution inaugurale ; on remarqua à quel point son français était pitoyable et, avant que la gêne ne grandisse encore, papa s'était vite avancé vers lui pour l'étreindre. Après quoi le pauvre bougre avait donné à Liz le baiser protocolaire de bienvenue du bout de ses lèvres sèches.

Le lendemain ils avaient fait une promenade en bateau avec la plus grande barque de la cour, sans maman qui n'avait pas voulu venir parce qu'elle jugeait un prince palatin non conforme à leur rang. Le chancelier palatin avait certes prétendu, en s'appuyant sur l'expertise ridicule des juristes de sa cour, qu'un prince-électeur avait le même rang qu'un roi, mais chacun savait que c'était complètement absurde. Seul un roi était un roi.

Durant la promenade en bateau, Frédéric s'était tenu au bastingage en tâchant de dissimuler son mal de mer. Il avait un regard très enfantin, mais il se tenait droit comme seuls les meilleurs précepteurs savent l'enseigner. Tu es sûrement une fine lame, avait-elle songé, et aussi : Tu n'es pas laid. Ne t'inquiète pas, voilà ce qu'elle aurait aimé lui chuchoter à l'oreille, je suis à tes côtés maintenant.

Aujourd'hui, tant d'années après, il avait encore ce maintien parfait. Malgré ce qu'il s'était passé depuis, malgré la façon dont on l'avait humilié en faisant de lui la risée de l'Europe – il savait encore se tenir droit, la tête légèrement en arrière, le menton relevé, les bras croisés dans le dos, et il avait toujours ses beaux yeux de faon.

Elle l'aimait bien, son pauvre roi. Elle ne pouvait pas faire autrement. Elle avait passé toutes ces années avec lui, lui donnant plus d'enfants qu'elle ne pouvait en compter. On le surnommait le roi d'hiver et elle, la reine d'hiver, leurs destins étaient inséparables. Elle ne s'en était pas doutée à l'époque, sur la Tamise, croyant simplement qu'il lui faudrait enseigner deux ou trois choses à ce pauvre garçon car, lorsqu'on était mari et femme, on était bien forcé de parler ensemble. Ça n'allait pas être facile avec lui, il ne savait rien de rien.

Il avait dû se sentir totalement dépassé, si loin de son château à Heidelberg, loin des vaches de son pays, de ses maisons pointues et des petits Germains, et pour la première fois dans une ville. Et voilà qu'il se retrouvait d'emblée devant tous ces messieurs et ces dames brillants et imposants et, pour couronner le tout, devant papa, qui faisait peur à tout le monde.

Le soir de leur promenade en bateau, papa et elle avaient eu le plus long entretien de sa vie. Elle ne connaissait presque pas son père. Elle n'avait pas grandi chez lui, mais chez lord Harington à Combe Abbey – les familles de haut rang n'élevaient pas elles-mêmes leurs enfants. Son père avait été une ombre dans ses rêves, un sujet sur des tableaux, un personnage de conte : le souverain des royaumes d'Angleterre et d'Écosse, le persécuteur des sorciers impies, la bête noire de l'Espagne, le fils protestant de la reine catholique exécutée. Chaque fois qu'on le rencontrait, on était surpris par la longueur de son nez et les poches sous ses yeux. Quant à son regard, il semblait tourné vers l'intérieur, comme si l'homme était en pleine réflexion, et il vous donnait toujours l'impression d'avoir dit une bêtise. Il le faisait exprès, c'était devenu une habitude chez lui.

Cela avait été leur première vraie conversation. Comment vas-tu, chère fille ? Voilà à quoi ressemblaient leurs échanges en temps normal, quand elle venait à Whitehall. Excellemment, merci, cher père. Ta mère et moi sommes heureux de te voir en bonne santé. Difficilement plus que je ne saurais l'être, cher père, de votre bonne disposition. En pensée, elle l'appelait papa, mais elle n'aurait jamais osé s'adresser à lui ainsi.

Ce soir-là, ils s'étaient retrouvés seuls pour la première fois. Papa se tenait à la fenêtre, les bras dans le dos. Pendant un long moment, il ne dit rien. Et comme elle ne savait pas quoi dire, elle ne dit rien non plus.

— Ce nigaud a un brillant avenir, finit-il par dire.

Il se tut de nouveau. Il saisit un quelconque objet en marbre sur l'étagère, le contempla et le reposa.

— Il y a trois princes-électeurs protestants, dit-il si bas qu'elle dut se pencher vers lui, et c'est le palatin, le tien, donc, qui a le rang le plus élevé, il est le chef de l'Union protestante dans l'Empire. L'empereur est malade, on va bientôt élire le prochain à Francfort. Et si notre camp se renforce encore d'ici là…

Il la scruta. Ses yeux étaient si petits et si enfoncés dans leurs orbites qu'on n'avait pas l'impression qu'il vous regardait.

— Un empereur calviniste ? demanda-t-elle.

— Jamais. Impensable. Mais un prince-électeur autrefois calviniste qui s'est converti au catholicisme. Comme Henri, en France, est jadis devenu catholique ou – il toucha sa poitrine d'un geste délicat – ou nous, protestants. La maison de Habsbourg voit son influence diminuer. L'Espagne a presque déjà perdu la Hollande, la noblesse de Bohême a arraché la tolérance religieuse à l'empereur. Il se tut à nouveau, avant de lui demander : Il te plaît, au juste ?

La question était si inattendue que Liz ne sut pas quoi répondre. Elle inclina la tête avec un léger sourire. Ce geste fonctionnait la plupart du temps, les gens étaient satisfaits, sans qu'on soit forcé de s'engager. Mais ça ne marchait pas avec papa.

— C'est prendre un risque, dit-il. Tu ne l'as pas connue, ma tante, la pucelle, le vieux dragon. Quand j'étais jeune, personne ne pensait que je lui succéderais un jour. Elle avait fait décapiter ma mère et elle ne m'aimait pas beaucoup. On pensait qu'elle allait me faire assassiner, moi aussi, mais cela ne s'est pas produit. C'était ta marraine, tu portes son nom, pourtant elle n'est pas venue au baptême, un signe de son aversion envers nous. Malgré tout, je venais après elle dans la succession au trône. Personne ne pensait qu'elle accepterait un Stuart en tant que roi. Moi non plus, je n'y croyais pas. Je mourrai avant la fin de l'année, voilà ce que je me disais chaque année mais, chaque fois, j'étais encore en vie. Et je suis encore là, tandis qu'elle croupit dans sa tombe. Donc n'aie pas peur du risque, Liz. Et n'oublie jamais que ce pauvre bougre fera ce que tu lui diras. Il ne t'arrive pas à la cheville. Il réfléchit avant d'ajouter de but en blanc : La poudre à canon sous le Parlement, Liz. Nous aurions tous pu mourir. Mais nous sommes encore là.

C'était le plus long discours qu'elle l'eût jamais entendu prononcer. Elle attendit mais, au lieu de continuer, il recroisa ses mains dans le dos et quitta la pièce sans autre forme de procès.

Elle se retrouva seule. Elle regarda par la fenêtre où il s'était tenu un instant plus tôt, comme si cela pouvait l'aider à mieux comprendre son père, et elle repensa à la poudre à canon. Cela faisait huit ans à peine que ces assassins perfides avaient tenté de tuer papa et maman pour que le pays redevienne catholique. En pleine nuit, lord Harington l'avait secouée en criant :

— Ils arrivent !

Au début, elle n'avait pas su où elle était ni de quoi il parlait et, une fois que sa conscience s'était lentement détachée des brumes du sommeil, elle songea simplement combien il était inconvenant qu'un homme adulte se trouvât dans sa chambre. Une chose pareille n'était jamais arrivée.

— Est-ce qu'ils veulent me tuer ?

— Pire. D'abord, vous devrez vous convertir, puis ils vous placeront sur le trône.

Après quoi ils avaient voyagé une nuit, un jour et encore une nuit. Liz était assise à côté de sa femme de chambre dans une calèche si cahotante qu'elle dut se pencher plusieurs fois à la fenêtre pour vomir. Derrière la calèche chevauchait une demi-douzaine d'hommes armés, lord Harington en tête. Lorsqu'ils firent halte aux premières heures du matin, il lui expliqua à voix basse que lui-même n'était presque au courant de rien. Un messager était venu leur annoncer qu'une bande d'assassins sous les ordres d'un jésuite recherchait la petite-fille de Marie Stuart. On voulait l'enlever et faire d'elle une reine. Son père était probablement mort, sa mère aussi.

— Mais il n'y a pas de jésuites en Angleterre. Ma grand-tante les a chassés !

— Il en reste quelques-uns. Ils se cachent. L'un des pires s'appelle Tesimond, on le recherche depuis longtemps, mais il a toujours réussi à s'enfuir et maintenant c'est vous qu'il cherche.

Lord Harington se leva en gémissant. Il n'était plus tout jeune et il avait du mal à chevaucher pendant des heures.

— Il faut qu'on reprenne la route !

Ils s'étaient ensuite cachés dans une petite maison près de Coventry, et Liz n'avait pas eu le droit de quitter sa chambre. Elle n'avait emporté qu'une poupée, pas de livres et, à partir du deuxième jour, l'ennui était devenu un tel supplice qu'elle aurait même préféré le jésuite Tesimond à la monotonie de sa chambre : toujours la même commode, les mêmes dalles qu'elle avait déjà comptées si souvent, la troisième dans la deuxième rangée en partant de la fenêtre était fissurée, de même que la septième dans la sixième rangée, il y avait aussi le lit et le pot de chambre qu'un des hommes vidait deux fois par jour, et la bougie qu'elle n'avait pas le droit d'allumer, pour ne pas qu'on voie la lueur par la fenêtre, et sa femme de chambre assise sur une chaise à son chevet, qui lui avait déjà raconté trois fois toute sa vie, dans laquelle il ne s'était jamais rien passé d'intéressant. Le jésuite ne pouvait pas être pire que ça. Il ne voulait pas lui faire du mal, simplement faire d'elle une reine !

— Votre Majesté ne comprend pas, dit Harington. Vous ne seriez pas libre. Vous devriez faire ce que vous dit le pape.

— Et maintenant je dois faire ce que vous me dites.

— C'est exact et vous me remercierez plus tard.

À ce moment-là, ils étaient déjà hors de danger. Mais aucun d'eux ne le savait. On avait trouvé la poudre sous le Parlement avant que les conspirateurs n'aient eu le temps de l'allumer, ses parents étaient indemnes, les catholiques faits prisonniers et les ravisseurs malchanceux se retrouvaient pourchassés et se cachaient dans les bois. Mais comme on ne le savait pas, Liz resta encore sept journées interminables dans la chambre aux deux dalles fissurées, sept jours auprès de sa femme de chambre qui lui racontait sa vie banale, sept jours sans livres, sept jours avec une seule poupée qu'elle détestait davantage au bout de trois jours qu'elle n'aurait pu détester ce jésuite.

Elle ne savait pas que, pendant ce temps-là, papa se chargeait des conspirateurs. Il fit venir les meilleurs tortionnaires de ses deux royaumes, mais aussi trois experts de la douleur originaires de Perse et le persécuteur le plus chevronné de l'empereur de

Chine. Il ordonna d'infliger aux prisonniers toutes les formes de souffrance qu'un homme puisse infliger à autrui et il fit inventer des tortures dont on n'aurait pas soupçonné l'existence. Tous les spécialistes eurent pour consigne d'imaginer des supplices plus subtils et plus effroyables que ceux rêvés par les plus grands peintres de l'enfer, la seule condition étant que l'âme ne s'éteigne pas et qu'on ne devienne pas fou : il fallait en effet que les coupables dénoncent leurs complices et qu'ils aient le temps de demander pardon à Dieu et de se repentir. Car papa était un bon chrétien.

Dans l'intervalle, la cour avait envoyé une unité de cent soldats pour protéger Liz. Mais sa cachette était si bonne que les soldats ne la trouvèrent pas davantage que les conspirateurs n'auraient pu le faire. Ainsi passèrent les jours. Puis d'autres, et d'autres encore, mais l'ennui avait soudain diminué et Liz, dans sa chambre, eut l'impression de comprendre quelque chose sur la nature du temps qu'elle n'avait pas compris jusque-là : rien ne s'écoulait jamais. Les choses étaient. Et elles demeuraient. Même quand elles changeaient, c'était toujours dans le moment présent, unique et identique.

Au cours des fuites ultérieures, elle avait souvent repensé à cette première fuite. Depuis la défaite de la Montagne-Blanche, il lui semblait qu'elle s'y était préparée tôt et que fuir lui était familier depuis toujours.

— Pliez la soie, s'écria-t-elle, laissez la vaisselle et prenez plutôt la toile de lin, elle vaut davantage en route. En ce qui concerne les tableaux, prenez les espagnols et laissez ceux de Bohême, les Espagnols sont meilleurs peintres !

Et elle dit à son pauvre Frédéric :

— Ne t'en fais pas. On s'enfuit, on reste un moment dans sa cachette et on revient.

Car cela s'était passé ainsi à Coventry. À un moment donné, ils avaient appris que le danger était écarté et ils étaient rentrés à Londres juste à temps pour la grande messe de remerciement. Les rues entre Westminster et Whitehall débordaient d'une foule en liesse. Puis les *King's Men* jouèrent une pièce que leur directeur avait écrite spécialement pour l'occasion. Il y était question d'un roi d'Écosse assassiné par une crapule, un homme à l'âme ténébreuse, poussé par des sorcières qui mentent en cela qu'elles disent la vérité. C'était une pièce sombre, pleine de feu, de sang et de puissance démoniaque et, une fois terminée, Liz sut qu'elle ne voudrait plus jamais la revoir, même si c'était sans doute la meilleure pièce qu'elle ait vue de toute sa vie.

Mais son pauvre imbécile de mari n'avait pas voulu l'écouter quand ils avaient fui Prague à l'époque. Il était trop horrifié par la perte de son armée et de son trône, il n'arrêtait pas de marmonner que cela avait été une erreur d'accepter la couronne de Bohême. Tous ceux qui comptaient lui avaient dit que c'était une erreur, tous, ils le lui avaient répété mais, dans sa bêtise, il avait écouté les mauvaises personnes.

Bien sûr, il voulait dire par là : elle.

— J'ai écouté les mauvaises personnes ! répéta-t-il juste assez fort pour qu'elle l'entende, tandis que leur calèche – la plus discrète qu'ils possèdent – quittait la capitale.

Elle comprit alors qu'il ne le lui pardonnerait pas. Mais il l'aimerait quand même, comme elle l'aimait aussi. Le fondement du mariage, ce n'était pas simplement le fait d'avoir des enfants, c'était aussi toutes les blessures qu'on s'infligeait réciproquement, toutes les erreurs commises ensemble, toutes ces choses qu'on se reprocherait l'un à l'autre pour toujours. Il ne lui pardonnerait jamais de l'avoir persuadé d'accepter la couronne, de même qu'elle ne lui pardonnerait jamais de ne pas avoir été à la hauteur depuis le début. Tout aurait été plus facile s'il avait eu l'esprit un peu plus vif. Au début, elle avait cru qu'elle pourrait le changer, mais elle avait fini par comprendre qu'il n'y avait rien à faire. La souffrance qui en résultait pour elle n'avait jamais entièrement disparu et, chaque fois qu'il entrait dans une pièce de son pas décidé, comme on le lui avait appris, ou qu'elle contemplait son beau visage, elle ressentait, en même temps que de l'amour, un léger coup au cœur.

Elle souleva le rideau et regarda par la fenêtre de la calèche. Prague : la deuxième capitale du monde, le centre de l'érudition, l'ancien siège impérial, la Venise orientale. Malgré l'obscurité, on distinguait les contours du Hradschin, éclairé par les reflets d'innombrables langues de feu.

— Nous allons revenir, dit-elle, même si elle n'y croyait déjà plus.

Mais elle savait qu'on ne supportait la fuite qu'en se cramponnant à une promesse.

— Tu es le roi de Bohême, Dieu le veut ainsi. Tu reviendras.

Et la situation avait beau être terrible, il y avait quelque chose qu'elle aimait dans cet instant. Cela lui rappelait le théâtre : des affaires d'État, une couronne qui passait d'une tête à l'autre, une grande bataille perdue. Ce qui manquait, c'était un mono-logue.

Car Frédéric avait échoué là aussi. Lorsqu'il avait fait en hâte ses adieux à leurs partisans blêmes d'inquiétude, cela aurait été le moment de faire un discours, il aurait dû monter sur une table et s'exprimer. Quelqu'un s'en serait souvenu, quelqu'un l'aurait écrit et rapporté. Un grand discours l'aurait rendu immortel. Mais, bien entendu, rien ne lui était venu à l'esprit, il avait marmonné quelques paroles incompréhensibles, après quoi lui et elle avaient passé la porte, en route vers l'exil. Et tous ces nobles messieurs de Bohême dont elle n'avait jamais réussi à prononcer les noms, tous les Wrschwitschky, Prtschkatrt et Tschrrkattrr que son précepteur en charge de la langue tchèque lui avait chuchotés à l'oreille lors de chaque réception et qu'elle n'avait jamais réussi à répéter, ils ne connaîtraient pas le début de la nouvelle année. L'empereur ne plaisantait pas.

— Ça va aller, chuchota-t-elle dans la calèche, sans le penser car ça n'allait pas bien du tout. Tout va bien, ça va, ça va aller !

— Je n'aurais pas dû accepter cette satanée couronne !

— Ça va aller.

— J'ai écouté les mauvaises personnes.

— Ça va aller !

— Est-ce qu'on peut revenir en arrière ? chuchota-t-il. Changer les choses, est-ce encore possible ? Un astrologue ? Cela devrait être possible, avec l'aide des étoiles, tu ne crois pas ?

— Oui, peut-être, répondit-elle sans savoir ce qu'il voulait dire.

Lorsqu'elle caressa son visage humide de larmes, elle repensa curieusement à leur nuit de noces. Elle ne savait rien à l'époque, personne n'avait jugé utile d'expliquer ces choses à une princesse, tandis que quelqu'un avait visiblement dit à Frédéric que c'était tout simple, il suffisait de prendre la femme, elle serait farouche au début, puis elle comprendrait ; il fallait l'affronter avec force et détermination, tel l'adversaire dans la bataille. Il avait sans doute voulu suivre ce conseil. Mais, quand il l'empoigna brusquement, elle pensa qu'il était devenu fou et, comme il faisait une tête de moins qu'elle, elle se dégagea en disant : Arrête tes bêtises ! Il retenta son coup et elle le repoussa si violemment qu'il alla chanceler contre le buffet : une carafe se brisa et, sa vie durant, elle se rappellerait la flaque sur la marqueterie en pierre, où trois pétales de rose flottaient comme des petits bateaux. Il y en avait trois, elle s'en souvenait parfaitement.

Il se redressa et retenta son coup.

Ayant remarqué qu'elle était plus forte que lui, elle n'appela pas à l'aide et se contenta de lui tenir les poignets. Il ne pouvait pas se libérer. Il s'agitait en haletant, elle le maintenait en haletant, ils se dévisageaient avec des yeux agrandis par la peur. Arrête, dit-elle. Il se mit à pleurer. Et, comme dans la calèche plus tard, elle chuchota : Ça va aller, ça va, tout va bien ! Puis elle s'assit sur le bord du lit et lui caressa la tête.

Il se ressaisit, fit une dernière tentative et lui toucha la poitrine. Elle lui donna une claque, il abandonna presque avec soulagement. Elle lui donna un baiser sur la joue. Il soupira. Après quoi il se roula en boule, se glissa au fond de sa couverture, si bien qu'on ne voyait même plus sa tête, et il s'endormit aussitôt.

À peine quelques semaines plus tard, ils conçurent leur premier fils.

C'était un enfant affectueux, éveillé et comme éclairé de l'intérieur, il avait un regard lumineux, une voix claire, la beauté de son père et l'intelligence de Liz, elle se rappelait très bien son cheval à bascule et un petit château qu'il avait bâti à partir de cubes en bois, et aussi les comptines anglaises qu'il chantait de sa voix ferme et flûtée, sous sa direction. À quinze ans, il se noya sous une barque qui avait chaviré. Liz avait déjà perdu des enfants avant lui, mais aucun si tard. Quand ils étaient petits, on s'y attendait presque chaque jour, mais elle s'était habituée à celui-là pendant quinze ans, il avait grandi sous ses yeux et voilà que, tout d'un coup, il disparaissait. Elle pensait tout le temps à lui, à l'instant où il s'était retrouvé prisonnier sous la barque renversée et, quand elle arrivait à ne pas y penser pendant un petit moment, elle rêvait de lui d'autant plus nettement.

Mais elle ne savait encore rien de tout cela durant leur nuit de noces, ni plus tard dans la calèche, tandis qu'ils fuyaient Prague ; maintenant elle le savait, dans cette maison près de La Haye qu'ils appelaient leur résidence, alors que ce n'était qu'une villa à deux étages : en bas le salon qu'ils appelaient la salle de réception et parfois la salle du trône, une cuisine qu'ils appelaient l'aile du personnel, et la petite annexe qu'ils appelaient les écuries ; au premier étage, leur chambre à coucher qu'ils appelaient leurs appartements. À l'avant se trouvait un jardin qu'ils appelaient le parc, entouré d'une haie rarement entretenue.

Elle ne savait jamais combien de personnes logeaient chez eux. Il y avait des dames de compagnie, un cuisinier, le comte Hudenitz – un vieil imbécile qui avait fui Prague avec eux et que Frédéric avait nommé chancelier sans réfléchir – il y avait un jardinier qui était aussi écuyer, ce qui ne signifiait pas grand-chose car ils ne possédaient quasiment plus de montures, et aussi un laquais qui annonçait les invités à voix haute et servait le repas. Un jour, elle se rendit compte que le laquais et le cuisinier ne se ressemblaient pas simplement beaucoup, comme elle l'avait cru jusque-là, mais qu'il s'agissait de la même personne, comment avait-elle pu ne pas le remarquer plus tôt ? Le personnel vivait dans l'aile du personnel, sauf le cuisinier qui dormait dans l'entrée et le jardinier qui dormait avec sa femme dans la salle du trône, si du moins c'était sa femme, Liz n'en était pas sûre, il était indigne d'une reine de s'occuper de ces choses, toujours est-il que c'était une femme rondelette, gentille et fiable pour la garde des enfants. Quant à Nele et au bouffon, ils dormaient en haut dans le couloir, ou peut-être qu'ils ne dormaient pas, Liz ne les voyait jamais dormir. Tenir une maison n'était pas son fort, elle laissait cela à l'intendant, également cuisinier à ses heures.

— Puis-je emmener le bouffon à Mayence ? demanda Frédéric.

— Qu'est-ce que tu veux faire du bouffon ?

Il lui expliqua avec sa maladresse habituelle qu'il allait devoir faire figure de souverain là-bas. Et, quand on avait une cour, on se devait d'avoir un bouffon.

— Ma foi, si tu penses que ça peut aider.

C'est ainsi qu'ils partirent, son mari, le bouffon, le comte Hudenitz et aussi, pour que l'escorte ne semble pas trop réduite, le cuisinier. Elle les vit s'en aller sur fond de ciel gris de novembre. Depuis la fenêtre, elle les suivit du regard jusqu'à ce qu'ils disparaissent. Un certain temps s'écoula, les arbres bougeaient à peine dans le vent. Tout le reste était inerte.

Elle s'assit à l'endroit qu'elle préférait autrefois, la chaise entre la fenêtre et la cheminée, où on n'avait plus fait de feu depuis longtemps. Elle aurait bien demandé une couverture supplémentaire à sa femme de chambre, mais celle-ci s'était malheureusement enfuie deux jours plus tôt. On en trouverait une autre. Il y avait toujours des bourgeois qui voulaient que leur fille fût au service d'une reine – même lorsque c'était une reine décriée sur laquelle circulaient des petits dessins humoristiques. Dans les contrées catholiques, on prétendait qu'elle avait couché avec tous les gentilshommes de Prague, elle le savait depuis longtemps et elle ne pouvait rien faire d'autre que se montrer particulièrement digne, affable et royale. Elle et Frédéric avaient été mis au ban de l'Empire et quiconque voulait les tuer pouvait le faire sans qu'un prêtre ne lui refuse pour autant sa bénédiction et le salut éternel.

Il se mit à neiger. Elle ferma les yeux et sifflota doucement. Les gens surnommaient son pauvre Frédéric le roi d'hiver mais, quand il faisait froid, il en souffrait terriblement. Dans le jardin, la neige arriverait bientôt jusqu'aux genoux et personne ne dégagerait le chemin car son jardinier s'était lui aussi éclipsé. Elle allait écrire à Christian de Brunswick et le prier, *pour Dieu et pour elle**, d'envoyer quelques hommes pelleter la neige.

Elle repensa au jour qui avait tout changé. Le jour où la lettre était arrivée et, avec elle, la fatalité. Toutes ces signatures imposantes, ces noms plus imprononçables les uns que les autres. Des messieurs dont elle n'avait jamais entendu parler proposaient la couronne de Bohême au prince-électeur Frédéric. Ils ne voulaient plus de leur ancien roi, qui exerçait aussi la fonction d'empereur ; ils souhaitaient que leur nouveau souverain soit protestant. Pour sceller leur décision, ils avaient jeté les gouverneurs impériaux par les fenêtres du château de Prague.

Seulement voilà, ils étaient tombés dans un tas de merde et ils avaient survécu. Il y avait toujours beaucoup de merde sous les fenêtres d'un château, à cause des nombreux pots de chambre qu'on vidait chaque jour. L'embêtant, c'est que les jésuites s'étaient mis à professer dans tout le pays qu'un ange avait rattrapé les gouverneurs pour les déposer en douceur sur le sol.

À peine la lettre était-elle arrivée que Frédéric écrivit à papa.

Très cher gendre, répondit papa par porteur à cheval, *ne le fais en aucun cas*.

Frédéric interrogea ensuite les princes de l'Union protestante. Des messagers arrivèrent tous les jours, des hommes essoufflés sur des chevaux fumants, et chaque lettre avait le même contenu : *Ne soyez pas stupide, Votre Altesse Électorale, ne le faites pas*.

Frédéric interrogea tous ceux qu'il pouvait trouver. Il fallait considérer la chose sous tous les angles, expliquait-il sans cesse. La Bohême ne faisait pas partie de l'Empire, si bien que, d'après les juristes compétents, accepter la couronne n'enfreignait nullement son serment de fidélité envers Sa Majesté impériale.

Ne le fais pas, écrivit de nouveau papa.

Alors seulement, il demanda son avis à Liz. Elle s'y attendait, elle était prête.

C'était tard dans la soirée et ils se trouvaient dans leur chambre à coucher, entourés de flammèches droites et immobiles dans l'air – seules les bougies de cire, les plus chères, brûlaient aussi silencieusement.

— Ne sois pas stupide, dit-elle à son tour. Puis elle laissa s'écouler un long moment avant d'ajouter : Combien de fois se voit-on offrir une couronne ?

C'était le moment qui avait changé leur vie, le moment qu'il ne lui pardonnerait jamais. Sa vie durant, elle reverrait cette scène : leur lit à baldaquin orné des armoiries de la maison de Wittelsbach, les flammes des bougies se reflétant dans la carafe sur la table de nuit et, au mur, l'imposant portrait d'une femme avec un petit chien. Par la suite, elle avait oublié le nom du peintre, mais peu importait, ils n'avaient pas emporté le tableau à Prague, il était perdu.

— Combien de fois se voit-on offrir une couronne ? Combien de fois est-ce faire plaisir à Dieu que de l'accepter ? On a concédé la lettre de Majesté aux protestants de Bohême, puis on l'a révoquée, le nœud se resserre de plus en plus. Tu es le seul à pouvoir les aider.

Soudain, elle eut l'impression que cette chambre, avec son lit à baldaquin, son tableau et sa carafe était une scène et qu'elle parlait devant une salle remplie de spectateurs silencieux et fascinés. Elle repensa au directeur de la troupe, à la puissance magique et aérienne de ses phrases ; elle se sentait entourée par les ombres de futurs historiographes, comme si ce n'était pas elle qui parlait, mais l'actrice qui, plus tard, dans une pièce de théâtre, aurait pour tâche d'incarner la princesse Élisabeth Stuart durant ce moment précis. La pièce avait pour thème l'avenir de la chrétienté, un royaume et un empereur. Si elle réussissait à convaincre son mari, le cours du monde prendrait une certaine direction et, si elle ne réussissait pas, il en prendrait une autre.

Elle se leva, marcha de long en large à pas mesurés et se lança dans son monologue.

Elle évoqua Dieu et les devoirs. Elle évoqua la foi des gens simples et la foi des sages. Elle cita Calvin, qui avait enseigné à tous les hommes de ne pas considérer la vie à la légère, mais comme une épreuve devant laquelle on risquait d'échouer chaque jour, auquel cas on était un raté pour l'éternité. Elle ajouta qu'il fallait prendre des risques avec fierté et courage, elle cita Jules César qui avait franchi le Rubicon avec ces mots : Les dés sont jetés.

— César ?

— Laisse-moi finir !

— Mais je ne serais pas César, je serais son ennemi. Je serais dans le meilleur des cas Brutus. César, c'est l'empereur !

— Dans cette comparaison, tu es César.

— César, c'est l'empereur, Liz. César *signifie* empereur ! C'est le même mot.

— C'est peut-être le même mot, s'écria-t-elle, mais cela ne change rien au fait que dans cette comparaison, César n'est pas l'empereur, même si César signifie empereur, mais l'homme qui a franchi le

Rubicon et lancé les dés et, si on voit la chose ainsi, César, c'est toi, Frédéric, parce que c'est toi qui vas vaincre tes ennemis, et non l'empereur à Vienne, même s'il porte le titre de César !

— Mais César n'a pas vaincu ses ennemis. Ses ennemis l'ont poignardé !

— Chacun peut poignarder n'importe qui, cela ne veut rien dire ! Mais eux, on les a oubliés, alors que le nom de César existe encore !

— Oui, et tu sais où ? Dans le mot empereur !

— Quand tu seras roi de Bohême et moi reine, papa nous enverra de l'aide. Et quand l'Union des princes protestants verra que les Anglais protègent Prague, elle se rassemblera autour de nous. La couronne de Bohême est une goutte d'eau dans l'océan…

— Le vase ! La goutte d'eau fait déborder le vase. Une goutte d'eau dans l'océan, c'est synonyme d'inutilité. Tu veux dire la goutte d'eau qui fait déborder le vase !

— Seigneur, cette langue !

— Ce n'est pas lié à l'allemand, c'est une question de logique.

C'est là qu'elle avait perdu patience, elle lui avait crié de se taire et d'écouter, il avait murmuré une excuse et n'avait plus rien dit. Et elle avait tout répété : le Rubicon, les dés, Dieu avec nous, et elle remarqua avec fierté que c'était plus convaincant la troisième fois, les bonnes phrases lui venaient.

— Ton père enverra des soldats ?

Elle le regarda droit dans les yeux. C'était le moment décisif, tout reposait sur elle : tout ce qui se passerait désormais, tous les siècles futurs, l'avenir incommensurable, tout dépendait de sa réponse.

— C'est mon père, il ne me laissera pas tomber.

Elle avait beau savoir qu'ils auraient la même conversation le lendemain et le surlendemain, elle savait aussi que la décision était prise, qu'on les couronnerait dans la cathédrale de Prague et qu'elle aurait un théâtre de cour avec les meilleurs acteurs du monde.

Elle soupira. Malheureusement, elle n'était pas arrivée jusque-là. Elle n'en avait pas eu le temps, songea-t-elle entre la fenêtre et la cheminée éteinte, tandis qu'elle regardait tomber les flocons. Un seul hiver, ce n'était pas suffisant. Il fallait des années pour monter un théâtre de cour. Mais, au moins, leur couronnement avait été aussi exaltant qu'elle se l'était imaginé, après quoi elle s'était fait peindre par les meilleurs portraitistes de Bohême, de Moravie et d'Angleterre, elle avait mangé dans des assiettes en or, sillonné plusieurs fois la ville en tête de cortèges, et de jeunes garçons déguisés en chérubins avaient porté sa traîne.

Entretemps, Frédéric avait envoyé des lettres à papa : *L'empereur va venir, cher père, cela ne fait aucun doute, nous avons besoin de protection.*

Papa avait répondu en leur souhaitant force et vigueur, il avait imploré la bénédiction de Dieu, il leur avait donné des conseils concernant la santé, la décoration de la salle du trône et une bonne régence, il les avait assurés de son amour éternel, il avait promis d'être toujours là pour eux.

Mais il n'avait pas envoyé de soldats.

Lorsque Frédéric avait fini par le supplier de lui envoyer de l'aide pour l'amour de Dieu et du Christ, papa avait répondu qu'il ne s'écoulerait pas une seconde durant laquelle ses très chers enfants ne seraient l'unique objet de ses espoirs et de ses craintes.

Mais, comme il n'avait pas envoyé de soldats, l'Union protestante n'en avait pas envoyé non plus et il ne leur était resté que l'armée de Bohême, qui s'était rassemblée avec faste et quantité d'acier aux portes de la ville.

Elle les vit s'avancer depuis le Hradschin et elle comprit avec effroi que ces lances étincelantes, ces épées et ces hallebardes n'étaient pas de simples objets brillants, mais des lames. C'étaient des couteaux, aiguisés dans le seul but de découper la chair humaine, de transpercer la peau humaine et de fracasser les os humains. Ces gens qui marchaient si joliment en cadence là en bas planteraient ces longs couteaux dans des visages, et on leur planterait à eux des couteaux dans le ventre et la gorge, certains seraient touchés par des amas d'acier moulé qui volaient si vite qu'ils arrachaient les têtes, brisaient les membres, perçaient les ventres. Quant au sang qui circulait encore à l'intérieur de ces hommes, il n'y serait bientôt plus et, par centaines de seaux, il giclerait, s'écoulerait et finirait par être absorbé ; que faisait donc la terre de tout ce sang, était-il lavé par la pluie ou était-ce un engrais qui faisait pousser des plantes particulières ? Un médecin lui avait dit que la dernière semence des mourants engendrait des petites mandragores, des créatures-racines vives et tremblantes qui pleuraient comme des nourrissons quand on les arrachait du sol.

Soudain, elle comprit que cette armée allait perdre. L'assurance lui donna le vertige ; elle n'avait encore jamais réussi à lire l'avenir et elle n'y arriva plus par la suite mais, à cet instant précis, ce n'était pas un pressentiment, c'était une certitude absolue : ces hommes allaient mourir, presque tous, sauf les estropiés et ceux qui allaient simplement détaler, après quoi Frédéric, elle et les enfants fuiraient vers l'ouest, où ils auraient devant eux une vie d'exilés car ils ne pourraient pas revenir non plus à Heidelberg, l'empereur l'interdirait.

Et les choses s'étaient passées exactement ainsi.

Ils allaient d'une cour protestante à l'autre, avec une escorte et des moyens de plus en plus réduits, dans l'ombre du ban de l'Empire et de la dignité électorale dont ils étaient déchus, le cousin catholique de Frédéric en Bavière étant devenu prince-électeur à sa place, selon la volonté de l'empereur. D'après la Bulle d'or, l'empereur n'avait aucun droit de l'imposer, mais qui aurait pu l'en empêcher, ses généraux gagnaient toutes les batailles. Papa aurait sans doute pu les aider et, de fait, il leur écrivait régulièrement, dans un style parfait, des lettres pleines de bienveillance et d'inquiétude. Mais il n'envoyait pas de soldats. Il leur déconseillait en outre de venir en Angleterre, la situation n'étant pas favorable actuellement en raison des négociations avec l'Espagne – des troupes espagnoles étaient quand même stationnées dans le Palatinat, d'où elles poursuivaient la guerre contre la Hollande – Attendez encore, mes enfants, Dieu est avec les justes et la chance est du côté des honnêtes gens, ne perdez pas courage, pas un jour ne s'écoule sans que priât pour vous votre père Jacques.

Pendant ce temps, l'empereur continuait de remporter une bataille après l'autre. Il vainquit l'Union, il vainquit le roi du Danemark et, pour la première fois, il sembla possible que le protestantisme disparût du monde de Dieu.

C'est alors que débarqua le Suédois Gustave Adolphe, celui qui n'avait pas voulu épouser Liz, et il gagna. Il remporta chaque bataille et il se trouvait maintenant en quartier d'hiver aux portes de Mayence ; après avoir longuement hésité, Frédéric lui avait écrit une lettre pleine de verve et ornée du sceau royal et, seulement deux mois plus tard, une lettre ornée d'un sceau tout aussi imposant était arrivée à La Haye : Nous nous réjouissons de votre bonne disposition et nous espérons votre visite.

Ce n'était pas le meilleur moment. Frédéric était enrhumé, il avait mal au dos. Mais il n'y avait qu'un seul homme capable de les faire revenir dans le Palatinat, voire jusqu'à Prague et, si cet homme vous convoquait, il fallait y aller.

— Il le faut vraiment ?

— Oui, Fritz.

— Mais je n'ai pas d'ordres à recevoir de lui.

— Bien sûr que non.

— Je suis roi comme lui.

— Bien sûr, Fritz.

— Mais il faut que j'y aille ?

— Oui, Fritz.

Voilà comment il était parti, avec le bouffon, le cuisinier et Hudenitz. Il était d'ailleurs vraiment temps que les choses changent, avant-hier il y avait eu du gruau à midi et du pain le soir, hier du pain à midi et le soir rien. Les États-Généraux hollandais en avaient tellement marre d'eux qu'ils ne leur donnaient presque plus assez d'argent pour survivre.

Elle contempla les rafales de neige en clignant des yeux. Je suis assise là, songea-t-elle, reine de Bohême, princesse-électrice du Palatinat, fille du roi d'Angleterre, nièce du roi du Danemark, petite-nièce de la pucelle Élisabeth, petite-fille de Marie d'Écosse, et je n'ai pas de quoi m'acheter du bois pour le feu.

Elle s'aperçut que Nele était debout à côté d'elle. L'espace d'un instant, cela l'étonna. Pourquoi n'était-elle pas partie avec son mari, si tant est que c'était son mari ?

Nele fit une révérence, plaça une pointe de pied devant l'autre, étendit les bras et écarta les doigts.

— On ne danse pas aujourd'hui, dit Liz. Aujourd'hui, on parle.

Nele hocha la tête avec dévotion.

— Nous allons nous raconter des choses. L'une à l'autre. Que veux-tu savoir ?

— Madame ?

Elle était un rien négligée et elle avait l'allure grossière et le visage rude de son rang inférieur, mais elle était jolie quand même : des yeux foncés et lumineux, une chevelure soyeuse, des hanches galbées. Seul son menton était trop large et ses lèvres un peu trop épaisses.

— Que veux-tu savoir ? répéta Liz. Elle sentit un point dans la poitrine, entre crainte et excitation. Demande-moi ce que tu veux.

— Je n'ai pas le droit, Madame.

— Si c'est moi qui le dis, tu as le droit.

— Ça ne me dérange pas que les gens se moquent de moi et de Tyll. Parce que c'est notre métier.

— Ce n'est pas une question.

— La question, c'est : est-ce que ça fait souffrir Votre Majesté ?

Liz ne dit rien.

— Le fait que tout le monde rigole, Madame, ça fait mal ?

— Je ne te comprends pas.

Nele sourit.

— Tu as choisi de me poser une question que je ne comprends pas. Comme tu veux, je t'ai donné une réponse, maintenant c'est à mon tour. Le bouffon, c'est ton mari ?

— Non, Madame.

— Pourquoi pas ?

— Faut-il une raison ?

— Il en faut une, en effet.

— On a fui ensemble. Son père a été condamné pour sorcellerie et moi je voulais pas rester, je voulais pas épouser un Steger, v'là pourquoi je suis partie avec lui.

— Pourquoi ne voulais-tu pas te marier ?

— Toujours de la crasse, Madame, et pas de lumière le soir. Les bougies, c'est trop cher. On est assis dans le noir et on mange du gruau. Toujours du gruau. Et le fils Steger, je l'aimais pas de toute façon.

— Mais Tyll oui ?

— Je vous l'ai dit, c'est pas mon mari.

— C'est à ton tour de poser une question, dit Liz.

— C'est dur quand on n'a rien ?

— Comment le saurais-je ! C'est à toi de me le dire !

— C'est pas facile, dit Nele. Pas de protection, on sillonne le pays sans patrie, on n'a pas de maison contre le vent. Maintenant, j'en ai une.

— Si je te renvoie, tu n'en auras plus. Donc, vous avez fui ensemble, mais pourquoi n'est-ce pas ton mari ?

— Un chanteur ambulant nous a emmenés. Dans le bourg suivant, on a rencontré un saltimbanque, Pirmin qu'il s'appelait. C'est lui qui nous a appris le métier, mais il était méchant et il nous donnait pas assez à manger, et il nous frappait aussi. On s'en est allés au nord, loin de la guerre, on est presque arrivés jusqu'à la mer, mais les Suédois ont débarqué et on est allés vers l'ouest pour les éviter.

— Toi, Tyll et Pirmin ?

— On n'était d'nouveau plus que deux.

— Vous avez fui Pirmin ?

— Tyll l'a tué. C'est à mon tour, Madame ?

Liz se tut un instant. Nele parlait un allemand paysan et bizarre, elle avait peut-être mal compris.

— Oui, dit Liz, c'est à ton tour.

— Vous aviez combien de servantes autrefois ?

— Conformément à mon contrat de mariage, j'avais quarante-trois domestiques à ma seule disposition, dont six cameristes, dont chacune avait quatre dames de compagnie.

— Et maintenant ?

— Maintenant c'est à mon tour. Pourquoi n'est-ce pas ton mari ? Il ne te plaît pas ?

— C'est comme un frère et des parents. Il est tout ce que j'ai. Et je suis tout ce qu'il a.

— Mais tu ne veux pas l'avoir comme mari ?

— C'est de nouveau à moi, Madame ?

— Oui, c'est à toi.

— Est-ce que vous l'avez voulu comme mari, Madame ?

— Qui ?

— Sa Majesté. Sa Majesté a-t-elle voulu Sa Majesté comme mari lorsque Sa Majesté l'a épousé ?

— C'est différent, jeune fille.

— Pourquoi ?

— C'était une affaire d'État, mon père et les deux ministres des Affaires étrangères ont passé des mois à négocier. C'est pourquoi j'ai voulu de lui avant même de l'avoir vu.

— Et une fois que Sa Majesté l'a vu ?

— D'autant plus, dit Liz en fronçant les sourcils. Cet entretien ne lui plaisait plus.

— Il faut dire que Sa Majesté est particulièrement majestueuse.

Liz lui lança un regard sévère.

Nele soutint son regard, les yeux grands ouverts. Il était impossible de savoir si elle se moquait d'elle.

— Tu peux danser à présent, dit Liz.

Nele fit une révérence, puis elle commença. Ses chaussures cliquetaient sur le parquet, ses bras se balançaient, ses épaules se tournaient, ses cheveux s'envolaient. C'était une de ces danses difficiles à la dernière mode, et elle l'exécutait avec tant de grâce que Liz regretta de ne plus avoir de musiciens.

Elle ferma les yeux, écouta le claquement des chaussures de Nele et se demanda ce qu'elle allait devoir vendre la prochaine fois. Il restait encore quelques tableaux, dont son portrait peint par ce gentil monsieur de Delft, et l'autre peint par ce gars prétentieux avec la grande moustache, qui avait fait virevolter son pinceau avec une telle emphase ; elle trouvait son tableau un rien maladroit, mais il valait sans doute beaucoup d'argent. Quant à ses bijoux, elle avait déjà tout donné, mais il restait un diadème et deux ou trois colliers, la situation n'était donc pas désespérée.

Le claquement avait cessé, elle ouvrit les yeux. Elle était seule dans la pièce. Quand Nele était-elle partie ? Et de quel droit ? Nul ne pouvait se soustraire à la présence d'un souverain sans avoir été congédié.

Elle regarda dehors. La pelouse était déjà recouverte d'une épaisse couche de neige, les branches des arbres se recourbaient. Mais la neige n'avait-elle pas tout juste commencé à tomber ? Soudain elle ne sut plus très bien depuis combien de temps elle était assise là, sur cette chaise à la fenêtre, près de la cheminée éteinte, la couverture rapiécée sur les genoux. Nele était-elle là à l'instant, ou cela faisait-il un bon moment ? Et combien de personnes Frédéric avait-il emmenées à Mayence, qui lui restait-il ici ?

Elle tenta de faire le compte : le cuisinier était parti avec son mari, le bouffon aussi, la deuxième femme de chambre avait sollicité une semaine de congé pour rendre visite à ses parents malades, sans doute ne reviendrait-elle pas. Peut-être y avait-il encore quelqu'un en cuisine, peut-être pas, comment savoir, elle n'y était jamais allée. Il y avait également un veilleur de nuit – du moins le supposait-elle mais, comme elle ne sortait pas de sa chambre la nuit, elle ne l'avait jamais vu. L'échanson ? C'était un vieux monsieur raffiné, très distingué, mais il lui sembla tout d'un coup qu'il n'avait plus refait surface depuis longtemps ; ou bien il était resté à Prague, ou bien il était mort quelque part sur leur chemin d'exil en exil – de même que papa était mort sans qu'elle l'eût revu et c'était soudain son frère qui régnait à Londres, son frère qu'elle connaissait à peine et duquel il y avait encore moins à attendre.

Elle prêta l'oreille. À côté d'elle, quelque chose crissait et claquait mais, lorsqu'elle retint son souffle pour mieux entendre, elle ne distingua plus rien. Le silence régnait.

— Il y a quelqu'un ?

Personne ne répondit.

Il y avait quelque part une sonnette. Si elle l'actionnait, quelqu'un arrivait, c'était toujours ainsi, c'étaient les usages, cela avait été ainsi toute sa vie. Mais où était-elle, cette sonnette ?

Peut-être que tout allait bientôt changer. Si Gustave Adolphe et Frédéric, autrement dit l'homme qu'elle avait failli épouser et celui qu'elle avait épousé pour de bon, parvenaient à s'entendre, il y aurait de nouveau des fêtes à Prague et ils pourraient retourner dans leur grand château à la fin de l'hiver, quand la guerre recommencerait. Car c'était pareil chaque année : quand la neige se mettait à tomber, la guerre faisait une pause et, lorsque les oiseaux revenaient, que les fleurs poussaient et que la glace libérait les cours d'eau, la guerre reprenait elle aussi.

Un homme se trouvait dans la pièce.

C'était étrange – déjà parce qu'elle n'avait pas sonné et aussi parce qu'elle n'avait encore jamais vu cet homme. Elle se demanda, l'espace d'un instant, s'il fallait avoir peur. Les assassins étaient rusés, ils pouvaient s'insinuer partout, on n'était nulle part en sécurité. Mais cet homme-là n'avait pas l'air dangereux et il s'inclina comme le voulaient les usages, puis il dit quelque chose de surprenant pour un meurtrier.

— Madame, l'âne a disparu.

— Quel âne ? Et qui est-il ?

— Qui est l'âne ?

— Non, qui il est, lui. Qui est… lui. Elle le désigna du doigt, mais l'idiot ne comprenait pas. Qui es-tu ?

Il parla un moment. Elle avait du mal à le comprendre car l'allemand lui posait encore problème et celui de cet homme était particulièrement fruste. Elle comprit peu à peu qu'il tentait de lui expliquer qu'il était responsable des écuries et que le bouffon avait emporté l'âne dès son retour. L'âne et Nele, il l'avait emmenée elle aussi. Ils étaient partis à trois.

— Un seul âne ? Les autres montures sont encore là ?

Il répondit, elle ne comprit pas, il répondit de nouveau et elle comprit qu'il n'y avait pas d'autres montures. Les écuries étaient vides. Voilà pourquoi, expliqua l'homme, il se trouvait devant elle, il avait besoin d'une nouvelle mission.

— Mais pourquoi le bouffon est-il revenu, au juste, et qu'en est-il de Sa Majesté ? Sa Majesté est-elle de retour ?

L'homme qui, compte tenu des écuries vides, n'était plus écuyer, dit que seul le bouffon était revenu, puis qu'il était reparti, avec femme et âne. Il avait laissé cette lettre.

— Une lettre ? Fais voir !

L'homme fouilla dans la poche droite de son pantalon, puis dans la gauche, se gratta, puis fouilla de nouveau dans la droite, trouva un bout de papier plié. Quel dommage pour l'âne, dit-il. C'était une bête d'une rare intelligence, le bouffon n'avait pas le droit de l'emporter. Il avait bien essayé de l'en empêcher, mais le gaillard lui avait joué un tour abject. C'était très gênant, il ne voulait pas en parler.

Liz déplia le papier. Il était froissé et taché, les lettres étaient barbouillées de noir. Mais elle reconnut l'écriture au premier regard.

L'espace d'un instant, durant lequel elle avait déjà survolé la lettre avec une partie de son esprit et pas encore avec l'autre, elle eut envie de la déchirer et d'oublier qu'elle l'avait reçue. Mais, bien sûr, ce n'était pas possible. Elle rassembla toutes ses forces, serra les poings et lut.

II

Gustave Adolphe n'avait pas le droit de le faire attendre. Pas seulement parce que ce n'était pas très élégant. Non, il n'en avait littéralement pas le droit. On n'était pas libre de se comporter comme on voulait envers d'autres personnes royales, les règles étaient strictes. La couronne de saint Venceslas était plus ancienne que celle de Suède, et la Bohême plus ancienne et plus riche, donc son souverain bénéficiait de l'ancienneté vis-à-vis d'un roi de Suède – sans même mentionner le fait qu'un prince-électeur avait le rang d'un roi, la cour du Palatinat avait ordonné une expertise sur le sujet, c'était prouvé. Il se retrouvait certes au ban de l'Empire, mais le roi de Suède avait déclaré la guerre à l'empereur qui avait décrété la mise au ban, et l'Union protestante n'avait jamais accepté la déchéance de sa dignité électorale, c'est pourquoi le roi de Suède devait le traiter comme un prince-électeur et, en tant que tel, il était son égal – une égalité dans le rang général de prince et, si on considérait l'ancienneté des familles, la maison palatine avait clairement plus de valeur que la maison Vasa. Quel que soit le point de vue adopté, il était par conséquent inadmissible que Gustave Adolphe le fît attendre.

Le roi avait mal à la tête. Il avait du mal à respirer. Il ne s'attendait pas à l'odeur du camp. Il savait que la propreté ne régnait pas là où des milliers de soldats campaient avec leur troupe et il se rappelait l'odeur de sa propre armée, qu'il avait commandée aux portes de Prague avant qu'elle disparaisse, s'infiltre dans le sol, se dissipe comme de la fumée, pourtant cette odeur-ci n'avait rien à voir avec celle de l'époque, il n'avait pas imaginé qu'une odeur pareille pût exister. On avait senti l'odeur du camp avant même qu'il ne soit à portée de vue, un avant-goût âcre et amer flottant au-dessus du paysage déserté.

— Dieu que ça pue, avait dit le roi.

— Horrible, avait répondu le bouffon. Horrible, horrible, horrible. Faudrait te laver, roi d'hiver.

Le cuisinier et les quatre soldats donnés à contre-cœur par les États-Généraux hollandais en guise de protection avaient ri bêtement et le roi s'était demandé s'il fallait le tolérer mais, après tout, les bouffons étaient là pour ça, c'était l'usage quand on était roi. Le monde vous traitait avec respect, mais cet homme-là avait le droit de tout dire.

— Faut que le roi se lave, dit le cuisinier.

— Les pieds, s'écria un soldat.

Le roi regarda le comte Hudenitz qui chevauchait à ses côtés mais, comme son visage demeurait impassible, le roi pouvait faire semblant de ne pas avoir entendu.

— Sans oublier les oreilles, dit un autre soldat et tous, sauf le comte et le bouffon, rigolèrent à nouveau.

Le roi ne savait pas quoi faire. Il aurait été judicieux de frapper ce gars insolent mais il ne se sentait pas bien, il toussait depuis des jours, et que faire si l'homme le frappait en retour ? D'ailleurs, ce soldat était subordonné aux États-Généraux et non à lui. D'un autre côté, il ne pouvait quand même pas se laisser humilier par des gens qui n'étaient pas ses bouffons.

C'est là qu'ils avaient aperçu le camp depuis le sommet d'une colline, le roi en avait oublié sa colère et les soldats n'avaient plus pensé à se moquer de lui. Le camp gisait à leurs pieds telle une ville blanche vibrant dans le vent – une ville dont les maisons étaient traversées par un mouvement léger, un va-et-vient, un glissement, une ondulation. En y regardant à deux fois, on remarquait que la ville se composait de tentes.

Plus ils s'approchaient, plus la puanteur s'intensifiait. Elle mordait les yeux, piquait la poitrine et, si on posait un foulard sur son visage, elle traversait le tissu. Le roi plissa les yeux, il avait envie de vomir. Il tenta de respirer le plus doucement possible mais c'était peine perdue, on n'échappait pas à cette odeur, il eut davantage envie de vomir. Il remarqua que le comte Hudenitz ressentait la même chose et les soldats plaquaient eux aussi les mains sur leur visage. Le cuisinier était livide. Même le bouffon n'avait plus son air insolent habituel.

La terre était retournée, les chevaux s'enfonçaient, avançaient tant bien que mal dans une sorte de bourbe épaisse. Des déchets marron foncé s'entassaient au bord du chemin, le roi tenta de se persuader que ce n'était pas ce qu'il supposait, mais il savait que c'était précisément cela : les excréments de cent mille personnes.

La puanteur provenait aussi d'ailleurs. Elle provenait des blessures et des ulcères, de la transpiration et de toutes les maladies connues de l'humanité. Le roi cligna des yeux. Il lui semblait qu'on pouvait même voir la puanteur, une condensation jaune et toxique de l'air.

— Quelle direction ?

Une douzaine de cuirassiers leur barrait la route – de grands hommes sûrs d'eux, portant casque et cuirasse, comme le roi n'en avait plus vu depuis l'époque où il régnait sur Prague. Il regarda le comte Hudenitz. Le comte Hudenitz regarda les soldats. Les soldats regardèrent le roi. Il fallait que quelqu'un parle, annonce sa présence.

— Sa Majesté de Bohême et Altesse Électorale du duché de Palatinat, finit par dire le roi lui-même. En route vers votre commandant en chef.

— Où se trouve Sa Majesté de Bohême ? demanda un des cuirassiers.

Il parlait le dialecte saxon et le roi dut se remémorer qu'il n'y avait pas beaucoup de Suédois combattant aux côtés de la Suède – de même qu'il n'y avait presque pas de Danois dans l'armée danoise et seulement quelques centaines de Tchèques aux portes de Prague à l'époque.

— Ici, dit le roi.

Le cuirassier le regarda d'un air amusé.

— C'est moi. Sa Majesté. C'est moi.

Les autres cuirassiers ricanèrent.

— Qu'est-ce qu'il y a de drôle ? demanda le roi. Nous avons un sauf-conduit, une invitation du roi de Suède. Conduisez-moi immédiatement auprès de lui.

— Ça ira, dit le cuirassier.

— Je ne tolère pas ce manque de respect, dit le roi.

— Tout va bien, dit le cuirassier. Suis-nous, Majesté.

Après quoi il les avait conduits de la périphérie à l'intérieur du camp. Tandis que la puanteur, déjà si pestilentielle qu'on pouvait difficilement l'imaginer s'intensifiant, s'intensifiait, ils longèrent les charrettes bâchées de la troupe : des timons se dressaient en l'air, des chevaux malades gisaient par terre, des enfants jouaient dans la crasse, des femmes allaitaient des nourrissons ou lavaient des vêtements dans des baquets d'eau marron. C'étaient les femmes vénales des soldats, mais aussi les épouses accompagnant certains mercenaires. Ceux qui avaient une famille l'emmenaient avec eux dans la guerre, que faire d'elle sinon ?

C'est alors que le roi aperçut une chose atroce. Il la regarda sans reconnaître ce que c'était, elle résistait pour ainsi dire à la vue, mais, quand on la regardait un certain temps, elle prenait forme et on comprenait. Il détourna vite le regard. Il entendit le comte Hudenitz gémir à côté de lui.

C'étaient des enfants morts. Aucun ne devait avoir plus de cinq ans, la plupart avaient moins d'un an. Ils étaient entassés là, décolorés, des cheveux blonds, bruns et roux et, quand on regardait de plus près, on voyait quelques yeux ouverts, quarante paires d'yeux ou davantage, et l'air était noir de mouches. Une fois qu'il les eut passés, le roi ressentit le besoin de se retourner car, même s'il ne voulait pas voir ça, il voulait quand même le voir, mais il résista à la tentation.

Ils se trouvaient maintenant à l'intérieur du camp, chez les soldats. Des tentes côtoyaient d'autres tentes, des hommes étaient assis autour de feux, grillaient de la viande, jouaient aux cartes, dormaient par terre, buvaient. Tout aurait été normal si on n'avait pas vu autant de malades : des malades dans la boue, des malades sur des paillasses, des malades sur des charrettes – pas seulement des blessés, mais des hommes avec des ulcères, des hommes avec des bosses sur le visage, des hommes aux yeux larmoyants et aux bouches baveuses, dont beaucoup gisaient immobiles et contorsionnés, on n'aurait pas pu dire s'ils étaient déjà morts ou en passe de l'être.

La puanteur était à la limite du supportable. Le roi et ses accompagnateurs plaquèrent les mains sur leur nez ; tous s'efforçaient de ne pas respirer et, quand ils ne pouvaient plus faire autrement, ils grappillaient un peu d'air derrière leurs paumes. Le roi eut de nouveau envie de vomir, il rassembla toutes ses forces mais l'envie fut d'autant plus forte et il vomit du haut de son cheval. Aussitôt le comte Hudenitz, le cuisinier et un des soldats hollandais l'imitèrent.

— Terminé ? demanda le cuirassier.

— On dit : Votre Majesté, dit le bouffon.

— Votre Majesté, dit le cuirassier.

— Il a terminé, dit le bouffon.

Lorsqu'ils repartirent, le roi ferma les yeux. Cela l'aida un peu, on sentait moins les choses quand on ne les voyait pas. Mais on les sentait encore assez. Il entendit quelqu'un dire quelque chose, puis des cris, puis des rires de tous les côtés, mais peu lui importait ; ils n'avaient qu'à se moquer de lui. La seule chose qu'il voulait, c'était ne plus avoir à supporter cette puanteur.

C'est ainsi qu'on l'avait conduit les yeux fermés jusqu'à la tente royale au centre du camp, surveillée par une douzaine de Suédois harnachés de pied en cap, la garde du corps du roi, destinée à repousser les soldats mécontents. La couronne suédoise avait sans cesse du retard pour payer la solde. Même lorsqu'on remportait toutes les batailles et qu'on prenait tout ce que le pays vaincu avait à offrir, la guerre n'était pas un commerce rentable.

— J'amène un roi, dit le cuirassier qui les avait conduits.

Les gardes rigolèrent.

Le roi entendit ses propres soldats se joindre aux rires.

— Comte Hudenitz ! dit-il de sa voix la plus autoritaire. Que ce comportement insolent prenne fin !

— À vos ordres, Votre Majesté, murmura le comte et cela fonctionna, curieusement, les andouilles se turent.

Le roi descendit de cheval. Il avait le vertige, il se pencha et toussa un moment. Un des gardes écarta la bâche de la tente et le roi entra avec ses accompagnateurs.

Cela remontait déjà à une éternité. Voilà deux heures, voire trois, qu'ils attendaient sur des petits bancs bas et sans dossier, et le roi ne savait plus comment faire pour ignorer le fait qu'on le faisait languir ici ; or il était bien forcé de l'ignorer car, en temps normal, il aurait dû se lever et partir, mais personne à part ce Suédois ne pouvait le faire revenir à Prague. Était-ce lié au fait que le gaillard avait voulu épouser Liz ? Il avait écrit des dizaines de lettres, des serments d'amour innombrables, il lui avait envoyé son portrait encore et encore, mais elle n'avait pas voulu de lui. C'était sûrement dû à cela. Telle était sa minable revanche.

Après tout, cela allait peut-être assouvir son besoin de vengeance. C'était peut-être bon signe. L'attente signifiait sans doute que Gustave Adolphe allait l'aider. Il se frotta les yeux. Comme chaque fois qu'il était nerveux, il avait les mains molles et il ressentait une brûlure à l'estomac dont aucune tisane ne pouvait venir à bout. À l'époque de la bataille aux portes de Prague, la douleur était si forte qu'il avait dû s'éloigner du champ de bataille à cause de ses coliques ; chez lui, entouré de ses serviteurs et courtisans, il avait attendu l'issue, la pire heure de sa vie – sauf que tout ce qui avait suivi, chaque heure, chaque instant, avait été encore pire.

Il s'entendit soupirer. Le vent au-dessus de leurs têtes faisait claquer la bâche de la tente, il entendait des voix d'hommes dehors, quelqu'un criait quelque part, un blessé ou un homme mourant de la peste, il y avait des pestiférés dans tous les camps. Personne n'en parlait car personne ne voulait y penser, on ne pouvait rien faire.

— Tyll, dit le roi.

— Sire ? dit le bouffon.

— Fais quelque chose.

— Tu trouves le temps long ?

Le roi ne dit rien.

— C'est parce qu'il te fait attendre aussi longtemps, qu'il te traite comme son équarrisseur, comme son coiffeur, comme le nettoyeur de sa chaise à excréments, c'est pour ça que tu t'ennuies et que je dois te divertir, exact ?

Le roi ne dit rien.

— Avec plaisir. Le bouffon se pencha. Regarde-moi dans les yeux.

Le roi contempla le bouffon d'un air sceptique. Sa bouche en cul-de-poule, son menton trop fin, son pourpoint bigarré, son bonnet en peau d'agneau ;

il lui avait demandé un jour pourquoi il portait cet accoutrement ; voulait-il se déguiser en animal ? Sur quoi le bouffon avait répondu : Oh non, en homme !

Puis il fit ce qu'on lui demandait et il le fixa. Il cligna des yeux. C'était désagréable, il n'avait pas l'habitude de soutenir le regard d'autrui. Mais tout valait mieux que d'évoquer le fait que le Suédois le faisait attendre et, après tout, il avait demandé au bouffon de le divertir, et il était curieux de voir ce que celui-ci manigançait. Il réprima son envie de fermer les yeux et regarda le bouffon.

Il repensa soudain à la toile blanche. Elle était accrochée dans la salle du trône et elle lui avait beaucoup plu au début. Dis aux gens que les imbéciles ne voient pas le tableau, dis-leur que seules les âmes bien nées le voient, dis-le et tu assisteras à un miracle ! C'était à hurler de rire, ces visiteurs qui jouaient la comédie et regardaient la toile blanche d'un air connaisseur en hochant la tête. Bien entendu, ils ne prétendaient pas voir réellement le tableau, personne n'était aussi maladroit, et la majorité comprenait très bien que ce n'était qu'une toile nue. Mais, d'une part, ils n'étaient pas tout à fait sûrs qu'il n'y ait pas quelque procédé magique en jeu et, d'autre part, ils ne savaient pas si Liz et lui y croyaient – et être soupçonné d'imbécillité ou de vile condition par un roi, c'était en fin de compte aussi grave que d'être un imbécile ou une personne de vile condition.

Même Liz n'avait rien dit. Même elle, sa merveilleuse et belle épouse, mais pas toujours très intelligente, elle avait regardé le tableau en silence. Même elle n'était pas sûre, bien sûr que non, ce n'était qu'une femme.

Il avait voulu lui en parler. Liz, s'apprêtait-il à lui dire, trêve de bêtises, arrête de jouer la comédie ! Mais soudain, il n'avait pas osé. Car si elle y croyait, ne serait-ce qu'un peu, si elle croyait que la toile était ensorcelée, qu'allait-elle penser de lui ?

Et si elle en parlait à d'autres ? Si elle disait par exemple : Sa Majesté, mon époux, le roi, n'a pas vu l'image sur la toile, que penserait-on de lui ? Son statut était fragile, c'était un roi sans pays, un exilé, dépendant entièrement de ce qu'on pensait de lui, alors que faire si le bruit courait qu'un tableau magique était accroché dans la salle du trône et que seules les âmes bien nées pouvaient le voir, mais pas lui ? Bien sûr qu'il n'y avait pas d'image, c'était une plaisanterie du bouffon mais, depuis que la toile se trouvait là, elle exerçait sa puissance et le roi s'était aperçu avec effroi qu'il ne pouvait ni la décrocher ni dire quoi que ce soit à son sujet – il ne pouvait pas prétendre voir un tableau là où il n'y en avait pas, car il n'existait pas plus sûr moyen de passer pour un écervelé, mais il ne pouvait pas davantage déclarer que la toile était blanche car, si les autres croyaient que le tableau était ensorcelé et capable de démasquer les viles créatures et les imbéciles, cela suffirait à le ridiculiser complètement. Il ne pouvait même pas en parler à sa pauvre femme, si gentille et un peu sotte. C'était compliqué. Tout cela à cause du bouffon.

Depuis combien de temps le bouffon le fixait-il maintenant ? Il se demanda où le gaillard voulait en venir. Les yeux de Tyll étaient très bleus. Très clairs aussi, comme dilués, on aurait dit qu'ils luisaient de l'intérieur, et on voyait un trou au milieu de la prunelle. Là derrière se trouvait – quoi, au juste ?

Eh bien, Tyll. Là derrière se trouvait l'âme du bouffon, ce qu'il était vraiment.

Le roi eut à nouveau envie de fermer les yeux, mais il soutint son regard. Il comprit que ce qui se passait d'un côté se passait aussi de l'autre : de même qu'il voyait le tréfonds de l'âme du bouffon, celui-ci voyait maintenant en lui.

De façon totalement inopinée, il repensa à la première fois où il avait regardé son épouse dans les yeux, le soir de leurs noces. Comme elle était timide et craintive. Elle avait plaqué les mains sur son corset qu'il s'apprêtait à délacer, mais elle avait ensuite levé les yeux vers lui et, pour la première fois, il avait vu son visage de près, à la lueur des bougies, et il avait pressenti comment c'était de ne faire plus qu'un avec autrui ; mais lorsqu'il avait étendu les bras pour l'attirer à lui, il s'était cogné contre la carafe d'eau de rose posée sur la table de nuit et le bruit de verre brisé avait rompu le charme : la flaque sur le parquet en ébène, il la revoyait encore, avec les pétales de rose à la dérive, comme des petits bateaux. Il y en avait cinq. Il s'en souvenait parfaitement.

Puis elle s'était mise à pleurer. Visiblement, personne ne lui avait expliqué ce qui devait se passer durant une nuit de noces et il l'avait donc laissée tranquille car, même si un roi devait se montrer fort, il avait toujours fait preuve de délicatesse et ils s'étaient endormis l'un à côté de l'autre comme frère et sœur.

Dans une autre chambre à coucher, chez eux à Heidelberg, ils avaient discuté plus tard de la grande décision à prendre. Nuit après nuit, encore et encore, elle avait hésité et tenté de le dissuader, comme le faisaient les femmes depuis toujours, et il n'avait pas cessé de lui expliquer qu'on ne recevait pas une telle proposition sans la volonté de Dieu et qu'il fallait se soumettre à son destin. Mais l'empereur, avait-elle répété, imagine un peu sa colère, nul ne s'insurge contre l'empereur, sur quoi il lui avait patiemment expliqué ce que ses juristes lui avaient exposé de façon si concluante, à savoir que le fait d'accepter la couronne de Bohême n'enfreignait pas la paix de l'Empire puisque la Bohême n'en faisait pas partie.

Voilà comment il avait fini par la convaincre, de même qu'il avait convaincu tous les autres. Il lui avait fait comprendre que le trône de Bohême revenait à celui que les États de Bohême voulaient comme roi, c'est pourquoi ils avaient quitté Heidelberg pour s'installer à Prague, et jamais il n'oublierait le jour du couronnement, l'imposante cathédrale, le chœur immense, et il entendait encore aujourd'hui cet écho en son for intérieur : Tu es un roi maintenant, Fritz. Tu fais partie des grands.

— On ne ferme pas les yeux, dit le bouffon.

— Je ne le fais pas, dit le roi.

— Tais-toi, dit le bouffon et le roi se demanda s'il pouvait laisser passer cela, peu importe la liberté des fous, cela allait trop loin.

— Que devient l'âne, au fait, demanda-t-il pour énerver le bouffon. Il sait déjà faire des choses ?

— Il parlera bientôt comme un prédicateur, dit le bouffon.

— Et qu'est-ce qu'il dit ? demanda le roi. Qu'est-ce qu'il sait déjà dire ?

Deux mois plus tôt, il avait évoqué en présence du bouffon ces curieux oiseaux d'Orient capables de former des phrases entières, si bien qu'on croyait s'entretenir avec des hommes. Il avait découvert le sujet dans l'ouvrage d'Athanasius Kircher sur le règne animal de Dieu et depuis, il était hanté par l'idée qu'il existait des oiseaux doués de parole.

Mais le bouffon avait répondu que ce n'était rien du tout d'apprendre à parler à un oiseau ; avec un peu d'habileté, on pouvait faire jacasser n'importe quelle bestiole. Les animaux étaient plus intelligents que les hommes, c'est pourquoi ils se taisaient et veillaient à ne pas s'attirer des ennuis à cause de la moindre ânerie. Mais, dès lors qu'on donnait de bonnes raisons à une bête, elle sortait de son silence, ce qu'il pouvait prouver à tout moment en échange de mets savoureux.

— De mets savoureux ?

— Pas pour moi, avait répondu le bouffon, mais pour l'animal.

Voilà comment on s'y prenait : on fourrait de la nourriture dans un livre, puis on le présentait encore et encore et encore à l'animal, avec patience et fermeté. Par avidité, il tournait les pages et découvrait au fur et à mesure le langage des hommes, on obtenait des résultats au bout de deux mois.

— Avec quel animal, au juste ?

— N'importe lequel fait l'affaire. Simplement, il ne faut pas qu'il soit trop petit, sinon on n'entend pas sa voix. Avec des vers, on ne va pas très loin. Ça ne marche pas bien non plus avec les insectes, ils s'envolent toujours avant d'avoir terminé leur phrase. Les chats vous contredisent sans arrêt et les oiseaux colorés d'Orient, tels que le savant jésuite les décrit, ça n'existe pas ici. Restent donc les chiens, les chevaux et les ânes.

— Nous n'avons plus de chevaux et le chien s'est enfui.

— Ce n'est pas une grosse perte. Mais l'âne dans l'étable. Il me faut un an, après quoi je pourrai lui…

— Deux mois !

— C'est peu.

Non sans raillerie, le roi avait rappelé au bouffon qu'il venait lui-même de parler de deux mois. Voilà le temps qui lui était imparti, pas plus et, en l'absence de résultats d'ici deux mois, il pouvait s'attendre à recevoir une volée de coups d'ampleur biblique.

— Mais j'ai besoin de nourriture pour la mettre dans le livre, avait répondu le bouffon d'une petite voix. Et pas qu'un peu.

Le roi savait certes qu'ils n'avaient jamais assez à manger. Mais il avait contemplé la pitoyable toile blanche au mur et confirmé avec une joie maligne à son bouffon, qui occupait depuis un moment une place plus grande que de raison dans son esprit, qu'il obtiendrait autant de nourriture qu'il en avait besoin pour son projet, du moment que l'âne savait parler dans deux mois.

Et en effet, le bouffon avait donné le change. Tous les jours, il disparaissait dans l'étable avec de l'avoine, du beurre, une coupelle de gruau sucré au miel et un livre. Un jour, dominé par la curiosité et au mépris de toute bienséance, le roi était allé l'épier et il avait trouvé le bouffon assis par terre, le livre ouvert sur ses genoux, tandis que l'âne regardait dans le vide avec placidité.

Le bouffon lui avait aussitôt affirmé que les choses avançaient bien, ils avaient déjà fait le I et le A et on allait sûrement entendre le prochain son dès le surlendemain. Puis il était parti d'un rire de chèvre et le roi, qui avait fini par avoir honte de s'intéresser à ces inepties, s'était retiré en silence pour se consacrer aux affaires d'État, ce qui signifiait dans la triste réalité qu'il avait adressé une nouvelle demande de soutien militaire à son beau-frère en Angleterre et une nouvelle demande d'argent aux États-Généraux hollandais, comme toujours sans espoir.

— Alors de quoi est-il capable maintenant, répéta le roi en regardant le bouffon dans les yeux, qu'est-ce qu'il sait déjà dire ?

— L'âne parle bien, mais ce qu'il dit n'a pas beaucoup de sens. Il ne sait pas grand-chose, il ne connaît pas le monde, laisse-lui encore du temps.

— Pas un jour de plus que prévu !

Le bouffon pouffa.

— Dans les yeux, sire, regarde-moi dans les yeux et dis à tout le monde ce que tu vois !

Le roi se racla la gorge pour répondre, mais il eut soudain du mal à parler. Il faisait sombre, des couleurs et des formes s'assemblèrent, il se revit debout devant la famille anglaise : le blême Jacques, son beau-père craint par tous, sa belle-mère danoise Anna, raidie par l'arrogance, et son épouse qu'il osait à peine regarder. Puis une sensation de tournoiement et de vacillement s'intensifia, diminua et il ne sut plus où il se trouvait.

Il eut une quinte de toux et, lorsqu'il reprit son souffle, il constata qu'il gisait par terre. Des hommes l'entouraient. Il les voyait flous. Quelque chose de blanc se trouvait au-dessus d'eux, c'était la bâche de la tente tenue par des piquets et ondulant légèrement dans le vent. Il reconnut alors le comte Hudenitz, son chapeau à plumes serré contre sa

poitrine, le visage ridé par l'inquiétude et, à côté
de lui, le bouffon, le cuisinier, un des soldats et
un gars en uniforme suédois qui ricanait. Avait-il
perdu connaissance ?

Le roi tendit la main, le comte Hudenitz la saisit
et l'aida à se relever. Il tituba, ses jambes cédèrent
à nouveau, le cuisinier le maintint de l'autre côté
jusqu'à ce qu'il soit debout. Oui, il avait perdu
connaissance. Au plus mauvais moment, dans la
tente de Gustave Adolphe, qu'il devait convaincre
avec ruse et fermeté que leurs destinées étaient liées,
il s'était évanoui comme une femme dans un corset trop serré.

— Messieurs ! s'entendit-il dire. Applaudissez
le bouffon !

Il remarqua que son plastron était sali, le col, la
veste, les ordres sur sa poitrine. Avait-il souillé sa
tenue, par-dessus le marché ?

— On applaudit Tyll Ulespiègle ! s'écria-t-il.
Quel tour de force ! Fantastique.

Il saisit le bouffon par l'oreille, elle était molle,
pointue et désagréable au toucher, il la lâcha.

— Mais prends garde qu'on ne te livre pas aux
jésuites, c'est à la limite de la sorcellerie, quel
numéro !

Le bouffon ne dit rien. Il arborait un sourire
oblique. Comme toujours, le roi n'arrivait pas à
interpréter son expression.

— Un vrai magicien, mon bouffon. Cherchez de
l'eau, nettoyez mon costume, ne restez pas là à rien
faire.

Le roi s'efforça de rire.

Le comte Hudenitz s'affaira sur son plastron
avec un chiffon ; tandis qu'il essuyait et frottait,

son visage ridé flottait beaucoup trop près de celui du roi.

— Faut se méfier de cet homme-là, s'écria le roi. Plus vite, Hudenitz. Il faut vraiment se méfier ! À peine me regarde-t-il dans les yeux que je m'évanouis, quel magicien, quel tour de force !

— Tu t'es évanoui tout seul, dit le bouffon.

— Il faudra que tu me révèles cette ruse ! s'écria le roi. Dès que l'âne aura appris à parler, je veux connaître la ruse.

— T'apprends à parler à un âne ? demanda un des Hollandais.

— Si quelqu'un comme toi peut parler et que ce roi stupide jacasse sans arrêt, pourquoi est-ce qu'un âne n'y arriverait pas ?

Le roi aurait volontiers giflé le bouffon mais il se sentait trop faible, donc il se joignit aux rires des soldats et il eut de nouveau le vertige. Le cuisinier le soutint.

C'est à ce moment totalement inopportun que quelqu'un souleva la bâche de la pièce voisine, faisant apparaître un homme vêtu de la tenue rouge d'intendant de la cour, qui toisa le roi avec une curiosité pleine de mépris.

— Sa Majesté vous prie d'entrer.

— Enfin, dit le roi.

— Comment ? demanda le maître de cérémonie. Que dites-vous ?

— Pas trop tôt, dit le roi.

— On ne parle pas ainsi dans l'antichambre de Sa Majesté.

— Que la créature ne m'adresse pas la parole !

Le roi le repoussa et entra dans la pièce voisine d'un pas déterminé.

Il vit des cartes topographiques sur une table, il vit un lit défait, il vit des os rongés et des pommes entamées par terre. Il vit un petit homme grassouillet – tête ronde et nez rond, ventre rond, barbe hirsute, cheveux clairsemés, petits yeux rusés. L'homme s'avançait déjà, il lui saisit le bras d'une main et, de l'autre, lui frappa si fort la poitrine que Frédéric serait tombé à la renverse si l'autre ne l'avait pas attiré à lui pour l'enlacer.

— Cher ami, dit-il. Cher et bon vieil ami !

— Frère, haleta le roi de Bohême.

Gustave Adolphe dégageait une odeur âcre et il avait une force étonnante. Il repoussa vigoureusement le roi pour le regarder.

— Je me réjouis que nous fassions enfin connaissance, cher frère, dit le roi de Bohême.

Il voyait bien que Gustave Adolphe n'aimait pas cette apostrophe et cela confirmait ses craintes : le Suédois ne le considérait pas comme son égal.

— Après toutes ces années, répéta le roi avec autant de dignité que possible, après toutes ces missives, tous ces messages, pouvoir enfin contempler nos visages respectifs.

— J'suis content aussi, dit Gustave Adolphe. Comment ça va, tu te maintiens ? Et l'argent, ça donne quoi ? T'as assez à manger ?

Il fallut un moment au roi de Bohême pour comprendre qu'on le tutoyait. Était-ce réellement en train de se produire ? C'était sûrement dû au fait que cet homme parlait mal allemand ou alors c'était une manie suédoise.

— L'inquiétude que je nourris pour la chrétienté me pèse terriblement, dit le roi. De même qu'à… Il avala sa salive. De même qu'à toi.

— Pas faux, dit Gustave Adolphe. Je te sers quoi à boire ?

Le roi réfléchit. L'idée de boire du vin lui donnait la nausée, mais il n'était sans doute pas judicieux de refuser.

— À la bonne heure ! s'écria Gustave Adolphe en serrant le poing et, tandis que le roi espérait encore ne pas sentir le coup, Gustave Adolphe le frappa.

Le roi en eut le souffle coupé. Gustave Adolphe lui tendit une timbale. Il la prit et but. Le vin avait un goût atroce.

— Infect, ce vin, dit Gustave Adolphe. On l'a dégoté dans une cave quelconque, on peut pas faire la fine bouche, c'est la guerre.

— Je crois qu'il est frelaté, dit le roi.

— Mieux vaut du vin frelaté que pas de vin du tout, dit Gustave Adolphe. Qu'est-ce que tu veux, mon ami, pourquoi t'es venu ?

Le roi regarda ce visage barbu, rond et rusé. C'était donc lui, le sauveur de la chrétienté protestante, le grand espoir. Autrefois, c'était lui, Frédéric, comment était-il possible que ce soit l'autre maintenant, ce gros lard avec des restes de nourriture dans sa barbe ?

— On gagne, dit Gustave Adolphe. C'est pour ça que t'es venu ? Parce qu'on les bat à chaque rencontre ? On les a battus dans le Nord, puis pendant notre avancée, puis au sud, en Bavière. On a gagné chaque fois parce qu'ils sont faibles et désorganisés. Parce qu'ils ne savent pas comment dresser les gens. Mais moi, je sais. Tu fais comment avec les tiens, je veux dire, quand t'en avais encore, est-ce qu'ils t'appréciaient, tes soldats postés aux portes de Prague, avant que l'empereur ne les tue ? Pas plus tard qu'hier, j'ai arraché les oreilles d'un gars qui voulait déserter avec la caisse. Le roi eut un rire hésitant. Pour de vrai. Je l'ai fait, c'est pas si difficile. On saisit et on arrache, ces choses-là se savent vite. Les soldats trouvent ça drôle parce que ça arrive à quelqu'un d'autre mais, après ça, ils se gardent bien de tenter quoi que ce soit. J'ai quasiment pas de Suédois dans le tas, la plupart sont des Allemands, il y a aussi quelques Finlandais, des Écossais, des Irlandais et que sais-je encore. Ils m'aiment tous, voilà pourquoi on gagne. Tu veux te joindre à moi ? C'est pour ça que t'es venu ?

Le roi se racla la gorge.

— Prague.

— Prague, et alors ? Vas-y, bois !

Le roi jeta un regard dégoûté dans sa timbale.

— J'ai besoin de ton soutien, mon frère, dit-il. Donne-moi des troupes et Prague tombera.

— J'ai pas besoin de Prague.

— L'ancien siège impérial, rétabli pour la bonne religion. Ce serait un symbole fort !

— J'ai pas besoin de symboles. On a toujours eu de bons symboles, de bons discours, de bons livres et de bonnes chansons, nous les protestants, mais après on a perdu sur le champ de bataille et tout ça n'a servi à rien. Ce sont des victoires qu'il me faut. Je dois gagner contre le père Wallenstein. Tu l'as déjà rencontré, tu le connais ?

Le roi secoua la tête.

— Il me faut des rapports. Je pense sans arrêt à lui, parfois je rêve de lui. Gustave Adolphe alla de l'autre côté de la tente, se pencha, fouilla dans un coffre et brandit une figurine en cire. Voilà à quoi il ressemble ! Le duc de Friedland, c'est lui, je le regarde tout le temps et je me dis : Je vais te battre, tu es rusé, je le suis davantage, tu es fort, je le suis davantage, tes troupes t'aiment, les miennes m'aiment encore plus, tu as le diable à tes côtés, mais moi, j'ai Dieu. Je lui dis ça tous les jours. Parfois il répond.

— Il répond ?

— Il a des pouvoirs diaboliques. Bien sûr qu'il répond. D'un air soudain maussade, Gustave Adolphe désigna le visage blanchâtre de la figurine. Sa bouche se met à bouger et il se moque de moi. Il a une voix faible parce qu'il est petit mais je comprends tout. Il me traite de Suédois stupide, de Suédois imbécile, de brute gothique et il dit que je ne sais pas lire. Je sais lire ! Tu veux que je te montre ? Je lis en trois langues. Je vais battre ce porc. Je vais lui arracher les oreilles. Lui couper les doigts. Je vais le brûler.

— Cette guerre a commencé à Prague, dit le roi. Et ce n'est qu'en récup…

— On le fera pas, dit Gustave Adolphe. C'est décidé, on n'en parle plus. Il s'assit sur une chaise, but dans sa timbale et posa un regard humide sur le roi. Le Palatinat, en revanche.

— Qu'en est-il du Palatinat ?

— Faut que tu le récupères.

Il fallut un moment au roi pour comprendre ce qu'il venait d'entendre.

— Cher frère, vous allez m'aider à récupérer mon pays héréditaire ?

— Des troupes espagnoles dans le Palatinat, c'est pas possible, elles doivent partir. Ou bien le père Wallenstein les rappelle, ou bien je les tue. Faudrait pas qu'ils se fassent des idées, avec leurs carrés d'infanterie invincibles, mais tu sais quoi ? Ils sont pas si invincibles que ça, leurs carrés, et c'est moi qui vais gagner de toute façon.

— Cher frère !

Le roi saisit la main de Gustave Adolphe.

Celui-ci se leva aussitôt et serra si fort les doigts du roi qu'il dut réprimer un cri, puis il lui posa la main sur l'épaule et l'attira vers lui. Les deux hommes s'enlacèrent. Ils s'enlaçaient encore, et encore, et cela durait depuis si longtemps que l'émotion du roi avait disparu. Gustave Adolphe finit par le lâcher et se mit à arpenter la tente.

— Quand la neige aura disparu, on arrivera par la Bavière et par le nord en même temps, une offensive en tenaille, on va les écraser. Après quoi on fera une percée jusqu'à Heidelberg et on les chassera. Si tout se passe bien, on n'aura même pas besoin d'une grande bataille pour récupérer l'électorat palatin, je te le donnerai en fief et l'empereur va s'en mordre les fesses.

— En fief ?

— Oui, quoi d'autre ?

— Vous voulez me donner le Palatinat en fief ? Mon pays héréditaire ?

— Oui.

— Ce n'est pas possible.

— Bien sûr que si.

— Le Palatinat ne vous appartient pas.

— Il m'appartiendra quand je l'aurai envahi.

— Je croyais que vous veniez dans l'Empire pour Dieu et la cause religieuse !

— Je vais t'en coller une, bien sûr que oui ! Qu'est-ce que tu t'imagines, espèce de souris, de caillou, de truite ! Mais je veux aussi en retirer

quelque chose. Si je te donne simplement le Palatinat, qu'est-ce qu'il me reste ?

— Vous voulez de l'argent ?

— Aussi, mais pas seulement.

— Je vous apporte le soutien de l'Angleterre.

— Grâce à ta femme ? Ça t'a servi à rien jusqu'ici.
Ils t'ont laissé en plan. Tu me prends pour un idiot ?
Est-ce que j'ai l'air de quelqu'un qui pense que les
Anglais vont rappliquer sur-le-champ parce que tu
les appelles à l'aide ?

— Si je récupère l'électorat palatin, je serai de
nouveau à la tête de la fraction protestante de l'Empire et ils viendront.

— Tu ne seras jamais plus à la tête de quoi que
ce soit.

— Comment osez-vous…

— Calme-toi, pauvre bougre, et écoute. Tu as
joué gros, c'est bien, j'aime ça. Après quoi tu as
perdu et déclenché au passage cette guerre fantastique. On peut faire les choses ainsi. Certains jouent
gros et gagnent. Moi, par exemple. Un petit pays,
une petite armée, la cause protestante semble perdue là-bas dans l'Empire et qui m'a conseillé de
tout miser sur une seule carte, rassembler mes
troupes et partir en Allemagne ? Tous me l'ont
déconseillé. Ne le fais pas, abandonne, tu ne peux
pas gagner, mais je l'ai fait et j'ai gagné et je serai
bientôt à Vienne et j'arracherai les oreilles du père
Wallenstein et l'empereur tombera à genoux devant
moi et je lui dirai : Tu veux toujours être empereur ? Alors fais ce que te dit Gustave Adolphe !
Mais les choses auraient pu se passer autrement. Je
pourrais être mort. Je pourrais me retrouver sur un
bateau à ramer sur la Baltique en pleurant. Ça ne

sert à rien d'être un gars entier, fort, intelligent et intrépide, car on peut perdre malgré tout. De même qu'on peut être un gars dans ton genre et gagner quand même. On voit de tout. J'ai tenté et j'ai gagné, t'as tenté et t'as perdu et qu'est-ce que t'aurais pu faire après ? Certes, t'aurais pu te pendre, mais ce n'est pas du goût de chacun et c'est un péché, après tout. Voilà pourquoi t'es encore là. Parce qu'il faut bien faire quelque chose. Du coup, t'écris des lettres et tu supplies et tu fais des revendications et tu te rends aux audiences et tu parles et tu négocies comme si t'avais encore une importance quelconque, mais t'as rien ! L'Angleterre ne t'envoie pas de troupes. L'Union ne te vient pas en aide. Dans l'Empire, tes frères t'ont abandonné. Il n'y en a qu'un seul qui peut te redonner le Palatinat et c'est moi. Et je te le redonne en fief. Si tu t'agenouilles devant moi et que tu jures fidélité à ton seigneur. Alors qu'est-ce qu'il y a, Frédéric ? Où est le problème ?

Gustave Adolphe croisa les bras et regarda le roi droit dans les yeux. Sa barbe hirsute tremblait. Sa poitrine se soulevait et s'abaissait, le roi entendait nettement sa respiration.

— J'ai besoin d'un temps de réflexion, balbutia le roi.

Gustave Adolphe rigola.

— Vous ne vous attendez quand même pas…

Le roi se racla la gorge sans avoir comment terminer sa phrase, il se frotta le front, s'exhorta à ne pas s'évanouir une fois de plus, pas maintenant, surtout pas maintenant, et il reprit au début :

— Vous ne vous attendez quand même pas à ce que je prenne une telle décision sans y avoir…

— Si, précisément. Lorsque j'ai convoqué mes généraux pour qu'on entre en guerre quoi qu'il en coûte, tu crois que j'ai hésité pendant des lustres ? Tu crois que j'ai consulté ma femme ? Tu crois que j'ai commencé par prier ? Je prends ma décision maintenant, ai-je dit, et j'ai pris ma décision, sur quoi j'ai oublié les raisons, mais on s'en fichait parce que la décision était prise ! Aussitôt les généraux se sont retrouvés devant moi en criant vivat et je leur ai dit : Je suis le lion de minuit ! Juste une idée. Il tapota son front. Ça vient comme ça. Je pense à rien et soudain c'est là. Le lion de minuit ! C'est moi. Alors dis oui au lion, ou dis-lui non, mais ne gaspille pas mon temps.

— Ma famille détient la souveraineté sur l'électorat palatin ainsi que l'immédiateté impériale depuis…

— Et tu penses que tu ne peux pas être le premier de ta famille à recevoir le Palatinat en fief de la Suède. Mais tu verras, je ne suis pas un mauvais bougre. J'irais doucement pour les taxes et, si t'as pas envie de venir en Suède pour mon anniversaire, t'as qu'à envoyer ton chancelier. Je ne te ferai pas de mal. Prends ma main, tope là, fais pas ta chaussure !

— Ta chaussure ?

Le roi n'était pas sûr d'avoir bien entendu. Où cet homme avait-il appris l'allemand ?

Gustave Adolphe avait tendu le bras et sa petite main charnue était en suspens devant la poitrine du roi. Il n'avait qu'à la serrer et il reverrait le château de Heidelberg, les collines et la rivière, les fins rais de lumière tombant dans le péristyle à travers le lierre, les vastes salles où il avait grandi. Et Liz pourrait de nouveau vivre comme il convenait, avec quantité de femmes de chambre, du lin moelleux, de la soie, des bougies de cire dont la flamme ne vacillait pas et du personnel dévoué qui savait comment s'adresser à une majesté. Il pouvait revenir en arrière. Tout serait comme avant.

— Non, dit le roi.

Gustave Adolphe inclina la tête comme s'il avait mal entendu.

— Je suis le roi de Bohême. Je suis le prince-électeur du Palatinat. Ce qui m'appartient, je ne l'accepte en fief de quiconque, ma famille est plus ancienne que la vôtre et rien ne vous autorise, Gustave Adolphe Vasa, à me parler ainsi, ni à me faire une proposition aussi abjecte.

— Diantre, dit Gustave Adolphe.

Le roi tourna les talons.

— Attends !

Le roi, sur le point de sortir, s'arrêta. Il savait qu'il détruisait ainsi l'effet produit, mais il ne put s'en empêcher. Une lueur d'espoir scintilla en lui, inextinguible : sa force de caractère avait peut-être tellement impressionné cet homme qu'il allait lui faire une autre proposition. Tu es un gars entier en fin de compte, lui dirait-il alors, je me suis trompé sur ton compte ! Mais non, songea le roi, c'est absurde. Il s'arrêta quand même, se retourna et se détesta pour son attitude.

— T'es un gars entier en fin de compte, dit Gustave Adolphe.

Le roi avala sa salive.

— Je me suis trompé, dit Gustave Adolphe.

Le roi réprima une quinte de toux. Sa poitrine lui faisait mal. Il avait le vertige.

— Alors que Dieu t'accompagne, dit Gustave Adolphe.

— Quoi ?

Gustave Adolphe lui boxa le bras.

— T'as le cœur vaillant. T'as de quoi être fier. Maintenant dégage, je dois gagner une guerre.

— Rien de plus ? demanda le roi d'une voix étranglée. C'est votre dernier mot, c'est tout, que Dieu t'accompagne ?

— J'ai pas besoin de toi. J'aurai le Palatinat de toute façon et j'obtiendrai sans doute plus vite le soutien de l'Angleterre si t'es pas à mes côtés, tu fais que leur rappeler l'infamie d'autrefois et la bataille perdue de Prague. C'est mieux pour moi si on ne le fait pas et c'est mieux pour toi aussi, tu gardes ta dignité. Viens !

Il posa son bras sur les épaules du roi, le conduisit à la sortie et écarta la bâche.

Lorsqu'ils entrèrent dans l'antichambre, tout le monde se leva. Le comte Hudenitz retira son chapeau et fit une profonde révérence. Les soldats se tenaient au garde-à-vous.

— C'est qui, celui-là ? demanda Gustave Adolphe.

Il fallut un moment au roi pour comprendre qu'il parlait du bouffon.

— C'est qui, celui-là ? répéta le bouffon.

— Tu me plais, dit Gustave Adolphe.

— Pas toi, dit le bouffon.

— Il est drôle, il m'en faut un comme ça, dit Gustave Adolphe.

— Moi aussi, je te trouve drôle, dit le bouffon.

— Tu en veux combien ? demanda Gustave Adolphe au roi.

— Je te le déconseille, dit le bouffon. J'apporte la poisse.

— C'est vrai ?

— Regarde avec qui je suis venu. Vois dans quel état il est.

Gustave Adolphe contempla le roi. Celui-ci soutint son regard et il eut une quinte de toux qu'il avait réprimée pendant tout ce temps.

— Allez-vous-en, dit Gustave Adolphe. Partez vite, dépêchez-vous. Je ne veux plus vous voir dans le camp.

Il recula comme s'il avait brusquement pris peur. La bâche claqua derrière lui, il avait disparu.

Le roi essuya les larmes provoquées par sa quinte de toux. Il avait mal à la gorge. Il enleva son chapeau, se gratta la tête et tenta de comprendre ce qui s'était passé.

Voilà ce qui s'était passé : c'était fini. Il ne reverrait plus sa patrie. Et il ne reviendrait pas non plus à Prague. Il allait mourir en exil.

— Allons-y, dit-il.

— Quel est le résultat ? demanda le comte Hudenitz. Où en est-on ?

— Plus tard, dit le roi.

Malgré tout, il se sentit soulagé lorsque le camp militaire fut enfin derrière eux. L'air était meilleur. Un ciel haut et bleu flottait au-dessus d'eux, des collines s'arrondissaient au loin. Le comte Hudenitz lui demanda encore deux fois ce que la délibération avait donné et si on pouvait envisager un retour à Prague mais, n'obtenant aucune réponse, il abandonna.

Le roi toussa. Il se demanda si tout cela était réel : cet homme grassouillet aux mains charnues, les choses horribles qu'il avait dites, l'offre qu'il avait voulu accepter de toutes ses forces et qu'il avait pourtant dû refuser. Pourquoi d'ailleurs, se demanda-t-il soudain, pourquoi l'avait-il refusée ? Il ne le savait plus, les raisons si impératives un instant plus tôt s'étaient dissipées dans le brouillard. Et il pouvait même le voir, ce brouillard bleuâtre qui emplissait l'air et estompait les collines.

Il entendit le bouffon raconter sa vie, puis il eut l'impression que le bouffon parlait à l'intérieur de lui et qu'au lieu de chevaucher à ses côtés, il n'était qu'une voix fiévreuse dans sa tête, une partie de lui-même qu'il n'avait jamais voulu connaître. Il ferma les yeux.

Le bouffon racontait comment il s'était échappé avec sa sœur : on avait brûlé leur père pour sorcellerie, leur mère était partie en Orient avec un chevalier, à Jérusalem peut-être ou dans la lointaine Perse, comment savoir.

— Mais ce n'est pas ta sœur, entendit le roi dire au cuisinier.

Au début, dit le bouffon, lui et sa sœur avaient fait route avec un piètre chanteur ambulant qui avait été bon envers eux, puis avec un saltimbanque qui lui avait appris tout ce qu'il savait, un farceur de premier ordre, un bon jongleur, un acteur qui n'avait pas à se cacher devant qui que ce soit, mais c'était surtout un sale gaillard, si méchant que Nele l'avait pris pour le diable. Mais ils avaient ensuite compris que tout saltimbanque était un peu diabolique, un peu animal et un peu inoffensif aussi et, dès lors, ils n'avaient plus eu besoin de Pirmin, c'est comme ça qu'il s'appelait et, une fois où il s'était montré particulièrement méchant, Nele lui avait cuisiné un plat de champignons qu'il n'avait pas oublié de sitôt, ou plutôt il l'avait oublié aussitôt parce que ça l'avait fait crever, deux poignées de girolles, une amanite tue-mouche, un morceau d'amanite phalloïde, il n'en fallait pas plus. Tout l'art consistait à *mélanger* amanite tue-mouche et amanite phalloïde car chacune des deux était certes mortelle en soi mais, prises séparément, elles avaient un goût amer et on s'en apercevait. Cuisinées ensemble, leurs arômes se mêlaient pour donner un goût délicatement sucré dont la saveur agréable n'éveillait aucun soupçon.

— Ça veut dire que vous l'avez assassiné ? demanda un des soldats.

— Pas moi, dit le bouffon. C'est ma sœur qui l'a assassiné, je suis incapable de faire du mal à une mouche.

Il partit d'un rire clair. C'est qu'on n'avait pas eu le choix. Cet homme était d'une telle méchanceté qu'on ne s'en débarrassait même pas une fois mort. Son esprit les avait poursuivis un bon moment, ricanant dans leur dos pendant les nuits en forêt, surgissant dans leurs rêves et leur proposant l'une ou l'autre affaire.

— Quel genre d'affaire ?

Le bouffon ne dit rien et, lorsque le roi ouvrit les yeux, il remarqua que des flocons de neige tombaient autour d'eux. Il inspira profondément. Le souvenir de la pestilence du camp était déjà en train de se dissiper. Il se lécha rêveusement les lèvres, repensa à Gustav Adolphe et fut pris d'une nouvelle quinte de toux. Les chevaux reculaient-ils ? Cela ne lui parut pas si étrange, il voulait simplement ne pas retourner dans le camp puant, ne pas se retrouver parmi ces soldats, chez ce roi de Suède qui n'attendait qu'une chose, se moquer de lui. Les prairies alentour étaient déjà recouvertes d'une pellicule blanche et des congères se formaient sur les souches – l'armée avait abattu tous les arbres dans son avancée. Il renversa la tête. Le ciel scintillait de flocons. Il repensa à son couronnement, aux cinq cents chanteurs et au choral à huit voix, il repensa à Liz dans son manteau orné de joyaux.

Des heures s'étaient écoulées, voire des jours, avant qu'il ne retrouve le cours du temps, en tout cas le paysage avait encore changé, il y avait tant de neige désormais que les chevaux peinaient à avancer : ils soulevaient leurs sabots avec précaution, les reposaient avec prudence dans la blanche profondeur. Un vent froid lui cinglait le visage. Lorsqu'il regarda autour de lui en toussant, il s'aperçut que les soldats hollandais n'étaient plus là. Seuls le comte Hudenitz, le cuisinier et le bouffon chevauchaient à ses côtés.

— Où sont les soldats ? demanda-t-il, mais les autres ne réagirent pas.

Il répéta la question plus fort, le comte Hudenitz le regarda sans comprendre, plissa les yeux et regarda droit devant lui dans le vent.

Ils ont dû détaler, pensa le roi.

— J'ai l'armée que je mérite, dit-il. Puis il ajouta en toussant : Le bouffon, le cuisinier et le chancelier d'une cour qui n'existe plus. Mon armée invisible, mes derniers fidèles !

— À vos ordres, dit le bouffon qui l'avait visiblement compris malgré le vent. Maintenant et à jamais. Tu es malade, Majesté ?

C'est presque avec soulagement que le roi se rendit compte que c'était vrai : d'où sa toux, ses vertiges et sa faiblesse devant le Suédois, d'où sa confusion. Il était malade ! C'était si évident qu'il ne put s'empêcher de rire.

— Oui, s'écria-t-il gaiement. Je suis malade !

Tandis qu'il se penchait pour tousser, il repensa pour une raison quelconque à ses beaux-parents. Il avait su dès le début qu'ils ne l'aimaient pas. Mais il les avait vaincus grâce à son élégance et son attitude chevaleresque, sa clarté germanique et sa force intérieure.

Il repensa aussi à son fils aîné. Ce beau garçon, tant aimé de tous. Si je ne reviens pas, avait-il dit à l'enfant, ce sera toi qui deviendras prince et accéderas au rang élevé de notre famille. Après quoi la barque avait chaviré, le garçon s'était noyé et se trouvait désormais auprès de Dieu, notre Seigneur.

Là où je serai bientôt, songea le roi en touchant son front brûlant. Dans la gloire éternelle.

Il tourna la tête et recala son oreiller. Son souffle lui semblait chaud. Il remonta la couverture sur sa tête, elle était sale et sentait mauvais. Combien de gens avaient déjà dû dormir dans ce lit ?

Il gigota pour enlever la couverture et regarda autour de lui. À l'évidence, il se trouvait dans une chambre d'auberge. Une cruche était posée sur la table. Le sol était recouvert de paille. Il n'y avait qu'une seule fenêtre, à vitre épaisse, de la neige tourbillonnait au-dehors. Le cuisinier était assis sur un tabouret.

— Nous devons reprendre la route, dit le roi.

— Trop malade, dit le cuisinier. Votre Majesté n'est pas en état, vous êtes…

— Taratata, dit le roi. Bêtises, balivernes, billevesées. Liz m'attend !

Il entendit le cuisinier répondre mais, avant même d'avoir compris sa réponse, il avait dû se rendormir car il se retrouva dans la cathédrale, sur le trône,

270

face au maître-autel, il entendit le chœur et repensa au conte du fuseau que sa mère lui avait raconté jadis. Cela lui paraissait important, mais sa mémoire refusait de remettre l'histoire dans le bon ordre : lorsqu'on déroulait le fuseau, un morceau de la vie se déroulait aussi et plus on le faisait tourner vite, parce qu'on était pressé ou qu'on avait mal quelque part ou que les choses n'étaient pas comme on voulait, plus la vie passait vite, et voilà que l'homme du conte était déjà au bout du fuseau et tout était fini, alors que cela venait à peine de commencer. Mais le roi ne se rappelait plus ce qui s'était passé dans l'intervalle, c'est pourquoi il ouvrit les yeux et donna l'ordre de reprendre la route vers la Hollande, là où se trouvait son palais et où l'attendait sa femme avec la cour, sa femme parée de soie et de son diadème, là où les fêtes ne prenaient jamais fin et où on donnait chaque soir les pièces qu'elle aimait tant, jouées par les meilleurs acteurs des quatre coins du monde.

À sa grande surprise, il se retrouva à cheval. Quelqu'un lui avait mis un manteau autour des épaules, mais il sentait toujours le vent. Le monde paraissait blanc – le ciel, le sol et même les baraques à droite et à gauche du chemin.

— Où est passé Hudenitz ? demanda-t-il.

— Le comte est parti ! s'écria le cuisinier.

— Nous avons dû reprendre la route, dit le bouffon. On n'avait plus d'argent, l'aubergiste nous a jetés dehors. Roi ou pas, a-t-il dit, chez moi on paie !

— D'accord, dit le roi, mais où est passé Hudenitz ?

Il tenta de calculer l'effectif de son armée restante. Il y avait le bouffon, le cuisinier et lui-même, et il y avait aussi le bouffon, cela faisait donc quatre mais quand, il recompta pour en être sûr, il n'en trouva plus que deux, à savoir le bouffon et le cuisinier. Comme ce n'était pas possible, il refit le compte et il en trouva trois mais, la fois suivante, il en retrouva quatre : le roi de Bohême, le cuisinier, le bouffon et lui-même. C'est là qu'il abandonna.

— Il faut descendre de cheval, dit le cuisinier.

Et bel et bien, la neige était trop haute, les chevaux ne pouvaient plus avancer.

— Mais il ne peut pas marcher, entendit le roi dire au bouffon et, pour la première fois, sa voix n'était pas railleuse, mais normale.

— Il faut descendre de cheval, dit le cuisinier. Tu vois bien. On ne peut pas continuer.

— Oui, dit le bouffon. Je vois bien.

Tandis que le cuisinier tenait les rênes, le roi, soutenu par le bouffon, mit pied à terre. Il s'enfonça jusqu'aux genoux. Le cheval souffla, soulagé d'être libéré de ce poids, une haleine chaude s'éleva de ses naseaux. Le roi lui tapota le museau. L'animal le regardait de ses yeux mornes.

— Nous ne pouvons quand même pas laisser les chevaux ici, dit le roi.

— Pas d'inquiétude, dit le bouffon. Ils seront mangés avant qu'ils aient le temps de mourir de froid.

Le roi toussa. Le bouffon le soutint du côté gauche, le cuisinier du côté droit et ils avancèrent à pas lourds.

— Où allons-nous ? demanda le roi.

— À la maison, dit le cuisinier.

— Je sais, dit le roi, mais aujourd'hui. Maintenant. Dans ce froid. Où allons-nous maintenant ?

— Il paraît qu'il y a un village encore habité à une demi-journée de marche vers l'ouest, dit le cuisinier.

— Personne ne le sait précisément, dit le bouffon.

— Une demi-journée de marche, ça représente une journée entière, dit le cuisinier. Avec toute cette neige.

Le roi toussa. Il se traînait en toussant, il toussait en se traînant, il se traînait encore et encore, et il toussait, et il s'étonna de ne plus ressentir aucune douleur ou presque dans la poitrine.

— Je crois que je vais guérir, dit-il.

— Pour sûr, dit le bouffon. Ça se voit. Vous allez guérir, Majesté.

Le roi sentit qu'il se serait effondré si les deux hommes ne l'avaient pas soutenu. Les congères étaient de plus en plus hautes et il avait de plus en plus de mal à garder les yeux ouverts dans le vent froid. Où est donc passé Hudenitz ? s'entendit-il demander pour la troisième fois. Il avait mal à la gorge. Des flocons partout, qu'il voyait encore lorsqu'il fermait les yeux : des points dansants, scintillants, tourbillonnants. Il soupira, ses jambes cédèrent, personne ne le retint, la neige molle l'accueillit.

— On peut pas le laisser là, entendit-il quelqu'un dire au-dessus de lui.

— Qu'est-ce qu'on fait ?

Des mains le saisirent et le hissèrent, une main lui caressa presque tendrement la tête, ce qui lui rappela sa très chère gouvernante, celle qui l'avait élevé à l'époque, à Heidelberg, lorsqu'il n'était que prince et non roi et que tout allait encore bien. Ses pieds se traînaient dans la neige et, lorsqu'il ouvrit un instant les yeux, il vit près de lui les contours de

toitures fendues, des fenêtres vides, le toit détruit
d'un puits, mais aucun habitant.

— On ne peut entrer nulle part, entendit-il. Les
toitures sont cassées et il y a des loups.

— Mais dehors on va mourir de froid, dit le roi.

— Pas nous deux, dit le bouffon.

Le roi regarda autour de lui. Et bel et bien, le cuisinier avait disparu, il était seul avec Tyll.

— Il a tenté un autre chemin, dit le bouffon. On
ne peut pas lui en vouloir. Dans la tempête, c'est
chacun pour soi.

— Pourquoi est-ce qu'on ne va pas mourir de
froid ? demanda le roi.

— Tu es bien trop brûlant. Ta fièvre est trop forte.
Le froid ne peut rien contre toi, tu mourras avant.

— Mais de quoi ? demanda le roi.

— De la peste.

Le roi se tut un moment.

— J'ai la peste ? finit-il par demander.

— Pauvre bougre, dit le bouffon. Pauvre roi d'hiver, oui, tu as la peste. Depuis des jours. T'as pas
remarqué les cloques sur ta gorge ? Tu le sens pas
quand tu inspires ?

Le roi inspira. L'air était glacial. Il toussa.

— Si c'est la peste, dit-il, tu vas l'attraper.

— Non, il fait trop froid.

— Je peux m'allonger maintenant ?

— Tu es un roi, dit le bouffon. Tu peux faire ce
que tu veux, quand et où tu veux.

— Alors aide-moi ! Je m'allonge.

— Votre Majesté, dit le bouffon en lui soutenant
la nuque et en l'aidant à s'allonger.

Jamais le roi n'avait reposé sur un sol aussi moelleux. Les congères semblaient luire faiblement, le

ciel s'assombrissait déjà mais les flocons avaient encore leur léger scintillement. Il se demanda si ces pauvres chevaux vivaient encore. Puis il pensa à Liz.

— Peux-tu lui transmettre un message ?

— Certainement, Votre Majesté.

Cela ne lui convenait pas que le bouffon lui parlât sur un ton si respectueux, ce n'était pas approprié car, si on avait un bouffon, c'était bien pour éviter que l'esprit ne s'assoupît devant tant d'hommages. Un bouffon devait être impertinent ! Il se racla la gorge pour le rappeler à l'ordre mais il eut une nouvelle quinte de toux qui l'empêcha de parler.

Qu'est-ce qu'il voulait faire, déjà ? Ah oui, le message pour Liz. Elle avait toujours aimé le théâtre, il n'avait jamais compris pourquoi. Des gens montaient sur scène et faisaient semblant d'être quelqu'un d'autre. Il ne put s'empêcher de sourire. Un roi sans pays dans la tempête, seul avec son bouffon – jamais on ne trouverait cela dans une pièce, c'était trop stupide. Il tenta de s'asseoir, mais ses mains s'enfoncèrent, il s'affaissa de nouveau. Que voulait-il faire à l'instant ? Ah oui, le message pour Liz.

— La reine, dit-il.

— Oui, dit le bouffon.

— Tu le lui diras ?

— Je le ferai.

Le roi attendit, mais le bouffon n'avait toujours pas l'air de vouloir se moquer de lui. Alors que c'était son devoir ! Agacé, il ferma les yeux. À sa surprise, cela ne changeait rien : il voyait toujours le bouffon et la neige. Il sentit du papier dans ses mains, le bouffon le lui avait visiblement glissé entre les doigts, et il sentit quelque chose de dur, sans doute un morceau de charbon. *Nous nous reverrons devant Dieu*, voulait-il écrire, *je n'ai aimé que toi dans cette vie*, mais tout se mélangeait dans sa tête et il ne savait plus s'il l'avait déjà écrit ou s'il avait simplement eu l'intention de le faire, et il ne savait plus bien non plus à qui s'adressait le message, c'est pourquoi il écrivit d'une main tremblante : *Gustave Adolphe va bientôt mourir, je le sais maintenant, mais je mourrai avant lui*. Or ce n'était pas ça, le message, ce n'était pas de cela qu'il s'agissait, c'est pourquoi il rajouta : *Prends bien soin de l'âne, je te l'offre*, non, ce n'est pas ce qu'il voulait dire à Liz, mais au bouffon et le bouffon était là, il pouvait le lui dire directement, alors que le message était destiné à Liz. Donc il retenta d'écrire, mais c'était trop tard, ce n'était plus possible. Sa main se relâcha.

Il fallait espérer qu'il avait eu le temps de rédiger toutes les choses importantes.

Il se leva sans peine et s'en alla. En se retournant une dernière fois, il remarqua qu'ils étaient de nouveau trois : le bouffon, agenouillé dans son manteau en fourrure, le roi gisant par terre, son corps déjà à moitié recouvert de blanc, et lui. Le bouffon leva les yeux. Leurs regards se croisèrent. Le bouffon leva la main vers son front et s'inclina.

Il baissa la tête en guise de salut, se détourna et partit. Maintenant qu'il ne s'enfonçait plus, il avançait beaucoup plus vite.

FAIM

Il était une fois, raconte Nele.

Voilà déjà trois jours qu'ils sont dans la forêt. De temps à autre, un peu de lumière filtre à travers la canopée et, malgré le toit de feuilles au-dessus de leurs têtes, ils se font tremper par la pluie. Ils se demandent si la forêt finira un jour. Pirmin, qui les devance en grattant par moments le demi-cercle de sa calvitie, ne se retourne pas vers eux ; ils l'entendent parfois murmurer, parfois chanter dans une langue étrangère. Ils le connaissent suffisamment bien pour ne pas lui adresser la parole car cela le met en rage et, à partir de là, il ne se passe pas longtemps avant qu'il leur fasse mal.

— Une mère avait trois filles, raconte Nele. Elles possédaient une oie. Celle-ci pondit un œuf vermeil.

— Un œuf comment ?

— Un œuf d'or.

— Tu as dit vermeil.

— C'est la même chose. Les filles ne se ressemblaient pas du tout, deux d'entre elles étaient méchantes et dotées d'une âme noire, mais elles étaient belles. La plus jeune, en revanche, était bonne et son âme blanche comme la neige.

— Elle était belle, elle aussi ?

— La plus belle des trois. Belle comme le jour nouveau.

— Le jour nouveau ?

— Oui, dit-elle avec agacement.

— Il est beau, le jour nouveau ?

— Très.

— Le jour nouveau ?

— Très beau. Et les méchantes sœurs forçaient la plus jeune à travailler sans arrêt, jour et nuit, elle avait les doigts en sang à force de frotter, ses pieds se transformèrent en blocs douloureux, ses cheveux blanchirent avant l'heure. Un beau jour, l'œuf vermeil se craquela et il en sortit un petit poucet qui lui demanda : Demoiselle, quel est ton souhait ?

— Où se trouvait l'œuf jusqu'ici ?

— J'en sais rien, quelque part par terre.

— Pendant tout ce temps ?

— Oui, il était quelque part par terre.

— Un œuf d'or ? Personne ne l'a emporté, vraiment ?

— C'est un conte !

— Tu l'as inventé ?

Nele se tait. La question lui paraît absurde. La silhouette du gamin est très frêle dans la pénombre de la forêt – il marche un peu voûté, la tête projetée vers l'avant, et son corps est filiforme, comme une figurine en bois qui aurait pris vie. A-t-elle inventé ce conte ? Elle n'en sait rien. Elle a déjà entendu tellement d'histoires racontées par sa mère, ses deux tantes et sa grand-mère, tellement d'histoires de petits poucets et d'œufs vermeils et de loups et de chevaliers et de sorcières et de sœurs bonnes ou méchantes qu'elle n'a pas besoin de réfléchir ; dès qu'on se met à raconter, l'histoire avance toute seule et les éléments s'assemblent, tantôt comme ci et tantôt comme ça, et voilà qu'on a un conte.

— Bon, continue ton histoire, dit le gamin.

Tandis qu'elle raconte comment le petit poucet transforme la jolie sœur en hirondelle à sa demande, pour qu'elle puisse s'envoler vers le pays de cocagne où tout est parfait et où nul ne souffre de la faim, Nele s'aperçoit que la forêt est de plus en plus dense. Normalement, ils devraient s'approcher de la ville d'Augsbourg. Mais ça n'y ressemble pas.

Pirmin s'arrête. Il tourne sur lui-même en reniflant. Quelque chose a attiré son attention. Il se penche pour examiner un tronc de bouleau, l'écorce blanc et noir, un trou dans une branche.

— Qu'est-ce qu'il y a ? demande Nele qui prend peur au même moment, à cause de son impulsivité.

Elle sent le gamin se figer à côté d'elle.

Pirmin tourne lentement vers eux sa grosse tête chauve et informe. Ses yeux lancent des éclairs hostiles.

— Continue ton histoire, dit-il.

Elle sent encore sur ses bras et ses jambes l'endroit exact où il l'a pincée et son épaule lui fait presque encore aussi mal qu'il y a quatre ou cinq jours, lorsqu'il lui a retourné le bras dans le dos d'un geste de connaisseur. Le gamin a voulu lui venir en aide, mais Pirmin lui a donné un tel coup de pied dans le ventre qu'il n'a pas pu se tenir debout pour le reste de la journée.

Malgré tout, Pirmin n'est pas allé trop loin jusqu'ici. Il leur a fait mal, mais pas trop quand même et, toutes les fois où il a porté la main sur Nele, il ne l'a jamais fait au-dessus du genou ou en dessous du nombril. Comme il sait que les enfants peuvent s'enfuir à tout moment, il les retient de la seule façon possible : il leur apprend ce qu'ils veulent savoir.

— Continue ton histoire, répète-t-il. Je ne vais pas te le redemander.

Et Nele, qui se demande encore ce qu'il a bien pu voir dans le trou de la branche, raconte comment le petit poucet et l'hirondelle arrivent aux portes du pays de cocagne, surveillées par un gardien grand comme une tour. Il dit : Ici, vous ne connaîtrez jamais la faim ni la soif, mais vous n'entrerez pas ! Ils prient, le supplient et l'implorent, mais il ne se laisse pas attendrir, le gardien a un cœur de pierre qui repose lourdement dans sa poitrine sans battre et il se contente de répéter : Vous n'entrerez pas ! Vous n'entrerez pas !

Nele se tait. Les deux autres la regardent et attendent.

— Et ensuite ? demande Pirmin.

— Ils ne sont pas entrés, dit Nele.

— Jamais ?

— Il avait un cœur de pierre !

Pirmin la dévisage, puis il éclate de rire et poursuit son chemin. Les deux enfants le suivent. Il fera bientôt nuit et, contrairement à Pirmin, qui ne partage presque jamais avec eux, ils n'ont plus rien à manger.

En temps normal, Nele supporte mieux la faim que le gamin. Elle s'imagine que la douleur et la faiblesse qu'elle ressent n'ont pas leur place en elle et font partie de quelqu'un d'autre. Mais aujourd'hui, le gamin y arrive mieux. Sa faim est une sensation légère, palpitante, aérienne, il a presque l'impression qu'il pourrait s'envoler. Tandis qu'ils marchent derrière Pirmin, il repense à la leçon de ce matin : comment faire pour imiter quelqu'un ? Comment s'y prendre pour incarner une personne après l'avoir observée un bref instant – se tenir comme elle, donner la même sonorité à sa voix, avoir le même regard ?

Il n'y a rien qui plaise davantage aux gens, rien qui les fasse rire davantage, mais l'imitation doit être réussie car, si elle n'est pas bonne, tu deviens pitoyable. Pour imiter quelqu'un, espèce d'idiot, gamin stupide, caillou borné et sous-doué, il ne suffit pas que tu lui ressembles, il faut que tu lui ressembles plus qu'il ne ressemble à lui-même car lui, il peut se permettre d'être comme il veut, mais toi, tu dois devenir lui en tout point et, si tu n'en es pas capable, alors abandonne, laisse tomber, retourne au moulin de ton papa et ne gaspille pas le temps de Pirmin !

Il s'agit d'observer, tu comprends ? C'est là l'essentiel : regarde bien ! Comprends les gens. Ce n'est pas si compliqué. Ils ne sont pas difficiles. Leurs désirs ne sortent pas de l'ordinaire, seulement chacun veut ce qu'il désire de façon un peu différente. Une fois que tu as compris en quoi, il te suffit de vouloir les choses de la même manière pour que ton corps suive, que ta voix s'adapte d'elle-même et que ton regard soit le bon.

Bien évidemment, tu dois t'entraîner. Il faut toujours s'entraîner. Encore et encore. De même que tu dois t'entraîner à danser sur la corde ou à marcher sur les mains, et que tu devras t'entraîner encore longtemps avant de pouvoir maintenir six balles en l'air en même temps : il faut s'exercer encore et encore, avec un maître qui ne laisse rien passer car on se pardonne beaucoup de choses, on n'est pas sévère avec soi-même, si bien que c'est au maître de te donner des coups de pied, te battre, se moquer de toi et te traiter de pauvre bougre qui n'y arrivera jamais.

À force de réfléchir à la façon dont on imite les autres, le gamin en a presque oublié sa faim. Il s'imagine les Steger et le forgeron et le prêtre et la vieille Hanna Krell, dont il ignorait que c'était une sorcière mais, maintenant qu'il le sait, certaines choses s'expliquent. Il les invoque l'un après l'autre et il s'imagine leur façon de se tenir et de parler ; il fléchit les épaules, rentre la poitrine, remue les lèvres en silence : Aide-moi et prends le marteau, gamin, enfonce ce clou, et sa main tremble légèrement quand il la soulève, à cause des rhumatismes.

Pirmin s'arrête et leur ordonne de ramasser des branches sèches. Ils savent que c'est peine perdue : après trois jours de pluie, l'humidité s'est infiltrée partout sans épargner quoi que ce soit, il n'y a plus rien de sec. Mais, comme ils ne veulent pas que Pirmin se mette en colère, ils se penchent, rampent ici et là, fouillent les buissons et font semblant de chercher.

— Ça finit comment, alors ? chuchote le gamin. Est-ce qu'ils entrent au pays de cocagne ?

— Non, chuchote-t-elle. Ils trouvent un château dans lequel règne un méchant roi, ils le tuent et la jeune fille devient reine.

— Et elle épouse le petit poucet ?

Nele rit.

— Pourquoi pas ? demande le gamin.

Il est lui-même surpris de voir que ça l'intéresse, mais il y a forcément un mariage à la fin d'un conte, sinon l'histoire n'est pas terminée et les choses ne sont pas comme il faut.

— Comment ferait-elle pour épouser le petit poucet ?

— Pourquoi pas !

— C'est un petit poucet.

— S'il a des pouvoirs magiques, il peut se faire grandir.

— Bon d'accord, alors il se métamorphose en prince, ils se marient et, s'ils ne sont pas morts, ils vivent encore aujourd'hui. Ça te va ?

— C'est mieux.

Mais lorsque Pirmin voit les branches mouillées qu'ils lui apportent, il se met à crier, à frapper et à pincer. Ses mains sont rapides et puissantes et, au moment précis où on pense avoir échappé d'un bond à l'une, l'autre vous saisit déjà.

— Bande de rats, crie-t-il, marsupiaux, limaces dégueulasses, vous êtes vraiment des bons à rien, pas étonnant que vos parents vous aient chassés !

— C'est faux, dit Nele. On s'est enfuis.

— C'est ça, s'écrie Pirmin, et son père s'est fait brûler par le bourreau, je sais, je l'ai souvent entendu !

— Pendre, dit le gamin. Pas brûler.

— Tu l'as vu ?

Le gamin ne dit rien.

— Précisément, tas d'excréments ! Pirmin rigole. Excréments, parfaitement, tu sais que dalle, tu crèves la dalle ! Celui qu'on pend pour sorcellerie, on le brûle après sa mort, c'est ainsi, c'est comme ça qu'on fait. Donc on l'a brûlé et, en plus, on l'a pendu.

Pirmin s'accroupit, manipule le bois en grognant, frotte des bâtons l'un contre l'autre en murmurant dans sa barbe – le gamin reconnaît quelques incantations : Brûle, feu, feu de Dieu, ange, daigne descendre, allume ma branchette, apporte ma flammette, réduis cette tige en cendre ; c'est une vieille formule que Claus utilisait aussi. Et bel et bien, il ne faut pas longtemps pour que le gamin sente l'odeur familière du bois qui brûle. Il ouvre les yeux et applaudit. Pirmin esquisse une révérence avec un rictus. Il gonfle les joues et souffle sur le feu. Le reflet des braises joue sur son visage. Derrière lui, son ombre démesurément agrandie danse sur les troncs d'arbres.

— Et maintenant c'est à vous !

— On est fatigués, dit Nele.

— Si vous voulez manger, montrez-moi ce que vous savez faire. C'est comme ça désormais. Et ça le restera jusqu'à ce que vous creviez. Vous faites partie du peuple itinérant, personne ne vous protège et quand il pleut, vous n'avez pas de toit. Pas de chez-vous. Pas d'amis, excepté vos pairs qui ne vous aimeront pas beaucoup parce que la nourriture est rare. En contrepartie, vous êtes libres. Vous ne devez obéir à personne. Faut juste savoir détaler quand ça sent le roussi. Et quand vous avez faim, vous devez vous produire en spectacle.

— Tu nous donneras à manger ?

— Non, cochon, ben voyons, non et non ! Pirmin secoue la tête en riant, puis il s'installe derrière le feu. Plus rien, pas de miette, pas de branchette, et ne faites pas trop de bruit car il y a des mercenaires dans la forêt. À cette heure-ci, ils sont complètement ivres et aussi de mauvais poil parce que les paysans de Nuremberg se sont ligués contre eux. S'ils nous trouvent, ça ira mal pour nous.

Les enfants hésitent un instant parce qu'ils sont vraiment très fatigués. Mais après tout, c'est pour ça qu'ils sont ici et qu'ils ont suivi Pirmin – pour se produire en spectacle, apprendre des tours.

Le gamin commence par son numéro de funambule. Il ne tend pas la corde très haut, même s'il ne tombe plus maintenant – on ne sait jamais ce que Pirmin va faire, il pourrait brusquement lui jeter quelque chose à la figure ou secouer la corde. Le gamin fait quelques pas prudents pour sentir le degré de tension de la corde qui disparaît presque dans l'obscurité, puis il gagne de l'assurance et marche plus vite, puis il court sur place. Il saute, fait un tour sur lui-même, retombe sur ses pieds et court à reculons jusqu'au bout de la corde. Il revient en courant, se penche en avant, marche soudain sur ses mains, atteint l'autre bout, fait une culbute, retombe sur ses pieds, balance les bras un bref instant, retrouve son équilibre et s'incline. Il saute par terre.

Nele applaudit avec frénésie.

Pirmin crache.

— C'était très laid, à la fin.

Le gamin se penche, ramasse un caillou, le lance en l'air, le rattrape sans regarder et le relance. Tandis que le caillou est en l'air, le gamin en ramasse un deuxième et le lance, rattrape le premier, le relance, en ramasse un troisième à la vitesse de l'éclair, rattrape le deuxième, le relance, relance le troisième dans la foulée, attrape et relance le premier, s'agenouille pour en ramasser un quatrième. Il finit par en avoir cinq qui tourbillonnent autour de sa tête, montent et descendent dans la lumière du soir. Nele retient son souffle. Pirmin ne bouge pas et le fixe, ses yeux pareils à des fentes étroites.

La difficulté repose sur le fait que les cailloux n'ont pas la même forme, ni le même poids. C'est pourquoi la main doit s'adapter à chacun, les saisir un peu différemment chaque fois. Avec les cailloux lourds, le bras doit céder davantage, mais il doit lancer les légers avec plus de force pour qu'ils s'envolent tous à la même vitesse et selon la même trajectoire. Ce n'est possible que lorsqu'on s'est beaucoup entraîné. Et qu'on oublie qu'on lance soi-même les cailloux. Il faut en quelque sorte se contenter de les observer en l'air. Dès qu'on est trop impliqué, tout se dérègle et, si on réfléchit à ce qu'on fait, on perd le rythme et rien ne va plus.

Le gamin y arrive encore un moment. Il ne réfléchit pas, il se tient à l'écart mentalement, il lève les yeux et voit les cailloux au-dessus de sa tête. Il aperçoit entre les feuilles la dernière lueur du ciel qui s'obscurcit, il sent des gouttes sur son front et ses lèvres, il entend le pétillement des flammes et il sent que ça ne va plus durer longtemps et que tout est sur le point de se dérégler – pour éviter cela, il propulse le premier caillou derrière lui dans le sous-bois, puis le deuxième, le troisième, le quatrième et le dernier, et il contemple ses mains vides avec étonnement : où sont-ils passés ? Il s'incline d'un air faussement déconcerté.

Nele applaudit de nouveau, Pirmin esquisse un geste dédaigneux – mais il ne fait aucune remarque désobligeante et le gamin comprend qu'il s'en est bien sorti. Évidemment, il jonglerait mieux si Pirmin lui prêtait ses balles. Il en a six, lisses et maniables, en cuir épais, chacune de couleur différente si bien qu'elles se fondent en fontaine chatoyante quand on les lance suffisamment vite. Pirmin les garde dans le sac de jute qu'il porte toujours en bandoulière et que les enfants n'osent pas toucher : Essayez un peu, fourrez seulement la main dedans et je vous brise les doigts. Le gamin a vu jongler Pirmin dans telle ou telle bourgade ; il le fait avec beaucoup d'adresse, mais il n'est plus aussi agile qu'autrefois et, si on fait attention, on voit qu'il perd peu à peu le sens de l'équilibre à cause de toute cette bière forte. Le gamin se débrouillerait sans doute déjà mieux que lui avec ces balles. Et c'est bien pourquoi Pirmin ne lui permettra jamais de les utiliser.

C'est l'heure du spectacle. Le gamin fait un signe de tête à Nele qui s'élance aussitôt vers lui et se met à raconter : deux armées se rassemblèrent jadis aux portes de la ville dorée de Prague, les trompettes retentissent, les cuirasses des guerriers étincellent et voici le jeune roi plein de bravoure, en compagnie de son épouse anglaise. Mais les généraux de l'empereur ne respectent rien ni personne, ils battent le tambour, les entends-tu ? C'est la ruine de la chrétienté qui pointe à l'horizon.

Les enfants passent d'un rôle à l'autre, ils changent d'intonation, de voix, de langue et, comme ils ne parlent ni tchèque, ni français, ni latin, cela donne le plus beau des charabias. Le gamin joue un général de l'armée impériale, il donne les ordres, il entend les canons hurler dans son dos, il voit les mousquetaires de Bohême diriger leurs armes sur lui, il entend l'ordre de battre en retraite, mais il en fait fi, on ne gagne pas en se retirant ! Et donc il avance, le danger est grand, mais la chance est avec lui, les mousquetaires cèdent devant le courage de son régiment, les fanfares de la victoire retentissent, il les entend plus nettement que la pluie et le voilà qui se retrouve dans la salle dorée du trône de l'empereur. Sa Majesté est assise avec mansuétude sur le trône, elle lui remet avec délicatesse une écharpe : Aujourd'hui, vous avez sauvé mon Empire, généralissime ! Il contemple les visages des grands de l'Empire, il penche la tête, ils s'inclinent en signe d'humilité. Une femme noble vient alors vers lui : Juste un mot, j'ai une mission ! Il dit d'une voix calme : Quelle qu'elle soit, et dussé-je en mourir, car je vous aime. Je le sais, noble sire, répond-elle, mais n'y songez plus. Écoutez ma mission. Je veux que vous…

Quelque chose le touche à la tête ; des étincelles jaillissent, les jambes du gamin cèdent, il lui faut un moment pour comprendre que Pirmin a lancé quelque chose. Il palpe son front, il se penche, voilà la pierre. Une fois de plus, il est impressionné par la précision de Pirmin.

— Bande de rats, dit Pirmin. Incapables. Croyez-vous que quiconque ait envie de voir ça ? Qui aime regarder des mioches en train de jouer ? Vous faites ça pour vous ? Alors retournez chez vos parents, si du moins on ne les a pas brûlés. Ou est-ce que vous le faites pour des spectateurs ? Dans ce cas, vous devez être meilleurs. Une meilleure histoire, un meilleur jeu, plus rapide, plus intense, plus drôle, plus de tout ! Après quoi il faut que vous répétiez !

— Son front ! crie Nele. Il saigne !

— Pas encore assez. Il doit saigner beaucoup plus. Celui qui ne connaît pas son métier, il faut qu'il saigne toute la journée.

— Sale porc ! crie Nele.

Pirmin ramasse pensivement une deuxième pierre. Nele rentre la tête.

— On va recommencer, dit le gamin.

— J'ai plus envie aujourd'hui, dit Pirmin.

— Si, dit le gamin. Si, si. Juste une fois.

— J'ai plus envie, laissez tomber, dit Pirmin.

Ils s'assoient donc à côté de lui. Le feu n'est plus qu'une faible lueur. Dans la tête du gamin surgit un souvenir dont il ne sait pas s'il l'a vécu ou rêvé : un vacarme nocturne sortant des buissons, des bourdonnements, craquements et claquements partout, une grosse bête, la tête d'un âne, ses yeux écarquillés, un cri tel qu'il n'en a jamais entendu ailleurs et du sang chaud qui coule à flots. Il secoue la tête, repousse l'image, prend la main de Nele. Ses doigts serrent les siens.

Pirmin ricane. Le gamin se demande une fois de plus si cet homme lit dans ses pensées. Ce n'est pas difficile, Claus le lui a déjà expliqué, il suffit de connaître les bonnes formules.

À vrai dire, Pirmin n'est pas un mauvais bougre. Pas si mauvais que ça en tout cas, pas mauvais jusqu'au tréfonds, comme il semblerait au premier regard. Il a parfois une certaine souplesse, une forme d'indulgence qui pourrait aller jusqu'à la douceur s'il n'était pas forcé de mener la rude existence du peuple itinérant. En fait, il est trop vieux pour aller d'un endroit à un autre, supporter la pluie et dormir sous les arbres mais, par malchance ou infortune, il a raté toutes les occasions de trouver un emploi lui assurant le gîte et le couvert, et il n'en trouvera plus d'autre maintenant. D'ici quelques années, il aura si mal aux genoux qu'il ne pourra plus se déplacer, auquel cas il devra rester dans le premier village venu, chez un paysan quelconque qui aura suffisamment pitié de lui pour le prendre comme journalier, mais il lui faudra beaucoup de chance car personne ne veut accueillir les itinérants, ça porte malheur et ça entraîne le mauvais temps et les commérages des voisins. Ou alors Pirmin devra mendier aux portes de Nuremberg, Augsbourg ou Munich, car on ne laisse pas entrer les mendiants dans l'enceinte d'une ville. Les gens jettent de la nourriture aux malheureux, mais il n'y en a jamais assez pour tout le monde, ce sont les plus forts qui la récupèrent. C'est donc là que Pirmin mourra de faim.

Mais on ne va pas forcément en arriver là. Par exemple, parce qu'il trébuchera quelque part en chemin – les racines humides sont traîtres, on a peine à croire combien le bois mouillé peut être glissant ; ou bien une pierre sur laquelle il posera le pied en grimpant ne sera pas aussi stable qu'elle en a l'air. Il se retrouva alors au bord du chemin avec une jambe cassée et le passant fera, écœuré, un détour pour ne pas voir ce gars dans la boue, car qu'est-ce qu'il pourrait bien faire, le porter ? Le réchauffer et le nourrir, le soigner comme un frère ? Ce genre de choses se produit dans les légendes des saints, mais dans la réalité, ça n'arrive pas.

Quelle est donc la meilleure chose qui puisse arriver à Pirmin ? Que son cœur s'arrête. Qu'une sensation de brûlure lui traverse soudain la poitrine, que la douleur parcoure ses entrailles de façon inattendue, pendant qu'il se produit sur la place du marché : il lève les yeux vers les balles, puis un instant de douleur indicible, puis tout est fini.

Il pourrait s'en charger lui-même. Ce ne serait pas difficile. C'est ce que font beaucoup d'itinérants – ils connaissent les champignons qui vous

entraînent en douceur dans le sommeil. Seulement, Pirmin leur a avoué dans un moment de
faiblesse qu'il n'ose pas le faire. Dieu y oppose son
commandement le plus strict : celui qui se tue
échappe certes à l'injustice de ce monde, mais au
prix de martyres éternels dans le suivant. Et éter-
nellement, cela ne veut pas simplement dire pour
très longtemps. Cela signifie que la durée la plus
longue que tu puisses imaginer, fût-ce mille fois le
nombre d'années qu'il faut à un oiseau pour éliminer la montagne du Blocksberg à coups de bec, ne
représente que la plus infime partie de la partie la
plus infime. Et, bien que ce soit si long, tu ne t'habitues pas à l'effroi, ni à la solitude, ni à la douleur.
Les choses sont ainsi faites. Qui peut donc en vouloir à Pirmin d'être comme il est ?

Pourtant, il aurait pu en être autrement. Pirmin
a aussi vécu de bons moments. Il avait jadis un avenir. À l'apogée de son existence, il est allé jusqu'à
Londres et, chaque fois que la bière forte l'enivre,
il se met à en parler. Il évoque alors la Tamise, si
large dans la lueur du soir, les tavernes et la foule
qui grouille dans les rues – la ville était si immense
qu'on pouvait marcher des jours sans arriver au
bout ! Quant aux théâtres, on en voyait à chaque
pas. Il n'avait pas compris la langue, mais la grâce
des acteurs et la vérité sur leur visage l'avaient plus
ému que tout le reste par la suite.

Il était jeune à l'époque. Il comptait parmi les
nombreux forains qui ont traversé la Manche avec
le cortège du jeune prince-électeur Frédéric. Ce dernier est venu en Angleterre pour épouser la princesse Élisabeth et, comme les Anglais apprécient
les forains, il a amené tout ce que son pays peut

offrir : ventriloques, cracheurs de feu, roteurs professionnels, marionnettistes, lutteurs, marcheurs sur mains, bossus, estropiés pittoresques et aussi Pirmin. Au troisième jour des festivités, il a lancé ses balles devant tous ces messieurs dames distingués dans la demeure d'un certain Bacon. Les tables étaient couvertes de pétales, le maître de maison se tenait à l'entrée de la salle avec un sourire rusé et mauvais.

— Je les revois encore, dit Pirmin. La princesse collet monté, le marié qui ne sait pas ce qui lui arrive. On devrait partir à sa recherche !

— On devrait faire quoi ?

— Partir à sa recherche ! Il paraît qu'il erre de pays en pays en ruinant la noblesse protestante. Il paraît qu'il fait encore semblant d'être roi. Et qu'il trimballe sa petite cour avec lui. Mais est-ce qu'il a un bouffon ? Peut-être qu'un vieux bouffon, c'est exactement ce qu'il faut à un roi sans pays.

Pirmin l'a souvent répété. Ça aussi, c'est un effet de toute cette bière : il se répète et il s'en fiche. Mais en ce moment, devant le feu, il mastique son dernier morceau de viande séchée tandis que les enfants, affamés, sont assis à côté de lui et écoutent les bruits de la forêt. Ils se tiennent par la main et s'efforcent de penser à des choses qui les détournent de la faim.

Avec un peu d'entraînement, ça fonctionne plutôt bien. Quand on connaît vraiment la faim, on sait comment faire pour l'étouffer un moment. Il faut bannir toute image de choses comestibles, serrer les poings, se maîtriser, ne pas s'autoriser à y penser. À la place, on peut penser au jonglage, car on peut aussi s'y exercer dans sa tête – c'est ainsi qu'on s'améliore. Ou on s'imagine en train de marcher sur la corde, fabuleusement haut, au-dessus des cimes et des nuages. Le gamin regarde les braises en clignant des yeux. La faim vous rend plus léger. Et tandis qu'il contemple la lueur incandescente, il a l'impression de voir au-dessous de lui le jour vaste et lumineux, comme si le soleil l'aveuglait.

Nele pose la tête contre son épaule. Mon frère, songe-t-elle. Désormais, il est tout ce qui lui reste. Elle pense à son foyer qu'elle ne reverra plus, à sa mère qui était presque tout le temps triste, à son père qui la battait plus durement que Pirmin, à la fratrie et aux commis. Elle pense à la vie qui l'attendait jadis : le fils Steger, le travail à la boulangerie. Bien entendu, elle ne s'autorise pas à penser au pain – mais maintenant qu'elle vient de penser qu'elle ne doit pas y penser, c'est arrivé et elle voit la miche moelleuse, elle hume son odeur et sent sa texture entre ses dents.

— Arrête ! dit le gamin.

Elle ne peut s'empêcher de rire et elle se demande comment il fait pour savoir ce qu'elle pense. Mais ça a marché, le pain a disparu.

Pirmin s'est affaissé vers l'avant. Il gît par terre comme un sac lourd, son dos se soulève et s'abaisse, il ronfle comme un animal.

Les enfants jettent un regard inquiet autour d'eux.

Il fait froid.

Le feu sera bientôt éteint.

LE GRAND ART
DE LA LUMIÈRE ET DE L'OMBRE

A dam Olearius, mathématicien à la cour de Gottorf, directeur du cabinet ducal de curiosités et auteur d'un rapport sur l'éreintant voyage de la légation en Russie et en Perse, dont il était revenu presque indemne quelques années plus tôt, n'avait certes pas la langue dans sa poche, mais aujourd'hui, la nervosité l'empêchait de trouver ses mots. Car devant lui se tenait, entouré d'une demi-douzaine de secrétaires en frocs noirs, d'un air avisé, attentif et portant tel un léger fardeau son érudition qui dépassait l'entendement, nul autre que le père Athanasius Kircher, professeur au Collegium romanum.

Bien que ce fût leur première rencontre, ils se comportaient comme s'ils se connaissaient déjà depuis la moitié de leur existence. C'était de coutume entre gens instruits. Olearius s'enquit auprès de son vénérable collègue de ce qui l'amenait ici, en omettant volontairement de préciser s'il parlait du Saint-Empire romain germanique, du Holstein ou du château de Gottorf qui se dressait derrière eux.

Kircher réfléchit un moment, comme s'il devait extraire sa réponse des profondeurs de sa mémoire, avant de dire d'une voix faible et un rien trop aiguë qu'il avait quitté la Ville Éternelle en raison de divers projets dont le plus important consistait à trouver un remède contre la peste.

— Que Dieu nous vienne en aide, dit Olearius, est-elle revenue dans le Holstein ?

Kircher ne dit rien.

Olearius était déconcerté par la jeunesse de son interlocuteur : on avait peine à croire que cette tête aux traits doux eût résolu l'énigme de la force magnétique, de la lumière, de la musique, ainsi que, paraît-il, celle de l'écriture de l'ancienne Égypte. Olearius avait conscience de sa propre valeur et il ne comptait pas parmi les plus modestes. Mais, en présence de cet homme, la voix faillit lui manquer.

Il allait de soi qu'il n'existait pas d'hostilité religieuse entre érudits. Presque un quart de siècle plus tôt, lorsque la grande guerre avait éclaté, il en serait allé autrement mais les choses avaient changé depuis. En Russie, Olearius le protestant s'était lié d'amitié avec des moines français et le fait que Kircher entretînt une correspondance avec de nombreux érudits calvinistes n'était un secret pour personne. Mais à l'instant, lorsque Kircher avait mentionné au passage la mort du roi de Suède à la bataille de Lützen en évoquant à ce propos la grâce de notre bienveillant Seigneur, Olearius avait dû se faire violence pour ne pas répliquer que la mort de Gustave Adolphe était une catastrophe dans laquelle toute personne sensée aurait dû reconnaître l'œuvre du diable.

— Vous dites vouloir soigner la peste. Olearius, qui n'avait toujours pas obtenu de réponse, se racla la gorge. Et vous dites que vous êtes venu dans le

Holstein à cette fin. Cela signifie donc que la peste est revenue chez nous ?

Kircher laissa encore s'écouler un moment et examina, comme il en avait visiblement l'habitude, le bout de ses doigts avant de répondre que, bien entendu, il ne serait pas venu ici pour trouver un remède contre la peste si la peste sévissait dans la région car, là où elle sévissait, on ne trouvait justement pas de remède capable d'enrayer sa propagation. Dieu, dans sa grande bonté, avait si parfaitement arrangé les choses que l'homme en quête de remède, au lieu d'exposer sa vie au danger, pouvait se rendre aux endroits où la maladie ne s'était pas propagée. Car c'était là, et là seulement, que se trouvait l'antidote reposant sur la force de la nature et la volonté de Dieu.

Assis sur l'unique banc en pierre encore intact du parc du château, ils plongeaient du sucre d'orge dans du vin dilué. Les six secrétaires de Kircher se tenaient à distance respectueuse et les observaient avec fascination.

Le vin n'était pas bon et Olearius savait que le parc et le château n'étaient pas des plus impressionnants non plus. Les maraudeurs avaient abattu les vieux arbres, la pelouse était calcinée et les massifs aussi abîmés que la façade du bâtiment auquel il manquait en outre un morceau de toit. Olearius avait l'âge de se rappeler l'époque où le château était un joyau du Nord, la fierté des ducs du Jutland. Il était encore enfant, et son père un simple artisan, mais le duc avait reconnu son talent et lui avait fait faire des études, puis il l'avait envoyé comme ambassadeur en Russie et dans la lointaine et lumineuse Perse, où il avait vu des chameaux et des griffons et des tours de jade et des serpents doués de parole. Il serait volontiers resté là-bas, mais il avait juré fidélité au duc et sa femme l'attendait à la maison, du moins le pensait-il, car il n'avait pas su qu'elle était morte entretemps. Il était donc revenu dans le froid de l'Empire, la guerre et la triste existence d'un veuf.

Kircher arrondit les lèvres, but encore une gorgée de vin, grimaça discrètement, s'essuya la bouche avec un tissu taché de rouge et reprit ses explications sur sa présence.

— Une expérience, dit-il. Une nouvelle façon de trouver la certitude. On tente différentes choses. On enflamme par exemple une boule de soufre, de bitume et de charbon, et on sent aussitôt que la vue du feu déclenche la colère. Si on reste dans la même pièce, on est abruti par l'énervement. C'est dû au fait que la boule reflète les propriétés de la planète rouge Mars. De façon similaire, on peut utiliser les propriétés aqueuses de Neptune pour calmer les esprits agités ou les propriétés déroutantes de la lune perfide pour empoisonner les sens. Il suffit qu'un homme sobre soit un bref instant en présence d'un aimant semblable à la lune pour être aussi ivre que s'il avait vidé une outre de vin.

— Les aimants rendent ivre ?

— Lisez mon livre. Le nouveau approfondira encore le sujet. Il s'intitule *Ars magna lucis et umbrae* et il répond aux questions non résolues.

— Lesquelles ?

— Toutes. Mais revenons à la boule de soufre : cette expérience m'a donné l'idée d'administrer une décoction de soufre et de sang de limace à un pestiféré. Car, d'une part, le soufre élimine les éléments martiens de la maladie et, d'autre part, le sang de limace, en sa qualité de substitut dracontologique, dulcifie la substance qui acidifie les fluides corporels.

— Pardon ?

Kircher examina de nouveau le bout de ses doigts.

— Le sang de limace remplace le sang de dragon ? demanda Olearius.

— Non, dit Kircher avec indulgence. La bile de dragon.

— Et qu'est-ce qui vous amène ici ?

— La substitution a ses limites. Le pestiféré choisi pour notre expérience est mort malgré la décoction, ce qui prouve clairement que du vrai sang de dragon l'aurait guéri. Il nous faut donc un dragon et c'est dans le Holstein que vit le dernier dragon du Nord.

Kircher contempla ses mains. Son souffle formait de petits nuages de vapeur. Olearius grelottait. Il ne faisait pas plus chaud à l'intérieur du château, il n'y avait plus d'arbre nulle part et le peu de bois de chauffage restant, le duc l'utilisait pour sa chambre à coucher.

— Est-ce qu'on l'a déjà aperçu, ce dragon ?

— Bien sûr que non. Un dragon qu'on aurait aperçu serait un dragon qui ne dispose pas de la qualité principale de son espèce – à savoir celle d'être introuvable. C'est précisément la raison pour laquelle on doit afficher le plus grand scepticisme face aux récits de ceux qui prétendent avoir vu des dragons, car un dragon qu'on peut apercevoir serait déjà a priori considéré comme un dragon qui n'en est pas vraiment un.

Olearius se frotta le front.

— Dans cette contrée, l'existence d'un dragon n'a visiblement jamais été confirmée. Par conséquent, je suis absolument certain qu'il y en a un.

— Mais il y a beaucoup d'autres endroits où on n'a jamais confirmé la présence d'un dragon. Pourquoi ici ?

— Premièrement, parce que la peste s'est retirée de la région. C'est un indice important. Deuxièmement, j'ai utilisé un pendule.

— Mais c'est de la magie !

— Pas si on utilise un pendule magnétique.

Kircher regarda Olearius de ses yeux brillants. Son sourire un rien méprisant disparut lorsqu'il se pencha pour demander à Olearius avec une simplicité qui le stupéfia :

— Voulez-vous m'aider ?

— À quoi faire ?

— Trouver le dragon.

Olearius fit semblant d'y réfléchir. Pourtant, ce n'était pas une décision difficile. Il n'était plus tout jeune, il n'avait pas d'enfant et sa femme était morte. Il se rendait tous les jours sur sa tombe et il lui arrivait encore de se réveiller la nuit et de pleurer, tant elle lui manquait et tant la solitude lui pesait. Rien ne le retenait ici. Si l'érudit le plus remarquable du globe l'invitait à vivre une aventure, il n'avait pas à tergiverser longtemps. Il prit une inspiration pour répondre.

Mais Kircher le devança. Il se leva et tapota son froc pour enlever la poussière.

— Bien, alors nous partons demain matin.

— J'aimerais emmener mon assistant, dit Olearius, un rien agacé. Maître Fleming est cultivé et bien utile.

— Oui, parfait, dit Kircher qui, à l'évidence, avait déjà la tête ailleurs. Demain matin, donc, c'est bien, on y arrivera. Pouvez-vous à présent me conduire auprès du duc ?

— Il ne reçoit pas en ce moment.

— Pas d'inquiétude. Quand il apprendra qui je suis, il s'estimera heureux.

Quatre calèches traversaient le pays en cahotant. Il faisait froid, une brume matinale pâle s'élevait des prairies. La dernière calèche était remplie, du plancher au plafond, de livres que Kircher avait achetés récemment à Hambourg, la calèche précédente transportait trois secrétaires en train de recopier tant bien que mal des manuscrits, celle d'avant était occupée par deux secrétaires endormis et, dans la toute première, Athanasius Kircher, Adam Olearius et son compagnon de route de longue date, maître Fleming, entretenaient une conversation suivie avec attention par un autre secrétaire, plume et papier posés sur les genoux.

— Mais qu'allons-nous faire si nous le trouvons ? demanda Olearius.

— Le dragon ? demanda Kircher.

L'espace d'un instant, Olearius oublia l'estime qu'il lui portait et il pensa : Je ne le supporte plus.

— Oui, dit-il, le dragon.

Au lieu de répondre, Kircher se tourna vers maître Fleming.

— Si j'ai bien compris, vous êtes musicien ?

— Je suis médecin. J'écris surtout des poèmes. Et j'ai étudié la musique à Leipzig.

— Des poèmes latins ou français ?

— Allemands.

— Mais pourquoi donc ?

— Qu'allons-nous faire si nous le trouvons ? répéta Olearius.

— Le dragon ? demanda Kircher, et cette fois, Olearius aurait bien voulu le gifler.

— Oui, dit Olearius. Le dragon !

— Nous allons l'amadouer grâce à la musique. Je suis en droit de supposer que ces messieurs ont étudié mon livre *Musurgia universalis* ?

— *Musica* ? demanda Olearius.

— *Musurgia*.

— Pourquoi pas *Musica* ?

Kircher lança un regard réprobateur à Olearius.

— Bien entendu, dit Fleming. Tout ce que je sais au sujet de l'harmonie provient de votre livre.

— Je l'entends souvent. C'est ce que disent la plupart des musiciens. C'est un ouvrage important. Pas le plus important que j'aie écrit, mais sans aucun doute très important. Plusieurs princes veulent faire construire l'orgue hydraulique que j'ai conçu. Et à Brunswick, on prévoit de fabriquer mon piano à chats. Cela me surprend un peu, c'était avant tout une élucubration de ma part et je doute que le résultat flatte l'oreille.

— Qu'est-ce qu'un piano à chats ? demanda Olearius.

— Donc vous n'avez pas lu mon livre ?

— Ma mémoire. Je ne suis plus tout jeune. Elle ne m'obéit pas toujours depuis notre éreintant voyage.

— Dieu sait que non, dit Fleming. Te souviens-tu du moment où les loups nous ont encerclés à Riga ?

— Un piano dont les sons proviennent de la torture animale, dit Kircher. On appuie sur une touche du clavier et, à la place de la corde, on inflige à un

petit animal, je propose des chats, mais cela fonc-
tionnerait aussi avec des musaraignes, les chiens
sont trop gros, les grillons trop petits, une douleur
savamment dosée, si bien que l'animal produit un
son. Quand on relâche la touche, la douleur s'arrête, l'animal se tait. Si l'on dispose les animaux
selon leur tessiture, on parvient à créer une musique des plus originales.

Personne ne parla pendant un moment. Olearius regarda Kircher droit dans les yeux, Fleming
mordillait sa lèvre inférieure.

— Pourquoi écrivez-vous vos poèmes en allemand ? finit par demander Kircher.

— Je sais, cela paraît étrange, dit Fleming, qui
s'attendait à la question. Mais c'est faisable ! Notre
langue vient à peine de naître. Nous sommes assis
là, trois hommes du même pays, et nous parlons
latin. Pourquoi ? La langue allemande est certes
encore maladroite, une mixture en ébullition, une
créature en devenir, mais un jour elle sera adulte.

— Revenons-en au dragon, dit Olearius pour
changer de sujet.

Il avait souvent vécu la chose : lorsque Fleming
commençait à parler de son dada, on n'avait plus la
parole pendant longtemps. Et cela finissait toujours
pareil : Fleming se mettait à réciter des poèmes, la
tête en feu. Ils n'étaient pas mauvais, ses poèmes,
ils avaient une mélodie et de la puissance. Mais qui
voulait entendre de la poésie sans avertissement,
qui plus est en allemand ?

— Notre langue est encore un chaos de dialectes,
dit Fleming. Si on ne sait pas comment terminer sa
phrase, on va chercher le mot adéquat en latin ou
en italien ou même en français, et on contorsionne

les phrases dans le style latin. Mais cela va changer ! Une langue, il faut la nourrir et la soigner, il faut l'aider à prospérer ! Et l'aider, cela signifie : composer des vers. Les joues de Fleming s'étaient empourprées, sa moustache se hérissa légèrement, il avait le regard fixe. Quiconque commence une phrase en allemand doit se forcer à la terminer en allemand !

— N'est-ce pas contraire à la volonté de Dieu d'infliger de la souffrance aux animaux ? demanda Olearius.

— Pourquoi ? Kircher fronça les sourcils. Il n'y a aucune différence entre les animaux de Dieu et les choses de Dieu. Les animaux sont des mécanismes finement assemblés, eux-mêmes composés de mécanismes encore plus finement assemblés. Que je tire un son d'une colonne d'eau ou d'un chaton, où est la différence ? Vous n'allez quand même pas prétendre que les animaux ont une âme immortelle, imaginez un peu le grouillement au paradis. On ne pourrait pas se retourner sans marcher sur un ver !

— J'ai été enfant de chœur à Leipzig, dit Fleming. Chaque matin à cinq heures, nous étions dans l'église Saint-Thomas pour chanter. Chaque voix devait suivre son propre point mélodique et celui qui chantait faux tâtait du bâton. C'était dur mais un matin, je m'en souviens, j'ai compris pour la première fois ce qu'était la musique. Et lorsque j'ai appris plus tard l'art du contrepoint, j'ai compris ce qu'était la langue. Et comment composer des vers dans cette langue – à savoir en la laissant faire. Marcher et chercher, douleur et cœur. La rime allemande : question et réponse. Grandeur et décadence, être et apparence. La rime n'est pas un simple hasard des sons. Elle existe là où les pensées s'assemblent.

— C'est une bonne chose que vous vous y connaissiez en musique, dit Kircher. J'ai emporté les notes de mélodies permettant de refroidir le sang et calmer les sens du dragon. Savez-vous jouer du cor ?

— Pas très bien.

— Du violon ?

— Pas trop mal. Où avez-vous trouvé ces mélodies ?

— Je les ai composées selon des critères scientifiques extrêmement rigoureux. Ne vous faites aucun souci, vous n'aurez pas besoin de jouer quoi que ce soit au dragon, nous trouverons des musiciens. Il ne serait pas de bon ton, ne serait-ce que pour une question de rang, que nous autres jouassions d'un instrument.

Olearius ferma les yeux. L'espace d'un instant, il imagina un saurien sortir du champ, sa tête haute comme une tour devant l'horizon : Voilà comment tu pourrais finir, songea-t-il, après tous les dangers auxquels tu as survécu.

— Votre zèle vous honore, jeune homme, dit Kircher. Mais l'allemand n'a aucun avenir. Premièrement, parce que c'est une langue hideuse, épaisse et malpropre, un idiome pour les gens incultes qui ne se baignent jamais. Deuxièmement, le temps ne suffira pas pour un processus de croissance et d'évolution aussi lent. L'âge de fer se terminera dans soixante-seize ans, le feu va recouvrir le monde et notre Seigneur reviendra dans la gloire. Pas besoin d'être un grand astrologue pour le prédire. Les mathématiques simples suffisent.

— De quel genre de dragon s'agit-il au juste ? demanda Olearius.

— Sans doute d'un très vieux dragon-lombric. Mon expertise en dracontologie ne vaut pas celle de feu mon mentor Tesimond mais, lors d'une journée de voyage à Hambourg, de petits nuages-mouches torsadés m'ont donné l'indice nécessaire. Êtes-vous déjà allé à Hambourg ? C'est étonnant, la ville n'a pas du tout été détruite.

— Des nuages ? demanda Fleming. Comment diable le dragon fait-il pour engendrer...

— Il ne s'agit pas de causalité, mais d'analogie ! Dans le ciel comme sur terre. Le nuage ressemble à une mouche, d'où le nom de nuage-mouche, et le dragon ressemble à un lombric, d'où le nom de dragon-lombric. Le lombric et la mouche sont des insectes ! Vous voyez ?

Olearius appuya la tête dans ses mains. Il ne se sentait pas bien. En Russie, il avait passé des milliers d'heures dans des calèches, mais cela remontait loin et il n'était plus jeune. Bien sûr, son état pouvait également être lié à Kircher qui, pour une raison qu'il n'aurait pas pu expliquer, lui était de plus en plus insupportable.

— Et une fois le dragon amadoué ? demanda Fleming. Quand nous l'aurons trouvé et capturé, que ferons-nous ?

— Nous lui prélèverons du sang. Autant que nos outres peuvent en contenir. Je l'emmènerai à Rome où, avec mes assistants, j'en ferai un remède contre la mort noire, que je transmettrai au pape et à l'empereur et aux princes catholiques... Il hésita... voire aux protestants qui le méritent. À qui exactement, ce sera à négocier. Peut-être pourrons-nous ainsi mettre fin à la guerre. Il y aurait une forme de justice dans le fait que ce soit moi qui, avec l'aide de Dieu, mette un terme à ce massacre. Quant à vous deux, je vous mentionnerai comme il se doit dans mon livre. À vrai dire, c'est déjà fait.

— Vous nous avez déjà mentionnés ?

— Pour gagner du temps, j'ai déjà rédigé ce chapitre à Rome. Guglielmo, vous l'avez ici ?

Le secrétaire se pencha et fouilla sous sa banquette en gémissant.

— En ce qui concerne les musiciens, dit Olearius. Je vous propose que nous rendions visite au cirque itinérant dans les landes du Holstein. On en parle beaucoup, les gens viennent de loin pour le voir. On trouvera sûrement des musiciens là-bas.

Le secrétaire se redressa, le visage rouge, en brandissant une liasse de papiers. Il les feuilleta un moment, se moucha dans un mouchoir déjà sale avec lequel il essuya ensuite son front dégarni, s'excusa à voix basse et se mit à lire. Il parlait un latin teinté de mélodie italienne et il battait la mesure avec sa plume d'une façon un rien affectée.

— Puis je partis à sa recherche, en compagnie d'érudits allemands émérites. Les circonstances étaient défavorables, le climat rude et, si la guerre s'était retirée de la région, elle n'en continuait pas moins d'envoyer l'une ou l'autre rafale d'adversité, de sorte qu'il fallait s'attendre à rencontrer aussi bien des maraudeurs que des bandes de voleurs et des bêtes à l'état sauvage. Malgré tout, je ne me laissai point rebuter, je recommandai mon âme au Tout-Puissant qui avait toujours protégé son humble serviteur jusque-là, et je trouvai peu après le dragon, qui se laissa amadouer et vaincre par des mesures expertes. Son sang chaud me servit de base pour certaines expériences que je décris ailleurs dans cet ouvrage, et la plus effroyable des épidémies, qui avait si longtemps plongé la chrétienté dans l'inquiétude, put enfin être éloignée des personnes importantes et méritantes, si bien qu'à l'avenir, elle ne tourmentera plus que le bas peuple. Et un jour, lorsque je…

— Merci, Guglielmo, cela suffit. Je vais bien entendu insérer vos noms après les mots "érudits allemands émérites". Ne me remerciez pas. J'insiste. C'est la moindre des choses.

Peut-être que l'immortalité qui lui était destinée, songea Olearius, se trouvait vraiment là – sous forme de mention dans le livre d'Athanasius Kircher. Son propre récit de voyage disparaîtrait presque aussi vite que les poèmes imprimés de temps à autre par ce pauvre Fleming. Le temps vorace effaçait presque tout, mais il ne pourrait rien faire contre une œuvre comme celle-là. Une chose ne faisait aucun doute : tant que le monde existait, on lirait Athanasius Kircher.

Ils trouvèrent le cirque le lendemain matin. Le patron de l'auberge dans laquelle ils avaient dormi leur avait indiqué l'ouest ; il fallait toujours suivre le chemin de terre, leur avait-il dit, on ne pouvait pas le rater. Et comme il n'y avait pas de collines et que tous les arbres étaient décimés, ils aperçurent bientôt au loin une hampe de drapeau à laquelle flottait un bout de tissu coloré.

Ils distinguèrent peu après des tentes, un demi-cercle de bancs en bois et, au-dessus, deux poteaux reliés entre eux par le trait fin d'une corde – les gens du cirque avaient dû apporter tout ce bois eux-mêmes. Entre les tentes se trouvaient des charrettes bâchées, des chevaux et des ânes en train de paître, quelques enfants jouaient, un homme dormait dans un hamac. Une vieille femme lavait des vêtements dans un baquet.

Kircher cligna des yeux. Il n'allait pas bien. Il se demanda si c'était dû au tangage de la calèche ou plutôt à ces deux Allemands. Ils étaient antipathiques, trop sérieux, limités, bornés et en plus, on pouvait difficilement l'ignorer, ils sentaient mauvais. Cela faisait longtemps qu'il n'était pas revenu dans l'Empire et il avait presque oublié combien les retrouvailles entre Allemands donnaient la migraine.

Ces deux-là le sous-estimaient, c'était évident. Il avait l'habitude. Déjà enfant, il avait été sous-estimé par ses parents, puis par son maître à l'école du village, jusqu'à ce que le prêtre le recommande aux jésuites. Ils lui avaient fait faire des études, mais ensuite ses confrères l'avaient sous-estimé, ne voyant en lui qu'un jeune homme zélé – personne n'avait remarqué tout ce dont il était capable, sauf son mentor Tesimond, qui avait vu quelque chose en lui et l'avait sorti de la masse des moines à l'esprit lent. Ils avaient parcouru le pays de long en large, il avait beaucoup appris auprès de Tesimond, qui l'avait pourtant sous-estimé à son tour, ne le croyant destiné qu'à une existence de famulus, si bien qu'il avait dû se séparer de lui, petit à petit et avec la plus grande prudence car il ne fallait pas que quelqu'un comme lui se retournât contre vous. Il avait prétendu que les livres qu'il écrivait n'étaient qu'une lubie insignifiante mais, en secret, il les avait envoyés, assortis de lettres de dédicace, aux personnes haut placées du Vatican. Et bel et bien, Tesimond ne s'était jamais consolé du fait que son secrétaire ait soudain été appelé à Rome ; il était tombé malade et il avait refusé de le bénir avant son départ. Kircher revoyait nettement la scène : la chambre à Vienne, Tesimond emmitouflé dans sa couverture. Cette vieille épave avait bredouillé quelque chose en faisant semblant de ne pas comprendre, si bien que Kircher avait dû partir sans sa bénédiction pour Rome, où ses collaborateurs de la grande bibliothèque l'avaient accueilli, tout cela pour le sous-estimer aussitôt. Ils avaient cru qu'il ferait bien l'affaire pour conserver les livres, les entretenir, les étudier, mais ils n'avaient pas compris qu'il était capable d'écrire un livre en moins de temps qu'il en fallait à un autre pour le lire, et il avait donc fallu le leur prouver, encore et encore, jusqu'à ce que le pape finisse par le nommer à la chaire la plus importante de son université en lui accordant toutes les prérogatives.

Désormais, il en irait toujours ainsi. La confusion d'autrefois était derrière lui, il ne s'égarait plus dans le temps. Malgré tout, les gens ne reconnaissaient pas la force qui l'habitait, sa détermination et sa mémoire. Encore maintenant, alors qu'il était célèbre aux quatre coins du monde et que nul ne pouvait étudier les sciences sans connaître les ouvrages d'Athanasius Kircher, il ne pouvait quitter Rome sans faire cette expérience : dès qu'il rencontrait des compatriotes, il croisait leurs regards méprisants habituels. Quelle erreur d'avoir entrepris ce voyage ! On devrait rester au même endroit, travailler, concentrer ses forces et disparaître derrière les livres. Il fallait être une autorité dépourvue de corps – une voix à laquelle le monde obéissait sans se demander à quoi ressemblait le corps dont elle sortait.

Une fois de plus, il avait cédé à la faiblesse. À vrai dire, il ne s'intéressait pas vraiment à la peste, il avait surtout cherché une bonne raison pour traquer le dragon. Ce sont les créatures les plus vieilles et les plus rusées qui soient, avait dit Tesimond et, lorsque tu te retrouveras devant l'une d'elles, tu deviendras quelqu'un d'autre et, quand tu entendras sa voix, plus rien ne sera comme avant. Kircher avait découvert tant de choses au sujet du monde, mais un dragon manquait encore au tableau, sans lui son œuvre n'était pas complète et, si la situation devenait vraiment dangereuse, il pourrait toujours employer l'ultime défense, la plus puissante, ce sortilège auquel on ne pouvait recourir qu'une seule fois dans sa vie : lorsque le danger est à son apogée, lui avait répété Tesimond, lorsque le dragon se trouve devant toi et que tu n'as plus aucun recours, tu peux l'utiliser une fois, une seule fois, une fois seulement, alors réfléchis bien, *juste une fois*. Tu commences par te représenter le plus puissant des carrés magiques.

```
S A T O R
A R E P O
T E N E T
O P E R A
R O T A S
```

C'est le plus ancien de tous, le plus secret, celui qui recèle le plus de puissance. Tu dois le visualiser, ferme les yeux, vois-le nettement et prononce-le les lèvres fermées, en silence, une lettre après l'autre, puis tu dis à voix haute et distincte, pour que le dragon t'entende, une vérité que tu n'as jamais avouée, ni à ton ami le plus proche, ni même en confession. C'est le plus important : elle ne doit jamais avoir été dite. Alors le brouillard va se lever et tu pourras t'échapper. Les membres du monstre seront en proie à la faiblesse, son esprit à la lenteur et à l'oubli, et tu pourras t'enfuir avant qu'il ne t'attrape. Quand il reviendra à lui, il ne se souviendra plus de toi. Mais n'oublie pas, tu ne peux le faire qu'une seule fois !

Kircher examina le bout de ses doigts. Pour le cas où la musique n'apaisait pas le dragon, il était déterminé à utiliser ce dernier recours et à s'enfuir sur un des chevaux de calèche. Le dragon dévorerait sans doute les secrétaires – ce serait dommage pour eux, surtout pour Guglielmo, qui était avide d'apprendre – et les deux Allemands dans la foulée. Mais lui, il s'en sortirait grâce à la science, il n'avait rien à craindre.

Ce serait son dernier voyage. Il ne se sentait pas en état d'en refaire un, il n'était tout simplement pas capable de supporter ce genre de fatigues. Il se sentait toujours mal durant le trajet, la nourriture était abjecte, le froid constant et il ne fallait pas sous-estimer les dangers : la guerre s'était certes déplacée au sud, mais cela ne voulait pas dire que les choses se passaient bien au nord. Comme les paysages étaient ravagés et les gens délabrés ! Certes, il avait trouvé à Hambourg plusieurs ouvrages qu'il cherchait depuis longtemps – *Organicon* de Hartmut Elias Warnick, une édition de *Melusina mineralia* de Gottfried vom Rosenstein et quelques pages manuscrites provenant sans doute de la plume de Simon de Turin –, mais même cela ne compensait pas le fait qu'il devait renoncer depuis des semaines à son laboratoire, où tout était bien ordonné, alors que le chaos régnait partout ailleurs.

Pourquoi la Création divine s'avérait-elle si récalcitrante, d'où venait sa tendance tenace à la confusion et à la rébellion ? Ce qui était clair pour l'esprit se transformait là-dehors en broussailles. Kircher avait compris tôt qu'il fallait se fier à son entendement sans se laisser déconcerter par les marottes de la réalité. Si on savait quel devait être le résultat d'une expérience, l'expérience devait avoir ce même résultat et, si on avait une vision distincte des choses, il fallait souscrire à cette vision quand on les décrivait, et non aux apparences.

C'est uniquement parce qu'il avait appris à s'en remettre à l'esprit de Dieu qu'il avait pu accomplir son œuvre la plus importante, le déchiffrement des hiéroglyphes. À l'aide de la vieille table de caractères achetée jadis par le cardinal Bembo, il s'était penché sur l'énigme : il s'était absorbé dans la contemplation de ces petites images jusqu'au moment où il avait compris. Si on associait un loup et un serpent, cela devait signifier un danger mais, s'il y avait une vague en pointillé dessous, Dieu s'y ajoutait et protégeait ceux qui méritaient sa protection, et ces trois caractères l'un à côté de l'autre signifiaient la grâce, et là, Kircher était tombé à genoux en remerciant le Ciel pour une telle inspiration. L'ovale penché vers la gauche symbolisait le tribunal et, accompagné d'un soleil, il représentait le jour du Jugement mais, accompagné d'une lune, il signifiait le calvaire de l'homme priant la nuit, donc l'âme du pécheur et parfois aussi l'enfer. Le petit bonhomme signifiait sans doute homme mais, si cet homme portait un bâton, cela représentait le travailleur ou le travail, les caractères placés derrière indiquant la nature de son travail : s'il y avait des points, c'était un semeur et s'il y avait des traits, c'était un batelier et s'il y avait des cercles, c'était un prêtre et, comme les prêtres écrivaient, cela pouvait tout aussi bien être un greffier, selon qu'il se trouvait au début ou à la fin de la ligne car le prêtre était toujours là au début et le greffier arrivait après les événements qu'il consignait. Cela avait été des semaines pleines d'extase et il avait bientôt pu se passer de la table ; il s'était mis à écrire en hiéroglyphes comme s'il l'avait toujours fait. La nuit, il ne trouvait pas le sommeil parce qu'il rêvait en caractères, ses pensées se composaient de traits, de points, d'angles et de vagues. Voilà ce que c'était de sentir la grâce. Son livre, qu'il avait bientôt fait imprimer sous le titre *Oedipus aegyptianus*, était son plus grand exploit : pendant des milliers d'années, les hommes déconcertés s'étaient trouvés face à une énigme que personne n'avait réussi à résoudre. Désormais, elle était résolue.

Ce qui l'agaçait, c'était que les gens fussent si obtus. Il recevait des lettres de confrères d'Orient qui évoquaient des séries de caractères ne correspondant pas à l'agencement qu'il avait décrit et il était bien forcé de leur répondre qu'on se fichait pas mal de ce qu'un imbécile quelconque avait gravé dans la pierre dix mille ans plus tôt, un petit scribe qui en savait forcément moins sur cette écriture qu'une autorité comme lui – alors pourquoi se soucier de ses erreurs ? Ce petit scribe avait-il reçu une lettre de remerciement signée César ? Kircher, lui, pouvait montrer la sienne. Il avait fait parvenir à l'empereur un hymne rédigé en hiéroglyphes ; il portait toujours sur lui la lettre de remerciement de Vienne, pliée et cousue dans un sachet de soie. D'un geste involontaire, il mit la main sur sa poitrine, palpa le parchemin à travers son pourpoint et se sentit aussitôt un peu mieux.

Les calèches s'étaient arrêtées.

— Vous ne vous sentez pas bien ? demanda Olearius. Vous êtes pâle.

— Je me sens parfaitement bien, dit Kircher avec mauvaise humeur.

Il ouvrit la portière d'un coup et descendit. La transpiration des chevaux s'évaporait. La prairie aussi était humide. Il cligna des yeux et s'appuya contre la calèche, il avait le vertige.

— Des hommes illustres, dit une voix. Ici, chez nous !

Il y avait des gens là-bas, près des tentes et, un peu plus près, la vieille devant son baquet, mais juste à côté d'eux, il n'y avait qu'un âne. L'animal leva les yeux, laissa retomber sa tête et brouta de l'herbe.

— Vous avez entendu ? demanda Fleming.

Olearius, qui était descendu après lui, acquiesça.

— C'est moi, dit l'âne.

— Il y a forcément une explication, dit Kircher.

— Laquelle ? demanda l'âne.

— La ventriloquie, dit Kircher.

— Exact, dit l'âne. Je m'appelle Origène.

— Où se cache le ventriloque ? demanda Olearius.

— Il dort, dit l'âne.

Fleming et le secrétaire étaient descendus derrière eux. Les autres secrétaires suivirent.

— Pas mal du tout, dit Fleming.

— Il ne dort pas souvent, dit l'âne. Mais en ce moment, il rêve de vous. Il avait une voix profonde et étrange, comme si elle ne sortait pas d'une gorge humaine. Vous voulez voir le spectacle ? Le prochain est après-demain. Nous avons un cracheur de feu et un marcheur sur mains et un avaleur de pièces, ça c'est moi. Donnez-moi des pièces et je les avale. Vous voulez voir ? Je les avale toutes. Nous avons une danseuse et une directrice de théâtre et une pucelle qui va être enterrée et rester une heure sous terre et, lorsqu'on la déterrera, elle sera toute fringante et pas étouffée. Et nous avons aussi une danseuse, je l'ai déjà dit ? La directrice et la danseuse et la pucelle sont la même personne. Et nous avons le meilleur funambule au monde, c'est notre directeur. Mais, en ce moment, il dort. Nous avons aussi un homme difforme et, quand vous le regarderez, vous allez vite déchanter. On sait à peine où se trouve sa tête et lui-même ne sait pas où sont ses bras.

— Et vous avez un ventriloque, dit Olearius.

— Tu es un gars futé, dit l'âne.

— Avez-vous des musiciens ? demanda Kircher, conscient du fait que sa réputation pouvait en pâtir s'il s'entretenait avec un âne devant témoins.

— Pour sûr, dit l'âne. Une demi-douzaine. Le directeur et la directrice dansent, c'est le clou, l'apogée de notre spectacle, alors comment ferait-on sans musiciens ?

— En voilà assez, dit Kircher. Que le ventriloque se montre à présent !

— Je suis là, dit l'âne.

Kircher ferma les yeux, expira profondément, inspira. Une erreur, songea-t-il, tout ce voyage, ce crochet par ici, une énorme erreur. Il repensa au calme de sa pièce de travail, à son bureau en pierre, à ses livres sur les étagères, il repensa à la pomme épluchée que son assistant lui apportait chaque après-midi à la troisième heure, au vin rouge dans son verre préféré en cristal de Venise. Il se frotta les yeux et se détourna.

— T'as besoin d'un barbier ? demanda l'âne. Nous vendons aussi des médicaments. Suffit de le dire.

Ce n'est qu'un âne, songea Kircher. Mais de rage, il serra les poings. Voilà que même les animaux allemands se moquaient de lui !

— À vous de régler cela, dit-il à Olearius. Parlez à ces gens.

Olearius le regarda avec étonnement.

Sans plus se soucier de lui, Kircher était déjà en train de remonter dans la calèche en évitant un tas de crottin d'âne. Il referma la portière et tira les rideaux. Il entendait Olearius et Fleming s'entretenir avec l'âne au-dehors – ils étaient sûrement en train de se moquer de lui, tous, mais cela lui était égal. Il ne voulait pas le savoir. Pour calmer son esprit, il tenta de penser en caractères égyptiens.

La vieille au baquet lança un regard à Olearius et Fleming lorsqu'ils s'avancèrent vers elle, puis elle mit deux doigts dans sa bouche et produisit un sifflement. Aussitôt, trois hommes et une femme sortirent d'une des tentes. Les hommes étaient d'une corpulence inhabituelle, la femme était brune et plus très jeune, mais elle avait un regard lumineux et perçant.

— Des messieurs distingués chez nous, dit la femme. Nous n'avons pas souvent un tel honneur. Vous voulez voir notre spectacle ?

Olearius tenta de répondre, mais sa voix ne lui obéissait plus.

— Mon frère est le meilleur funambule au monde, c'était le bouffon du roi d'hiver. Vous voulez le voir ?

Olearius n'avait toujours pas retrouvé sa voix.

— Vous ne parlez pas ?

Olearius se racla la gorge. Il savait qu'il était en train de se ridiculiser, mais il n'y avait rien à faire, il était incapable de parler.

— Bien sûr que nous voulons voir quelque chose, dit Fleming.

— Regardez, nos acrobates, dit la femme. Montrez quelque chose à ces messieurs bien nés !

Aussitôt, un des trois hommes bascula la tête la première et se retrouva sur les mains. Le deuxième grimpa le long de son corps à une vitesse inhumaine et fit un équilibre sur les pieds du premier, et le troisième était déjà en train de grimper le long des deux autres, mais il resta debout sur les pieds du deuxième, les bras tendus vers le ciel, et là, en deux temps trois mouvements, la femme grimpa à son tour, le troisième la hissa vers lui et la souleva au-dessus de sa tête. Olearius regardait fixement en l'air, elle flottait au-dessus de lui, au sommet.

— Vous voulez en voir davantage ? cria-t-elle de là-haut.

— On aimerait bien, dit Fleming, mais ce n'est pas pour cela que nous sommes ici. Nous avons besoin de musiciens et nous payons bien.

— Votre accompagnateur bien né est muet ?

— Non, dit Olearius, pas non. Pas muet, je veux dire.

Elle rit.

— Je m'appelle Nele !

— Je suis maître Fleming.

— Olearius, dit Olearius. Mathématicien de la cour à Gottorf.

— Tu redescends ? s'écria Fleming. C'est difficile de parler dans ces conditions !

Comme sur ordre, la tour humaine s'effondra. L'homme du milieu sauta, l'homme au sommet fit une roulade avant, l'homme en bas fit une culbute, la femme parut tomber, mais l'imbroglio s'ordonna en vol, tous retombèrent sur leurs pieds et se tenaient debout là. Fleming applaudit, Olearius était figé.

— Il ne faut pas applaudir, dit Nele, ce n'est pas un numéro. Si cela avait été un numéro, vous seriez obligés de payer.

— Mais nous voulons payer, dit Olearius. Pour tes musiciens.

— C'est à vous de leur poser la question. Tous ceux qui sont chez nous sont libres. S'ils veulent partir avec vous, qu'ils le fassent. S'ils veulent poursuivre la route avec nous, ils le feront. Si on fait partie du cirque d'Ulespiègle, c'est qu'on veut en faire partie parce qu'il n'existe pas de meilleur cirque. Même l'homme difforme est ici de son plein gré, il ne serait pas aussi bien traité ailleurs.

— Tyll Ulespiègle est ici ? demanda Fleming.

— Les gens viennent de partout pour le voir, dit un des acrobates. Moi, je ne voudrais pas partir. Mais demandez aux musiciens.

— Nous avons un flûtiste et un trompettiste et un tambour et un homme qui joue de deux violons à la fois. Demandez-leur et, s'ils veulent partir, nous nous séparerons en tant qu'amis et nous trouverons d'autres musiciens, ce ne sera pas difficile, tout le monde veut faire partie du cirque d'Ulespiègle.

— Tyll Ulespiègle ? redemanda Fleming.

— Nul autre que lui.

— Et tu es sa sœur ?

Elle secoua la tête.

— Mais tu as dit…

— Je sais ce que j'ai dit, cher monsieur. C'est bien mon frère, mais je ne suis pas sa sœur.

— Comment est-ce possible ? demanda Olearius.

— Cela vous étonne, cher monsieur !

Elle le regarda droit dans les yeux ; son regard étincelait, le vent jouait dans ses cheveux. Olearius avait la gorge sèche et les membres engourdis, comme s'il avait attrapé une maladie en chemin.

— Ça vous échappe, hein ?

Elle donna un coup sur la poitrine d'un des acrobates et lui dit :

— Tu vas chercher les musiciens ?

L'homme acquiesça, se jeta en avant et s'en alla en marchant sur les mains.

— Une question. Fleming désigna l'âne qui broutait tranquillement l'herbe, levait la tête de temps à autre et les regardait de ses yeux ternes d'animal. Qui a donc appris à cet âne…

— Ventriloquie.

— Mais où se cache le ventriloque ?

— Demande à l'âne, dit la vieille.

— Qui es-tu, toi ? demanda Fleming. Tu es leur mère ?

— Dieu m'en garde, dit la vieille. Je suis la vieille, c'est tout. Suis la mère de personne, la fille de personne.

— Tu es forcément la fille de quelqu'un.

— Et si tous les gens dont j'étais la fille, y sont déjà sous l'herbe, je suis la fille de qui, alors ? Moi, c'est Else Kornfass, je viens de Stangenriet. J'étais devant chez moi à creuser dans mon petit jardin sans penser à rien, et v'là-ti pas qu'Ulespiègle et la fille, Nele, sont passés par là avec Origène et la charrette, et je me suis écriée : Que Dieu te salue, Tyll, parce que je l'ai r'connu, tout le monde le r'connaît, et le v'là qui tire sur la bride, de sorte que la charrette s'arrête et il dit : Ne salue pas Dieu, il a pas besoin de toi, viens plutôt avec nous. Je savais pas ce qu'il voulait, alors je lui ai dit : Faut pas se moquer des vieilles femmes, déjà parce qu'elles sont pauvres et faibles, et pis elles peuvent te jeter un sort pour que tu tombes malade, mais lui, il me dit : Tu ne fais pas partie de ces gens-là. T'es comme nous. Et moi : Peut-être ben que je l'aurais été, c'est ben possible, mais maintenant je suis vieille ! Sur quoi lui : On est tous vieux. Et moi : Mais je vais bientôt tomber raide morte. Et lui : Comme nous tous. Et moi : Si je m'effondre sur le chemin, vous ferez quoi ? Sur quoi lui : On te laissera là, parce que quand on est mort, on n'est plus mon ami. Là-dessus, j'ai plus su quoi répondre, cher monsieur, et v'là pourquoi j'suis là.

— Elle vit à nos crochets, dit Nele. Elle fiche pas grand-chose, elle dort beaucoup, elle a toujours un avis sur tout.

— Exact, dit la vieille.

— Mais elle a une sacrée mémoire, dit Nele. Elle récite des ballades très longues, elle oublie jamais une seule ligne.

— Des ballades allemandes ? demanda Fleming.

— Pour sûr, dit la vieille. J'ai jamais appris l'espagnol.

— Fais-nous entendre ça, dit Fleming.

— Si vous payez, je vous fais entendre quelque chose.

Fleming fouilla dans sa poche. Olearius leva les yeux vers la corde, il avait cru un instant voir quelqu'un là-haut, mais elle oscillait, vide, dans le vent. L'acrobate revint, suivi de trois hommes avec des instruments.

— Ça va vous coûter cher, dit le premier.

— On vient avec vous, dit le deuxième, mais on veut de l'argent.

— De l'argent et de l'or, dit le premier.

— Et pas qu'un peu, dit le troisième. Vous voulez entendre quelque chose ?

Et sans qu'Olearius leur ait donné un ordre quelconque, ils se mirent en place et commencèrent. L'un jouait du luth, un autre gonflait les joues sur sa cornemuse, le troisième faisait tournoyer deux baguettes de tambour, Nele rejeta ses cheveux en arrière et se mit à danser, tandis que la vieille récitait une ballade en cadence : elle ne chantait pas, elle parlait d'une voix monocorde et son rythme s'accordait à celui de la mélodie. Il était question de deux amants qui ne pouvaient pas se rejoindre parce qu'une mer les séparait, et Fleming s'accroupit dans l'herbe à côté de la vieille pour ne pas rater un seul mot.

Dans la calèche, Kircher se tenait la tête entre les mains en se demandant quand cet horrible vacarme allait enfin cesser. Il avait écrit le livre le plus important qui soit sur la musique et c'était justement la raison pour laquelle son ouïe était trop fine pour trouver du plaisir à ce braillement populaire. Il se sentit soudain à l'étroit dans la calèche, la banquette était dure et cette musique vulgaire témoignait d'une gaieté partagée par tout le monde, sauf lui.

Il soupira. La lumière du soleil lançait des flammes fines et froides à travers les fentes des rideaux. L'espace d'un instant, ce qu'il vit lui fit l'effet d'une vision liée à sa migraine et à ses yeux douloureux, puis il comprit qu'il ne se trompait pas. Quelqu'un était assis en face de lui.

L'heure était-elle venue ? Il avait toujours su que Satan en personne lui apparaîtrait un jour mais, curieusement, les signes manquaient. Cela ne sentait pas le soufre, le gaillard avait deux pieds humains et la croix que Kircher portait autour du cou n'était pas devenue chaude. Celui qui était assis là – même si Kircher ne comprenait pas comment il avait pu entrer aussi silencieusement – appartenait au genre humain. Il était extrêmement maigre, ses yeux enfoncés dans leurs orbites. Il portait un pourpoint avec un col en fourrure et il avait posé ses pieds aux chaussures pointues sur la banquette, un geste d'une insolence grossière. Kircher se tourna vers la portière.

L'homme se pencha en avant, lui posa presque avec tendresse la main sur l'épaule et tira le verrou de l'autre main.

— J'ai une question, dit-il.

— Je n'ai pas d'argent, dit Kircher. Pas ici dans la calèche. C'est un des secrétaires qui l'a dehors.

— C'est chouette que tu sois là. J'ai attendu si longtemps, je me disais que l'occasion ne se présenterait jamais, mais sache-le : l'occasion se présente toujours, c'est ça qui est bien, elle se présente tôt ou tard et, quand je t'ai vu, je me suis dit : Voilà, je vais enfin savoir. Ils disent que tu peux guérir les gens, moi aussi je peux le faire, tu sais ? Le mouroir de Mayence. Ça débordait de pestiférés, ça toussait, ça geignait, ça se lamentait et j'ai dit : J'ai une poudre, je vous la vends, elle vous rendra la santé, et les pauvres diables se sont écriés, pleins d'espoir : Donne-la-nous, donne-nous cette poudre ! Il faut d'abord que je la fabrique, ai-je dit, et ils se sont écriés : Fais cette poudre, fais-la, fais ta poudre ! Et j'ai dit : C'est pas si facile, il me manque un ingrédient et pour ça quelqu'un doit mourir. Le silence est tombé. Ça les a surpris. Pour le coup, personne n'a plus rien dit. Et je me suis écrié : Il faut que je tue l'un de vous, je suis désolé, on n'a rien sans rien. C'est que je suis un alchimiste, moi aussi, tu sais ! Comme toi, je connais les pouvoirs occultes et les esprits guérisseurs m'obéissent aussi.

Il rit. Kircher le dévisagea, puis il tendit la main vers la portière.

— Fais pas ça, dit l'homme d'une voix qui fit aussitôt retirer sa main à Kircher. Donc, je leur ai dit, quelqu'un doit mourir, mais ce n'est pas à moi de décider qui, c'est à vous de vous mettre d'accord. Et ils ont dit : Comment allons-nous faire ? Et je leur ai dit : Le plus malade d'entre vous, ce ne sera pas une grosse perte, alors voyez qui peut encore marcher, prenez vos béquilles, partez en courant, et le dernier qui se trouve dans le mouroir, je l'étripe. Et en un rien de temps, l'hospice était vide. Il ne restait que trois morts à l'intérieur. Aucun vivant. Vous voyez, leur ai-je dit, vous pouvez marcher, vous n'êtes pas mourants, je vous ai guéris. Tu ne me reconnais pas, Athanasius ?

Kircher le dévisagea.

— Ça fait un bail, dit l'homme. Beaucoup d'années, beaucoup de vent sur le visage, beaucoup de givre, le soleil vous brûle, la faim aussi, tout ça vous change. Alors que toi, tu as toujours la même tête, avec tes joues bien rouges.

— Je sais qui tu es, dit Kircher.

La musique retentissait dehors. Kircher se demanda s'il devait appeler à l'aide, mais la portière était verrouillée. Même s'ils l'entendaient, ce qui était peu probable, il leur faudrait d'abord forcer la portière et il n'osait pas imaginer ce que le gaillard pourrait lui faire subir pendant ce temps.

— Ce qu'il y avait dans ce livre. Il aurait tant voulu le savoir. Il aurait donné sa vie pour le savoir. Il l'a donnée, d'ailleurs. Pourtant il ne l'a jamais su. Mais moi, je vais pouvoir l'apprendre maintenant. Je me suis toujours dit que j'allais peut-être revoir un jour le jeune docteur et que j'allais enfin savoir, et te voilà. Alors ? Il y avait quoi dans ce livre en latin ?

Kircher se mit à prier en silence.

— Il n'avait pas de couverture, mais des images à l'intérieur. Sur l'une d'elles, on voyait un grillon et, sur une autre, un animal qui n'existe pas, avec deux têtes et des ailes, à moins qu'il existe, qu'est-ce que j'en sais. Sur une autre, on voyait un homme dans une église, mais elle n'avait pas de toit, juste des colonnes au-dessus, je m'en souviens, surmontées d'autres colonnes. Claus me l'a montrée en disant : Regarde, voici le monde. Je n'ai pas compris, lui non plus, je crois. Mais si lui n'y est pas arrivé, moi, au moins, j'aimerais le savoir, et toi, tu as examiné ses affaires et tu comprends le latin, alors dis-le-moi – c'était quoi, ce bouquin, qui l'a écrit, quel est son titre ?

Les mains de Kircher tremblaient. Il avait clairement en mémoire le gamin d'autrefois, clairement en mémoire le meunier, dont il n'oublierait jamais les derniers sons rauques sur la potence, clairement en mémoire aussi les aveux de la meunière en larmes, mais il avait eu tant de livres entre les mains durant sa vie, feuilleté tant de pages et vu tant de textes imprimés qu'il n'arrivait plus à les différencier. Il devait s'agir d'un ouvrage appartenant au meunier. Mais rien à faire, sa mémoire flanchait.

— Tu te rappelles l'interrogatoire ? lui demanda l'homme maigre d'une voix douce. L'homme plus âgé, le révérend, il a toujours dit : N'aie pas peur, nous te ferons pas de mal si tu dis la vérité.

— C'est ce que tu as fait.

— Et il ne m'a pas fait de mal, mais il l'aurait fait si je ne m'étais pas enfui.

— Oui, dit Kircher, tu as bien fait.

— J'ai jamais su ce que ma mère est devenue. Quelques personnes l'ont vue s'en aller, mais personne ne l'a vue arriver autre part.

— Nous t'avons sauvé, dit Kircher. Le diable se serait aussi emparé de toi, on ne peut pas vivre sans dommage à côté de lui. En reniant ton père, il a perdu son emprise sur toi. Ton père a avoué et il s'est repenti. Dieu est miséricorde.

— Je veux simplement le savoir. Ce livre. Il faut que tu me le dises. Et ne mens pas, car je m'en rendrai compte. C'est ce qu'il a toujours dit, ton vieux révérend : Ne mens pas, car je m'en rendrai compte. Pourtant, tu lui as menti sans arrêt et il ne s'en est pas rendu compte.

L'homme se pencha en avant. Son nez ne se trouvait plus qu'à un empan du visage de Kircher ; il
ne semblait pas tant le regarder que le renifler. Il
avait les yeux mi-clos et Kircher eut l'impression
qu'il le flairait.

— Je ne me rappelle pas, dit Kircher.

— Je ne te crois pas.

— J'ai oublié.

— Puisque je dis que je ne te crois pas.

Kircher se racla la gorge.

— Sator, dit-il à voix basse, puis il se tut. Ses
yeux se fermèrent, mais ils tressaillaient sous ses
paupières, comme s'il regardait d'un côté, puis de
l'autre, après quoi il rouvrit les yeux. Une larme
roula sur sa joue. Tu as raison, dit-il d'une voix
blanche. Je mens beaucoup. J'ai menti au Dr Tesimond, mais ce n'est rien. J'ai aussi menti à Sa Sain-
teté. Et à Sa Majesté, l'empereur. Je mens dans mes
livres. Je mens tout le temps.

Le professeur continua d'une voix cassée, mais
Tyll ne le comprenait plus. Il se sentait envahi d'une
étrange fatigue. Il s'essuya le front, une sueur froide
coulait sur son visage. La banquette devant lui était
vide, il était seul dans la calèche, la portière était
ouverte. Il descendit en bâillant.

Dehors flottait un épais brouillard. Des bancs
de brume passaient devant lui, l'air était imbibé de
blancheur. Les musiciens avaient arrêté de jouer, des
silhouettes fantomatiques se dessinaient, c'étaient les
accompagnateurs du professeur et cette ombre, là,
ça devait être Nele. Un cheval hennit quelque part.

Tyll s'assit par terre. Le brouillard se dissipait
déjà, traversé par quelques rayons de soleil. On distinguait à nouveau les calèches, plusieurs tentes et

les contours des bancs de spectateurs. Un instant après, il faisait grand jour, l'humidité s'évaporait de l'herbe, le brouillard s'était dissipé.

Les secrétaires se regardaient, perplexes. Un des deux chevaux de calèche avait disparu, le timon se dressait dans l'air. Tandis que tout le monde se demandait d'où était venu ce brouillard si soudain, et que les acrobates faisaient la roue parce qu'ils ne supportaient pas de ne pas la faire pendant un moment, tandis que l'âne broutait de l'herbe et que la vieille reprenait son récit pour Fleming, tandis qu'Olearius et Nele bavardaient, Tyll était assis là, inerte, les yeux plissés et le nez au vent. Il ne se leva pas non plus lorsqu'un des secrétaires s'approcha pour dire à Olearius que Son Excellence le professeur Kircher était visiblement partie à cheval sans dire un mot. Il n'avait même pas laissé de message !

— Nous ne trouverons pas le dragon sans lui, dit Olearius.

— On l'attend ? demanda le secrétaire. Peut-être qu'il va revenir.

Olearius jeta un regard en direction de Nele.

— C'est sûrement la meilleure chose à faire, dit-il.

— Qu'est-ce qui t'arrive ? demanda Nele, qui était allée vers Tyll.

Il leva les yeux.

— Je ne sais pas.

— Qu'est-ce qui s'est passé ?

— J'ai oublié.

— Jongle pour nous. Et tout rentrera dans l'ordre.

Tyll se leva. Il chercha à tâtons le sac suspendu à sa hanche, il en sortit une balle de cuir jaune, puis une rouge, puis une bleue, puis une verte. Il se mit à les lancer nonchalamment en l'air, après quoi il en sortit d'autres, encore et encore, jusqu'à ce que des dizaines de balles semblent sautiller au-dessus de ses mains écartées. Tous regardaient les balles monter, descendre, remonter, et même les secrétaires ne purent s'empêcher de sourire.

C'était tôt le matin. Nele avait attendu un bon moment devant la tente. Elle avait réfléchi, fait les cent pas, prié, arraché de l'herbe, pleuré en silence, pétri ses doigts et fini par se ressaisir.

À présent, elle se glissa dans la tente. Tyll dormait mais, lorsqu'elle lui effleura l'épaule, il se réveilla aussitôt.

Elle lui dit qu'elle avait passé la nuit avec M. Olearius, courtisan de Gottorf, là-bas dans le champ.

— Et alors ?

— Cette fois, c'est différent.

— Il ne t'a pas fait de joli cadeau ?

— Si, si.

— Alors c'est comme d'habitude.

— Il voudrait que je parte avec lui.

Tyll haussa les sourcils en feignant la surprise.

— Il veut m'épouser.

— Non.

— Si.

— Toi ?

— Moi.

— Pourquoi ?

— Il le pense vraiment. Il habite dans un château. C'est pas un beau château, qu'il dit, et il y fait froid en hiver, mais il a de quoi manger et il a aussi un duc qui s'occupe de lui, et il n'a rien d'autre à faire en échange que d'instruire les enfants du duc et faire quelques calculs et veiller sur des livres.

— Sinon ils s'échappent, les bouquins ?

— Comme j'te dis, il a la belle vie.

Tyll se roula sur son sac de paille, retomba sur ses pieds, se leva.

— Dans ce cas, faut que tu partes avec lui.

— Je l'aime pas tant que ça, mais c'est quelqu'un de bien. Et de très seul. Sa femme est morte quand il était en Russie. Je sais pas où ça se trouve, la Russie.

— Près de l'Angleterre.

— Finalement, on n'est pas allés en Angleterre.

— En Angleterre, c'est comme ici.

— Et quand il est rentré de Russie, elle était déjà morte, ils n'avaient pas d'enfants et, depuis, il est triste. Il est encore à peu près en bonne santé, je m'en suis aperçue, et je crois qu'on peut lui faire confiance. Un homme comme ça, il n'y en aura plus d'autre sur mon chemin.

Tyll s'assit à côté d'elle et posa le bras autour de ses épaules. Dehors, on entendait la vieille réciter une ballade. Visiblement, Fleming était toujours à côté d'elle et il la faisait réciter encore et encore, pour retenir les paroles.

— Un gars dans son genre, ça vaut mieux qu'un Steger, dit-elle.

— Sans doute qu'il te battra même pas.

— C'est bien possible, dit Nele d'un air songeur. Et s'il le fait, je le frapperai en retour. Ça va le surprendre.

— Tu peux même encore avoir des enfants.

— J'aime pas les enfants. Et il est déjà vieux. Mais il sera reconnaissant, avec ou sans enfants.

Elle se tut. Le vent fit claquer la bâche de la tente et la vieille recommença depuis le début.

— J'en ai pas envie, au fond.

— Mais tu dois le faire.

— Pourquoi ?

— Parce qu'on n'est plus tout jeunes, sœurette. Et on ne rajeunit pas. Pas d'un seul jour. On n'a pas la belle vie quand on est vieux et sans patrie. Lui, il habite dans un château.

— Mais nous deux, on est faits pour être ensemble.

— Oui.

— Peut-être qu'il t'emmènera aussi.

— Ce n'est pas possible. Je ne peux pas habiter dans un château. Je ne le supporterais pas. Et même si j'arrivais à le supporter, ils ne voudraient pas me garder très longtemps. Ou bien ils me chasseraient, ou bien j'incendierais le château. Soit l'un, soit l'autre. Mais ce serait ton château, donc je n'ai pas le droit de l'incendier, donc c'est pas possible.

Ils se turent pendant un moment.

— Oui, ça n'ira pas, dit-elle ensuite.

— Pourquoi veut-il de toi, au juste ? demanda Tyll. T'es pas si belle que ça.

— Je vais t'en coller une.

Il rit.

— Je crois qu'il m'aime.

— Quoi ?

— Je sais, je sais.

— Il t'aime ?

— Ça s'est déjà vu.

Dehors, l'âne émit un bruit d'âne et la vieille récita une nouvelle ballade.

— S'il n'y avait pas eu ces maraudeurs, dit Nele. À l'époque, dans la forêt.

— N'en parle pas.

Elle se tut.

— En temps normal, les gens comme lui ne veulent pas de gens comme toi, dit-il. C'est sûrement une bonne personne. Et même si ce n'est pas le cas – il a un toit au-dessus de la tête et des pièces dans sa bourse. Dis-lui que tu pars avec lui et dis-le-lui avant qu'il change d'avis.

Nele se mit à pleurer. Tyll enleva la main de son épaule et la regarda. Elle se calma rapidement.

— Tu viendras me rendre visite ? demanda-t-elle.

— Je ne crois pas.

— Pourquoi ?

— Réfléchis, c'est impossible. Il ne voudra pas qu'on lui rappelle l'endroit où il t'a trouvée. Au château, personne ne sera au courant et, toi non plus, tu ne voudras pas qu'on le sache. Les années vont passer, sœurette, bientôt tout cela ne sera plus réel, seuls tes enfants s'étonneront de te voir aussi bien danser et chanter et tout rattraper.

Elle lui donna une bise sur le front. Elle se glissa hors de la tente avec hésitation, se leva et alla vers les calèches pour annoncer au mathématicien de la cour qu'elle acceptait sa proposition et s'installerait avec lui à Gottorf.

Lorsqu'elle revint, elle trouva la tente de Tyll vide. Il était parti à la vitesse de l'éclair sans rien emporter, à part les balles de jonglage, une longue corde et l'âne. Seul maître Fleming, qui l'avait croisé dans la prairie, avait eu le temps de lui parler. Mais il refusa de révéler ce que Tyll lui avait dit.

Le cirque se dispersa dans toutes les directions. Les musiciens s'en allèrent au sud avec les acrobates, le cracheur de feu s'en alla à l'ouest avec la vieille, les autres partirent vers le nord-est dans l'espoir de rester à l'écart de la guerre et de la faim. L'homme difforme trouva une place dans le cabinet de curiosités du prince-électeur de Bavière. Les secrétaires arrivèrent trois mois plus tard à Rome, où Athanasius Kircher les attendait déjà avec impatience. Il ne quitta plus jamais la ville, fit des milliers d'expériences et rédigea des dizaines de livres, jusqu'à ce qu'il meure dans l'estime générale quarante ans plus tard.

Nele Olearius survécut trois ans à Kircher. Elle eut des enfants et enterra son époux qu'elle n'avait jamais aimé, mais toujours apprécié parce qu'il la traitait bien et n'exigeait rien d'elle, si ce n'est un peu de gentillesse. Sous ses yeux, le château de Gottorf connut de nouveau une période florissante, elle vit grandir ses petits-enfants et eut encore le temps de bercer son premier arrière-petit-fils sur ses genoux. Nul ne se doutait qu'elle avait jadis sillonné le pays avec Tyll Ulespiègle mais, exactement comme il l'avait prédit, ses petits-enfants s'étonnaient de voir que, même à un âge avancé, elle arrivait à attraper tout ce qu'on lui lançait. Elle était appréciée et reconnue, personne n'aurait imaginé qu'elle eût été un jour autre chose qu'une femme respectable. Elle ne raconta pas non plus qu'elle espérait encore que le gamin avec lequel elle avait quitté autrefois le village de ses parents reviendrait et l'emmènerait avec lui.

C'est seulement lorsque la mort la saisit et, avec elle, la confusion des derniers jours, qu'elle eut soudain l'impression de le voir. Il se tenait à la fenêtre, maigre et souriant, il entra dans sa chambre, maigre et souriant, elle s'assit en souriant et lui dit :

— Tu as mis le temps !

Et le duc de Gottorf, un fils du duc qui avait engagé son mari à l'époque, était venu à son chevet pour faire ses adieux au plus ancien membre de sa maison. Il comprit que ce n'était pas le moment de corriger les erreurs, prit la petite main raide qu'elle lui tendait et son instinct lui fournit la réponse :

— Oui, mais maintenant je suis là.

Au cours de la même année, le dernier dragon du Nord s'éteignit dans la plaine du Holstein. Il avait dix-sept mille ans et il en avait assez de se cacher.

C'est pourquoi il posa sa tête dans la bruyère, allongea son corps, qui se confondait si parfaitement avec le sol que même un aigle n'aurait pas pu le distinguer, dans les herbes tendres, il soupira et regretta un instant que tout ça soit fini, les parfums, les fleurs et le vent, navré de ne plus revoir les nuages dans la tempête, ni le lever du soleil ni l'ombre arrondie de la terre sur la lune bleu cuivré, spectacle dont il avait toujours été particulièrement friand.

Il ferma ses quatre yeux et poussa un dernier grognement lorsqu'il sentit un moineau se poser sur son nez. Peu lui importait car il avait vu tant de choses, sauf qu'il ne savait toujours pas ce qui arrivait à une créature dans son genre après la mort. Il s'endormit dans un soupir. Sa vie avait duré longtemps. Il était temps de se métamorphoser.

DANS LA GALERIE

Dieu tout-puissant, Seigneur Jésus-Christ, viens-nous en aide, a dit Matthias tout à l'heure, et Korff a répondu : Mais il est pas là, Dieu ! Sur quoi Kurt-la-ferraille a dit : Dieu est partout, sale porc, sur quoi Matthias a dit : Pas ici sous terre, puis tout le monde a rigolé, mais il y a eu une détonation et un souffle d'air si puissant et si chaud qu'il les a jetés à terre. Tyll est tombé sur Korff, Matthias sur Kurt-la-ferraille, puis il a fait noir comme dans un four. Pendant un temps, personne n'a bougé, tout le monde a retenu son souffle, chacun s'est demandé s'il était mort et, peu à peu, tout le monde a compris – c'est le genre de choses qu'on ne comprend jamais d'emblée – que la galerie s'était effondrée. Ils savent qu'ils ne doivent pas faire de bruit parce que, si les Suédois ont fait une percée, si ces gaillards se trouvent juste au-dessus d'eux dans le noir avec leurs lames étincelantes, ça veut dire pas un mot, pas le moindre, ne pas respirer, surtout ne pas renifler, ne pas haleter, ne pas tousser.

Il fait sombre. Mais pas comme là-haut. En temps normal, quand il fait sombre, on y voit quand même un peu. On ne sait pas bien ce qu'on voit, mais ce n'est pas rien ; tu bouges la tête, l'obscurité n'est pas la même partout et une fois que tu t'y es habitué, des contours se détachent. Mais pas ici. L'obscurité demeure. Le temps passe et quand davantage de temps a passé, qu'ils ne peuvent plus retenir leur respiration et se remettent à respirer avec prudence, il fait toujours aussi sombre, comme si Dieu avait éteint toutes les lumières du monde.

En fin de compte, vu qu'il ne semble pas y avoir de Suédois armés de leurs couteaux au-dessus d'eux, Korff dit : Au rapport !

Et Matthias : Depuis quand t'es le chef, espèce de brute imbibée ?

Et Korff : Ordure, le lieutenant a crevé hier, maintenant c'est moi qui ai le plus d'ancienneté.

Là-dessus Matthias : Oui, en haut peut-être, mais pas ici.

Là-dessus Korff : Je vais te tuer si tu ne viens pas au rapport. Je dois savoir qui est encore en vie.

Là-dessus Tyll : Je crois que je suis encore en vie.

La vérité, c'est qu'il n'en est pas sûr. Comment le savoir quand on gît dans l'obscurité totale. Mais maintenant qu'il a entendu sa propre voix, il se rend compte que c'est vrai.

— Alors pousse-toi de là, dit Korff. T'es allongé sur moi, squelette !

Quand il a raison, il a raison, pense Tyll, ce n'est vraiment pas une bonne idée d'être allongé sur Korff. Donc il se roule sur le côté.

— Matthias, à toi de venir au rapport, dit Korff.

— Alors je viens au rapport.

— Kurt ?

Ils attendent, mais Kurt-la-ferraille, qu'ils appellent tous ainsi à cause de sa main droite en fer, à moins que ce soit la gauche, personne ne s'en souvient précisément, il fait noir, on ne peut pas vérifier, ne vient pas au rapport.

— Kurt ?

Il n'y a aucun bruit, on n'entend même plus les explosions. On les entendait encore à l'instant, de lointains coups de tonnerre venant d'en haut et faisant trembler les pierres ; c'étaient les Suédois de Torstensson qui tentaient de faire sauter les bastions. Mais en ce moment, on n'entend plus que les respirations. On entend respirer Tyll, et Korff, et Matthias, mais pas Kurt.

— T'es mort ? s'écrie Korff. Kurt, t'as crevé ?

Mais Kurt ne dit toujours rien, ce qui ne lui ressemble pas, il est quasiment intarissable en temps normal. Tyll entend Matthias tâtonner. Il cherche sans doute à palper le cou de Kurt, à cause du pouls, puis sa main – d'abord celle en fer, ensuite la vraie. Tyll a une quinte de toux. C'est poussiéreux ici, il n'y a pas un souffle, l'air a une consistance de beurre épais.

— Oui, il est mort, finit par dire Matthias.

— Sûr ? demande Korff.

On entend à sa voix combien ça le turlupine – c'est lui qui a le plus d'ancienneté depuis hier parce que le lieutenant a été fauché et voilà qu'il n'a déjà plus que deux subordonnés.

— Il respire pas, dit Matthias, son cœur bat pas et il veut pas non plus parler et, à cet endroit, tu peux sentir que la moitié de la tête est plus là.

— Merde, dit Korff.

— Oui, dit Matthias, c'est vraiment merdique. Même si, tu sais, je l'aimais pas. Hier il m'a pris mon couteau et quand je lui ai dit : Redonne-le-moi, il a dit : Pas de problème, mais seulement entre tes côtes. Bien fait pour lui.

— Oui, bien fait pour lui, dit Korff, que Dieu ait pitié de son âme.

— Son âme, elle sortira pas d'ici, dit Tyll. Comment pourrait-elle trouver la sortie ?

Ils se taisent un moment, angoissés à l'idée que l'âme de Kurt soit peut-être encore là, froide et glissante et sans doute furieuse. Puis on entend un grattement, un déplacement, un frottement.

— Qu'est-ce que tu fabriques ? demande Korff.

— Je cherche mon couteau, dit Matthias. Je vais pas le laisser à ce porc.

Tyll a une nouvelle quinte de toux. Puis il demande :

— Qu'est-ce qu'il s'est passé ? Ça fait pas longtemps que je fais ce métier, pourquoi est-ce qu'il fait nuit ?

— Parce que le soleil ne passe pas, dit Korff. Trop de terre entre lui et nous.

Bien fait pour moi, se dit Tyll, il n'a qu'à se moquer, elle était vraiment pas futée, ma question. Pour se rattraper, il demande :

— Est-ce qu'on va mourir ?

— Oui, bien sûr, dit Korff. Nous et tous les autres.

Là aussi, il a raison, pense Tyll ; pourtant, qui sait, moi par exemple, je ne suis encore jamais mort. Puis, l'obscurité étant parfois très déconcertante, il essaie de se rappeler comment il s'est retrouvé dans cette galerie.

C'est d'abord parce qu'il est allé à Brno. Il aurait pu aller ailleurs, mais on est toujours plus intelligent après coup, et il est allé à Brno parce qu'on disait que la ville était riche et sûre. Personne ne se doutait que le père Torstensson débarquerait ici avec la moitié de l'armée suédoise, tout le monde disait qu'il irait à Vienne, là où croupit l'empereur, seulement on ne sait pas ce qu'ils cogitent, ces messieurs, sous leurs grands chapeaux.

Puis c'est à cause du commandant de la ville avec ses sourcils broussailleux, sa barbichette, ses joues luisantes de graisse et cette fierté dans chaque petit doigt tendu. Il a regardé Tyll se produire sur la place principale, avec effort visiblement parce qu'il a les paupières tombantes de la noblesse et qu'une personne de son rang pense sans doute avoir mérité plus beau spectacle qu'un bouffon en pourpoint bigarré.

— T''as rien de mieux que ça ? a-t-il grogné.

Certes, il n'arrive pas souvent à Tyll de s'énerver mais, quand ça arrive, il surpasse tout le monde en insultes et ce qu'il dit, l'autre ne l'oublie pas de sitôt. C'était quoi, déjà ? L'obscurité vous embrouille vraiment la mémoire. L'embêtant, c'est qu'on venait tout juste de recruter des hommes pour défendre la forteresse de Brno.

— Attends un peu, tu vas nous aider, tu vas rejoindre les soldats ! Tu peux choisir ton unité. Mais veillez à ce qu'il ne décampe pas !

Sur quoi il a éclaté de rire, le commandant de la ville, comme si c'était une bonne plaisanterie, et elle n'était pas mauvaise, il faut l'avouer, car c'est bien de cela qu'il s'agit durant un siège : personne ne doit pouvoir décamper ; si on pouvait décamper d'une ville assiégée, elle ne le serait plus.

— Et maintenant, qu'est-ce qu'on fait ? entend Tyll demander à Matthias.

— On cherche la pioche, répond Korff. Elle doit se trouver là, par terre. J'aime autant te dire que sans la pioche, c'est même pas la peine d'essayer. Si on la trouve pas, c'en est fini de nous.

— C'est Kurt qui l'avait, dit Tyll. Elle doit se trouver sous Kurt.

Il entend les deux hommes gratter, pousser, tâtonner et jurer dans l'obscurité. Il reste assis, il n'a pas envie de les gêner et il ne veut surtout pas qu'ils se rappellent que ce n'est pas Kurt qui tenait la pioche, mais lui. Il n'en est pas tout à fait sûr parce que l'esprit s'embrouille de plus en plus ici, on se souvient distinctement des événements lointains, mais plus un événement est proche de la détonation de tout à l'heure, plus il se transforme en bouillie et se liquéfie dans la tête. Tyll est à peu près certain qu'il avait la pioche mais, comme elle était lourde et n'arrêtait pas de glisser entre ses jambes, il l'a plantée quelque part dans la galerie. Il n'en dit rien, mieux vaut que les deux autres croient qu'elle se trouve près de Kurt-la-ferraille qui, lui, a déjà fait le plus dur, peu importe leur colère, ça ne lui fera ni chaud ni froid.

— Tu nous aides, squelette ? demande Matthias.

— Bien sûr que oui, dit Tyll sans bouger. J'arrête pas de chercher ! Je cherche comme un fou, comme une taupe, t'entends pas ?

Étant donné qu'il sait bien mentir, cela leur suffit. S'il ne veut pas bouger, c'est à cause de l'air. Il est étouffant à en crever, rien n'entre, rien ne sort, on a vite fait de s'évanouir et de ne plus se réveiller. Dans une atmosphère pareille, mieux vaut ne pas se déplacer et respirer le moins possible.

Il n'aurait pas dû rejoindre les mineurs. C'était une erreur. Les mineurs sont dans les profondeurs, voilà ce qu'il s'est dit, pendant que les balles fusent là-haut. La terre protège les mineurs, s'est-il dit. L'ennemi a des mineurs pour faire sauter nos murailles et nous avons des mineurs pour faire sauter les galeries que l'ennemi creuse sous nos murailles. Les mineurs creusent, s'est-il dit, pendant que là-haut ça se tape dessus et ça s'étripe. Et, pour peu qu'un mineur soit attentif et saisisse l'occasion, il n'a qu'à continuer de creuser, il creuse un tunnel rien que pour lui et il se retrouve quelque part à l'air libre, au-delà des fortifications, voilà ce qu'il s'est dit, puis il s'échappe, ni vu ni connu. Comme Tyll s'est dit ça, il a déclaré à l'officier qui l'avait saisi au collet qu'il voulait rejoindre les mineurs.

Et l'officier :

— Quoi ?

— Le commandant a dit que je pouvais choisir !

Et l'officier :

— D'accord, mais – vraiment ? Chez les mineurs ?

— Vous m'avez entendu.

Oui, c'était stupide. Les mineurs meurent presque toujours, mais ils le lui ont dit une fois sous terre. Sur cinq mineurs, il en meurt quatre. Sur dix, il en meurt huit. Sur vingt, il en meurt seize, sur cinquante, quarante-sept et sur cent, ils meurent tous.

Au moins, Origène a pu s'échapper. C'est à cause de leur dispute, il y a à peine un mois, sur la route de Brno.

— Dans la forêt, il y a des loups, a dit l'âne, ils ont faim, ne me laisse pas seul ici.

— N'aie pas peur, les loups sont loin.

— Je peux les sentir, tellement ils sont près. Toi, tu peux grimper sur un arbre, mais moi, je reste en bas et qu'est-ce que je fais s'ils viennent ?

— Tu fais ce que je te dis !

— Mais si tu dis une bêtise ?

— Tu le fais quand même. Parce que c'est moi l'homme. Je n'aurais jamais dû t'apprendre à parler.

— On n'aurait pas dû t'apprendre non plus, tu ne dis presque rien de sensé et tu ne jongles plus très bien. D'ici peu, ton pied va déraper sur la corde. Je n'ai pas d'ordres à recevoir de toi !

Sur quoi Tyll a grimpé rageusement sur l'arbre et l'âne est resté rageusement en bas. Tyll a dormi si souvent sur des arbres que cela ne lui pose plus problème – il faut une grosse branche et une corde pour s'attacher, un bon sens de l'équilibre et, comme pour tout le reste dans la vie, il faut de l'entraînement.

Il a entendu l'âne râler pendant la moitié de la nuit. Il a grondé et grommelé jusqu'à ce que la lune se lève et Tyll a certes eu pitié de lui, mais il était tard et on ne peut pas reprendre la route en pleine nuit, alors que faire. Tyll s'est donc endormi et, à son réveil, l'âne n'était plus là. Ce n'était pas la faute des loups, il aurait remarqué leur présence ; l'âne avait visiblement décidé qu'il pouvait s'en sortir seul et n'avait pas besoin de ventriloque.

Pour ce qui est du jonglage, Origène avait raison. Ici, à Brno, devant la cathédrale, Tyll a raté son coup et une balle est tombée par terre. Il a fait comme si c'était voulu, il a arboré une grimace qui a fait rire tout le monde, mais ce n'est pas une plaisanterie, cela peut encore lui arriver et si, la prochaine fois, c'est vraiment son pied qui dérape sur la corde, que se passera-t-il ?

La bonne chose, c'est qu'il n'aura sans doute plus à s'en soucier. On dirait bien qu'ils ne sortiront pas d'ici.

— On dirait bien qu'on ne sortira pas d'ici, dit Matthias.

Pourtant c'est Tyll qui l'a dit, ce sont ses pensées qui se sont égarées dans la tête de Matthias dans l'obscurité, à moins que ce soit l'inverse, comment le savoir. On aperçoit maintenant des lucioles qui filent comme des vers luisants, mais qui ne sont pas vraiment là, Tyll le sait, car il a beau voir les lucioles, il voit aussi qu'il fait toujours aussi noir.

Matthias gémit et Tyll entend un claquement, comme si quelqu'un avait donné un coup de poing contre la paroi. Puis Matthias lance un magnifique juron que Tyll ne connaît pas encore. Faut que je le retienne, se dit-il, après quoi il l'oublie aussitôt et il se demande s'il l'a simplement inventé, mais quoi au juste, qu'a-t-il inventé ? Tout d'un coup, il ne sait plus.

— On ne sortira pas d'ici, répète Matthias.

— Ferme-la, imbécile, dit Korff, on va trouver la pioche, on va se libérer, Dieu nous aidera.

— Pourquoi le ferait-il ? demande Matthias.

— Il n'a pas aidé le lieutenant non plus, dit Tyll.

— Je vais vous défoncer le crâne, dit Korff, et là, c'est sûr que vous sortirez pas d'ici.

— Pourquoi t'es chez les mineurs, au fait ? demande Matthias. T'es quand même Ulespiègle !

— Ils m'ont forcé. Tu crois que je m'engagerais volontairement ? Et toi, pourquoi t'es là ?

— On m'a forcé aussi. J'ai volé du pain, on m'a mis aux fers, ça va aussi vite que ça. Mais toi ? Comment c'est arrivé ? T'es célèbre ! Pourquoi force-t-on quelqu'un comme toi ?

— Ici, en bas, personne n'est célèbre, dit Korff.

— Et toi, qui est-ce qui t'a forcé ? demande Tyll à Korff.

— Moi, personne peut me forcer. Celui qui veut forcer Korff, Korff le tue. J'étais chez les tambours de Christian von Halberstadt, puis je suis allé chez les Français en tant que mousquetaire, puis chez les Suédois mais, comme ils m'ont pas payé ma solde, j'suis retourné chez les Français en tant qu'artilleur. Après quoi ma batterie s'est fait toucher, t'imagines même pas le spectacle, le boulet rouge en plein dans le mille, toute la poudre qui part en vrille, du feu comme à la fin du monde, mais le père Korff, il s'est vite jeté dans les buissons et il a survécu. Puis j'ai rejoint les impériaux, mais ils avaient pas besoin de canonniers et je voulais plus être piquier, du coup j'suis allé à Brno et, comme j'avais plus d'argent et que personne n'a une solde aussi bonne que les mineurs, je me suis mis à creuser. Ça fait d'jà trois semaines. La plupart vivent pas aussi longtemps. Juste avant, j'étais chez les Suédois et v'là que je tue les Suédois maintenant, et vous deux, bande de corniauds, z'avez de la chance d'être ensevelis avec le père Korff, parce que le père Korff, il crève pas si vite.

Il veut continuer, mais l'air vient à lui manquer et il tousse, puis il se tient tranquille un moment.

— Hé, squelette, finit-il par dire, t'as de l'argent ?

— J'ai que dalle, dit Tyll.

— Mais t'es célèbre. Comment peut-on être célèbre et ne pas avoir d'argent ?

— Quand on est bête, on y arrive.

— Et t'es bête ?

— Mon frère, si j'étais intelligent, est-ce que je serais ici ?

Korff est bien forcé de rire. Comme Tyll sait que personne ne peut le voir, il palpe son pourpoint.

Les pépites d'or dans le col, l'argent dans la boutonnière, les deux perles, bien cousues dans le revers, tout est encore là.

— Franchement, dit-il. Si j'avais quelque chose, je te le donnerais.

— T'es qu'une pauvre andouille, toi aussi, dit Korff.

— Pour l'éternité, amen.

Ils ne peuvent s'empêcher de rire tous les trois.

Tyll et Korff s'arrêtent de rire. Matthias continue. Ils attendent, mais il rit encore.

— Il s'arrête plus, dit Korff.

— Il devient fou, dit Tyll.

Ils attendent. Matthias rit encore.

— J'y étais, aux portes de Magdebourg, dit Korff. Je faisais partie des assiégeants, c'était avant que je sois chez les Suédois, j'étais encore chez les impériaux. Quand la ville est tombée, on a tout pris, tout brûlé, tué tout le monde. Faites ce que vous voulez, a dit le général. On n'y arrive pas d'emblée, tu sais, faut d'abord s'habituer à l'idée qu'on a vraiment le droit. Que c'est possible. De faire ce qu'on veut avec des êtres humains.

Tyll a soudain l'impression qu'ils sont revenus à l'air libre et qu'ils sont assis tous les trois dans une prairie, le ciel bleu au-dessus d'eux, le soleil si lumineux qu'on plisse les yeux. Mais, tandis qu'il cligne des yeux, il sait que ce n'est pas vrai, puis il ne se rappelle plus ce que c'est qui n'est pas vrai et qu'il savait encore à l'instant, puis il a une quinte de toux, à cause de l'air vicié, et la prairie a disparu.

— Je crois que Kurt a dit quelque chose, dit Matthias.

— Il a dit que dalle, dit Korff.

Il a raison, pense Tyll, qui n'a rien entendu non plus. Matthias se fait des idées, Kurt n'a rien dit.

— Je l'ai entendu aussi, dit Tyll. Kurt a dit quelque chose.

On entend aussitôt Matthias secouer Kurt-la-ferraille.

— T'es encore en vie, s'écrie-t-il, t'es encore là ?

Tyll se souvient de la journée d'hier, ou était-ce avant-hier ? L'attaque durant laquelle le lieutenant a été tué. Soudain, le trou dans la paroi de la galerie, soudain les couteaux et les cris et les détonations et les craquements, il s'est enfoncé dans la crasse, quelqu'un lui a marché sur le dos et, quand il a relevé la tête, c'était déjà fini : un Suédois a plongé son couteau dans l'œil du lieutenant, Korff a tranché la gorge au Suédois, Matthias a tiré un coup de pistolet dans le ventre du deuxième Suédois qui a crié comme un cochon qu'on saigne, car rien n'est plus douloureux qu'une balle dans le ventre, et le troisième Suédois s'est planté devant un des leurs, dont Tyll n'a jamais su le nom parce qu'il n'était pas là depuis longtemps, mais peu importe maintenant, il n'a plus besoin de le savoir, et il lui a coupé la tête avec son sabre, si bien que ça a giclé comme de l'eau rouge en ébullition, mais le Suédois n'a pas eu le temps de s'en réjouir parce que Korff, dont le pistolet était encore chargé, lui a tiré une balle dans la tête, clic-clac, tic-tac, ça a été très vite fait.

Ce genre de choses ne dure jamais longtemps. Même dans la forêt, à l'époque, c'est allé vite, Tyll ne peut s'empêcher d'y repenser, à cause de l'obscurité. Tout s'embrouille dans l'obscurité et les choses qu'on a oubliées reviennent d'un coup. À l'époque, dans la forêt, c'est lui qui était le plus près de la marraine, il a senti sa main, c'est pourquoi il connaît son contact, c'est pourquoi il la reconnaît maintenant. Il n'en a jamais parlé, il n'y a plus repensé. Voilà ce qu'on peut faire : ne pas penser à une chose. Et c'est comme si elle n'avait jamais eu lieu.

Mais maintenant, dans l'obscurité, tout remonte à la surface. Fermer les yeux, ça n'aide pas plus que de les ouvrir en grand et, pour chasser l'image, il dit :

— Si on chantait ? Peut-être que quelqu'un nous entendra !

— Moi, je chante pas, dit Korff.

Puis Korff se met à chanter : C'est une faucheuse qu'on appelle la mort. Matthias l'accompagne, puis Tyll se joint à eux et les deux autres se taisent aussitôt pour l'écouter. Tyll a une voix aiguë, claire et puissante. Le Dieu suprême est son point fort. Aujourd'hui son couteau s'aiguise, la coupe est bien plus précise, il coupera bientôt dans l'tas, on n'y échappera pas.

— Chantez avec moi ! dit Tyll.

Ils s'exécutent, mais Matthias s'arrête aussitôt et rigole tout seul. Prends garde, belle fleurette. Ce qui verdit et fleurit aujourd'hui sera fauché en plein midi. On entend aussi Kurt qui les accompagne. Sa voix n'est pas très forte, elle est rauque et il chante faux, mais on ne peut pas se montrer trop sévère : quand quelqu'un est mort, c'est déjà difficile pour lui de chanter. Nobles narcisses, parures des prairies, pavots d'Orient, jacinthes jolies. Prends garde, belle fleurette.

— Fichtre, dit Korff.

— J't'avais bien dit qu'il était célèbre, dit Matthias. Quel honneur. Un homme respecté crève à nos côtés.

— C'est vrai que je suis célèbre, dit Tyll, mais j'ai jamais été un homme respecté de toute ma vie. Vous pensez qu'on m'a entendu chanter, vous pensez que quelqu'un va venir ?

Ils tendent l'oreille. Les explosions ont repris. Un grondement, un tremblement dans le sol, le silence. Grondement, tremblement, silence.

— Torstensson va nous faire sauter la moitié des remparts, dit Matthias.

— Il pourra pas, dit Korff. Nos mineurs sont meilleurs que les siens. Les nôtres vont trouver les galeries des Suédois et les enfumer. T'as pas encore vu le grand Karl en colère.

— Le grand Karl est toujours en colère et toujours bourré, dit Matthias. Je peux l'étrangler avec une main dans le dos.

— T'as la cervelle dans la mouise !

— Tu veux que je te montre ? Tu te prends pour un grand monsieur à cause de Magdebourg et qu'est-ce que j'en sais, moi, où t'es allé !

Korff se tait un instant avant de dire à voix basse :

— Toi, je vais te frapper à mort.

— Ah oui ?

— Pour de bon.

Puis ils restent silencieux un moment et on entend les impacts des charges explosives là-haut et les éboulis de roches. Matthias ne dit rien parce qu'il a compris que Korff ne plaisante pas ; et Korff ne dit rien non plus parce qu'il est soudain terrassé par le désir, Tyll le sait très bien car dans le noir, les pensées ne restent pas dans un seul crâne, on reçoit aussi celles des autres, qu'on le veuille ou non. Korff se languit d'air et de lumière et de liberté de mouvement. Puis, comme cela lui rappelle autre chose, il dit :

— La grosse Hanne !

— Oh oui, dit Matthias.

— Ses grosses cuisses, dit Korff. Son derrière.

— Mon Dieu, dit Matthias. Son derrière. Son cul. Son cul derrière.

— Tu l'as eue, toi aussi ?

— Non, dit Matthias. Je la connais pas.

— Et ses seins, dit Korff. J'en ai connu une autre avec des seins pareils, près de Tübingen. T'aurais dû voir ça. Elle faisait tout ce que tu veux, comme si Dieu existait pas.

— T'as eu beaucoup de femmes, Ulespiègle ? demande Matthias. T'avais de l'argent autrefois, t'as dû te faire plaisir, raconte.

Tyll s'apprête à répondre, mais ce n'est plus Matthias qui est à côté de lui, c'est le jésuite sur son tabouret et il le voit aussi nettement qu'à l'époque : Tu dois dire la vérité, tu dois nous raconter comment le meunier a invoqué le diable, tu dois dire que tu avais peur. Pourquoi dois-tu le dire ? Parce que c'est vrai. Parce que nous le savons. Et si tu mens, regarde, voici maître Tilman, regarde ce qu'il a dans la main, il va l'utiliser, alors parle. Ta mère a parlé, elle aussi. Elle ne voulait pas au début, il a fallu qu'elle le sente, alors elle l'a senti et elle a parlé, c'est toujours ainsi, ils parlent tous quand ils le sentent. Nous savons déjà ce que tu vas dire parce que nous savons ce qui est vrai mais nous devons te l'entendre dire. Puis il ajoute à voix basse en se penchant vers lui presque avec gentillesse : Ton père est perdu. Tu ne pourras pas le sauver. Mais toi, tu peux te sauver. Il voudrait que tu le fasses.

Or le jésuite n'est pas là, Tyll le sait, il n'y a que les deux mineurs ici, et Pirmin là-bas sur le chemin dans la forêt, ils viennent de le laisser en plan. Restez ici, s'écrie Pirmin, je vous retrouverai, je vous ferai mal ! C'est une erreur de sa part, car ils savent maintenant qu'ils ne doivent pas l'aider, et le gamin revient en arrière pour prendre le sac avec les balles. Pirmin crie comme un écorché et jure comme un charretier parce que les balles sont ce qu'il possède de plus précieux et parce qu'il comprend ce que cela signifie si le gamin les emporte : Je vous maudis, je vous retrouverai, je ne vais pas passer de l'autre côté, je vais rester ici pour vous chercher ! On a peur quand on le voit affalé ainsi, tout recroquevillé, du coup le gamin s'enfuit et il l'entend toujours de loin, il court encore et encore, Nele à ses côtés, ils l'entendent toujours, c'est sa faute, dit-elle en haletant, mais le gamin sent que les malédictions de Pirmin font de l'effet et que quelque chose de grave les attend dans la clarté matinale, aide-moi, sire, sors-moi de là, fais que ce ne soit jamais arrivé à l'époque, dans la forêt.

— Vas-y, raconte, dit quelqu'un.

Tyll connaît la voix, il se souvient, c'est Matthias. Parle-nous un peu de fesses, et de seins aussi. Si on doit mourir, on veut entendre parler de seins.

— On ne va pas mourir, dit Korff.

— Raconte quand même, dit Matthias.

Raconte, dit à son tour le roi d'hiver. Qu'est-ce qu'il s'est passé dans la forêt, rappelle-toi, c'était quoi ?

Mais le gamin ne le dit pas. Ni au roi, ni à personne d'autre et encore moins à lui-même car, quand on n'y pense pas, c'est comme si on l'avait oublié et, si on l'a oublié, ce n'est pas arrivé.

Raconte, dit le roi d'hiver.

— Espèce de gnome, dit Tyll qui commence à s'énerver. Roi sans pays, néant, t'es mort en prime. Laisse-moi, rampe et dégage.

— Rampe toi-même, dit Matthias. Je suis pas mort, c'est Kurt qui est mort. Raconte !

Mais le gamin ne peut pas raconter puisqu'il a oublié. Il a oublié le sentier dans la forêt, il a oublié Nele et lui sur le sentier, et les voix dans les feuilles, ne va pas plus loin, mais ce n'est pas vrai, elles n'ont pas murmuré, les voix, sinon Nele et lui les auraient écoutées, et les trois compères se retrouvent soudain devant eux, il ne se souvient plus d'eux, il ne les voit plus, il les a oubliés, là, debout devant eux.

Des maraudeurs. Ébouriffés, furieux sans savoir pourquoi. Ben ça alors, dit l'un d'eux, des enfants !

Nele se rappelle, par chance. Se rappelle ce que le gamin lui a dit : On est en sécurité tant qu'on est plus rapide. Si tu cours plus vite que les autres, il ne peut rien t'arriver. C'est pourquoi elle fait un crochet et détale. Après coup, le gamin ne sait plus, et comment pourrait-il le savoir puisqu'il a tout oublié, pourquoi il ne s'est pas enfui lui aussi ; mais les choses sont ainsi, une erreur suffit – une seule fois où on ne comprend pas, où on reste bouche bée et le voilà déjà qui pose la main sur ton épaule. Il se penche au-dessus du gamin. Il sent l'eau-de-vie et les champignons. Le gamin veut s'enfuir mais c'est trop tard, la main reste où elle est, l'autre homme est à côté de lui et le troisième a couru après Nele mais il revient déjà en haletant, il ne l'a pas attrapée, bien sûr que non.

Le gamin tente de faire rire les trois hommes. C'est Pirmin qui le lui a appris, Pirmin qui gît à une heure d'ici et qui est peut-être encore en vie et qui les aurait mieux guidés, car avec lui ils n'ont jamais croisé de loups ou de méchantes personnes, pas une fois durant tout ce temps. Il tente donc de les faire rire mais ça ne marche pas, ils n'ont aucune envie de rire, ils sont trop en colère, ils ont mal, l'un d'eux est blessé et il demande : T'as de l'argent ? Tyll a en effet un peu d'argent, il le leur donne. Il leur dit qu'il peut danser pour eux ou marcher sur les mains ou jongler et ils sont presque intéressés, mais ils se rendent compte qu'il faudrait le lâcher et, comme le dit celui qui le tient, on n'est pas si bêtes que ça.

Le gamin comprend alors qu'il ne peut rien faire, si ce n'est oublier ce qui lui arrive : l'oublier avant même que ce soit fini ; oublier leurs mains, leurs visages, tout. Ne pas être là où il est, mais plutôt à côté de Nele qui court et finit par s'arrêter, s'appuie contre un arbre et reprend son souffle. Puis elle revient à pas de loup, en retenant son souffle et en veillant à ne pas faire craquer de branche sous ses pieds, elle se tapit dans les buissons car les trois hommes passent maintenant devant elle en titubant, ils ne la remarquent pas et ils disparaissent déjà ; mais elle attend encore un moment avant de sortir de sa cachette, puis elle parcourt dans l'autre sens le chemin qu'elle vient d'emprunter avec le gamin. Elle le trouve, s'agenouille à côté de lui et ils comprennent qu'ils doivent oublier et que le sang va s'arrêter de couler parce que quelqu'un comme lui ne meurt pas. Je suis composé d'air, dit-il. Il ne peut rien m'arriver. Aucune raison de se lamenter. J'ai eu de la chance. Ça aurait pu être pire.

Se retrouver coincé dans une galerie, par exemple, c'est sûrement pire car ici, même oublier ne sert à rien. On a beau oublier la galerie dans laquelle on est coincé, on est encore dans la galerie.

— Je vais aller au monastère, dit Tyll. Quand je serai sorti d'ici. Je suis sérieux.

— À Melk ? demande Matthias. J'y suis allé une fois. C'est somptueux.

— À Andechs. Ils ont des murs solides. S'il y a un endroit sûr, c'est Andechs.

— Tu m'emmènes ?

Volontiers, pense Tyll. Si tu nous sors de là, on partira ensemble. Et il dit :

— Toi, gibier de potence, ils te laisseront sûrement pas entrer.

Il comprend que c'est l'inverse de ce qu'il voulait dire, à cause de l'obscurité. Je plaisante, pense-t-il, bien sûr qu'ils te laisseront entrer. Et il ajoute :

— Je sais bien mentir !

Tyll se lève. Mieux vaut qu'il se taise. Il a mal au dos, il ne peut pas s'appuyer sur sa jambe gauche. Il faut protéger ses pieds, on n'en a que deux et, si on en blesse un, on ne peut plus monter sur la corde.

— On possédait deux vaches, dit Korff. La plus vieille donnait du bon lait.

Korff a dû s'égarer dans un souvenir, lui aussi. Tyll imagine la scène : la maison, la prairie, la fumée au-dessus de la cheminée, un père et une mère, le tout misérable et crasseux, mais Korff n'a pas eu d'autre enfance.

Tyll tâtonne le long de la paroi. Là se trouve le châssis en bois qu'ils ont posé tout à l'heure, un bout s'est détaché en haut, à moins que ce soit en bas ? Il entend Korff pleurer doucement.

— Disparu, gémit Korff. Disparu, disparu ! Tout ce bon lait.

Tyll fait bouger un bout de roche au plafond, il est branlant et se détache, des pierres dégringolent.

— Arrête, s'écrie Matthias.

— C'est pas moi, dit Tyll. Je le jure.

— J'ai perdu mon frère aux portes de Magdebourg, dit Korff. Un tir dans la tête.

— J'ai perdu ma femme, dit Matthias. Près de Brunswick, elle était avec la troupe, la peste l'a fauchée, les deux enfants aussi.

— Elle s'appelait comment ?

— Johanna, dit Matthias. La femme. Les enfants, je me souviens pas de leurs noms.

— J'ai perdu ma sœur, dit Tyll.

Korff se déplace et trébuche, Tyll l'entend à côté de lui et il recule. Mieux vaut ne pas le bousculer. Un gars comme Korff ne supporte pas qu'on le bouscule, il frappe tout de suite. Une nouvelle explosion, un nouvel éboulement, la voûte ne va pas tenir très longtemps.

Tu vas voir, dit Pirmin, c'est pas si terrible d'être mort. Tu t'habitues.

— Mais je vais pas mourir, dit Tyll.

— Bien dit, dit Korff, bonne attitude, squelette !

Tyll marche sur quelque chose de mou, ça doit être Kurt, puis il heurte une paroi de pierres éboulées, c'est là que la galerie s'est effondrée. Il s'apprête à creuser avec les mains car maintenant on s'en fiche, on n'est plus obligé d'économiser l'air, mais il tousse aussitôt et la roche ne bouge pas, Korff avait raison, ça ne marche pas sans pioche.

T'inquiète pas, tu t'en aperçois à peine, dit Pirmin. Ton esprit est déjà à moitié débile, le reste va bientôt t'abandonner, puis tu vas t'évanouir et, quand tu reviendras à toi, tu seras mort.

Je penserai à toi, dit Origène. Je vais faire quelque chose de ma vie ; la prochaine étape, ce sera d'apprendre à écrire et, si tu veux bien, j'écrirai un livre sur toi, pour les enfants et les vieux. Qu'est-ce que tu en dis ?

Et tu ne veux pas savoir ce qui m'est arrivé ? demande Agneta. Toi et moi, moi et toi, ça fait combien de temps ? Tu ne sais même pas si je suis encore en vie, fiston.

— Je veux pas le savoir, dit Tyll.

Tu l'as trahi comme moi. Tu n'as pas à m'en vouloir. Tu l'as traité de serviteur du diable comme moi. De sorcier, comme moi. Ce que j'ai dit, tu l'as dit aussi.

Elle a raison une fois de plus, dit Claus.

— Peut-être que si on trouvait la pioche, dit Matthias en gémissant. On arriverait peut-être à ébranler le tout.

Vivant ou mort, tu accordes trop d'importance à la différence, dit Claus. Il y a tellement de pièces entre les deux. Tellement de recoins poussiéreux où tu n'es déjà plus vivant et pas encore mort. Tellement de rêves dont tu ne peux plus sortir. J'ai vu un chaudron de sang qui chauffe sur des flammes brûlantes et les ombres qui dansent tout autour et, lorsque le grand Noir désigne l'une d'elles, mais il ne le fait que tous les mille ans, alors les hurlements n'ont pas de fin, il plonge sa tête dans le sang et il se saoule, et tu sais, ce n'est pas encore l'enfer, de loin pas, ce n'est même pas l'antichambre. J'ai vu des endroits où les âmes brûlent comme des flambeaux, sauf qu'elles sont encore plus chaudes et lumineuses et que c'est pour l'éternité, et elles n'arrêtent pas de crier parce que la douleur ne s'arrête pas non plus, et ce n'est toujours pas l'enfer. Tu penses savoir, mon fils, mais tu ne sais rien du tout. Être coincé dans la galerie, c'est presque comme la mort, voilà ce que tu te dis, la guerre c'est presque l'enfer, mais la vérité, c'est que tout, tout vaut mieux que ça, on est mieux ici sous terre, là-dehors dans la tranchée qui saigne ou sur la chaise de torture. Alors n'abandonne pas, reste en vie.

Tyll ne peut s'empêcher de rire.

— Pourquoi tu ris ? demande Korff.

— Dans ce cas, révèle-moi une de tes formules, dit Tyll. Tu n'étais pas un bon magicien, mais tu as peut-être appris des choses depuis.

À qui parles-tu, demande Pirmin. Il n'y a pas d'autre esprit ici à part moi.

Une nouvelle explosion, puis un craquement et un grondement, Matthias pousse un cri, une partie de la voûte a dû s'effondrer.

Prie, dit Kurt-la-ferraille. J'ai été fauché en premier, c'est au tour de Matthias.

Tyll s'accroupit. Il entend Korff appeler, mais Matthias ne répond plus. Il sent quelque chose ramper sur sa joue, son cou, son épaule, on dirait une araignée, mais il n'y a pas de bestioles ici, donc ça doit être du sang. Il palpe et découvre une blessure sur son front, elle commence à la racine des cheveux et descend jusqu'au nez. C'est doux au toucher et le filet de sang s'étend. Pourtant il ne sent rien.

— Dieu, pardonne-moi, dit Korff. Seigneur Jésus-Christ, pardonne. Saint-Esprit. J'ai tué un camarade pour ses bottes. Les miennes étaient trouées, il dormait profondément, c'était dans le camp près de Munich, que faire d'autre, il me fallait des bottes ! Donc j'suis passé à l'attaque. Je l'ai étranglé, il a eu le temps d'ouvrir les yeux, mais pas de crier. Il me fallait des bottes, voilà tout. Il portait un médaillon qui détourne les balles, il me le fallait aussi, c'est grâce à lui que j'ai jamais été touché. En tout cas, ça l'a pas aidé contre l'étranglement.

— Est-ce que j'ai une tête de curé ? demande Tyll. Tu peux te confesser à ta grand-mère, mais fiche-moi la paix.

— Cher Seigneur Jésus, dit Korff. À Brunswick, j'ai libéré une femme du pilori, une sorcière, c'était tôt le matin, elle devait brûler à midi. Elle était très jeune. Je me suis pointé, personne m'a vu parce qu'il faisait encore nuit, j'ai coupé ses chaînes et j'ai dit : Vite, viens avec moi ! Elle l'a fait, elle était si reconnaissante, puis je l'ai prise aussi souvent que je voulais, et je voulais souvent, puis je lui ai tranché la gorge et je l'ai enterrée.

— Je te pardonne. Tu entreras au paradis dès aujourd'hui avec moi.

Une nouvelle explosion.

— Pourquoi tu ris ? demande Korff.

— Parce que tu n'entreras pas au paradis, ni aujourd'hui ni plus tard. Même Satan ne touche pas à un gibier de potence comme toi. Et je ris aussi parce que je ne vais pas mourir.

— Si, dit Korff. Je voulais pas y croire, mais on ne sortira plus d'ici. C'en est fini de Korff.

Une nouvelle détonation, tout vibre à nouveau. Tyll place ses mains au-dessus de sa tête, comme si cela servait à quelque chose.

— C'en est peut-être fini de Korff. Mais pas de moi. Je ne vais pas mourir aujourd'hui.

Il fait un bond comme s'il se trouvait sur la corde. Sa jambe lui fait mal, mais il est debout sur ses pieds. Une pierre lui tombe sur l'épaule, davantage de sang coule sur sa joue. Un nouveau craquement, un nouvel éboulement.

— Je ne vais pas mourir demain non plus, ni un autre jour. Je ne veux pas ! Je ne le ferai pas, tu entends ?

Korff ne répond pas, mais peut-être qu'il l'entend encore.

Du coup Tyll s'écrie :

— Je ne le ferai pas, je m'en vais maintenant, ça ne me plaît plus ici.

Une détonation, un tremblement, une nouvelle pierre qui tombe et lui effleure l'épaule.

— Je m'en vais. J'ai toujours fait comme ça. Quand je me sens à l'étroit, je pars. Je ne vais pas mourir ici. Je ne vais pas mourir aujourd'hui. Je ne vais pas mourir !

WESTPHALIE

I

Elle se tenait encore aussi droite qu'autrefois. Elle avait presque tout le temps mal au dos, mais elle n'en laissait rien paraître et maniait tel un accessoire de mode la canne sur laquelle elle était forcée de s'appuyer. Elle ressemblait encore aux portraits d'antan, elle avait même conservé sa beauté au point de décontenancer les gens qui se retrouvaient inopinément face à elle – comme en ce moment précis où elle rejeta en arrière sa capuche en fourrure et détailla l'antichambre d'un regard assuré. Suivant le geste convenu, sa femme de chambre placée derrière elle annonça que Sa Majesté, la reine de Bohême, souhaitait s'entretenir avec l'ambassadeur impérial.

Elle vit les laquais s'échanger des regards. De toute évidence, les espions avaient échoué cette fois-ci, car personne ne s'attendait à sa venue. Elle avait quitté sa maison de La Haye sous un faux nom ; le laissez-passer délivré par les États-Généraux des Provinces-Unies hollandaises la désignait comme étant Mme de Cournouailles. Avec son cocher et sa femme de chambre pour seule compagnie, elle était partie vers l'est, traversant Bentheim, Oldenzaal et Ibbenbüren, longeant des champs en jachère et des villages incendiés, des forêts défrichées, toujours les mêmes paysages de guerre. Comme il n'y avait pas d'auberge, ils avaient passé la nuit dans la calèche, étendus sur la banquette, ce qui était dangereux, mais ni les loups ni les maraudeurs ne s'étaient intéressés à la petite calèche d'une vieille reine. C'est ainsi qu'ils avaient rejoint sans encombre la route reliant Münster à Osnabrück.

Aussitôt, tout avait changé. Les prairies étaient hautes, les maisons avaient des toits intacts. Un ruisseau faisait tourner la roue d'un moulin. La route était bordée de guérites devant lesquelles des hommes bien nourris montaient la garde avec leurs hallebardes. Le terrain neutre. Ici, il n'y avait pas la guerre.

Devant les remparts d'Osnabrück, un garde était venu à la vitre de la calèche s'enquérir de l'objet de leur visite. Mlle von Quadt, la femme de chambre, lui avait tendu en silence le laissez-passer qu'il avait regardé sans grand intérêt avant de leur faire signe de continuer. Le premier citoyen croisé au bord de la route – il avait des vêtements propres et une barbe bien taillée – leur avait indiqué la route menant aux quartiers de l'ambassadeur impérial. Sur place, le cocher avait hissé les deux femmes hors de la cabine, il les avait portées au-dessus du sol jonché d'excréments et déposées en tenue immaculée devant le portail. Deux hallebardiers leur avaient ouvert les portes. Avec une assurance telle qu'on l'aurait prise pour la maîtresse de maison – d'après le cérémonial valable dans toute l'Europe, un roi était chez lui partout, même en visite –, elle s'était avancée dans l'antichambre et la femme de chambre avait demandé l'ambassadeur.

Les laquais chuchotaient et se faisaient des signes. Liz savait qu'elle devait profiter de leur étonnement. Aucune de ces têtes ne devait former la pensée qu'il était possible de l'éconduire.

Voilà longtemps qu'elle n'avait plus fait d'apparition publique en tant que souveraine. Quand on vivait dans une petite maison avec pour seule visite celle de marchands venant réclamer leur dû, on n'en avait pas souvent l'occasion. Mais elle était la petite-nièce de la pucelle Élisabeth, la petite-fille de Marie d'Écosse, la fille de Jacques, souverain des deux royaumes, et on lui avait inculqué dès l'enfance la façon de se tenir, de marcher et de regarder propre à une reine. Cela aussi, c'était un métier et, une fois appris, on ne l'oubliait plus.

L'essentiel : ne pas poser de question et ne pas hésiter. Pas de geste d'impatience, pas d'impulsion trahissant le doute. Ses parents, ainsi que son pauvre Frédéric, mort depuis si longtemps qu'elle devait regarder ses portraits pour se rappeler son visage, se tenaient droits comme si aucun rhumatisme, aucune faiblesse ni aucun souci n'avait de prise sur eux.

Donc, après s'être tenue droite pendant un petit moment, entourée par les chuchotements et l'étonnement, elle fit un pas, puis un autre, en direction des deux battants dorés à l'or fin. Ce genre de portes n'existait pas dans la province de Westphalie, quelqu'un avait dû les rapporter de loin, de même que les tableaux aux murs et les tapis par terre et les rideaux de damas et les tentures de soie et les chandeliers à branches multiples et les deux lustres lourds de cristal dont toutes les bougies brûlaient, bien qu'il fît grand jour. Ni duc ni prince, ni

même papa, n'aurait pu transformer l'hôtel parti-
culier d'une petite ville en un tel palais. Seuls le roi
de France et l'empereur en étaient capables.

Sans s'arrêter, elle se dirigea vers la porte. Maintenant, il ne fallait surtout pas hésiter. La moindre trace d'incertitude suffirait à rappeler aux deux
laquais postés à gauche et à droite de la porte qu'il
était tout à fait possible de ne pas lui ouvrir. Dans ce
cas, son avancée serait refoulée. Il lui faudrait alors
s'asseoir sur un de ces sièges rembourrés et un qui-
dam viendrait lui dire que l'ambassadeur n'avait malheureusement pas le temps, mais que son secrétaire
pourrait la recevoir dans deux heures, sur quoi elle
protesterait et le laquais lui répondrait froidement
qu'il était désolé, elle hausserait le ton et le laquais
répéterait sa phrase sans sourciller, elle hausserait
davantage le ton et davantage de laquais accour-
raient et, d'un seul coup, elle ne ferait plus figure
de reine, mais de vieille râleuse dans l'antichambre.

Il fallait donc que cela réussît. Il n'y aurait pas
de deuxième tentative. Il fallait avancer comme si
la porte n'était pas là, sans ralentir à cause d'elle ;
elle devait marcher de telle sorte que, pour le cas
où personne n'ouvrait la porte, elle la heurtât de
plein fouet et, comme Mlle Quadt la suivait à deux
pas de distance, la femme de chambre se cognerait
contre son dos et le ridicule serait insoutenable
– voilà pourquoi ils allaient ouvrir ; c'était là l'astuce.

Et cela réussit. Déconcertés, les laquais saisirent
les poignées et ouvrirent les lourds battants. Liz
entra dans la salle de réception. Elle se retourna et
fit signe à Mlle Quadt de ne pas la suivre. C'était
inhabituel. Une reine ne faisait pas de visite sans
être accompagnée. Mais ce n'était pas une situation

normale. La femme de chambre s'arrêta, stupéfaite, et les laquais refermèrent la porte devant elle.

La pièce paraissait immense. Peut-être était-ce dû aux miroirs habilement disposés, ou bien c'était un tour des magiciens de la cour de Vienne. La pièce semblait si grande qu'on ne comprenait pas comment la maison pouvait la contenir. Elle s'étendait telle une salle de palais et un flot de tapis séparait Liz d'un lointain bureau. Tout au fond, des rideaux de damas écartés laissaient entrevoir une enfilade de pièces et davantage de tapis, de chandeliers dorés, de lustres et de tableaux.

Derrière le bureau, un monsieur chétif à la barbe grise, si discret qu'il fallut un moment à Liz pour remarquer sa présence, se leva. Il enleva son chapeau et fit une révérence courtoise.

— Bienvenue, dit-il. J'ose espérer, Madame, que votre voyage ne fut pas trop pénible ?

— Je suis Élisabeth, reine…

— Excusez l'interruption, c'est juste pour épargner cette peine à l'Altesse. Explications inutiles, je suis au courant.

Liz mit un moment à comprendre ce qu'il avait dit. Elle inspira et s'apprêta à lui demander comment il savait qui elle était, mais il la devança de nouveau.

— Parce que c'est mon métier, Madame, de savoir les choses. Et mon devoir de les comprendre.

Elle fronça les sourcils. Soudain, elle eut chaud, ce qui était lié à son épais manteau de fourrure, mais aussi au fait qu'elle n'avait pas l'habitude d'être interrompue. Il se tenait penché en avant, une main sur le bureau, l'autre dans le dos, comme atteint d'un lumbago. Elle se dirigea vite vers la chaise placée devant le bureau. Mais, comme dans un rêve, la pièce était si grande et le bureau si éloigné qu'il allait lui falloir du temps pour l'atteindre.

Le fait qu'il l'ait appelée Altesse signifiait qu'il reconnaissait certes son statut de membre de la famille royale anglaise, mais pas son titre de reine de Bohême, sinon il aurait dû l'appeler Majesté ; il ne reconnaissait même pas son titre de princesse-électrice, sinon il aurait dit Son Altesse Électorale, ce qui ne valait certes pas grand-chose chez elle en Angleterre, mais ici, dans l'Empire, cela avait plus de valeur que le rang d'un enfant de roi. Et justement parce que cet homme connaissait son métier, elle devait s'asseoir avant qu'il ne l'y invite car, s'il était bien sûr tenu de proposer une chaise à une princesse, il n'en avait pas le droit face à une reine. Les monarques s'asseyaient de leur propre chef et tous les autres restaient debout jusqu'à ce que le monarque leur permît de s'asseoir.

— Votre Altesse veut-elle…

La chaise étant encore loin, Liz l'interrompit.

— Est-il celui que je suppose être ?

Cela le réduisit un moment au silence. D'une part, parce qu'il ne s'attendait pas à ce qu'elle parlât si bien allemand. Elle avait mis son temps à profit, elle n'était pas restée inactive durant toutes ces années, elle avait pris des cours auprès d'un jeune Allemand sympathique qui lui plaisait et dont elle avait failli tomber amoureuse – elle avait souvent rêvé de lui et elle lui avait même écrit une lettre, mais ce n'était pas possible, elle ne pouvait pas se permettre de scandale. D'autre part, il se taisait parce qu'elle l'avait vexé. Un ambassadeur impérial devait se faire appeler Excellence – par tout le monde, sauf un roi. Il était donc contraint d'insister sur un titre qu'elle ne pouvait en aucun cas lui accorder. Il n'y avait qu'une seule solution au problème : une personne comme elle et une personne comme lui ne devaient jamais se rencontrer.

Lorsqu'il se remit à parler, elle fit un crochet, alla vers un tabouret et s'assit ; elle l'avait devancé. Elle savoura cette petite victoire, appuya sa canne contre le mur et croisa les doigts sur ses genoux. Puis elle vit son regard.

Elle eut des sueurs froides. Comment avait-elle pu commettre une erreur pareille ? C'était sûrement dû au fait qu'elle avait perdu l'habitude depuis des années. Bien entendu, elle ne pouvait ni rester debout ni le laisser l'inviter à s'asseoir, mais choisir une chaise sans dossier, cela n'aurait jamais dû lui arriver. En tant que reine, et même en présence de l'empereur, elle avait le droit d'exiger une chaise avec dossier et accoudoirs, un fauteuil serait déjà une humiliation, alors un tabouret, c'était exclu. Or il avait pris soin de disposer des tabourets partout dans la salle de réception, mais il n'y avait aucune chaise à bras nulle part, si ce n'est derrière son bureau.

Que faire ? Elle sourit et décida d'agir comme si cela n'avait pas d'importance. Mais c'était lui désormais qui avait l'avantage : il n'avait plus qu'à convoquer les gens de l'antichambre et l'image d'une reine assise devant lui sur un tabouret ferait le tour de l'Europe comme une traînée de poudre. On se gausserait même chez elle en Angleterre.

— Tout dépend, dit-il, de ce que Votre Altesse daigne supposer mais, comme il n'appartient point au modeste serviteur de Votre Altesse de supposer que Votre Altesse puisse supposer autre chose que la vérité, il ne me sied point non plus de répondre par l'affirmative à la question de Votre Altesse. Je suis Johann von Lamberg, ambassadeur impérial, au service de Votre Altesse. Un rafraîchissement ? Du vin ?

C'était une nouvelle violation habile de sa dignité royale car on ne proposait rien à un monarque – il était chez lui partout, libre d'exiger ce qu'il voulait. Ces choses avaient leur importance. Les ambassadeurs avaient passé trois ans à résoudre la simple question de savoir qui devait s'incliner devant qui et qui devait enlever son chapeau en premier. Celui qui commettait une erreur d'étiquette avait perdu d'avance. Elle ignora donc son offre, ce qui ne fut pas facile car elle avait très soif. Immobile sur son tabouret, elle le contemplait. Elle y arrivait bien. Elle avait appris à rester tranquillement assise, elle avait de l'entraînement et, dans ce domaine au moins, elle était imbattable.

Lamberg, quant à lui, était toujours penché en avant, une main sur le bureau, l'autre dans le dos. Il le faisait visiblement pour éviter de décider s'il devait s'asseoir ou rester debout : il n'avait certes pas le droit de s'asseoir devant une reine mais, face à une princesse, un ambassadeur impérial commettait une faute de protocole en restant debout alors qu'elle était assise. Or, étant donné qu'en sa qualité d'ambassadeur impérial, il ne reconnaissait pas le titre royal de Liz, il aurait été judicieux de s'asseoir – mais cela aurait représenté en même temps un outrage sévère qu'il évitait justement en se tenant ainsi, par politesse et aussi parce qu'il ignorait encore quelles armes et quelles propositions elle avait en mains.

— Sauf votre respect, une question.

Brusquement, sa façon de parler déplut à Liz autant que son intonation autrichienne.

— Comme Votre Altesse le sait parfaitement, un congrès d'ambassadeurs a lieu ici. Depuis le début des négociations, aucune tête princière ne s'est rendue à Münster ou Osnabrück. L'humble serviteur de Votre Altesse a beau se réjouir grandement de pouvoir accueillir la gracieuse visite de Votre Altesse dans sa modeste demeure, il n'en craint pas moins… Il soupira comme s'il en ressentait une peine immense… que cela ne se fasse point.

— Il veut dire que nous aurions dû également envoyer un ambassadeur.

Il sourit de nouveau. Elle savait ce qu'il pensait et elle savait aussi qu'il savait qu'elle le savait : Tu n'es personne, tu vis dans une bicoque, tu es endettée jusqu'au cou, tu n'envoies pas d'ambassadeur à un congrès.

— Je ne suis pas ici, dit Liz. Nous pouvons converser dans ces conditions, n'est-ce pas ? Il n'a qu'à s'imaginer la chose comme un monologue. Il parle en pensée et, en pensée, je lui réponds.

Elle éprouva une sensation à laquelle elle ne s'attendait pas. Elle avait passé tellement de temps à faire les préparatifs, à réfléchir, à appréhender cette rencontre et, maintenant que l'heure était venue, il se passait quelque chose d'étrange : elle s'amusait ! Toutes ces années passées dans cette petite maison, loin des gens illustres et des événements importants – d'un seul coup, elle se retrouvait sur le devant de la scène, entourée d'or, d'argent et de tapis, et elle s'entretenait avec un homme intelligent face auquel chaque mot comptait.

— Nous savons tous que le Palatinat est un point litigieux permanent, dit-elle. Comme la dignité électorale palatine que détenait feu mon mari.

Il émit un petit rire.

Cela la déstabilisa. Mais c'était précisément l'objectif de cet homme, c'est pourquoi elle ne devait pas se laisser déconcerter.

— Les princes-électeurs de l'Empire, dit-elle, n'accepteront pas que les Wittelsbach de Bavière conservent la dignité électorale dont l'empereur a illégitimement déchu mon mari. Si César peut déposséder l'un d'entre nous, diront-ils, il peut faire pareil avec n'importe qui. Et si nous…

— Sauf votre respect, ils l'ont accepté depuis longtemps. L'époux de Votre Altesse, comme Votre Altesse elle-même, était au ban de l'Empire, ce qui m'obligerait à faire arrêter Votre Altesse partout ailleurs.

— C'est pourquoi nous lui avons rendu visite ici et non ailleurs.

— Sauf votre respect…

— Mon respect, d'accord, mais qu'il m'écoute d'abord. Le duc de Bavière, qui se fait appeler prince-électeur, porte le titre de mon mari en dépit de tout droit. Il n'appartient pas à l'empereur de déchoir quelqu'un de sa dignité électorale. Les princes-électeurs choisissent l'empereur, l'empereur ne choisit pas les princes-électeurs. Mais nous comprenons la situation. L'empereur doit de l'argent aux Bavarois et les Bavarois, à leur tour, ont les États catholiques sous leur emprise. Nous faisons donc une proposition. Nous sommes la reine couronnée de Bohême et la couronne…

— Sauf votre respect, le temps d'un hiver il y a trente…

— … sera transmise à mon fils.

— La couronne de Bohême n'est pas héréditaire. Si elle l'était, les États de Bohême n'auraient pas pu offrir le trône au comte palatin Frédéric, l'époux de Votre Altesse. Le fait qu'il ait accepté la couronne signifie qu'il savait que le fils de Votre Altesse ne peut pas la revendiquer.

— On peut voir les choses ainsi, mais le faut-il ? L'Angleterre le verra peut-être autrement. S'il fait valoir ses droits, l'Angleterre le soutiendra.

— En Angleterre règne la guerre civile.

— C'est exact et, si mon frère est destitué par le parlement, on proposera la couronne d'Angleterre à mon fils.

— C'est, pour le moins, improbable.

Dehors retentirent des trombones : un timbre métallique s'éleva et flotta un instant dans l'air avant de se dissiper. Liz haussa les sourcils d'un air interrogateur.

— Longueville, le collègue français, dit Lamberg. Il fait jouer un vivat quand il passe à table. Tous les jours. Il est ici avec une escorte de six cents hommes. Quatre portraitistes sont occupés à peindre son portrait. Et trois sculpteurs sur bois fabriquent des bustes à son image. Quant à savoir ce qu'il en fait, c'est un secret d'État.

— Lui a-t-il posé la question ?

— Nous ne sommes pas autorisés à nous entretenir.

— N'est-ce pas gênant pour négocier ?

— Nous ne sommes pas ici en tant qu'amis, ni pour le devenir. L'ambassadeur du Vatican fait l'intermédiaire entre nous, de même que l'ambassadeur de Venise entre moi et les protestants, puisque l'ambassadeur du Vatican n'est pas autorisé à parler aux protestants. Il me faut maintenant prendre congé, Madame, l'honneur de cet entretien est aussi grand qu'immérité, mais des tâches urgentes réclament mon temps.

— Une huitième dignité électorale.

Il leva les yeux. Son regard croisa le sien un bref instant. Puis il fixa de nouveau le bureau.

— Le Bavarois n'a qu'à conserver sa dignité électorale, dit Liz. Nous renonçons formellement à la Bohême. Et si…

— Sauf votre respect, l'Altesse ne peut renoncer à quelque chose qui n'appartient pas à l'Altesse.

— L'armée suédoise est aux portes de Prague. La ville va bientôt retomber entre les mains des protestants.

— La Suède, pour le cas où elle prend la ville, ne va certainement pas vous la donner.

— La guerre est bientôt finie. Après quoi il y aura une amnistie. Et on pardonnera à mon mari la violation… la prétendue violation de la paix dans l'Empire.

— L'amnistie est négociée depuis longtemps. Tous les faits de guerre seront pardonnés, hormis ceux d'une certaine personne.

— Je vois bien de qui il s'agit.

— Cette guerre interminable a commencé à cause de l'époux de Votre Altesse. Un comte palatin qui avait trop d'ambition. Je ne dis pas que Votre Altesse en porte la responsabilité, mais j'imagine néanmoins que la fille du grand Jacques ne s'est pas efforcée d'inciter son ambitieux époux à la modestie. Lamberg repoussa lentement sa chaise et se redressa. Cette guerre dure depuis si longtemps que la plupart des gens d'aujourd'hui n'ont jamais connu la paix. Seuls les anciens s'en souviennent. Moi et mes collègues – oui, aussi l'imbécile qui fait sonner la fanfare quand il se met à table – sommes les seuls à pouvoir arrêter la guerre. Chacun revendique des territoires que l'autre ne veut en aucun cas céder, chacun exige des subsides, chacun veut que soient résiliés des traités d'assistance mutuelle que d'autres jugent non résiliables, dans le but d'établir de nouveaux traités, que d'autres jugent inaccceptables. Tout cela dépasse largement les compétences de n'importe qui. Il faut pourtant que nous y arrivions. Vous avez commencé cette guerre, Madame. Moi, je vais y mettre un terme.

Il tira sur un cordon en soie au-dessus du bureau. Liz entendit une sonnette tinter dans la pièce voisine. Le voilà qui appelle un secrétaire, pensa-t-elle, un gnome grisâtre qui va me reconduire poliment. Elle avait le vertige. La pièce semblait monter et descendre, comme si Liz était sur un bateau. Personne ne lui avait jamais parlé ainsi.

Un rayon de lumière captiva son attention. Il s'infiltrait par une mince fente entre les rideaux, des grains de poussière tourbillonnaient à l'intérieur, un miroir accroché au mur d'en face le capta et le projeta sur le mur d'en face, où il fit étinceler le bord d'un cadre. Le tableau était de Rubens : une femme de haute taille, un homme muni d'une lance et, au-dessus d'eux, un oiseau dans le bleu du ciel. Une gaieté légère se dégageait du tableau. Liz se souvenait bien de Rubens, un homme triste, qui avait visiblement du mal à respirer. Elle avait voulu lui acheter un tableau, mais c'était trop cher pour elle ; rien ne semblait l'intéresser à part l'argent. Comment avait-il fait pour peindre aussi bien ?

— Prague n'a jamais été avec nous, dit-elle. Prague était une erreur. Mais le Palatinat revient à mon fils selon le droit de l'Empire. L'empereur n'avait pas le droit de nous déchoir de la dignité impériale. C'est pourquoi je ne suis pas retournée en Angleterre. Mon frère n'a pas cessé de m'inviter, mais la Hollande fait toujours officiellement partie de l'Empire et, tant que j'y vivrai, notre revendication sera maintenue.

Une porte s'ouvrit et un homme ventripotent au visage affable et au regard vif entra. Il enleva son chapeau et s'inclina. Bien qu'il fût encore jeune, il n'avait presque plus de cheveux.

— Comte Wolkenstein, dit Lamberg. Notre *cavalier d'ambassade**. Il va vous trouver un logement. Il n'y a plus de chambres à l'auberge, le moindre recoin déborde d'ambassadeurs avec leur escorte.

— Nous ne voulons pas la Bohême, dit Liz, mais nous ne renoncerons pas à la dignité électorale. Mon premier né, qui était intelligent, affectueux et qui aurait pu faire l'unanimité, est mort. La barque a chaviré. Il s'est noyé.

— Je suis navré, dit Wolkenstein avec une simplicité qui la toucha.

— Mon deuxième fils, le suivant dans l'accession au trône, n'est ni intelligent ni affectueux, mais la dignité électorale du Palatinat lui revient et, si le Bavarois ne la cède pas, il faudra en créer une huitième. Les protestants ne le toléreront pas autrement. Sinon je retournerai en Angleterre, où le parlement va destituer mon frère et donner la couronne à mon fils qui, du haut de son trône anglais, va revendiquer Prague et la guerre ne finira pas. Je l'empêcherai. Moi toute seule.

— Nul besoin de s'échauffer, dit Lamberg. Je vais transmettre le message de Votre Altesse à Sa Majesté Impériale.

— Et mon mari doit être inclus dans l'amnistie. Si tous les faits de guerre sont pardonnés, les siens doivent l'être également.

— Pas dans cette vie, dit Lamberg.

Elle se leva. La colère bouillonnait en elle. Elle sentit qu'elle rougissait mais elle parvint à relever les commissures de ses lèvres, appuyer sa canne par terre et se tourner vers la porte.

— Un grand honneur inespéré. Une splendeur dans cette modeste demeure.

Lamberg enleva son chapeau et s'inclina. Il n'y avait aucune trace de moquerie dans sa voix.

Elle leva la main, esquissa le geste nonchalant des rois et s'en alla sans autre forme de procès.

Wolkenstein la rattrapa, atteignit la porte et donna un léger coup – aussitôt les laquais ouvrirent les battants. Liz entra dans l'antichambre, suivie par Wolkenstein. Ils allèrent vers la sortie en passant devant la femme de chambre.

— En ce qui concerne le logement de Votre Altesse Royale, dit Wolkenstein, nous pouvons lui proposer…

— Qu'il ne se donne pas cette peine.

— Ce n'est pas une peine, mais un grand…

— Pense-t-il sérieusement que je souhaite loger dans un endroit qui fourmille d'espions impériaux ?

— En toute franchise : peu importe où Votre Altesse Royale loge, l'endroit sera rempli d'espions. Nous en avons tellement. Nous perdons sur les champs de bataille et il ne reste plus beaucoup de secrets. Que sont censés faire nos pauvres espions toute la journée ?

— L'empereur perd sur les champs de bataille ?

— Je reviens moi-même du Sud, en Bavière. Mon doigt y est resté ! Il leva la main et remua son gant pour lui montrer que la place de l'index droit était vide. Nous avons perdu la moitié de l'armée. Votre Altesse Royale n'a pas choisi le plus mauvais moment. Nous ne faisons jamais de concessions tant que nous sommes forts.

— L'heure est propice ?

— L'heure est toujours propice quand on s'y prend bien. Sois content de toi et n'y vois pas une souffrance si contre toi se conjurent le lieu, le temps et la chance.

— Pardon ?

— C'est un poète allemand qui l'a écrit. Ce genre de choses existe maintenant. Des poètes allemands ! Il s'appelle Paul Fleming. Ses œuvres sont belles à pleurer, malheureusement il est mort jeune, malade du poumon. On ose à peine imaginer ce qu'il aurait pu devenir. C'est grâce à lui que j'écris en allemand.

Elle sourit.

— Des poèmes ?

— De la prose.

— En allemand, vraiment ? J'ai bien essayé avec Opitz…

— Opitz !

— Oui, Opitz.

Ils rirent tous les deux.

— Je sais que cela paraît insensé, dit Wolkenstein. Mais je crois que c'est possible et j'ai décidé de faire un jour le récit de ma vie en allemand. C'est pourquoi je suis ici. Plus tard, on voudra savoir comment ce grand congrès s'est déroulé. J'ai amené à Vienne un saltimbanque d'Andechs, ou plutôt c'est lui qui m'a amené à Vienne, sans lui je serais mort. Mais lorsque Sa Majesté Impériale l'a envoyé se produire devant les ambassadeurs, j'ai saisi l'occasion et je suis venu ici avec lui.

Liz fit signe à sa femme de chambre. Celle-ci se précipita dehors pour faire avancer la calèche. C'était un beau véhicule, rapide et à peu près conforme à son rang, Liz l'avait loué pour deux semaines, avec deux chevaux puissants et un cocher de confiance, en utilisant ses dernières économies. Cela signifiait qu'elle pouvait rester trois jours à Osnabrück avant de devoir rentrer chez elle.

Elle sortit à l'air libre et rabattit sa capuche en fourrure. L'entretien s'était-il bien déroulé ? Elle l'ignorait. Elle aurait voulu en dire tellement plus, avancer tellement plus d'arguments, mais c'était sans doute toujours ainsi. Papa lui avait dit un jour qu'on ne pouvait jamais déployer plus d'une petite partie de son arsenal.

La calèche s'avança en cahotant. Le cocher descendit. Liz regarda autour d'elle et remarqua avec un étrange regret que le gros *cavalier d'ambassade* ne l'avait pas suivie. Elle aurait bien aimé parler encore un peu avec lui.

Le cocher la prit par les hanches et la porta jusqu'à la calèche.

II

Le lendemain matin, Liz rendit visite à l'ambassadeur suédois. Cette fois, elle avait annoncé sa venue, la Suède était une puissance alliée et toute feinte inutile. Cet homme serait content de la rencontrer.

La nuit avait été horrible. Après de longues recherches, ils avaient trouvé une chambre dans une auberge particulièrement crasseuse : pas de fenêtre, des brindilles sur le sol et, en guise de lit, une paillasse étroite qu'elle avait dû partager avec sa femme de chambre. Lorsque, au bout de plusieurs heures, elle avait fini par sombrer dans un sommeil agité, elle avait rêvé de Frédéric. Ils étaient de nouveau à Heidelberg, comme autrefois, avant que des gens aux noms imprononçables leur imposent la couronne de Bohême. Ils avaient marché ensemble dans un des couloirs en pierre de leur château et elle avait senti jusqu'au tréfonds de son être combien ils étaient faits l'un pour l'autre. À son réveil, elle avait écouté les ronflements du cocher qui dormait devant la porte en se disant qu'elle vivait sans lui depuis presque aussi longtemps qu'elle avait été mariée avec lui.

Lorsqu'elle entra dans l'antichambre de l'ambassadeur, elle dut réprimer un bâillement ; elle n'avait vraiment pas assez dormi. Ici aussi, la salle comportait des tapis, mais les murs étaient d'un dénuement protestant, seule une croix ornée de perles était fixée au mur. La pièce débordait de gens : certains étudiaient des dossiers, d'autres faisaient les cent pas avec agitation, ils attendaient visiblement depuis un bon bout de temps. Pourquoi, d'ailleurs, l'antichambre de Lamberg était-elle vide ? En avait-il une autre, voire plusieurs ?

Tous les regards se tournèrent vers elle. Le silence tomba. Comme la veille, elle s'avança d'un pas décidé vers la porte, tandis que Mlle Quadt annonçait dans son dos d'une voix forte, mais un rien trop aiguë, la présence de la reine de Bohême. Soudain, elle fut saisie d'angoisse à l'idée que cette fois, cela ne marcherait pas.

Et en effet, le laquais ne saisit pas la poignée de la porte.

Elle fit un petit pas maladroit et s'arrêta si brusquement qu'elle dut s'appuyer à la porte. Elle entendit sa femme de chambre qui manqua de trébucher derrière elle. Elle eut brusquement chaud. Elle entendit des murmures, des messes basses – et même des ricanements.

Elle recula lentement de deux pas. Par chance, la femme de chambre eut la présence d'esprit de reculer en même temps. Liz serra la canne de sa main gauche et gratifia le laquais de son sourire le plus aimable.

Le gaillard la fixait bêtement. Bien sûr, personne ne lui avait dit qu'il existait une reine de Bohême, il était jeune et au courant de rien, il ne voulait pas risquer de commettre une faute. Comment lui en vouloir ?

Mais elle ne pouvait pas non plus s'asseoir. Une reine ne patientait pas dans l'antichambre jusqu'à ce qu'on eût du temps pour elle. Si les têtes couronnées ne se rendaient pas à un congrès d'ambassadeurs, c'était pour de bonnes raisons. Mais qu'aurait-elle pu faire d'autre ? Son fils, pour lequel elle tentait d'obtenir la dignité électorale, était beaucoup trop autoritaire et naïf, il aurait certainement tout gâché. Et elle n'avait pas de diplomates.

Elle se tenait aussi immobile que le laquais. Les murmures enflèrent. Elle entendit rire à voix haute. Ne pas rougir, songea-t-elle, surtout pas. Surtout ne pas rougir !

Elle remercia Dieu de tout cœur lorsque quelqu'un ouvrit la porte de l'autre côté. Une tête se glissa dans l'entrebâillement. Un œil plus haut que l'autre, le nez posé en dessous de travers, les lèvres pleines et comme désassorties. Un bouc effiloché pendait à son menton.

— Votre Majesté, dit le visage.

Liz entra et l'homme asymétrique referma vite la porte, comme pour empêcher les autres de forcer le passage.

— Alvise Contarini, à votre service, dit-il en français. Ambassadeur de la république de Venise. Je suis le médiateur ici. Suivez-moi.

Il la conduisit à travers un étroit couloir. Ici aussi, les murs étaient nus, mais le tapis était de premier choix et – Liz le savait, elle avait quand même aménagé deux châteaux – d'une valeur inestimable.

— Un mot avant de commencer, dit Contarini. La difficulté principale réside dans le fait que la France exige que la lignée impériale de la maison d'Autriche cesse de soutenir la lignée espagnole.

La Suède n'y attache aucune importance mais, à cause des subsides élevés que la Suède a reçus de la France, les Suédois sont contraints de s'aligner sur sa revendication. L'empereur s'y oppose toujours catégoriquement. Tant que ce problème n'est pas réglé, nous n'obtiendrons la signature d'aucune des trois couronnes.

Liz pencha la tête et arbora un sourire énigmatique, comme elle l'avait fait toute sa vie lorsqu'elle ne comprenait pas. Sans doute, se dit-elle, n'attendait-il rien d'elle, il était simplement habitué à parler. Ce genre de personnes existait dans toutes les cours.

Ils arrivèrent au bout du couloir, Contarini ouvrit la porte et la laissa passer en s'inclinant.

— Votre Majesté, les ambassadeurs suédois. Le comte Oxenstierna et le Dr Adler Salvius.

Elle regarda autour d'elle d'un air perplexe. Ils étaient assis là, l'un à l'angle droit, l'autre à l'angle gauche de la salle de réception, chacun sur une chaise à bras de même taille, comme placés par un peintre. Au milieu de la pièce se trouvait une autre chaise à bras. Lorsque Liz se dirigea vers elle, les deux hommes se lèvent et firent une profonde révérence. Liz s'assit, les hommes restèrent debout. Oxenstierna était un homme massif aux joues pleines, Salvius était fluet et élancé, et il semblait surtout très fatigué.

— Votre Majesté est allée voir Lamberg ? demanda Salvius en français.

— Vous êtes au courant ?

— Osnabrück est petit, dit Oxenstierna. Votre Majesté sait-elle qu'il s'agit d'un congrès d'ambassadeurs ? Ni prince, ni souverain, ni…

— Je sais, dit-elle. En réalité, je ne suis pas ici. Et la raison pour laquelle je ne suis pas ici, c'est la dignité électorale qui revient de droit à ma famille. Si mes informations sont correctes, la Suède soutient notre demande de restitution du titre.

Cela faisait du bien de parler français ; les mots lui venaient plus vite, les tournures s'assemblaient, c'était comme si la langue formait les phrases toute seule. Mais elle aurait préféré parler anglais, la langue riche, douce et chantante de son pays, la langue du théâtre et de la poésie, sauf que personne ou presque ne la comprenait ici. Il n'y avait pas non plus d'ambassadeur anglais à Osnabrück, puisque papa avait fini par les sacrifier, elle et Frédéric, pour tenir son pays éloigné de la guerre.

Elle attendit. Personne ne parla.

— C'est exact, non ? finit-elle par demander. La Suède soutient bien notre revendication ?

— En principe, dit Salvius.

— Si la Suède exige la restitution de notre titre royal, mon fils proposera lui-même de renoncer à cette restitution, à condition que la cour impériale nous garantisse la création d'une huitième dignité électorale dans le cadre d'un accord secret.

— L'empereur ne peut pas créer une nouvelle dignité électorale, dit Oxenstierna. Il n'en a pas le droit.

— Sauf si les États le lui accordent, dit Liz.

— Mais ils n'en ont pas le droit, dit Oxenstierna. En outre, nous voulons beaucoup plus, c'est-à-dire la restitution de tout ce que notre camp a perdu en l'an vingt-trois.

— Une nouvelle dignité électorale servirait les intérêts catholiques parce que la Bavière conserverait la dignité électorale. Et elle servirait aussi les intérêts protestants parce que notre camp obtiendrait un prince-électeur protestant.

— Peut-être, dit Salvius.

— Jamais, dit Oxenstierna.

— Ces messieurs ont tous les deux raison, dit Contarini.

Liz lui lança un regard interrogateur.

— Ce n'est pas possible autrement, dit Contarini en allemand. Ils ont forcément raison tous les deux. L'un est proche de son père, le chancelier, et il veut poursuivre la guerre, l'autre a été envoyé par la reine pour négocier la paix.

— Que dites-vous ? demanda Oxenstierna.

— J'ai cité un proverbe allemand.

— La Bohême ne fait pas partie de l'Empire, dit Oxenstierna. Nous ne pouvons pas inclure Prague dans les négociations. Ce serait à négocier au préalable. Il faut toujours commencer par négocier ce sur quoi on veut négocier avant d'entamer les négociations.

— D'un autre côté, dit Salvius, Sa Majesté, la reine…

— Sa Majesté est inexpérimentée, mon père est son tuteur. Et il est d'avis que…

— Était.

— Pardon ?

— La reine est majeure.

— À peine. Mon père, le chancelier, est le dirigeant le plus aguerri d'Europe. Depuis que notre illustre Gustave Adolphe a expiré à Lützen…

— Depuis, nous n'avons quasiment jamais gagné. Sans l'aide des Français, nous serions perdus.

— Vous voulez dire…

— Qui serais-je pour rabaisser les mérites du chancelier impérial l'Excellence Sérénissime votre père, mais je suis d'avis…

— Votre avis ne compte peut-être pas tant que ça, monsieur le docteur Salvius, peut-être que l'avis du deuxième ambassadeur n'est pas…

— Du meneur des négociations.

— Nommé par la reine. Dont le tuteur est mon père !

— Était. Votre père *était* son tuteur !

— Peut-être pouvons-nous nous accorder sur le fait que la proposition de Sa Majesté mérite d'être examinée, dit Contarini. Nous ne sommes pas tenus de dire que nous la suivrons, ni même de promettre que nous allons l'examiner, mais nous pouvons quand même nous accorder sur le fait que la proposition pourrait mériter que nous l'examinions.

— Cela ne suffit pas, dit Liz. Dès que Prague sera prise, il faudra envoyer une revendication officielle au comte Lamberg pour qu'il rende le trône de Bohême à mon fils. Mon fils lui garantira aussitôt dans un accord secret qu'il y renonce, à condition qu'il conclue à son tour un accord secret avec la Suède et la France au sujet de la huitième dignité électorale. Il faudra que cela aille vite.

— Rien ne va vite, dit Contarini. Je suis ici depuis le début des négociations. Je me disais que je ne tiendrais pas un mois dans cette horrible province pluvieuse. Cela fait déjà cinq ans.

— Je sais ce que c'est de vieillir à force d'attendre, dit Liz. Et je ne vais pas attendre plus longtemps. Si la Suède ne réclame pas la couronne de Bohême pour que mon fils puisse y renoncer en échange de la dignité électorale, nous renoncerons à la dignité électorale. Auquel cas vous n'aurez plus rien à échanger pour obtenir une huitième dignité électorale. Ce serait la fin de notre dynastie et, pour ma part, je rentrerais tout simplement en Angleterre. J'aimerais bien être chez moi. J'aimerais retourner au théâtre.

— Moi aussi, j'aimerais bien rentrer chez moi, à Venise, dit Contarini. Je voudrais devenir doge un jour.

— Que Votre Majesté me permette une question, dit Salvius. Afin que je comprenne. Vous venez ici pour réclamer quelque chose que nous n'aurions jamais exigé de notre propre initiative. Et votre menace est la suivante : si nous ne faisons pas ce que vous voulez, vous retirez votre revendication ? Comment faut-il nommer une telle manœuvre ?

Liz arbora son sourire le plus énigmatique. À présent, elle regrettait vraiment de ne pas avoir le bord d'une scène devant elle, ni la pénombre d'une salle de spectacle remplie de gens l'écoutant avec fascination. Elle se racla la gorge et, bien qu'elle sût déjà ce qu'elle allait répondre, elle fit semblant de réfléchir pour produire plus d'effet sur les spectateurs invisibles.

— Je suggère, finit-elle par dire, que vous appeliez cela de la politique.

III

Le lendemain, dernier jour de son séjour à Osnabrück, Liz quitta la chambre de son auberge en début d'après-midi pour se rendre à la réception de l'évêque. Personne ne l'avait invitée, mais elle avait entendu dire que tous les gens qui comptaient y seraient. Demain à la même heure, elle serait déjà sur le chemin du retour, traversant des paysages ravagés, jusqu'à sa petite maison de La Haye.

Elle ne pouvait pas s'attarder. Il fallait qu'elle s'en aille, à cause du manque d'argent, mais aussi parce qu'elle connaissait les règles d'une pièce réussie : une reine destituée qui réapparaissait soudain avant de disparaître, cela faisait de l'effet. Mais une reine destituée qui réapparaissait et restait jusqu'à ce qu'on s'habitue à elle et fasse des plaisanteries sur son compte, cela n'allait pas. Elle avait appris la leçon en Hollande, où on les avait jadis accueillis si gentiment, elle et Frédéric, et où les membres des États-Généraux étaient désormais toujours occupés lorsqu'elle sollicitait un entretien.

Cette réception serait sa dernière apparition publique. Elle avait fait ses propositions, elle avait dit ce qu'elle avait à dire. Elle ne pouvait pas faire plus pour son fils.

Malheureusement, il tenait beaucoup de son frère à elle et c'était un vrai balourd. Ils ressemblaient tous deux à son père, mais ils n'avaient pas hérité de son intelligence à l'affût ; c'étaient des hommes qui prenaient de la place et se donnaient de grands airs, à la voix grave, aux épaules larges et aux gestes amples, aimant passer leur vie à la chasse. Là-bas, au pays, son frère allait sans doute perdre sa guerre contre le parlement et son fils, si tant est qu'il devienne vraiment prince-électeur, avait peu de chances d'entrer dans l'histoire en tant que grand souverain. Il avait déjà trente ans, il n'était donc plus tout jeune et, en ce moment, il se trouvait quelque part en Angleterre, sans doute était-il en train de chasser, tandis qu'elle négociait à sa place en Westphalie. Les rares lettres qu'il lui écrivait étaient brèves et d'une froideur frisant l'hostilité.

Et, comme chaque fois qu'elle pensait à lui, l'image de l'autre se forma dans sa tête : son fils ravissant, son aîné intelligent et rayonnant qui avait le caractère affable de son père et son esprit à elle – il était sa fierté, sa joie et son espoir. Lorsque son image se présentait à elle, c'était sous la forme de plusieurs visages, tous là en même temps : elle le revoyait à trois mois, à douze ans, à quatorze ans. Elle sentait alors cette autre image s'imposer, comme chaque fois qu'elle pensait à lui, si bien qu'elle tentait d'y penser le moins possible : la barque qui chavire, le gouffre noir de la rivière. Elle savait comment c'était de boire la tasse en nageant, mais se noyer ? Elle n'arrivait pas à se l'imaginer.

Osnabrück était minuscule et elle aurait pu aller à pied depuis l'auberge. Mais les rues étaient crasseuses, même pour des rues allemandes, et puis surtout : de quoi cela aurait-il l'air ?

C'est pourquoi elle se laissa hisser une nouvelle fois dans la calèche, se cala sur la banquette et regarda les étroites maisons à pignon défiler lentement. La femme de chambre était assise en silence à côté d'elle, elle avait l'habitude d'être ignorée par Liz, qui ne lui adressait jamais la parole ; la seule chose qu'une femme de chambre devait vraiment maîtriser, c'était de faire figure de meuble. Il faisait froid et une fine bruine tombait, mais on pouvait distinguer le soleil sous forme de tache pâle derrière les nuages. La pluie rinçait l'air de l'odeur des ruelles. Des enfants couraient, elle vit un groupe de soldats de la ville à cheval, puis une charrette chargée de sacs de farine et tirée par un âne. Ils s'orientaient déjà vers la place principale. Là-bas se trouvait la résidence de l'ambassadeur impérial où elle s'était rendue avant-hier ; on apercevait au milieu de la place un bloc de la taille d'un homme avec des trous pour la tête et les bras. Le mois dernier, lui avait raconté l'aubergiste, il y avait là une sorcière. Le juge s'était montré clément, on l'avait épargnée et, au bout de dix jours au pilori, on l'avait chassée de la ville.

La cathédrale était massive et allemande, un monstre raté, une tour plus grosse que l'autre. Sur le côté, on avait bâti une maison tout en longueur aux corniches imposantes et au toit pointu. Plusieurs calèches bloquaient la place, si bien que celle de Liz ne pouvait pas avancer. Le cocher dut s'arrêter à quelque distance et la porter jusqu'à l'entrée. Il sentait mauvais et la pluie mouillait son manteau de fourrure, mais, au moins, il ne la laissa pas tomber.

Il la déposa un rien brutalement ; elle s'appuya sur sa canne pour ne pas perdre l'équilibre. Dans ces moments-là, son âge se faisait sentir. Elle rejeta sa capuche en arrière et pensa : Ma dernière apparition publique. Elle éprouva une effervescence telle qu'elle n'en avait plus ressenti depuis des années. Le cocher retourna chercher la femme de chambre, mais Liz n'attendit pas et entra seule.

Dès le hall d'entrée, elle entendit la musique. Elle s'arrêta et prêta l'oreille.

— Sa Majesté Impériale nous a envoyé les meilleurs instrumentistes de la cour.

Lamberg portait une cape de pourpre sombre. Il avait autour du cou la chaîne de l'ordre de la Bulle d'or. À ses côtés se trouvait Wolkenstein. Les deux hommes se découvrirent et s'inclinèrent. Liz fit un signe de tête à Wolkenstein qui lui sourit.

— Votre Altesse s'en va demain, dit Lamberg.

Elle était déconcertée parce que cela ressemblait davantage à un ordre qu'à une question.

— Monsieur le comte est bien informé, comme toujours.

— Jamais autant que je le souhaiterais. Mais je promets à Votre Altesse que vous n'entendrez pas ailleurs de la musique comme celle-là. Vienne tient à témoigner sa faveur au congrès.

— Parce que Vienne perd sur les champs de bataille ?

Il fit comme s'il n'avait pas entendu la question.

— C'est pourquoi la cour a envoyé ses meilleurs musiciens, ses acteurs les plus illustres et ses meilleurs saltimbanques. Votre Altesse s'est rendue chez les Suédois ?

— Il sait vraiment tout.

— Votre Altesse sait à présent que les Suédois sont divisés.

Dehors retentirent les trombones, les laquais ouvrirent la porte en grand, un homme scintillant de pierres précieuses entra, à son bras une femme portant une longue traîne et un diadème. L'homme jeta en passant un regard non dénué de sympathie à Lamberg, qui inclina la tête juste assez pour que ce ne soit pas un signe.

— La France ? demanda Liz.

Lamberg acquiesça.

— A-t-il envoyé notre proposition à Vienne ?

Lamberg ne répondit pas. Il était impossible de dire s'il avait entendu sa question.

— Ou n'est-ce pas nécessaire ? A-t-il un blanc-seing lui permettant de décider seul ?

— Une décision de l'empereur reste une décision de l'empereur, de personne d'autre. Je dois à présent prendre congé de Votre Altesse. Même sous le couvert d'un faux nom, il n'est pas convenable que votre humble serviteur continue de converser avec Votre Altesse.

— Parce que nous sommes bannis de l'Empire ou parce que madame son épouse va être jalouse ?

Lamberg émit un petit rire.

— Avec la permission de Votre Altesse, le comte Wolkenstein va vous escorter dans la salle.

— En a-t-il le droit ?

— C'est une âme libre devant Dieu. Il a le droit de faire tout ce qui est de mise.

Wolkenstein plia le bras, Liz posa la main sur la sienne, ils entrèrent à pas mesurés.

— Est-ce que tous les ambassadeurs sont là ? demanda-t-elle.

— Tous. Mais tous n'ont pas le droit de saluer tout le monde et encore moins de parler à tout le monde. Les règles sont très strictes.

— Wolkenstein a-t-il le droit de parler avec moi ?

— Absolument pas. Mais j'ai le droit de marcher avec vous. Et je le raconterai à mes petits-enfants. Et j'écrirai sur le sujet. La reine de Bohême, voilà ce que je vais écrire, la légendaire Élisabeth, la…

— Reine d'hiver ?

— J'allais dire *fair phoenix bride*.

— Il parle anglais ?

— Un peu.

— Il a lu John Donne ?

— Pas beaucoup. Mais quand même ce beau chant dans lequel il invite le père de Votre Altesse Royale à soutenir enfin le roi de Bohême. *No man is an island*.

Elle leva les yeux. La salle de réception avait ces fresques bâclées qu'on voyait souvent dans les provinces allemandes – en général l'œuvre d'un artiste italien de second ordre qui n'aurait jamais pu faire carrière à Florence. Une corniche supportait des statues de saints à l'air grave. Deux d'entre eux portaient des lances, deux des croix, l'un avait les poings serrés, un autre tenait une couronne. Sous la corniche se trouvaient des torches et quatre grands lustres comportaient des dizaines de bougies dont les flammes étaient reflétées par des miroirs. Au mur du fond, il y avait six musiciens : quatre violonistes, un harpiste et un autre qui tenait un cor étrange, tel que Liz n'en avait jamais vu.

Ils tendirent l'oreille. Même à Whitehall, elle n'avait pas entendu cela. Un violon fit surgir une mélodie des profondeurs, un deuxième violon la reprit, lui donnant force et précision, avant de la passer à un troisième violon, tandis que le quatrième la variait avec une deuxième mélodie plus légère. Soudain, les deux mélodies se rejoignirent, fusionnèrent et furent reprises par la harpe qui vint occuper le premier plan, tandis que les violons, comme engagés dans une conversation discrète, avaient déjà trouvé une nouvelle mélodie ; et à ce moment précis, la harpe leur rendit la mélodie initiale et les deux mélodies s'assemblèrent, tandis que s'élevait au-dessus d'elles le cri d'allégresse d'une troisième mélodie, métallique et palpitante, la voix du cor.

Puis le silence tomba. Le morceau était bref, mais il semblait avoir duré beaucoup plus longtemps, comme s'il portait en lui sa propre temporalité. Quelques auditeurs applaudirent avec hésitation. D'autres, immobiles et silencieux, semblaient écouter en eux-mêmes.

— Durant notre voyage jusqu'ici, ils ont joué pour nous tous les soirs, dit Wolkenstein. Le grand, là, s'appelle Hans Kuchner, il est originaire du village de Hagenbrunn, il n'a jamais fréquenté l'école et il sait à peine parler, mais le Seigneur lui a fait ce don.

— Votre Majesté !

Un couple s'était avancé vers elle : un homme au visage anguleux et à large mâchoire, à son bras une dame ayant l'air frigorifié.

Liz vit avec regret que Wolkenstein qui, visiblement, avait même l'interdiction de remarquer la présence de cet homme, fit un pas en arrière, croisa les mains dans le dos et se détourna. L'homme s'inclina, la femme fit une révérence courtoise.

— Wesenbeck, dit-il en prononçant si nettement le claquement à la fin de son nom qu'on crut entendre une petite explosion. Deuxième envoyé du prince-électeur de Brandebourg. Au service de Votre Majesté.

— Très bien, dit Liz.

— Revendiquer une huitième dignité électorale. Respect !

— Nous n'avons rien demandé. Je suis une faible femme. Les femmes ne négocient pas et ne revendiquent rien. Mon fils, quant à lui, n'a pas pour le moment de titre lui permettant de revendiquer quoi que ce soit. Nous ne pouvons pas exiger. Nous pouvons simplement renoncer. Telle est ma modeste proposition. Nul autre ne peut renoncer à la couronne de Bohême, nous seuls le pouvons et nous le faisons en échange de la dignité électorale. Revendiquer la couronne pour nous, c'est la tâche des États impériaux protestants.

— Donc la nôtre.

Liz sourit.

— Et si nous ne le faisons pas, par exemple parce que nous ne voulons pas que les Wittelsbach de Bavière conservent leur dignité électorale…

— Ce serait une erreur car ils vont la conserver, auquel cas nous renoncerions à la dignité électorale du Palatinat. Clairement et publiquement. Et vous ne pourriez plus revendiquer quoi que ce soit.

L'envoyé acquiesça d'un air songeur.

Elle eut soudain une pensée qu'elle n'avait pas osé formuler jusque-là. Cela allait marcher ! Lorsqu'elle avait eu l'idée de louer une calèche pour se rendre à Osnabrück et se mêler des négociations, elle avait d'abord tenu la chose pour une idée absurde. Il lui avait fallu presque une année pour avoir confiance en elle et une année supplémentaire pour lancer le projet. Mais au fond, elle s'attendait tout le temps à ce qu'on lui rît au nez.

Maintenant qu'elle se trouvait face à cet homme à la large mâchoire, elle comprenait avec une certaine confusion qu'elle allait pouvoir accomplir sa mission : obtenir le titre de prince-électeur pour son fils. Je n'ai pas été une bonne mère pour toi, pensa-t-elle, et je ne t'ai pas non plus aimé comme il se doit, mais j'ai quand même fait une chose pour toi : je ne suis pas retournée en Angleterre, je suis restée dans cette petite maison en faisant croire que c'était une cour royale en exil, et j'ai éconduit tous les hommes après la mort de ton pauvre père, alors que beaucoup voulaient de moi, même des très jeunes, car j'étais une légende, et belle avec ça ; mais je savais qu'il fallait éviter le moindre scandale, dans l'intérêt de notre revendication, et je ne l'ai pas oublié un seul instant.

— Nous comptons sur vous, dit-elle.

Le ton était-il adapté, ou trop solennel ? Mais il avait une mâchoire si large et des sourcils si broussailleux et, lorsqu'il avait dit son nom, il en avait pratiquement eu les larmes aux yeux. Un ton soutenu paraissait approprié.

— Nous comptons sur le Brandebourg, reprit-elle.

Il s'inclina.

— Alors vous pouvez compter sur le Brandebourg.

Sa femme contemplait Liz d'un regard glacial. Dans l'espoir que la conversation fût terminée, Liz chercha Wolkenstein du regard, mais il était invisible et les Brandebourgeois venaient eux aussi de s'éloigner à pas mesurés.

Elle était seule. Les musiciens se remirent à jouer. Liz compta les temps et reconnut la dernière danse à la mode, un menuet. Deux rangées se formèrent, les messieurs ici, les dames là-bas. Les rangées s'éloignèrent, puis se rapprochèrent, les partenaires se tenaient par leurs mains gantées. Après une rotation, ils se séparèrent, les rangées s'éloignèrent et tout recommença depuis le début, tandis que la musique variait le thème initial avec légèreté, tel un chant : on se sépare, on se retrouve, on tourne, on se sépare. Les sons exprimaient une certaine langueur qu'on ressentait sans comprendre à qui ou à quoi elle s'adressait. Là-bas, l'ambassadeur français évoluait à côté du comte Oxenstierna ; les deux hommes ne se regardaient pas, mais ils bougeaient en cadence, portés par le rythme. Plus loin se trouvaient Contarini, dont la cavalière était très jeune, une séduisante sylphide, et aussi Wolkenstein, les yeux mi-clos, s'adonnant à la musique et ne pensant visiblement plus à Liz.

Elle regretta de ne pas pouvoir participer. Elle avait toujours aimé danser, mais la seule chose qui lui restait, c'était son rang et il était trop élevé pour qu'elle pût entrer dans la danse. En outre, elle avait du mal à bouger, son manteau de fourrure était trop épais pour une salle chauffée par autant de torches, mais elle ne pouvait pas non plus l'enlever parce que la robe qu'elle portait en dessous était trop simple. Il ne lui restait de son ancienne garde-robe que cette hermine, tout le reste avait été mis en gage et vendu. Elle s'était toujours demandé pourquoi elle l'avait gardé. Maintenant, elle le savait.

Les rangées se rapprochèrent mais, brusquement, ce fut le chaos. Quelqu'un était debout au milieu de la salle et il n'avait pas l'air de vouloir éviter les danseurs. Sur les côtés, on continuait d'évoluer sur la musique – là-bas Salvius, de l'autre côté la femme du Brandebourgeois –, mais au centre, les rangées ne pouvaient plus se fermer ; les danseurs se cognèrent, d'autres perdirent l'équilibre, tous tentaient d'éviter l'homme debout. Il était maigre, les joues creuses, le menton très pointu, une cicatrice sur le front. Il portait un pourpoint bigarré, un pantalon bouffant et de fines chaussures en cuir. Sur sa tête, un bonnet multicolore à grelots. Et pour couronner le tout, il se mit à jongler : des objets en acier s'envolèrent, d'abord deux, puis trois, puis quatre, puis cinq.

Un moment s'écoula avant que tous comprennent en même temps : c'étaient des lames ! Tous reculèrent. Les hommes rentrèrent la tête, les dames placèrent leurs mains devant le visage pour se protéger. Mais les poignards recourbés retombaient toujours dans ses mains, toujours dans le bon sens, le manche vers le bas, tandis qu'il se mettait à danser – à petits pas, en avant et en arrière, d'abord lentement, puis plus vite, ce qui modifia la musique car ce n'était pas lui qui la suivait, mais l'inverse. Plus personne ne dansait, on avait fait de la place pour mieux le voir tournoyer sur lui-même, pendant que les lames s'envolaient de plus en plus haut en lançant des éclairs. Ce n'était plus une danse élégante et posée, mais la poursuite effrénée d'une cadence galopante et essoufflée qui ne cessait de s'accélérer.

Puis il se mit à chanter. Il avait une voix aiguë et éraillée, mais il chantait juste, sans s'essouffler. On ne comprenait pas les paroles. C'était sans doute une langue qu'il avait inventée. On avait pourtant l'impression de comprendre de quoi il s'agissait ; on le comprenait sans pouvoir l'exprimer par des mots.

À présent, il y avait moins de poignards en l'air.

Plus que quatre, plus que trois, ils retombaient l'un après l'autre dans sa ceinture.

C'est alors qu'un cri traversa la salle. La jupe verte d'une dame – l'épouse de Contarini – fut soudain mouchetée de rouge. Visiblement, une des lames avait glissé sur la main de l'homme, mais son visage ne trahissait rien – il lança en riant le dernier poignard si haut qu'il passa entre les branches d'un lustre sans toucher le moindre cristal et, lorsqu'il retomba en vrille, l'homme le rattrapa et le rangea. La musique se tut. Il s'inclina.

Il y eut un tonnerre d'applaudissements.

— Tyll ! s'écria quelqu'un, bravo !

— Tyll ! dit un autre. Bravo ! Bravo !

Les musiciens se remirent à jouer. Liz avait le vertige. Il faisait si chaud dans la salle à cause de toutes ces bougies et sa fourrure était beaucoup trop épaisse. À droite dans le hall d'entrée, une porte était ouverte, on apercevait derrière un escalier en colimaçon. Elle hésita, puis elle monta.

L'escalier était si raide qu'elle s'arrêta à deux reprises en haletant. Elle s'appuya contre le mur. Elle eut un éblouissement, ses genoux cédèrent et elle crut qu'elle allait s'effondrer. Puis elle retrouva ses forces, se ressaisit et reprit sa montée. Elle finit par arriver à un petit balcon.

Elle rejeta sa capuche en arrière et s'appuya contre la balustrade en pierre. En bas s'étendait la place principale, à sa droite les tours de la cathédrale se dressaient dans le ciel. Le soleil venait sans doute à peine de se coucher. Une fine bruine remplissait encore l'air.

En bas, dans la pénombre, un homme traversa la place. C'était Lamberg. Il marchait le dos courbé, à petits pas traînants, vers sa résidence. Son manteau de pourpre claquait mollement sur ses épaules. Il resta un moment devant sa porte, l'air songeur. Il semblait réfléchir. Puis il entra.

Elle ferma les yeux. L'air froid lui faisait du bien.

— Comment va mon âne ? demanda-t-elle.

— Il écrit un livre. Et toi, petite Liz ?

Elle ouvrit les yeux. Il était debout à côté d'elle, appuyé contre la balustrade. Sa main était bandée.

— T'es bien conservée, dit-il. Tu es vieille maintenant, mais pas encore stupide, et tu fais même de l'effet.

— Toi aussi. Sauf que ce bonnet ne te va pas.

Il leva sa main indemne et fit tinter les grelots.

— L'empereur veut que je la porte parce qu'on m'a dessiné ainsi dans une brochure qu'il aime bien. Je t'ai fait venir à Vienne, qu'il me dit, donc il faut que tu ressembles à celui que les gens connaissent.

Elle désigna sa main bandée d'un air interrogateur.

— Devant les messieurs de haut rang, je fais toujours en sorte de louper mon coup. La paie est meilleure.

— Il est comment, l'empereur ?

— Comme tout le monde. Il dort la nuit et il aime qu'on soit gentil avec lui.

— Et où est Nele ?

Il se tut un moment, comme s'il devait se souvenir de qui elle parlait.

— Elle s'est mariée, finit-il par dire. Ça fait longtemps.

— La paix arrive, Tyll. Je vais rentrer chez moi. Traverser la mer, retourner en Angleterre. Tu veux m'accompagner ? Je te donnerai une chambre chauffée et tu ne souffriras pas de la faim. Même si, un jour, tu ne peux plus te produire en spectacle.

Il ne dit rien. Aux gouttes de pluie s'étaient mêlés tant de flocons que cela ne faisait plus aucun doute – il neigeait.

— En souvenir du bon vieux temps, dit-elle. Tu sais aussi bien que moi que l'empereur s'énervera tôt ou tard à ton sujet. Après quoi tu seras de nouveau à la rue. Tu seras mieux traité chez moi.

— Tu veux me donner l'aumône, petite Liz ? Une soupe quotidienne, une couverture épaisse et des pantoufles chaudes jusqu'à ce que je meure en paix ?

— Ce n'est pas si mal.

— Mais sais-tu ce qui est encore mieux ? Encore mieux que de mourir en paix ?

— Dis-le-moi.

— Ne pas mourir, petite Liz. C'est beaucoup mieux.

Elle se tourna vers l'escalier. D'en bas, dans la salle, elle entendait des cris, des rires et de la musique. Lorsqu'elle se retourna vers lui, il n'était plus là. Stupéfaite, elle se pencha au-dessus de la balustrade, mais la place était plongée dans l'obscurité et Tyll invisible.

Si la neige continuait de tomber, pensa-t-elle, tout serait recouvert de blanc demain et le retour à La Haye s'avérerait difficile. N'était-ce pas beaucoup trop tôt dans l'année pour de la neige ? Cela vaudrait sans doute bientôt à un pauvre diable de se retrouver cloué au pilori là en bas.

Alors que c'est ma décision, pensa-t-elle. C'est moi, la reine d'hiver !

Elle renversa la tête et ouvrit la bouche autant que possible. Cela faisait longtemps qu'elle ne l'avait pas fait. La neige était toujours aussi douceâtre et froide qu'à l'époque, quand elle était petite. Puis, pour mieux sentir son goût et uniquement parce qu'elle savait que personne ne pouvait la voir dans l'obscurité, elle tira la langue.

TABLE

ACTES SUD
Extrait du catalogue
Collection "Lettres allemandes"
N'hésitez pas à consulter, pour de plus amples informations,
le site www.actes-sud.fr

DERNIÈRES PARUTIONS :

Annette HESS
LA MAISON ALLEMANDE
Roman traduit par Stéphanie Lux
Octobre 2019 / 11,5 × 21,7 / 400 pages

Best-seller dès sa parution, immédiatement traduit dans de nombreux pays, *La Maison allemande* nous fait éprouver le traumatisme et la révolte d'une génération qui a eu vingt ans dans les années 1960 et s'est trouvée confrontée au refus de mémoire dans l'Allemagne de l'après-guerre. L'héroïne du roman, Eva, fille des propriétaires d'un modeste restaurant de Francfort-sur-le-Main, s'apprête à se fiancer avec un jeune héritier de la ville quand débute le "second procès d'Auschwitz" (1963) où doivent être jugés les crimes des dignitaires nazis. Eva a suivi des études d'interprète, elle maîtrise la langue polonaise : le tribunal la contacte pour lui proposer d'assurer, durant les audiences, la traduction instantanée des dépositions que feront les survivants du camp. Ignorant tout de ce passé, bravant les vives réticences de ses propres parents et celles de son fiancé, Eva décide de suivre son instinct et d'accepter cette mission. S'ouvre alors devant elle le long chemin d'une prise de conscience qui engage sa famille, mais qui concerne également toute la société de son temps. Porté par un regard de cinéaste et mené tambour battant, ce roman captive par sa justesse, son efficacité, son empathie avec une jeune femme en pleine construction de son individualité, dans un pays où la reconnaissance du passé engage profondément l'avenir.

Juli ZEH
NOUVEL AN
Roman traduit par Rose Labourie
Septembre 2019 / 11,5 × 21,7 / 192 pages

Des vacances de Noël en famille sur l'île de Lanzarote – ce rêve de Henning, mari et jeune père plein de bonne volonté, risque de tourner au vinaigre. Le temps est maussade, le moral se détériore ; les crises d'angoisse qu'il redoute tant réapparaissent. Le premier janvier, il décide de s'éloigner des obligations familiales, d'un amour mêlé d'incompréhension et d'une paternité qui l'écrase. Il enfourche un médiocre vélo de location et entreprend, par défi, une ascension harassante. C'est un homme épuisé qui arrive au sommet de la montagne, où paysage et village se révèlent. Tel un voile qui se déchire, il lui semble retrouver un lieu maudit de sa petite enfance, une expérience traumatisante dont la romancière ressuscite alors chaque instant enfoui dans sa mémoire. Juli Zeh, à son meilleur, se livre à un travail vertigineux d'expérimentation psychique : la plongée de Henning dans l'onde obscure du refoulé nous hantera longtemps.

Andreas ALTMANN
LA VIE DE MERDE DE MON PÈRE, LA VIE DE MERDE DE MA MÈRE ET MA JEUNESSE DE MERDE À MOI
Récit autobiographique traduit par Matthieu Dumont
Mai 2019 / 11,5 × 21,7 / 336 pages

Andreas Altmann a passé son enfance à Altötting, un haut lieu de pèlerinage catholique en Bavière. Toutefois, dans le récit de sa vie, il n'est pas question de grâce ni de miracles, mais de violence et de terreur : un père psychiquement détruit par la Seconde Guerre mondiale frappe son fils jusqu'à lui faire perdre connaissance ; une mère trop faible pour protéger ses enfants sombre dans la dépression ; un fils bouc émissaire cherche des stratagèmes pour ne pas succomber. Une histoire (vraie) peuplée de prêtres fanatiques et pédophiles, d'anciens nazis sans remords, de femmes humiliées ou complices. L'ironie et la colère sont les deux armes de cet écrivain allemand qui refuse le statut de victime et montre la voie de la reconquête d'une vie libre et digne.

Rasha KHAYAT
NOTRE AILLEURS
Roman traduit par Isabelle Liber
Mai 2019 / 11,5 × 21,7 / 208 pages

Quel déchirement peut-on ressentir lorsque ses racines culturelles sont doubles et se contredisent ? Et qu'une profonde nostalgie d'un "ailleurs" s'empare de l'âme où que l'on se trouve ? Basil, fils d'une Allemande et d'un Saoudien, apprend que sa sœur Layla quitte l'Allemagne : elle souhaite renouer avec la culture de leur père, décédé lorsqu'ils étaient enfants, accepte un mariage arrangé et s'apprête à le fêter en grande pompe au sein de leur famille saoudienne. Basil se rend en Arabie saoudite pour partager les bouleversements intimes de sa sœur et redécouvrir la famille turbulente et aimante avec laquelle il a passé sa petite enfance. Son regard précis et bienveillant révèle les contradictions et faux-semblants d'un pays qu'il croyait connaître mais qu'il a peut-être rêvé.

Alina BRONSKY
LE DERNIER AMOUR DE BABA DOUNIA
Roman traduit par Isabelle Liber
Avril 2019 / 11,5 × 21,7 / 160 pages

Après la catastrophe nucléaire de Tchernobyl, les alentours de la centrale désaffectée se repeuplent clandestinement : Baba

Dounia, veuve solitaire et décapante, entend bien y vieillir en paix. En dépit des radiations, son temps s'écoule en compagnie d'une chaleureuse hypocondriaque, d'un moribond fantasque et d'un centenaire rêvant d'amour. Mais qui est l'auteur de la lettre à Baba Dounia, écrite dans une langue qu'elle ne comprend pas ? D'une plume à la fois malicieuse et implacable, Alina Bronsky invente la comédie humaine post-cataclysmique.

Alex CAPUS
AU SEVILLA BAR
Récit traduit par Emanuel Güntzburger
Mars 2019 / 11,5 × 21,7 / 256 pages

Théâtre miniature du monde, le Sevilla Bar accueille joies et désastres du temps présent – l'air de rien, la comédie humaine s'y joue chaque soir, autour d'un verre. Au fil de la plume agile et du regard malicieux d'Alex Capus, ce repaire de fraternité chaleureuse se dévoile et nous séduit. Le maître des lieux raconte une période où un changement intervient dans sa vie : devenu célibataire quelques jours par semaine, il a vu les couleurs de son quotidien se raviver, et, contre toute attente, il redécouvre ce qui fait la saveur de l'existence. Ce livre astucieux et pétillant, portrait de l'auteur en propriétaire de bar, est un éloge de la convivialité et des petits bonheurs de la vie.

Wolf KÜPER
UN MILLION DE MINUTES
Comment j'ai exaucé le souhait de ma fille et trouvé le bonheur en famille
Récit traduit par Rose Labourie
Juin 2018 / 11,5 × 21,7 / 336 pages

Lorsque Nina dit à son père : "J'aimerais avoir un million de minutes avec toi", c'est le déclic. Sa mère et son père quittent leurs carrières professionnelles, vendent tous leurs biens et voyagent pendant deux ans (c'est ça, un million de minutes !) dans des pays qui permettent une grande liberté et la vie en plein air : la Thaïlande, l'Australie et la Nouvelle-Zélande. Même le frère de Nina, Mister Simon, six mois, est de la partie : chacun peut enfin vivre à son rythme et explorer l'essentiel de la vie. Raconté par le père, ce récit drôle, émouvant et ensoleillé du voyage est aussi celui du cheminement intérieur de la famille face à la différence de Nina. Paysages féeriques, autochtones singuliers, amis étranges, fêtes, dangers, kangourous, crabes et chiens volants… le tout mis en musique par la petite voix insolite de Nina ! Que du bonheur à la recherche du temps gagné.

Juli ZEH
BRANDEBOURG
Roman traduit par Rose Labourie
Septembre 2017 / 14,5 × 24 / 528 pages

Les éoliennes peuvent rapporter gros – mais à qui ? Une partie d'échecs se joue derrière les façades proprettes d'un village du Brandebourg où des Berlinois épris d'un romantique "retour à la campagne" côtoient des paysans du cru et leurs familles. De vieilles rancœurs – datant de l'époque de la chute du Mur – se réveillent et des stratagèmes de vengeance se fomentent. Une manipulatrice essaie de tirer profit des désirs des uns et des haines des autres. Grâce à la plume d'acier de Juli Zeh, cette belle fresque villageoise contemporaine offre du rire et de l'effroi. Un formidable thriller rural qui renouvelle et dynamite le roman de terroir.

OUVRAGE RÉALISÉ
PAR L'ATELIER GRAPHIQUE ACTES SUD
REPRODUIT ET ACHEVÉ D'IMPRIMER
EN NOVEMBRE 2019
PAR NORMANDIE ROTO IMPRESSION S.A.S.
À LONRAI
POUR LE COMPTE DES ÉDITIONS
ACTES SUD
LE MÉJAN
PLACE NINA-BERBEROVA
13200 ARLES

DÉPÔT LÉGAL
1re ÉDITION : FÉVRIER 2020
No impr. : 1905064
(Imprimé en France)